À Calixte, qui m'a aidée à traverser le miroir

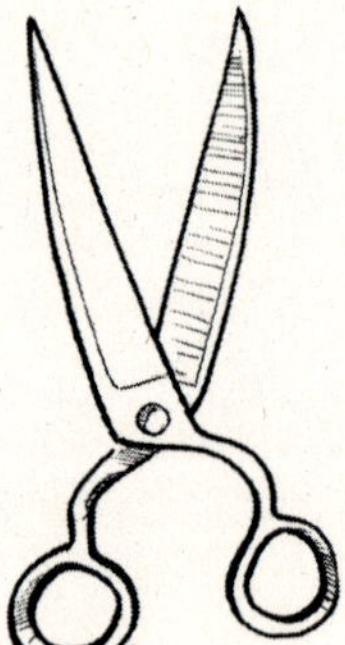

levergerdeshesperides@hotmail.fr
www.editionslevergerdeshesperides.com
19, rue du grand verger
54000 NANCY

ISBN 978-2-36587-434-2

Collection
Du coq à l'âme
Junior

Loi n° 49-956 du 16 juillet 1949 sur les publications destinées à la jeunesse, modifiée par la loi n°2011-525 du 17 mai 2011.

Elisa Villebrun
illustrations Victorine Schwebach

Le fantôme d'Irehca

Yamay
Tome 4

Le Verger des Hespérides

Chapitre 1

Natan déambulait dans les rayons du supermarché, traînant sans énergie son caddie déjà bien rempli. « Le lycée, c'est du sérieux » n'avait pas arrêté de lui répéter son père tout au long de l'été. Il l'avait écouté rabâcher son laïus l'esprit obnubilé par bien autre chose.

Comme chaque année, le magasin s'était transformé en véritable fourmilière vomissant sa colonie d'adolescents entre les montagnes de cahiers, de classeurs et de feuilles, posés à même le sol. Même là, au milieu de toute cette agitation, il ne pouvait s'empêcher d'y penser, s'empêcher d'espérer sentir cette main qu'il avait laissée s'échapper au-dessus d'un bac de trousses.

Il savait bien que c'était peu probable. Depuis son retour d'Écosse, il n'avait pas cessé de passer et repasser devant sa maison sans y remarquer le moindre signe de vie. Qu'avait-on bien pu faire d'elle ? Allait-il la revoir un jour ? À cette dernière pensée, sa gorge se serra. Sans même s'en rendre compte, il avait quitté les allées de l'univers papeterie et errait maintenant sans but dans le rayon poissonnerie. Il entra en contemplation devant un aquarium géant où nageaient d'impressionnantes langoustes. Il se sentait comme ces pauvres bêtes : complètement impuissant, suspendu au bon vouloir du roi Rion. Il s'approcha d'un crustacé et observa ses petits yeux globuleux qui le fixaient. Était-il conscient de ce qui l'attendait ? Ou l'examinait-il tranquillement sans se douter du sort qui lui était réservé ?

– Je ne pense pas qu'il sache.

Il sursauta, surpris par cette intervention qui venait troubler son tête-à-tête aquatique. Une jeune fille se tenait devant lui et le fixait de ses yeux tellement clairs qu'ils semblaient le transpercer. Tranchant avec ses deux pupilles bleues, des cheveux noirs et raides tombaient harmonieusement sur son visage café au lait. Une aura singulière l'entourait. Elle reprit, visiblement amusée de l'air hébété du jeune homme.

– La langouste, je veux dire. Je ne pense pas qu'elle sache ce qui l'attend.

Natan rassembla ses esprits et se tourna vers le crustacé qui n'avait pas bougé.

– Non, en effet, je ne pense pas, réussit-il à articuler.

– Dommage, cela pourrait être rigolo, poursuivit la jeune fille que la conversation semblait amuser.

– Rigolo ? C'est rigolo de contempler quelqu'un attendre une mort certaine ?

– Ça pourrait le devenir, si elle cherchait à se battre !

– À se battre ?

– « Gigantesque évasion de langoustes rebelles au supermarché » poursuivit-elle. « Une langouste retrouvée sous la perruque d'une cliente. Ce qui avait été pris pour un vol à l'étalage était en réalité une tentative désespérée du crustacé pour se faire la malle ! »

Natan sourit devant l'imagination débordante de l'inconnue. La jeune fille sembla ravie de le voir rire, comme si elle avait atteint l'objectif qu'elle s'était fixé pour la journée.

– Na-tan… Na-tan !

Le jeune homme leva la tête et aperçut madame Ecirruon qui lui faisait de grands signes près des caisses. Elle avait fini ses courses et l'invitait à la rejoindre. Il se tourna vers la jeune inconnue qui l'observait toujours de ses yeux transparents.

– Je dois y aller, à une prochaine, peut-être !

– Oui, à une prochaine !

Et Natan se dirigea vers madame Ecirruon. Arrivé aux caisses, il ne put s'empêcher de jeter un regard furtif vers la rencontre étrange qu'il venait de faire. Elle le fixait toujours.

Quelques jours plus tard, Natan se retrouvait dans la cour du collège Saint-Benoît, contemplant la horde bruyante qui déambulait devant lui. Son père n'avait pas complétement tort. Le lycée, c'était vraiment différent. Beaucoup de têtes lui étaient inconnues car un bon nombre de lycéens profitaient de l'arrivée en seconde pour intégrer les bancs de Saint-Benoît, réputé pour son excellent taux de réussite au baccalauréat. Le jeune homme étudia la foule d'adolescents, à la recherche de son ami Nicolas. Ils devaient se retrouver près de l'entrée mais son ami était en retard, comme toujours. Il se risqua à s'approcher des listes mais c'était peine perdue, trop d'élèves y étaient agglutinés. Soudain, une main familière lui tapa sur l'épaule et il vit apparaître le retardataire, son éternel sourire aux lèvres.

– Alors, ces vacances royales ?

Natan répondit à son sourire. Il était vraiment heureux de retrouver Nicolas après ces deux longs mois d'été. Il n'avait pas beaucoup vu Salocin à Yamay non plus, parti en expédition avec son père pendant quasiment toutes les vacances.

– Très bien et toi, les États-Unis ?

– It was really amazing !

Nicolas était parti un mois pour travailler son anglais dans un « summer camp » sur la côte ouest doublé d'un mois supplémentaire pour visiter le pays avec ses parents. Mais comme d'habitude, Natan eut du mal à comprendre l'accent à couper au couteau de son ami. À voir sa mine réjouie, il semblait cependant ravi.

– Viens, je voulais te montrer des photos et je t'ai ramené un truc super !

– Tu ne veux pas voir dans quelle classe on est ?

– C'est bon, on est en seconde 3. Il n'y a plus grand monde de la 3^{e}2 mais Nolwen a réussi à nous coller une année de plus !

Natan se demanda comment son ami qui venait à peine d'arriver, avait déjà eu le temps de voir les listes. Il ne bougea pas, continuant à fixer le panneau. Nicolas soupira.

– C'est bon, son nom y est.

Natan tourna la tête, peinant à dissimuler son trouble. Nicolas poursuivit comme s'il distribuait un sucre à un chiot.

– Ton Hannah, elle est avec nous en seconde 3. Allez, viens maintenant ! Sinon je n'aurais pas le temps de te montrer ce que je veux !

Natan se laissa entraîner sans plus opposer de résistance. Si Hannah était sur les listes, cela voulait bien dire que quelqu'un l'y avait inscrite, qu'elle allait revenir. Mais pourquoi leur maison était-elle toujours déserte ? Quand ils furent un peu à l'écart, Nicolas sortit de sa sacoche un paquet cadeau qui avait apparemment un peu souffert et le tendit fièrement à Natan.

– Tiens, je t'ai ramené ça ! Tu vas voir, ça va te sauver la vie !

Se forçant à retrouver ses esprits, Natan déchira le paquet un peu flétri et découvrit un cercle en bois dans lequel était tissée une toile d'araignée de corde. Des plumes et des perles de toutes les couleurs pendouillaient de tous les côtés et cela ressemblait beaucoup aux attrape-touristes que vendaient les boutiques New Edge des aéroports.

– Alors, qu'est-ce que t'en penses ? C'est super, non ?

Natan était aussi surpris que son ami était extatique.

– Tu m'as rapporté… un gri-gri indien ?

– Ce n'est pas n'importe quel gri-gri indien, espèce d'idiot, t'y connais rien ! C'est un attrapeur de rêves : tu l'accroches au-dessus de ton lit et ça empêche les mauvais rêves d'envahir ton sommeil. Comme ça, tu ne gardes que les bons rêves. C'est génial pour ton cas !

Natan contempla de nouveau la babiole pleine de plumes. Ce truc était-il vraiment capable de lui faire passer de meilleures nuits ? Est-ce qu'il ne rêverait plus du roi Rion ? Est-ce qu'Hannah le rejoindrait au château Cnalb ? Est-ce qu'il pourrait s'enfermer avec elle dans sa chambre ? C'était plus qu'improbable. Il observa Nicolas qui, en général, était le premier à se moquer de ce genre de choses.

– Et tu y crois vraiment, toi ?

– Cheyenne m'a garanti que c'était 100% efficace !

Voilà, il y avait une fille dans l'histoire !

– Cheyenne ? s'aventura Natan un sourire amusé aux lèvres.

Comme s'il attendait que son ami lui pose la question, le jeune homme brandit son téléphone.

– Cheyenne, la plus belle fille du « summer camp » !

Natan examina la photo que Nicolas lui montrait. En effet, l'intéressée n'était pas du tout désagréable à regarder.

– Et alors ? Qu'est-ce qui s'est passé ? s'enquit Natan qui savait bien que son ami mourait d'envie qu'il le cuisine sur le sujet.

– J'ai progressé en langues si tu vois ce que je veux dire !

Natan voyait assez bien mais il ne comprenait toujours pas pourquoi son ami s'évertuait à nier l'évidence.

– Et toi, cet été ?

– Tu veux dire coincé dans les Highlands entre ma mère et ma nourrice de soixante-quinze ans ?

– Oui, c'est sûr !

La cloche retentit, ce qui força les garçons à se mettre en mouvement. Natan dévisagea, inquiet, les élèves qui s'installaient autour de lui. Il vit Alexandre entrer et prendre place près de la fenêtre avec sa morgue habituelle. Le jeune homme était accompagné d'une fille mais ce n'était pas Hannah. Celle-ci avait d'ailleurs un look peu habituel pour les familles guindées de Saint-Benoît. Ses cheveux, sculptés au gel, avaient des reflets bleus aux pointes et elle arborait de nombreux trous aux oreilles, traces de piercings qu'elle avait sans doute été obligée de retirer.

Nicolas n'avait pas menti, Natan connaissait à peine un tiers des élèves. Myriam Edrag, alias « Mimi » était aussi dans leur classe. Avec ses nombreuses années d'avance, la petite fille paraissait toujours aussi perdue au milieu des « grands » mais elle semblait tout de même moins bizarre qu'avant. Candice et ses copines firent également une entrée remarquée et pour une fois, ne s'intéressèrent pas plus que ça à Natan. Il y avait, c'est vrai, des tonnes de nouveaux garçons à séduire cette année.

Quasiment tous les élèves étaient entrés. Le professeur commençait à fermer la porte quand une main s'interposa, bloquant sa fermeture. Natan retint son souffle. Apparut alors la jeune fille du supermarché, celle qui, quelques jours plus tôt, lui avait fait la tirade sur les langoustes rebelles. Elle embrassa du regard la classe, sourit au professeur qui se laissa abuser par son minois charmeur et, sans être plus gênée que ça, elle s'installa.

Monsieur Fiβerped, leur professeur d'allemand qui était cette année aussi leur professeur principal, commença à égrener les noms de la liste d'appel. Peu apprécié, il avait pour principal passe-temps de faire payer à ses élèves le prix de sa propre vie inintéressante à souhait. Par trois fois, il appela le nom d'Hannah Eralced sans que personne ne bouge. Natan guetta la réaction d'Alexandre, espérant qu'il allait dire quelque chose mais ce dernier ne remua pas d'un millimètre. De guerre lasse, le professeur se contenta de rayer rageusement le nom d'Hannah en maugréant contre ces incompétents du service administratif qui n'étaient même pas fichus de lui transmettre une liste à jour.

Tout le reste de la journée, cette pensée obséda Natan : Hannah disparaissant à tout jamais du lycée sous le coup de stylo rageur de monsieur Fiβerped. Nicolas lui raconta pourtant en long, en large et en travers, ses vacances aux États-Unis, Cheyenne-le Grand Canyon, Cheyenne-les cours de tirs à l'arc, Cheyenne-San Francisco. Natan l'écoutait d'une oreille distraite, se limitant à quelques « super », pour faire mine de participer.

Enfin, la journée se termina. Abandonnant lâchement Nolwen avec Nicolas qui discourait une fois de plus sur la volupté des cheveux de Cheyenne aussi longs que les files d'attente devant les machines à sous de Las Vegas, Natan s'éclipsa avec la ferme intention de passer au service administratif. Le jeune homme frappa à la porte vitrée et prépara sa tête d'ange, celle qui lui permettait en général de remporter l'adhésion de la gente féminine tous âges confondus.

– Bonjour, jeune homme, l'accueillit avec froideur une voix acariâtre.

Peut-être pas de toute la gente féminine en fin de compte.

– Bonjour madame Elgéréday, tâcha de répondre le plus poliment possible Natan.

Il regarda le cerbère le dévisager à travers ses lunettes pointues. Madame Elgéréday était aujourd'hui particulièrement agacée. Tous ces parents qui se réveillaient à la dernière minute, tous ces élèves qui oubliaient la moitié de leurs dossiers, ce n'était pas possible ! S'il y avait bien une chose que madame Elgéréday détestait, c'était la désorganisation ! Il y avait des règles, des formulaires à remplir, des dates à respecter, des pièces justificatives à rapporter. Chacun ne pouvait pas faire ce qu'il voulait, sinon c'était l'anarchie ! Natan sentit bien qu'il tombait mal et que le plan qu'il avait imaginé allait s'avérer irréalisable quand il entendit soudain une voix familière l'apostropher.

– Monsieur de Clare, qu'est-ce qui vous amène ici ?

Madame Apéfa-Lemno, la surveillante en chef, venait de passer une tête depuis le bureau qui se trouvait juste à côté. Depuis qu'il avait rencontré madame Onmelafépa à la fabrique de nuages de Yamay, la surveillante de Saint-Benoît était devenue extrêmement bienveillante à son égard. Comme si elle s'était souvenue à son réveil de toute la déférence qu'elle devait à ce jeune homme étrange.

– Bonjour madame Apéfa-Lemno, continua Natan trop heureux de lui opposer sa requête plutôt qu'au dragon qui partageait son bureau. J'avais promis à Hannah de lui apporter mes cours si elle ne pouvait pas venir aujourd'hui. Mais elle a déménagé et j'ai perdu pendant les vacances la nouvelle adresse qu'elle m'avait donnée.

C'était peut-être la peur que son mensonge ne soit trop gros pour être crédible ou parce que le bureau était ouvert à tous vents mais Natan se sentit soudain grelotter.

– Et te rappelles-tu de son ancienne adresse ? lui demanda la surveillante en cherchant sur son ordinateur.

– Oui, elle habitait au 198, boulevard du Général de Gaulle.

Une voix que Natan ne connaissait que trop bien maintenant lui glaça soudain le sang.

– Au 198 bis pour être exact.

Natan se retourna lentement. Le roi Rion, ou son *reflelfer* du moins, se tenait devant lui, attendant sagement que madame Elgéréday soit disponible pour le recevoir.

– Quel plaisir de te revoir Natan ! Je vois que tu as bien grandi cet été.

Le jeune homme ne pouvait pas détacher son regard du père d'Hannah. Cela lui faisait toujours le même effet. C'était si étrange de le voir ainsi évoluer comme si de rien n'était au milieu des gens normaux, comme s'il était un père comme un autre qui venait compléter le dossier de sa fille.

– C'est très gentil de ta part de penser à apporter ses devoirs à Hannah. La pauvre a été quelque peu souffrante ces derniers temps.

– Souffrante, se répéta Natan pour lui-même. Souffrante, c'est mieux que morte.

– Monsieur, en quoi puis-je vous être utile ? demanda sèchement madame Elgéréday qui ne pouvait pas se rendre compte à qui elle avait à faire.

Le père d'Hannah dévisagea Natan pendant un moment comme s'il réfléchissait puis se tourna vers la responsable administrative en souriant.

– Je suis venu régler l'inscription de ma fille, Hannah Eralced. Elle a attrapé une vilaine grippe mais elle sera là d'ici quelques jours.

Sur ces mots, il sortit de son pardessus un chéquier et Natan se décala pour lui laisser la place. Ils ne se tenaient qu'à quelques centimètres l'un de l'autre.

– Veux-tu me confier ton cahier pour que je lui remette ? lui demanda le roi Rion le plus innocemment du monde.

Natan fixa le cahier qu'il tenait toujours contre lui. Le père d'Hannah continuait de le toiser. Il semblait visiblement apprécier la torture qu'il lui faisait subir.

– Ou, si tu as un peu de temps devant toi, poursuivit Nesen, tu peux m'accompagner. Cela fera très plaisir à Hannah de te voir. J'en suis sûr. Elle aura peut-être même la force de se lever.

Natan le dévisagea. Se moquait-il de lui ? Ou appréciait-il simplement de le contrôler ainsi à sa guise. Cela serait bien évidemment de la folie de le suivre. Et pourtant, la perspective de voir Hannah, de s'assurer qu'elle allait bien était si tentante.

– Natan, mon chéri, je t'ai cherché partout.

Le sixième sens de sa mère l'avait, semble-t-il, fait venir au lycée chercher son fils, comme si elle avait su qu'il s'apprêtait à faire une bêtise. Le père d'Hannah tourna la tête vers la reine Cnalb qui venait de pénétrer à son tour dans le bureau.

– Ève, quel plaisir de vous revoir !

La mère de Natan posa un regard froid sur son ennemi tout en ramenant tranquillement son fils vers elle.

– Nesen, quel plaisir de vous revoir également ! J'ai entendu dire qu'Hannah était souffrante, j'en suis désolée.

– Oui, vous connaissez les adolescents, Ève. On a beau les prévenir de mettre un pull pour sortir, ils n'en font qu'à leur tête.

– Oui, je vois assez bien. Vous lui souhaiterez un bon rétablissement de ma part.

– Je n'y manquerai pas.

Sur ces mots, le père d'Hannah remit son chèque à madame Elgéréday et, comprenant qu'il ne pouvait plus espérer emmener

Natan avec lui, prit congé. Il s'apprêtait à sortir quand madame Apéfa-Lemno le retint.

– Monsieur Eralced ! Natan voulait vous remettre son cahier pour Hannah, je crois ?

Nesen se retourna et sourit devant la remarque innocente de la surveillante.

– Oui, son cahier, bien sûr, j'allais oublier !

Natan lui tendit le fameux cahier qui le prit et sortit. Ève le regarda s'éloigner sans le quitter des yeux.

– Rassure-moi Natan, tu ne comptais pas le suivre tout de même ?

– Non, bien sûr que non, se défendit Natan tout en se dégageant.

S'il avait dû être honnête avec lui-même, le jeune homme n'aurait pas été aussi catégorique dans sa réponse.

Chapitre 2

– Ève, cesse de bouger ! Sinon, je ne pourrai jamais finir cette tresse !

Deux jeunes filles qui ne devaient pas avoir plus de quinze ans se tenaient devant une coiffeuse sans glace. Celle qui se faisait coiffer se remit à bougonner.

– Si tu savais comme je n'ai pas envie d'y aller Ylil ! Je le déteste ! Je ne sais même pas si j'arriverais à rester dans la même pièce que lui plus de cinq minutes.

La fameuse Ylil s'appliqua à finir de tresser les mèches blondes de son amie qui maugréait toujours.

– Tu as essayé de demander à ton père si tu pouvais sécher pour une fois ?

– Impossible, il n'acceptera jamais. Il n'arrête pas de me faire la leçon sur l'équilibre des forces, sur le fait de savoir s'entendre avec ses ennemis. « Connaître ses ennemis, c'est se connaître soi-même ». Si je loupe la rencontre annuelle avec les Rion, il me fera une scène !

– Et Maître Cnalb ? Il ne peut pas t'aider ?

– Tu parles, il est pire que mon père là-dessus ! Crois-moi, je suis cernée !

Ylil sourit en entendant son amie se plaindre encore une fois. Elle commençait toujours par protester et la minute d'après, elle ne laissait plus rien paraître. Il n'y avait qu'elle, en somme, qui la connaissait vraiment telle qu'elle était.

– Alors tu n'as qu'à faire comme s'il n'existait pas, reprit Ylil en s'asseyant à côté d'elle. Tu l'ignores et la rencontre passera plus vite. Il ne doit pas être si terrible que ça, il n'a que quinze ans après tout, tout comme nous !

– Mais si, tu ne te rends pas compte. Je n'ai jamais vu quelqu'un d'aussi suffisant et d'aussi... malsain ! Je déteste comment il me regarde.

– Comment il te regarde ? s'inquiéta Ylil qui n'avait jamais rencontré le prince Rion.

– Comme... comme s'il voulait me tuer.

Ylil se leva et se mit à ranger les peignes.

– Tu ne crois pas que tu exagères un petit peu là ? Cela fait des siècles que les Cnalb et les Rion ne s'affrontent plus et que Yamay est en paix.

– Je te jure Ylil, il faut me croire. Il est malfaisant, je le sens.

Tu sais même ce qu'on raconte dans tout le pays ? Qu'il s'est lancé dans la recherche de la ceinture de Soroboruo !

– La ceinture ? Cette vieille légende ? Je pensais que c'était une histoire pour faire mirorimer *les enfants, qu'elle n'existait pas vraiment ?*

– Eh bien si, elle existe, je peux te le jurer, et ce Nesen s'est mis en tête de la retrouver.

– Tu crois vraiment qu'il a une chance, après tous ces siècles ? Il ne doit plus rester grand monde de l'époque pour l'aider !

– Avec lui, il vaut mieux se méfier.

Ylil regarda son amie comme si elle ne la croyait qu'à moitié. Chaque année, c'était pareil au moment de la rencontre, Ève inventait les pires excuses pour ne pas y aller. Il valait mieux essayer de lui changer les idées.

– Tu sais de qui tu devrais te méfier plutôt ?

– De quoi tu parles ?

– De Dnomso, celui qui fait des études de dourêveur et qui te dévore des yeux dès qu'on le rencontre !

Ève ne put s'empêcher de détourner la tête en entendant son amie. Pour cacher son malaise, elle envoya un coussin vers sa tête et Ylil s'empressa de riposter. Les deux jeunes filles se battirent sur le lit à baldaquin de la princesse ruinant toute la coiffure qu'Ylil avait passé des heures à élaborer. Soudain, l'image se troubla et les deux jeunes filles disparurent comme si de la buée venait de se former sur un miroir.

L'image se reforma sur ce qui semblait être un atelier d'incantapotions. Dans la cheminée était accroché un chaudron d'où s'échappait un fumet vert. Devant la table de préparation, Ylil était occupée à émincer des ingrédients qui, une fois découpés, s'envolaient et se mettaient à tourbillonner autour d'elle avant de plonger dans le chaudron en rythme. Dansant au milieu de ce capharnaüm volant, Lumul s'amusait comme une petite folle.

– Ylil ! Je vous ai demandé de préparer une potion Rattrap'Temps, pas d'organiser un ballet volant de pattes de chauves-souris et autres joyeusetés !

– Mais c'est ce que je fais Maître Cnalb ! Je ne vois pas en quoi égayer un peu la préparation rendra ma potion moins efficace ?

– Vous devriez vous concentrer sur votre Imagami Potionis au lieu de vous éparpiller avec toutes ces Imagami Mouvementis qui ne servent à rien qu'à vous distraire.

– Je ne m'éparpille pas et cela ne me distrait pas du tout. Cela ne me demande aucun effort à vrai dire.

*– Raison de plus, jeune fille ! reprit d'un ton plus dur le vieil homme. Vous avez des facilités incontestables alors, n'en faites pas trop ! Tout ce que vous allez réussir à faire sinon, c'est énerver le jury le jour de votre brevet supérieur d'*incantapotions !

Ylil dévisagea Maître Cnalb se demandant s'il était vraiment sérieux.

– Alors il faut que je cache ce que je sais faire pour être sûre d'avoir mon brevet ?

– Oui ! Enfin, non ! *Bon arrêtez de faire la maligne, jeune fille et faites-moi cette* Imagami Potionis *au lieu de toujours discuter.*

Ylil haussa les épaules. Elle savait qu'elle n'aurait de toute façon jamais le dernier mot avec son vieux professeur. Sans faire atterrir pour autant les ingrédients qui volaient en l'air, Ylil se concentra et sortit de son crâne une jolie bulle argentée. Elle éclata aussitôt laissant apparaître une boule de lumière pas plus grosse qu'une phalange du petit doigt. Pour produire une Imagami Potionis, *il fallait imaginer les effets de la potion que l'on souhaitait réaliser. Dans ce cas précis, la potion* Rattrap'Temps *devait permettre à quelqu'un qui était en retard d'arriver à l'heure. En soit, cela semblait simple mais rattraper le temps pouvait prendre des formes très diverses et s'imaginer très précisément toutes les conséquences de ce que* *cela voulait dire était loin d'être facile. Plus l'*Imagami Potionis *était riche de détails, plus la potion était puissante.*

Ylil guida son Imagami Potionis *vers le grand chaudron et, au moment où elle la laissa tomber, elle récita l'*incantation *qui permettait d'obtenir la fameuse potion. Le fumet vert vira instantanément au rouge. Elle se tourna vers Maître Cnalb d'un air satisfait. Le vieux professeur s'approcha du chaudron.*

– Alors, voyons un peu ce que vous nous avez imaginé.

Maître Cnalb se saisit d'un escargot qui gigotait mollement au fond d'un bol et, après l'avoir déposé sur la table de préparation, versa sur sa coquille quelques gouttes de la préparation d'Ylil. En moins de deux, l'escargot se mit à *accélérer sur la table tel un aéroglisseur miniature. Maître Cnalb sourit en voyant le mollusque prendre de la vitesse.*

– Ce n'est pas mal, mais je m'attendais à un peu plus d'imagination de votre part. Vous voyez, c'est exactement ce que je vous disais, reprit-il en désignant de nouveau les pétales de fleurs et les vermisseaux vivants qui dansaient dans les airs en rythme. Si vous vous concentriez un peu plus, vous utiliseriez bien mieux vos capacités.

Ylil souriait toujours à Maître Cnalb, sûre de son Imagami Potionis.

– Maître Cnalb, vous devriez regarder votre montre.

– Ma montre, pourquoi ? Notre cours est-il déjà fini ? Il ne faut pas que je sois en retard, j'ai un rendez-vous juste après, maugréa-t-il comme si ce dernier ne le ravissait pas outre mesure.

Il sortit sa montre de sa barbe et crut tout d'abord qu'elle s'était arrêtée. La montre était restée bloquée. Le vieil ensorceleur tapota sur le cadran pour la faire repartir mais, chose étrange, la montre continuait d'avancer. Il se reporta alors sur l'horloge qui se trouvait près de la cheminée. Elle aussi semblait avoir reculé d'au moins une vingtaine de minutes.

– Ne me dites pas que...

Ylil sourit de plus belle, voyant les yeux de Maître Cnalb s'écarquiller.

Vous m'avez demandé une potion qui permettait de rattraper le temps, c'est ce que j'ai fait !

– Arrêtez vos bêtises Ylil. Il n'y a que le roi Cnalb qui peut décider de la durée des minutes à Yamay. En aucun cas, il n'est possible de faire remonter le temps grâce à une simple Imagami Potionis *!*

– Si vous le dites, Maître Cnalb.

Le vieux professeur observa l'air faussement ingénu de sa protégée. Il n'arrivait pas à en croire ses yeux. Cette gamine venait-

elle vraiment de réussir à remonter le temps ? Mais comment avait-elle fait ? Elle ne cesserait jamais de l'étonner ! Soudain, des applaudissements retentirent près de la porte de l'atelier. Un jeune garçon qui devait avoir l'âge d'Ylil les observait d'un air étrange. Vêtu de noir, il arborait un sourire curieux qui donnait envie de le fuir. Quand Ylil reconnut le signe inversé de Yamay sur son torse et vit son regard, elle sut tout de suite à qui elle avait à faire. Il ressemblait trop aux descriptions que lui avait faites Ève. L'ensemble des ingrédients qui valsaient toujours en l'air tombèrent d'un seul coup sur le sol de l'atelier. Maître Cnalb se plaça entre Ylil et le jeune homme, visiblement gêné qu'il soit venu le trouver en ce lieu.

– Prince Rion, je ne vous attendais pas si tôt.

– J'étais parfaitement à l'heure pourtant, mais il semble que cette jeune personne ait décidé de me faire arriver en avance !

Le prince Rion dévisageait Ylil avec insistance. Enfin, plus exactement, il la dévorait littéralement du regard. Voyant cela, Maître Cnalb se retourna vers la jeune fille.

– Ylil, nous avons fini pour aujourd'hui, allez-y, je rangerai moi-même votre table plus tard.

Sentant la tension palpable qui régnait dans l'air, la jeune fille obéit sans demander son reste. Elle s'éclipsa par la porte qui se trouvait près de la cheminée, non sans jeter, avant de sortir, un dernier regard vers celui qui la fixait toujours de ses yeux pénétrants.

Hannah se réveilla en sursaut, l'image de ses parents encore imprimée sur sa rétine. Elle avait l'impression que sa tête allait exploser. Tous ces instants du passé qui se mélangeaient sans qu'elle sache comment, rendaient ses pensées terriblement confuses. Était-elle à Yamay ? Était-elle dans le monde réel ? Elle n'en avait aucune idée. La jeune fille s'efforça de bouger les mains et sentit qu'elles étaient enchaînées derrière son dos. Elle était à Yamay. De l'autre côté, son père avait encore la décence de ne pas l'attacher. La jeune fille entendit une voix qu'elle connaissait bien et qui la rassura.

– Princesse, est-ce que tout va bien ?

Hannah chercha des yeux Maître Rion et, remettant peu à peu ses idées en place, se souvint qu'il était dans la cellule d'à côté.

– Je... je vais bien... parvint-elle à articuler difficilement.

La jeune fille n'avait aucune idée de quel jour on était. La rentrée avait-elle déjà eu lieu ? Elle ne savait même pas. Elle devait vraiment être restée inconsciente longtemps cette fois.

– Avez-vous encore *révorové*, princesse ?

– Je crois, oui.

Revorover, lui avait expliqué Maitre Rion, consistait à rêver dans ses propres rêves. C'était un phénomène très rare, qui se produisait généralement quand le reflet ou le *reflelfer* avait subi un choc violent. Il fallait l'éviter au maximum car à force de *revorover* trop souvent, on risquait de rester coincé dans ses *reviver*, c'est-à-dire dans le rêve de son rêve. Hannah avait déjà *revorové* sans le savoir par le passé. Quand les *Seiprah* l'avaient attaquée dans les dunes de l'oubli. Mais depuis, cela s'était calmé. Malheureusement, le choc qu'Hannah avait subi l'année dernière dans la grotte de Gromis, quand son père l'avait projetée contre la paroi avait, semble-t-il, ranimé les *reviver*. Toutes ces visions la hantaient. Son père et sa mère... qui se rencontraient pour la première fois. Elle avait vu le regard que Nesen avait porté sur Ylil. Aussi étrange que cela puisse paraître, Maître Rion avait raison. Il l'avait vraiment aimée. Parfois, Hannah aurait préféré ne pas savoir et pourtant, elle ne pouvait plus se passer de la revoir, de se laisser submerger par ces *reviver* et d'en apprendre un peu plus chaque jour sur elle.

Comme s'il avait deviné ses pensées, Maître Rion l'interrogea à nouveau.

– Vous avez revu votre mère n'est-ce pas ?

– Oui.

– Il faut que cela cesse Hannah, je vous l'ai déjà dit, c'est trop dangereux !

– Oui, je sais.

Mais c'était trop tard, Hannah ne voulait plus que cela cesse.

La serrure de son cachot grinça. Quelqu'un venait la voir. La porte s'ouvrit et la lumière du couloir l'aveugla redoublant son mal de crâne. Elle entendit des pas se rapprocher et vit bientôt Erdnaxela se pencher sur elle.

– Bonjour Juliette, comment allez-vous aujourd'hui ?

Depuis deux mois, c'était le grand jeu d'Erdnaxela de l'appeler ainsi. Il n'avait apparemment pas digéré la pièce de fin d'année. Peut-être parce qu'il s'était rendu compte à quel point la princesse s'était moquée de lui avec tous ces faux semblants. Hannah laissa son silence parler pour elle. Elle avait pris un sacré coup au visage la dernière fois qu'elle avait répondu à l'un de ses chevaliers et cela n'avait fait qu'accentuer ses pertes de connaissance et les *reviver*. La cellule où elle se trouvait, ainsi que celle de Maître Rion, étaient traitées anti-*Imagami*. Cela ne servait à rien de faire la brave sans être capable de se défendre.

– Votre Roméo n'est toujours pas venu vous sauver ? s'étonna faussement Erdnaxela. Quel dommage ! Il doit être passé à autre chose sûrement. C'est un peu triste.

Hannah entendit un rire qui ressemblait à celui d'une hyène près de la porte de sa cellule. Une jeune fille aux cheveux bleus, portant l'habit des chevaliers Rion, l'observait. C'était la première fois qu'Hannah la voyait. Plutôt petite, elle était svelte et musclée, comme si elle avait cherché à dire au monde qui l'entourait qu'il valait mieux de ne pas se frotter aux nombreux piquants noirs qui ornaient son visage et ses oreilles. Son visage au teint halé aurait pu être joli s'il n'avait pas arboré cette expression dédaigneuse.

Erdnaxela posa sa main sur la joue d'Hannah là où elle avait reçu le coup. Sous l'effet de la douleur, la jeune fille esquissa un mouvement de recul.

– Quelle vilaine blessure que voilà, je suis désolé ! D'autant plus que j'ai perdu un de mes meilleurs hommes dans cette histoire. Mais je ne désespère pas : peut-être que ces jours enfermée ici vous auront rendue raisonnable.

Erdnaxela se rapprocha encore un peu plus d'elle.

– Vous savez que la cellule est traitée anti-*Imagami* princesse : plus de serpent, plus d'araignée pour vous défendre.

Hannah le laissa proférer sa menace sans rien dire. *Revorover* la rendait si faible qu'elle n'aurait de toute façon pas eu la force de produire la moindre *Imagami*. Soudain, la jeune fille entendit la voix de Maître Rion tenter de la défendre.

– Erdnaxela, si vous touchez ne serait-ce qu'à un de ses cheveux, je vous préviens que vous aurez affaire à moi et que vous le regretterez !

Le chevalier éclata de rire en entendant l'avertissement du vieil homme et fit signe à la jeune fille aux cheveux bleus d'aller s'occuper de lui. Hannah entendit Maître Rion retenir un cri sous l'effet du coup qu'il venait de recevoir et ferma les yeux en imaginant sa douleur.

– Il y a des rats qui couinent dans ces cachots princesse. Ce n'est vraiment pas un endroit pour vous. Où en étions-nous déjà ? Ah oui, à votre cellule anti-*Imagami* !

Il passa sa main au niveau de sa nuque et l'attira à lui. Hannah tenta de résister mais, sans *Imagami*, attachée, elle ne pouvait rien faire. C'est alors que la jeune fille entendit une voix qu'étrangement, pour une fois, elle bénit.

– Erdnaxela, je vous demanderais de bien vouloir lâcher ma fille ! J'ai déjà tué un de vos chevaliers, ne m'obligez pas à recommencer. D'autant plus que vous pourriez m'être encore un peu utile.

Le garçon lâcha immédiatement la princesse et se confondit en excuses. Hannah observa son père s'avancer vers elle. La différence avec la vision du jeune prince Rion qu'elle venait d'entrapercevoir dans ses *reviver* était flagrante. Était-ce d'avoir tué toutes ces âmes qui l'avait enlaidi à ce point ? Ou l'avidité du pouvoir et la recherche incessante de sa maudite ceinture ? Le roi tenait dans ses mains un cahier de cours avec le quadrillage et la marge rouge réglementaire connue de tous les élèves. Qu'avait-il encore prévu ? De venir lui faire cours au fin fond d'un cachot ?

– Tu as une petite mine, ma chérie, tu devrais prendre un peu plus soin de toi.

Une petite mine ? C'était le moins qu'on puisse dire, cela faisait deux mois qu'elle était enfermée dans ce cachot avec Maître Rion !

– Je pensais te retirer du lycée vois-tu. Je ne voyais pas trop l'intérêt que tu te distraies de ta recherche de la ceinture avec tous ces cours inutiles. Et j'ai pu constater à quel point certaines mauvaises fréquentations pouvaient te faire sortir du droit chemin l'année dernière.

Certes, elle avait feint ne pas savoir répondre à l'énigme de Gromis et avait ensuite cherché à empêcher son père de s'approcher de Natan. Il la tenait évidemment pour responsable de la perte du second fragment de la ceinture et la punition était à la hauteur de sa colère. Alors maintenant, elle ne retournerait plus jamais au collège Saint-Benoît, elle ne saurait jamais ce qu'était le lycée, elle ne reverrait jamais Natan. Des larmes lui montèrent aux yeux. Elle préférait mourir tout de suite plutôt que de vivre cette vie-là.

Son père se rapprocha encore plus près et elle put lire les initiales marquées sur le cahier : N d C. Natan… Pourquoi son père avait-il le cahier de Natan entre les mains ? Le roi dut voir le regard paniqué de sa fille car il continua en accentuant encore un peu plus son sourire mauvais.

– Il est étonnant ton prince. Il était prêt à me suivre en Alaska juste pour te voir. Je me demande vraiment ce que j'aurais réussi à lui faire faire si seulement sa maudite mère n'était pas arrivée pour le protéger comme une louve son petit.

Hannah tenta de masquer son soulagement et se félicita encore d'avoir libéré la reine Cnalb.

– Alors, j'ai changé d'avis, poursuivit son père. Tu retournes au lycée demain.

Le roi Rion claqua des doigts et les chaînes d'Hannah se brisèrent instantanément. La cellule ne semblait pas anti-*Imagami* pour tout le monde.

– Voilà les cours que tu as manqués, lui dit son père en lui tendant le cahier de Natan. Ton cher prince me les a gentiment confiés pour que tu puisses te mettre à jour. Je ne voudrais pas que tu sois à la traîne à cause de tes bêtises. Bien sûr, pas besoin de te préciser que je t'interdis de t'approcher de lui au lycée. Le voir se languir de toi à distance me sera suffisant pour l'instant.

La situation était comme toujours d'une ironie redoutable. Hannah se risqua à se lever pour prendre le cahier que lui tendait son père mais elle s'effondra aussitôt. Son père la rattrapa de justesse avant qu'elle ne tombe sur le sol et la prit dans ses bras. Hannah ne tenta même pas de résister, elle n'en avait plus la force.

– Eh bien Erdnaxela, je pense que vous me l'avez plus abîmée que ce que je pensais.

Erdnaxela courba à nouveau l'échine. Le roi plaisantait rarement quand il s'agissait de sa princesse.

– Où en sommes-nous avec les auditions des nouveaux maîtres d'*incantapotions* ?

– Elles ne commenceront que la semaine prochaine, Seigneur.

Le roi Rion maugréa, visiblement contrarié.

– Très bien, libérez Maître Rion et qu'il la soigne dans sa chambre. Mais ne les quittez pas d'un cil cette fois !

Chapitre 3

Comme tous les élèves de seconde 3, Natan attendait patiemment dans la cour du lycée que leur professeur de français, madame Neiriov, arrive enfin. Nicolas, à son côté, commentait avec Nolwen le match de football de la veille. Elle était incollable sur le sujet et, bien sûr, ne soutenait pas la même équipe que Nicolas. Natan, qui n'y connaissait rien, restait perdu dans ses pensées, en dehors de leur conversation. Le père d'Hannah avait dit à madame Elgéréday qu'elle serait de retour d'ici quelques jours. Mais cela faisait maintenant presque deux semaines et elle n'était toujours pas là. Malgré la surveillance étroite de sa mère, Natan avait réussi à s'éclipser et à se rendre devant la maison d'Hannah. La demeure semblait de nouveau habitée. Était-elle là-haut, dans sa chambre ? Natan avait réfléchi tout l'été à ce qu'il devait faire. Il savait que cela ne servirait à rien de s'élancer tête baissée pour la chercher dans cette maison délabrée ou dans le château de son père car le roi Rion couperait son fil de vie avant qu'il n'ait atteint la porte d'entrée. Il n'y avait qu'un moyen, il devait réussir à désensorceler son fil de vie. Plusieurs fois cet été, il s'était évertué à en parler à sa mère. Mais que ce soit ici ou à Yamay, elle éludait toujours la question. Pourquoi faisait-elle cela ? N'avait-elle pas envie de le libérer de l'emprise du roi Rion elle aussi ?

Pour se sortir la tête de ces problèmes inextricables, Natan jeta un regard vers la jeune fille qu'il avait rencontrée l'autre jour au supermarché. Elle s'appelait Métis. Drôle de prénom, mais il lui allait bien en quelque sorte. Il était aussi étrange que la grâce un peu mystérieuse avec laquelle elle se mouvait au-dessus de la horde uniforme des autres lycéens. Il n'était d'ailleurs pas le seul garçon à la fixer du coin de l'œil ce matin. Nicolas lui-même, quand il ne se battait pas à propos de foot avec Nolwen, avait vite oublié sa chère Cheyenne pour ne plus lui parler que de la nouvelle. Sa peau caramel, ses yeux bleus qui donnaient envie de s'y perdre, ses cheveux fins comme ceux d'une poupée précieuse… Tous les superlatifs y passaient, rendant son ami de plus en plus poète. Natan l'écoutait, amusé, acquiesçant aux louanges qui faisaient tant s'exalter son ami.

Pour l'instant, la jeune fille en question était au centre de l'attention de Candice et de sa bande de filles. Apparemment, elle devait correspondre aux critères de sélection permettant d'appartenir au cercle restreint de la reine des abeilles.

– Vous savez quoi les filles ? Je vais bientôt aller à New York pour la *Fashion Week* ! Ça va être gé-nial ! venait de s'exclamer Candice, jamais lassée de s'écouter parler.

Diane, Élodie et Anaïs poussèrent des petits cris enthousiastes qui devaient signifier à leur égérie qu'elles étaient vertes de jalousie. Métis leva lentement les yeux de son livre.

– La *Fashion Week* ? Tu vas louper les cours pour ça ?

– Oui, mais je m'en fiche. Ça ne me sert à rien de toute façon ! Moi aussi je défilerai là-bas un jour, alors, quelle meilleure école !

La jeune fille replongea les yeux dans son livre sans chercher à masquer son ennui.

– Je te conseille de visiter la *Frick Collection* à New York, ils ont un très beau *Renoir*, si tu as un peu de temps entre deux podiums

– Ah non, je n'aurai pas une minute à moi ! Et puis, l'Afrique, les masques et les zoulous, très peu pour moi !

Métis sourit de la bêtise de la grande blonde. Elle allait la détromper quand elle vit Natan s'avancer vers une jeune fille qui venait d'entrer dans la cour. Candice n'était peut-être pas au fait de tous les musées new-yorkais mais elle vit tout de suite où se portait le regard de la nouvelle.

– Si tu veux un conseil d'amie, ne te fais pas trop d'illusions sur Natan. Il est peut-être craquant mais crois-moi, j'ai tout essayé, il n'y a rien à en tirer. Et puis, personnellement, je commence un peu à me lasser des gamins !

Sans prêter attention à ce que disait Candice, Métis continua d'observer Natan qui s'était arrêté au milieu de la cour.

Dès que Natan avait vu la silhouette d'Hannah se profiler à l'entrée, il avait cru que son cœur allait sortir de sa poitrine. Ignorant ses amis qui se disputaient toujours, il s'était élancé dans sa direction et se tenait maintenant devant elle, bloquant son avancée vers la salle de cours. À peine vit-il son visage que le jeune homme sentit son estomac se retourner. Blanche comme un linge, les yeux rougis, elle arborait une vilaine blessure à la pommette droite. La revoir en chair et en os, et non plus perdue dans les limbes de son imagination, raviva de plus belle son envie de la prendre dans ses bras. Il fit un pas dans sa direction mais Hannah recula de la même distance ne le laissant pas s'approcher. Natan s'immobilisa, laissant le silence les envelopper quelques secondes.

– Qu'est-ce qui t'est arrivé au visage ?

Hannah porta sa main à sa joue comme pour cacher la blessure et fixa le sol de ses yeux fatigués.

– Rien, je ... je suis tombée.

Cela se voyait qu'elle ne croyait pas elle-même à son mensonge grossier. Sur le bras qu'elle avait monté à sa pommette, Natan vit les marques des chaînes qui avaient sans doute retenu ses poignets.

– Il t'a attachée ! s'exclama tout de suite le jeune homme qui se sentait étouffer de la voir dans cet état et de ne pas avoir été là pour elle.

Hannah s'empressa de recouvrir ses poignets pour masquer les marques compromettantes. Les soins de Maître Rion ces derniers jours avaient permis de la remettre sur pied, mais revoir Natan ce matin la mettait à rude épreuve. Elle s'efforça de changer de sujet.

– Merci… pour ton cahier, ça m'a bien aidée.

Il l'avait tellement attendue et pourtant cette rencontre était une torture. Un cahier, voilà tout ce qu'il avait été capable de faire pour elle ! Lui prêter son cahier, alors qu'elle avait été maltraitée par son père tout l'été à cause de lui, alors qu'elle souffrait sans doute le martyr depuis trois ans pour le sauver !

– J'ai fini de le recopier mais je suis désolée, il est toujours à Yamay, je n'ai pas encore réussi à le...

Hannah cherchait le terme dont lui avait parlé Maître Rion mais avec toutes ces pensées qui se mélangeaient encore dans sa tête, elle avait parfois du mal à trouver ses mots.

– *Mirpasser* ?

– Oui, c'est ça.

Natan resta silencieux quelques instants à l'observer sans bouger. Il avait l'impression d'être devant un oiseau qui risquait de s'envoler au moindre mouvement.

– Je réessayerai cette nuit.

– Ce n'est pas grave, je n'en ai pas besoin.

Elle avait l'air si faible, cela ne servait à rien qu'elle se fatigue à cause d'un vulgaire cahier. Hannah esquissa un mouvement vers la gauche pour continuer d'avancer mais Natan lui barra à nouveau le passage.

– Tu veux que je te prête mes notes sur ce que tu as loupé depuis la rentrée ?

– Non, c'est gentil, je vais me débrouiller.

Hannah avait rêvé tout l'été de cet instant mais maintenant, elle se rendait compte du supplice que c'était de devoir le fuir de nouveau. Leur professeur de français venait d'arriver et tous commençaient à rentrer en classe. Hannah s'avança encore mais Natan lui saisit le bras.

– Natan, s'il te plaît, je ne peux pas.

– Alors dis-moi seulement comment faire !

Elle le dévisagea, ne comprenant pas ce qu'il voulait dire.

– Dis-moi comment désensorceler mon fil de vie ?

Cette fois, Hannah le fixa, ses pupilles tremblant de panique. Son père était en train de les observer, elle le savait bien. Natan ne se rendait pas compte des risques qu'il prenait. Si le roi venait à découvrir que c'était elle qui avait désensorcelé le fil de la reine Cnalb et non Maître Rion par accident, il ne se contenterait pas cette fois de l'enfermer au cachot. Hannah utilisa les dernières forces qui lui restaient et parvint à se dégager.

– Je ne sais pas de quoi tu parles, laisse-moi tranquille s'il te plaît !

Natan la regarda se dépêcher de rejoindre le flot des élèves qui s'engouffraient dans la classe.

Tout le reste de la journée, le jeune homme tenta de la coincer pour lui parler mais il était clair qu'elle le fuyait. Dans le vestiaire de sport, Natan réfléchissait encore à la meilleure façon de la forcer à l'écouter quand Antoine, un redoublant de leur classe, débarqua en trombe, excité comme une puce.

– Venez voir les gamins ! Les filles ont de nouveaux uniformes de sport, vous n'allez pas être déçus !

Tous les garçons se précipitèrent pour aller admirer les filles dans leurs nouvelles tenues.

Pendant que monsieur Elurbtet, qui avait fini par être réintégré après plus d'un an de suspension, s'efforçait d'énoncer le programme de l'année, Natan se demandait ce qui était passé par la tête de ceux qui étaient chargés de revoir les uniformes du collège. Les filles portaient un polo cintré brodé à l'insigne de Saint-Benoît somme toute assez classique. Plus étonnant, c'était la jupette de tennis qui ne descendait même pas jusqu'à mi-cuisse et qui faisait chavirer les têtes de tous les garçons. Natan avait du mal à croire que l'association des mères de Saint-Benoît avait laissé passer ça ! Le jeune homme n'avait rien contre jusqu'à ce qu'il aperçoive Adam et Antoine qui riaient en lorgnant Hannah. Elle avait encore changé depuis l'année dernière. Sa taille s'était élancée et ses jambes étaient si fines... parsemées de bleus qui lui retournaient l'estomac. C'est le moment que choisit Alexandre pour venir se glisser derrière lui.

– En forme Natan ? Tu sais que ta chérie t'a attendu tout l'été dans son cachot. J'ai été étonné que tu ne viennes pas la chercher.

Il fit volte-face et le fusilla du regard. Bien sûr, Alexandre fit comme si de rien n'était quand monsieur Elurbtet chercha qui venait de parler, décidé à faire payer au coupable l'insubordination de la classe toute entière.

– Monsieur de Clare, cela vous intéresse ce que je raconte ?

Natan n'eut d'autre choix que de baisser la tête d'un air contrit. Il soupira, tentant vainement d'expulser la colère qui montait en lui comme la pression dans une cocotte-minute. Alexandre, bien sûr, en profita pour reprendre immédiatement sa douce torture.

– Tu m'excuseras, je te l'ai un peu abîmée. Ce n'était pas volontaire, mais c'est vrai qu'avec son foutu caractère, elle était quand même beaucoup plus docile attachée !

Cette fois, c'en fut de trop pour Natan. Il se jeta sur Alexandre qui bascula à terre et les deux garçons commencèrent à se battre à même le sol. Toute la classe se tourna vers eux, ne comprenant pas vraiment ce qui avait bien pu se passer. Hannah, elle, avait bien une petite idée et s'élança pour les séparer mais sans succès. Tout ce qu'elle réussit à faire, c'est empêcher la jeune punk aux cheveux bleus qui s'appelait Jessi, de venir frapper Natan à son tour.

– Non mais ! Je peux savoir ce qui vous prend messieurs ! Où vous croyez-vous ?

Natan avait réussi à faire saigner le nez d'Alexandre qui, de son côté, lui avait asséné un coup sur la pommette gauche.

– Regardez dans quel état vous êtes ! Vous allez commencer l'année par quatre heures de colle chacun, en espérant que ça vous calmera !

Plus personne ne parlait. Le regard du professeur se tourna vers l'élève qui se trouvait malgré elle la plus proche des deux garçons.

– Hannah, accompagnez ces deux sauvages à l'infirmerie consulter madame Gnokgnik et assurez-vous qu'ils ne s'abîment pas plus qu'ils ne le sont déjà en chemin !

Hannah jeta un regard suppliant à monsieur Elurbtet. Se retrouver coincée entre Alexandre et Natan alors qu'elle détestait l'un et devait fuir l'autre était la dernière chose qu'elle souhaitait. Mais elle comprit vite qu'elle n'aurait pas gain de cause et partit en direction de l'infirmerie, en prenant bien soin de se placer entre les deux garçons afin qu'ils ne puissent plus se battre.

Ils marchaient en silence depuis un moment quand Alexandre reprit son jeu malsain.

– Décidément, cette petite jupe te va très bien Hannah. Si tu peux la garder ce soir, je suis sûr qu'Erdnaxela sera ravi de faire un peu de sport avec toi.

Il n'en fallut pas plus à Natan pour sortir à nouveau de ses gonds. Il tenta de se jeter sur Alexandre mais la jeune fille fut plus rapide que lui et s'interposa à temps.

– Arrête Natan ! Tu ne vois pas qu'il le fait exprès !

La proximité d'Hannah calma un instant Natan. Ses doigts

fins serraient son bras, son regard plongé dans le sien avec détermination. Elle avait même repris un peu de couleur par rapport à ce matin. Il tenta de se rapprocher davantage mais Alexandre saisit Hannah par le bras et la ramena vers lui.

– Hannah, je ne crois pas que ton père serait ravi de voir ça.

Natan tira Hannah pour la dégager d'Alexandre.

– Je t'interdis de la toucher !

La pauvre jeune fille se retrouvait prise au piège des deux garçons qui n'arrivaient décidément pas à se calmer. Elle finit par s'arracher à leurs emprises et cria pour se faire entendre.

– STOP !

Natan et Alexandre sursautèrent devant la violence de son cri.

– TOUS LES DEUX !

Les deux garçons ne bougèrent plus. Natan était un peu vexé d'être mis dans le même sac qu'Alexandre mais il n'osa rien dire tellement Hannah semblait contrariée. Elle les dévisageait, à bout de souffle.

– Je ne veux plus vous entendre jusqu'à ce qu'on arrive à l'infirmerie !

Le trio reprit sa marche, silencieuse cette fois.

L'infirmière scolaire les reçut avec moult exclamations quand elle vit dans quel état ils s'étaient mis.

– Ah, je vois ! lança-t-elle à l'adresse d'Hannah. Enkorrre oune petite peste qui aime bien que garrrçons battent pourrr elle !

– Pardon ? s'exclama Hannah qui avait du mal à comprendre l'accent polonais de madame Gnokgnik mais qui avait bien cru entendre tout de même qu'elle l'avait traitée de « petite peste ».

Tout de suite, Alexandre en rajouta une couche pour se faire plaindre par l'infirmière.

– Madame, j'ai vraiment très mal, je crois qu'il m'a cassé le nez ! Il s'est jeté sur moi, alors que je ne lui avais rien fait !

Madame Gnokgnik examina le nez d'Alexandre.

– Montrrrez-moi ça ? Ah da ! Arrrrghh ! Pauvrrre petit, viens ici dans cette pièce je vais m'ockuper toi.

Puis elle se tourna vers Natan dont la joue était toujours pleine de sang, apparemment sans éprouver de compassion à son égard.

– Vous pouvez êtrrre fier vous ! Arrrrghh ! Allez, asseyez-vous là !

Collant une compresse et la bouteille d'alcool dans les mains d'Hannah, elle lui aboya de nouveau dessus.

– Vous ! Rrrendez-vous utile, faites-lui pansement surrr la joue pendant que je m'ockupe ce pauvrrre garrrçon.

Madame Gnokgnik quitta la pièce avec Alexandre qui se mordit les doigts de s'être autant plaint et laissa Hannah et Natan seuls à se regarder en chiens de faïence. La jeune fille baissa les yeux et commença nerveusement à ouvrir la compresse. Son père allait-il encore lui faire payer ce qui était en train de se passer ? Elle n'avait pas cherché à se retrouver là !

– Hannah, je...

Hannah lui bâillonna aussitôt la bouche comme il s'était amusé à le faire tant de fois l'année dernière avec elle. C'était son tour maintenant. Par-dessus tout, il ne fallait pas qu'il les mette en danger.

– Si tu parles, je pars Natan !

Son regard semblait si désespéré que Natan comprit qu'elle ne parlait pas uniquement de quitter l'infirmerie. Et il eut soudain peur, très peur qu'elle ne disparaisse à nouveau pendant des mois, très peur de la perdre pour de bon cette fois. Pourquoi le fuyait-elle ainsi ? Était-ce encore à cause de sa mère ? De son père ? Tellement de remparts semblaient à chaque fois s'élever entre eux.

Le jeune homme hocha la tête pour l'assurer qu'il avait compris. L'avoir près de lui, pour le moment, c'était mieux que rien. Hannah parut soulagée et se rapprocha pour faire son pansement. Elle mouilla une compresse avec un peu d'eau et lui nettoya la joue.

– Je vais mettre un peu d'alcool, ça va piquer.

Il serra les poings mais ne broncha pas.. Il lui aurait suffi de s'avancer un tout petit peu pour l'embrasser. Mais il resta bien sage. Hannah finit de jouer les infirmières en lui appliquant un pansement délicatement sur la pommette, juste au moment où madame Gnokgnik revenait de la pièce attenante.

– Faites voirrr ça ! Pas trrrop mal, concéda-t-elle. Allez, rrretourrrnez en kourrrs, je vais finirrr celui-là !

Hannah s'éloigna sans le quitter des yeux, le laissant entre les mains de madame Gnokgnik.

Quand Natan fut de retour chez lui après cette journée éprouvante, il était tard et la nuit était déjà tombée. Il avait dû retourner voir monsieur Elurbtet qui avait attendu pour lui donner les heures de colle promises et il avait été obligé de ranger les ballons de volley dans le cagibi attenant au gymnase. Après avoir ouvert le plus discrètement possible la porte de la maison, il s'engagea à pas de loup dans les escaliers qui menaient à sa chambre, espérant bien échapper à sa mère et à madame Ecirruon. Mais ce fut peine perdue. Dès qu'il commença à monter, sa gouvernante jaillit de la cuisine comme si elle guettait son arrivée.

– Natan, que faisais-tu ? Il est tard déjà. Oh mon Dieu, que t'est-il arrivé ?

Il baissa la tête pour dissimuler sa joue. Mais cela ne servait à rien de mentir. De toute façon, monsieur Elurbtet avait écrit un roman dans son carnet de correspondance.

– Ah, tu as bien choisi ton soir toi ! Viens ici que j'essaye de t'arranger un peu tout ça !

Il laissa madame Ecirruon l'entraîner dans la cuisine pour changer le pansement d'Hannah en se demandant ce qu'elle voulait dire avec avoir choisir son soir. Puis cela lui revint. Sa mère lui avait encore rappelé ce matin. Des amis à eux venaient dîner ce soir avec leur fille et elle lui avait demandé de ne pas être en retard. Avec Hannah qui était revenue ce matin au lycée, cela lui était complètement sorti de la tête. Aïe ! Une heure de retard et un cocard, ce n'était pas très discret comme entrée !

– Allez, tu es à peu près présentable, mais je te conseille de faire ta tête d'angelot si tu veux t'en sortir à peu près indemne !

Natan prit son courage à deux mains et se dirigea vers le salon où il pouvait entendre des voix s'élever.

– Ah, Natan, enfin ! Nous t'attendions tous ! s'exclama son père quand il le vit arriver.

Le garçon esquissa un sourire gêné. Sa mère fronça les sourcils en voyant sa tête mais n'ajouta rien. La présence des invités aurait peut-être au moins le mérite de lui éviter une scène ce soir.

– Je te présente mon ami Pierre Vernasur, ainsi que sa femme Edith et leur fille Métis, enchaîna sa mère. Mais je crois que vous vous connaissez déjà avec Métis. Si je ne m'abuse, vous êtes dans la même classe.

Natan salua les invités de ses parents et son regard embarrassé accrocha vite la nappe d'un blanc immaculé. Métis était là quand il avait sauté sur Alexandre tout à l'heure. Pourvu qu'elle n'ait rien raconté à ses parents ! Il n'avait vraiment pas envie que cela devienne un sujet de discussion au cours du dîner. La conversation reprit bon train autour du thème qui semblait les animer ce soir : l'éducation. La question était de savoir si l'école d'aujourd'hui préparait bien les jeunes au marché du travail. Natan n'en avait aucune idée et, à vrai dire, il s'en fichait complètement. Il ne tarda pas à se replonger dans ses pensées obsédantes.

– Natan ? Natan ? l'appela sa mère au bout d'un moment.

Soudain, le jeune homme se rendit compte que toute la table l'observait.

– Pierre t'a posé une question, reprit sa mère.

Il n'avait aucune idée de ce que venait de lui demander leur invité. Pierre Vernasur sourit en voyant la tête de l'adolescent.

– Je te demandais si tu savais déjà ce que tu voulais faire plus tard ?

Sa gorge s'assécha. Il n'avait aucune idée de ce qu'il allait faire demain, alors savoir ce qu'il ferait plus tard !

– Non, je ne sais pas encore.

– Mon fils est un grand rêveur, commenta Osmond qui, comme toujours, semblait ne pas réussir à cacher sa déception.

Voyant le regard blessé du jeune homme, Pierre prit sa défense.

– Si j'en crois ce que me dit Métis, vous n'avez pas à vous inquiéter pour votre fils, Osmond. Avec les notes qu'il a, il pourra faire tout ce qu'il veut !

Métis avait parlé de lui à ses parents ? Comment connaissait-elle ses notes ?

– Oui, bien sûr, reprit Osmond. Mais j'aimerais surtout qu'il passe moins de temps perdu dans ses pensées, si vous voyez ce que je veux dire, Pierre. Se perdre dans ses rêves n'a jamais apporté grand-chose de bon. Vous ne pouvez qu'être d'accord avec moi, n'est-ce pas ?

Natan dévisagea son père. Il avait eu l'impression il y a une seconde qu'il était comme toujours la source de son agacement.

Mais le ton avec lequel il venait de s'adresser à leur invité lui faisait sentir que son courroux ne lui était pas destiné pour une fois. Lui non plus ne semblait pas ravi de ce dîner. Si Natan voulait d'ailleurs être honnête avec lui-même, le comportement de son père à son égard avait changé ces derniers temps. Depuis qu'il l'avait prévenu l'année dernière que sa mère voulait partir pour les sept vallées. Osmond de Clare avait toujours autant de mal à s'adresser à son fils sans lui reprocher quelque chose ou lui prodiguer une leçon de morale, mais son ton n'était plus aussi exaspéré. Il était plutôt devenu maladroit, comme s'il masquait une inquiétude.

Sa mère sentit qu'il était temps de reprendre le fil de la conversation et profita du silence pour interroger Métis.

– Et toi Métis, sais-tu déjà ce que tu veux faire après le lycée ?

La jeune fille posa sa fourchette avec délicatesse. Elle laissa quelques secondes filer puis prit la parole avec une aisance désarmante.

– Oui, j'aimerais devenir danseuse professionnelle. Mais si je n'arrivais pas à me faire engager dans une compagnie renommée, je poursuivrais mes études pour devenir neurochirurgien.

– Et bien, c'est impressionnant ! s'exclama Ève.

La conversation reprit puis, le dessert terminé, les adultes passèrent prendre le café au salon.

– Natan, tu devrais proposer à Métis de monter dans ta chambre pour regarder un film.

Il trouva l'idée un peu saugrenue. Après sa journée mouvementée, il n'avait qu'une envie : se coucher et pas du tout celle de regarder un film. Mais c'était sans doute une façon polie pour sa mère de leur dire qu'ils souhaitaient maintenant discuter entre adultes. Il proposa donc à Métis de monter dans sa chambre. La jeune fille parut ravie. Natan commença à passer en revue sa collection de DVD, qui appartenaient pour la plupart à Nicolas, mais la jeune fille se montra plus intéressée par la décoration de sa chambre.

– Alors, il y a quelque chose qui te tente ? Désolé, je n'ai rien avec des langoustes rebelles.

Métis rit de bon cœur.

– Ce n'est pas grave, je n'ai pas vraiment envie de regarder un film, lui confia la jeune fille qui semblait vouloir happer la pièce toute entière du regard.

Il l'observa faire le tour de ses bibelots, comme si elle était en train de les imprimer à la surface de sa rétine.

– En tout cas bravo, tu sais y faire avec les parents ! reprit-il pour meubler le silence qui devenait gênant.

– Oh, ce n'est pas qu'avec les parents. C'est avec tout le monde, en fait. J'ai un don pour ça, j'arrive à savoir ce que les gens pensent. Alors, je leur donne ce qu'ils veulent entendre… ou le contraire, ça dépend.

Natan rit à son tour. Cette fille était vraiment originale, c'était le moins qu'on puisse dire !

– Ah oui ? Parce que tu arrives souvent à tes fins en disant aux gens le contraire de ce qu'ils veulent entendre ?

– Bien sûr. Tu ne connais pas l'adage ? « Suis-moi je te fuis. Fuis-moi je te suis. ». Les gens adorent se faire manipuler, crois-moi !

Il n'arrivait plus à détacher ses yeux de la jeune fille qui parlait avec tant d'aplomb. Il n'avait jamais rencontré quelqu'un avec autant d'audace et d'assurance. Et ce qu'elle disait rebondissait à ses oreilles comme un étrange écho.

– Alors ? Qu'est-ce que j'ai envie d'entendre ?

Métis s'arrêta d'examiner la chambre du garçon et se mit à le fixer de ses yeux d'azur. Peu à peu, elle se rapprocha comme un chat guette sa proie.

– Tu aimerais que ta mère monte et nous dise que la soirée est finie. Car tu es fatigué, tellement fatigué…

Natan soutint son regard la laissant se rapprocher sans bouger. Pour l'instant, elle avait raison mais en même temps, avec ce à quoi elle avait assisté tout à l'heure, ce n'était pas très difficile.

– Ah bon ? Et fatigué par quoi ? poursuivit-il.

– Fatigué d'avoir à gérer deux vies, fatigué de ne pas être libre de faire ce que tu veux. Ici ou là-bas.

Interpellé par ses derniers mots, le jeune homme peina à masquer son trouble, mais ne lâcha pour autant des yeux la jeune fille qui ne se trouvait plus qu'à quelques centimètres de lui. Soudain, la mère de Natan frappa à la porte et passa une tête.

– Métis, tes parents nous quittent.

Sans rien ajouter, Métis lui jeta un sourire énigmatique et descendit rejoindre ses parents, abandonnant le jeune homme à ses doutes.

Chapitre 4

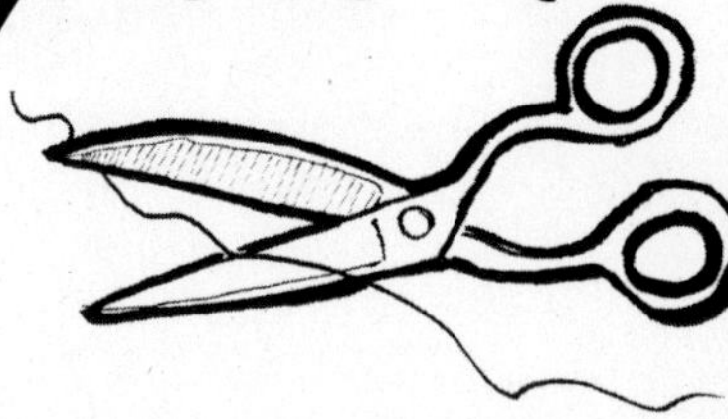

La reine Cnalb guettait l'horizon pendant que le chevalier Veilleur lui faisait le compte-rendu circonstancié de son expédition au palais d'Aacisuan.

– Alors elle refuse de nous donner les fleurs d'immortelle ?

– Oui, ma reine. Elle ne peut donner deux fois les fleurs pour sauver le même fil de vie.

La reine soupira sans même se tourner vers le chevalier.

– À vrai dire, je m'en doutais mais il fallait bien essayer.

Le chevalier Veilleur laissa le silence s'étirer entre eux, attendant que la reine reprenne.

– Et les plantations de la serre ?

– Les premières tiges sont sorties.

La reine savait bien ce que cela voulait dire.

– Elles n'arriveront pas à floraison avant des mois.

Elle se plongea à nouveau dans ses réflexions. Il fallait qu'ils trouvent un moyen. Elle ne pouvait pas laisser la vie de Natan au bon vouloir du roi Rion plus longtemps.

– Préparez vos hommes et envoyez une nouvelle expédition vers la montagne de l'ouest !

Le chevalier fixa la reine se demandant s'il allait oser.

– Majesté ! Il n'y a plus d'immortelles là-bas depuis des siècles !

La reine se retourna et plongea son regard dans celui de son ami.

– Il faut tout tenter Nomis.

Le père de Salocin se sentit traversé par les pupilles qui le foudroyaient et hocha simplement la tête.

– Bien, ma reine, je m'en occupe tout de suite.

Il s'apprêtait à sortir quand la reine le rappela.

– Nomis !

– Oui, Majesté ?

– Surtout, pas un mot de tout ça à Natan.

– Bien sûr, Majesté.

Le chevalier Veilleur s'éclipsa, laissant la reine perdue dans ses pensées. Si elle n'avait pas besoin d'une chose, c'était que le roi Rion envoie des chevaliers contrer ses plans pour trouver les immortelles. Soudain, quelqu'un frappa à la porte de ses appartements et Natan passa la tête.

– Vous avez demandé à me voir, mère ?

– Oui, entre, s'il te plaît, Natan.

La reine regarda son fils pénétrer dans ses appartements sans quitter des yeux sa pommette bleuie. Natan baissa la tête. La veille, quand elle était remontée pour lui parler, il avait fait semblant de dormir mais il savait bien qu'il ne pourrait pas lui échapper éternellement.

– Je peux savoir comment tu t'es fait ça, Natan ?

Il se détourna pour qu'elle arrête de le fixer. C'était étrange. Il avait toujours rêvé de retrouver sa mère et maintenant qu'elle était là, il était devenu comme n'importe quel adolescent de quinze ans. Il aurait voulu qu'elle le laisse un peu respirer !

– Je ne crois pas que vous ayez envie de savoir.

La réponse fuyante de Natan énerva encore plus la reine.

– Arrête un peu s'il te plaît !

Il se tourna vers elle, sans détourner le regard cette fois.

– Je me suis battu avec Alexandre.

Elle ne dit rien. Natan fixait son visage qui ne laissait rien paraître. C'était à se demander si elle n'était pas déjà au courant.

– As-tu revu Hannah ?

– Oui, hier, couverte de bleus.

Natan sentit sa gorge se nouer en prononçant ces derniers mots. Il tenta de contrôler sa voix mais cela n'empêcha pas la reine de percevoir son trouble. Ève se tourna à nouveau vers la fenêtre. Qu'avait encore en tête le roi Rion en faisant revenir Hannah au lycée ? La *Eihtyp* l'avait prévenu pourtant ! Elle pensait qu'il aurait emmené sa princesse loin, très loin. Mais il préférait jouer avec le feu, pensant sans doute que cela pourrait lui servir.

– Il faut que je la sorte de là.

La reine tressaillit. La voix de son fils révèlait une détermination qui lui fit peur. Elle tenta de ne rien laisser paraître.

– C'est impossible, tu le sais bien. Et elle refuserait de te suivre de toute façon.

– Pas si j'arrive à désensorceler mon fil de vie avant !

Sa mère ne bougea pas et Natan crut se revoir cet été. Elle allait encore esquiver la question.

– Dites-moi comment je dois faire pour...

– Nous avons déjà parlé de ça plusieurs fois, Natan !

– Non, justement ! J'ai essayé d'en parler, mais vous n'avez fait qu'éviter de me répondre. Je ne resterai pas sans rien faire pendant qu'il la martyrise tous les jours sous mon nez !

– Tu dois me faire confiance Natan.

« Tu dois me faire confiance ». C'était la grande phrase de sa mère. Natan avait envie de lui dire qu'à lui aussi, elle pouvait faire confiance, qu'il n'avait plus un an, qu'il en avait quinze maintenant ! La reine dévisagea son fils. Son regard s'était durci.

– Natan, au fond de toi, tu sais très bien que ce n'est pas ça le problème. Que ton fil soit ensorcelé ou pas, Hannah restera toujours la princesse Rion.

Alors, voilà, elle y venait enfin ! Après tous ces faux-semblants. La vraie raison qui l'autorisait à esquiver toutes ses questions.

– Alors cela justifie tout, c'est ça ? Cela justifie que je la laisse mourir ?

– Ce n'est pas ce que j'ai dit, Natan ! Mais quel avenir pouvez-vous avoir ensemble de toute façon ?

Il se détourna. S'il y avait bien un sujet qu'il ne souhaitait pas aborder avec sa mère, c'était qui il devait aimer ou non. La reine reprit plus doucement.

– Natan, Hannah elle-même en est bien consciente. Je suis sûre qu'elle t'a demandé de la laisser tranquille. N'ai-je pas raison ?

Le jeune homme se tendit. Il détestait cette discussion. Sans lui répondre, il commença à partir.

– Natan, où vas-tu ?

Le jeune prince stoppa sans même se retourner. Il n'avait pas envie qu'elle lise les sentiments terribles qui se livraient bataille en lui.

– Je vais trouver mon père. Je veux voir s'il a réussi à se souvenir de la troisième strophe du poème de Morwrom.

– Je suis là maintenant, Natan. Ce n'est plus ton rôle. Nous allons nous en occuper, ton père et moi.

Il n'en croyait pas ses oreilles. Ce n'était pas seulement que sa mère le prenait pour un enfant, c'était qu'elle le mettait volontairement à l'écart de tout, y compris de la recherche de la ceinture ! Il sentit les flots de frustrations en lui le submerger sans qu'il arrive à les retenir.

– Je me débrouillais très bien quand vous n'étiez pas là, je vous signale !

Natan regretta aussitôt les paroles qu'il venait de prononcer. Sa mère accusa le coup. Ce n'était décidément pas facile de laisser un bébé et de retrouver un adolescent. Mais il restait son fils. Et elle restait la reine.

– Oui, je vois ça, Natan. Le roi Rion t'a volé le premier fragment et il aurait fait pareil avec le second si le grand phénix n'était pas venu à ta rescousse mais tu te débrouilles très bien en effet !

Le jeune homme baissa les yeux de honte. Mais sa mère n'en avait pas fini avec lui, décidée à appuyer là où ça faisait mal.

– Tu veux lui prendre sa fille ? Eh bien, vas-y ! Tu ne sais même pas faire le centième des *Imagami* qu'il maîtrise ! Et contrairement à toi, lui n'hésitera pas une seule seconde à te tuer.

Natan ferma les yeux, se remémorant ces quelques secondes. Quand le phénix lui avait donné la possibilité de tuer le roi Rion et qu'il avait hésité à le faire. Le ton de la reine se radoucit. Elle avait, semble-t-il, assez humilié son fils à son goût.

– Natan, *imagamier* ne s'improvise pas ! Il faut apprendre et il faut s'entraîner. À cause de ce qui t'est arrivé, tu n'as pas pu le faire comme n'importe quel enfant ici, comme tous les princes et princesses l'ont fait avant toi. Tu as beaucoup de potentiel, mais il ne te servira à rien si tu ne sais pas l'exploiter. Alors maintenant, il est temps de réparer ça.

La reine se saisit d'une petite cloche posée sur le bureau près d'elle et la secoua, sans doute pour appeler un *Inivini*. Presque aussitôt, la reine s'adressa dans le vide à son serviteur imaginaire lui demandant de faire entrer Maître Rusanrev. Comble de l'humiliation, Natan n'arrivait toujours pas à voir ces satanées petites bêtes. Ce n'était pourtant pas faute d'avoir essayé et ce tout l'été.

– Natan, je ne veux pas que tu te préoccupes de la ceinture pour l'instant, je veux que tu t'entraînes pour passer ton examen final d'*Imagami*.

Il pâlit dès qu'il entendit sa mère parler dans la même phrase d'« examen » et d'« *Imagami* ».

– Je sais que Newlon t'a prêté quelques livres l'année dernière mais cela ne suffit pas. C'est pour ça que j'ai demandé à Maître Rusanrev d'être ton précepteur. C'est l'un des meilleurs du royaume et je suis certaine que vous vous entendrez très bien. D'ailleurs, tu le connais déjà.

Natan vit sa mère sourire pour accueillir le maître d'*Imagami* qui venait de les rejoindre. C'était le père de Métis ! Voilà pourquoi ils étaient venus manger la veille. Et voilà sûrement pourquoi son père avait semblé en colère toute la soirée. Cela ne devait pas lui plaire que sa femme le force à rencontrer celui qui allait aider son fils à s'entraîner à faire des *Imagami* alors que lui-même ne souhaitait qu'une chose : le ramener à la réalité.

– Bonjour Majesté.

– Bonjour Maître Rusanrev.

Le professeur se tourna vers Natan et lui sourit.

– Bonjour, mon prince. Ne vous inquiétez pas, tous les jeunes gens que j'ai entraînés n'ont jamais obtenu moins de 95 sur 100 à leur examen final d'*Imagami*.

Cela ne rassura pas le prince qui se persuada tout de suite qu'il serait le premier à faire chuter ses statistiques. Il n'en pouvait plus, il avait l'impression d'asphyxier. Frôlant l'impolitesse, il demanda à sa mère la permission de se retirer. Voyant que son fils était au bord de l'apoplexie, elle l'autorisa à les quitter. Cela ne servait à rien de le braquer dès le premier jour contre son professeur. Il allait avoir assez de travail comme ça.

Quand Natan fut dans ses appartements, il se jeta sur son lit, en rage. Il avait l'impression d'avoir des centaines de pierres au fond de l'estomac. Awa et Iwi, les deux *srotors* de Newlon, vinrent le réconforter. La jeune fille les laissait souvent au palais quand elle s'absentait. Ces deux tornades vivantes étaient devenues le cauchemar de tous ses voisins et elle les confiait donc de plus en plus souvent à sa mère qui s'occupait au palais des *Inivini*. Les deux bestioles avaient dû comme d'habitude échapper à sa garde et venir se goinfrer de gâteaux dans les appartements du prince. Natan s'amusa pendant un moment à les regarder sauter sur son lit.

Soudain, un bruit sourd le sortit de sa rêverie. Un tiroir était sorti de son bureau. Natan se pencha pour observer ce qui avait pu pousser le compartiment et aperçut la *Eihtyp* sortir tranquillement de son secrétaire.

Devant le regard stupéfait du prince, la petite bonne femme sourit.

– Il faut toujours travailler ses entrées, il n'y a que ça qui compte. Alors jeune prince, comment allez-vous aujourd'hui ?

Natan la regarda, interdit.

– Cela ne va pas très fort, mais vous devez déjà le savoir !

– Parfait, parfait, je suis heureuse pour vous.

Il soupira en voyant que la vieille prêtresse n'avait pas changé depuis l'année dernière.

– Connais-tu la fleur qui brûle jeune prince ?

La fleur qui brûle, avait-elle dit ? Natan repensa à la vision qu'il avait eue l'année dernière lors de la pièce de fin d'année. Une fleur dont les pétales brûlaient. Sur le coup, il avait eu l'impression d'en avoir déjà entendu parler mais sans savoir ni où ni comment. Mais, depuis, il avait retrouvé : c'était Hannah qui lui avait parlé d'une fleur qui brûlait. Juste après qu'elle se soit fait attaquer par les *Seiprah* alors qu'il la veillait, endormie dans ses rêves.

– J'ai déjà vu une fleur qui brûle, oui, mais qu'est-ce qu'elle signifie ?

La *Eihtyp* était en train de caresser les deux *srotors* tout en les gavant de bonbons au chocolat. Comme à son habitude, elle répondit à la question de Natan par une autre question qui n'avait rien à voir.

– Te souviens-tu du premier jour où tu as rêvé de Yamay, toi dont le fil a été protégé bien au-delà de onze ans ?

Natan demeura interdit. Quel était le rapport avec la fleur ? Le premier jour où il avait rêvé de Yamay. Non, il ne s'en rappelait plus ! Cela semblait être il y a si longtemps. Et pourquoi lui parlait-elle de son fil de vie ? Savait-elle comment le désensorceler ?

La *Eihtyp* donna un dernier bonbon à Iwi et commença doucement à disparaître.

– Attendez ! Ne partez pas tout de suite ! Dites-moi à quoi tout ceci rime !

La vieille prêtresse sourit au prince tout en continuant à s'évaporer.

– Pour comprendre la fleur qui brûle, il faut percer le nombre secret qui l'a fait éclore hier et qui la consume aujourd'hui, jeune prince, le mystère des fils qui luttent pour ne pas se séparer. Et tu trouveras alors ce que tu recherches depuis le début.

La *Eihtyp* s'évanouit complètement laissant Natan comme toujours livré à lui-même devant ces énigmes incompréhensibles qui ne semblaient servir qu'à le noyer un peu plus.

Chapitre 5

Beaucoup de choses avaient changé cette année mais d'autres semblaient inamovibles au collège Saint-Benoît : Lord Tiorces était toujours leur professeur d'histoire. Hannah attendait, seule à sa table, lasse, qu'un de ses deux geôliers vienne prendre position, comme tous les jours depuis qu'elle était revenue au lycée. La lubie de leur professeur de la faire s'asseoir à côté de Natan lui était passée. « Heureusement ! », se répétait la jeune fille pour tenter de s'en convaincre. La reine Cnalb avait raison. Natan ne se rendait pas compte des risques qu'il prenait. Hannah se força à ne pas se retourner vers ses trois amis qu'elle savait installés non loin derrière elle. Au moins, le garçon respectait ce qu'elle lui avait demandé. Depuis l'épisode de l'infirmerie, il n'avait plus tenté de lui parler ou de se rapprocher d'elle.

– Je peux m'installer à côté de toi, Hannah ?

Elle leva la tête, surprise, vers la jeune fille brune qui venait de lui adresser la parole. Il s'agissait d'une des nouvelles. Celle qui s'appelait Métis et dont tous les garçons n'arrêtaient pas de parler depuis la rentrée. Hannah l'avait vue discuter avec le groupe de Candice. Pourtant, elle semblait différente de ses autres copines écervelées. Déjà, elle ne l'avait pas appelée une seule fois « Chat Boiteux ». Considérant sans doute que sa question n'était que pure formalité, Métis n'attendit pas la réponse et s'installa avec l'audace qui la caractérisait. Sur ce, Alexandre entra dans la classe et, l'œil noir, se planta devant les filles avec la ferme intention de déloger l'intruse. Nullement impressionnée, Métis fixa Alexandre en souriant comme s'ils se connaissaient de longue date. Hannah les observa avec intérêt, sentant bien que quelque chose lui échappait.

– Oui Alexandre ?

– Tu es assise à ma place.

– Ah oui ?

La jeune fille fit mine d'examiner sa chaise comme si un nom y était indiqué.

– C'est bizarre, ton nom n'est pas marqué. Ah oui, c'est parce qu'on n'est plus en petite section de maternelle !

Hannah gloussa intérieurement. C'était tellement jouissif de voir quelqu'un rabattre son caquet à celui-là ! Elle s'attendait malgré tout à ce qu'Alexandre reprenne sa place de force quand, à sa grande surprise, il maugréa, fuyant le regard de son interlocutrice, pour s'installer une table plus loin. Hannah dévisagea, interdite, la nouvelle qui lui sourit en retour. Comment avait-elle fait ? Cette fille était une bénédiction !

Le cours commença et les élèves ouvrirent leurs livres studieusement. Aucune petite blague ne vint ponctuer sa présentation, signe que Lord Tiorces n'était pas en grande forme. Alors que le cours touchait presque à sa fin, il fit passer mollement une fiche et leur demanda de s'inscrire pour un exposé.

– Est-ce que ça te dit qu'on se mette ensemble ?

Hannah releva la tête vers Métis, dont le ton enjoué tranchait avec l'atonie ambiante, encore plus stupéfaite que tout à l'heure. À part Nolwen, jamais personne ne lui avait proposé de se mettre avec elle. Depuis toujours souffre-douleur de la fille la plus populaire du collège, cela aurait été un suicide pour le candidat. Mais apparemment, cela ne semblait pas inquiéter Métis outre mesure. Décidément, c'était pas mal le lycée ! Rencontrer enfin de nouvelles têtes qui n'avaient pas participé aux blagues humiliantes de Candice pendant quatre ans, cela la changeait !

– Oui, si tu veux, bafouilla Hannah

– Ça te dit qu'on bosse le plan chez moi après le cours, comme ça on en sera débarrassé.

Hannah se demanda si elle avait le droit d'accepter. Après tout, son père lui avait interdit de parler à Natan, mais pas à la classe entière. Elle n'osait pas se rapprocher de Nolwen, car cela n'aurait servi qu'à lui donner de l'importance et la mettre en danger inutilement. Mais cette fille, c'était une simple camarade. Alors que risquait-elle ?

– D'accord, je te suis après les cours.

– Super !

La jeune fille semblait sincèrement ravie ce qui fit presque plaisir à Hannah. Elle s'était toujours forcée à ne pas y penser mais au fond, ça lui avait manqué d'avoir une amie qui ne soit ni une lumière, ni une boule de poil.

Quelques rangs derrière, Natan observait les deux jeunes filles s'affairer, la mine préoccupée. Depuis que Métis était entrée dans la classe tout à l'heure, il ne l'avait plus quittée des yeux. C'était plus fort que lui. Depuis l'autre soir, il n'arrêtait pas de repenser à ce qu'elle lui avait dit.

Métis habitait un appartement non loin de l'ancienne maison d'Hannah, celle de Thierry et de Caroline. En passant devant leur immeuble, le cœur de la jeune fille se serra. Elle se contrôla pour ne rien laisser paraître devant sa nouvelle camarade. Métis ne dit rien mais le trouble de la jeune fille ne lui échappa pas.

– Voilà, j'habite ici.

Elle fit entrer Hannah dans un petit appartement dont les murs étaient tapissés de livres. Une voix chaude les accueillit, apparemment ravie de les voir.

– Bonjour les filles !

Hannah salua le père de Métis qui venait à leur rencontre, ses petites lunettes à la main.

– Salut P'pa ! Nous allons travailler dans ma chambre avec Hannah. Le prof d'histoire nous a donné un exposé à faire en binôme.

L'homme embrassa sa fille puis observa Hannah avec un sourire étrange. La jeune fille se tenait toujours près de la porte, son sac serré contre elle, attendant que Métis, affairée à retirer son manteau et ses chaussures, lui indique le chemin de sa chambre. Mordillant le bout de ses lunettes, l'homme ne la quittait pas du regard et elle se sentit obligée, au bout d'un moment, de baisser les yeux et de détailler la moquette.

– Viens Hannah, ma chambre est par là.

La jeune fille ne se fit pas prier et suivit Métis vers la pièce du fond.

– Mon père est professeur à l'université, expliqua la jeune fille en fermant la porte, c'est pratique, il est souvent à la maison pour ses recherches.

Hannah ne demanda pas dans quel domaine. Elle s'était déjà sentie assez mal à l'aise quand il l'avait fixée tout à l'heure. Ce n'était pourtant pas un regard malsain. Plutôt celui de quelqu'un qui l'aurait détaillée comme une bête curieuse. Métis lui laissa une place sur son bureau pour installer ses affaires. La jeune fille observa les posters de danse qui parsemaient les murs de la chambre. Sa camarade semblait vraiment passionnée. De frêles ballerines osaient des portés audacieux dans les bras de danseurs aux muscles sculptés. Elle pensa au cours de danse où son père l'avait forcée à se réinscrire cette année. Encore une de ses lubies bizarres qui, dans son esprit, n'était pas contradictoire avec le fait de l'enfermer dans un cachot pendant deux mois. Ces cours étaient pourtant tout autant une torture pour Hannah. Elle avait beau ne plus boiter depuis deux ans, elle avait l'impression d'être aussi gracieuse qu'une oie empâtée au milieu des cygnes glissants sans effort sur le parquet lustré.

– Bon alors : « La place des esclaves dans la Grèce Antique ». Que dit un peu notre ami Internet là-dessus ?

Métis avait déjà ouvert son ordinateur et balayait les résultats obtenus en prenant des notes. Hannah entreprit de lire le chapitre de son livre d'histoire qui portait sur la question. Au bout d'un moment, Métis leva son stylo et se tourna vers son invitée. Elle avait déjà établi un plan en deux parties.

– Tiens, dis-moi ce que tu penses de ça !

Hannah lut ce que lui tendait Métis. Le plan était construit et argumenté. En à peine dix minutes, la jeune fille avait réussi à coucher sur le papier, exactement ce que leur professeur attendait d'eux ! Hannah releva la tête vers son hôtesse qui ressemblait de plus en plus à ses yeux à une extraterrestre. Elle n'avait décidément rien à voir avec les copines écervelées de Candice, c'était le moins que l'on puisse dire ! Hannah sentit se planter en elle le regard aiguisé de Métis.

– Alors, ça te plaît ?

– Oui, c'est vraiment... très bien. Je rajouterais peut-être simplement une dernière partie pour comparer avec la place des esclaves dans d'autres cultures ?

Métis acquiesça et reprit son stylo.

– Oh oui, tu as raison ! À mon avis, c'est exactement ce que ce vieux garçon de Lord Tiorces attend !

La remarque fit rire Hannah, qui commençait à apprécier cet après-midi inattendu.

– Comment sais-tu qu'il est vieux garçon ?

Métis avait entrepris de recopier leur plan au propre et sans relever la tête, lui répondit comme si c'était l'évidence même.

– Ça se voit comme le nez au milieu de la figure ! Il se languit d'amour pour la prof de français, celle qui monte les pièces de théâtre. Il n'a pas l'air très en forme en ce moment d'ailleurs. C'est sûr qu'il a perdu au change avec l'autre folle de Neiriov qu'on se paye cette année !

Métis était au collège Saint-Benoît depuis moins d'un mois mais elle semblait déjà être parfaitement dans son élément. Hannah repensa au sentiment qui l'avait envahie tout à l'heure quand elle avait souri à Alexandre. Se connaissaient-ils ? À voir la mine de ce dernier en tout cas, il ne semblait pas l'apprécier. Ce qui était une raison supplémentaire pour elle d'estimer Métis !

– Je suis contente, poursuivit la jeune fille. Je suis sûre que nous allons former une bonne équipe toutes les deux !

Métis avait relevé les yeux et les avait plongés dans ceux d'Hannah avec la force pénétrante qui rendait difficile de soutenir son regard.

– Merci, bredouilla Hannah, ne pouvant s'empêcher de se demander pendant une seconde si elle ne parlait que de leur exposé d'histoire.

– De rien, tu m'as simplement l'air un peu plus posée que cette idiote de Candice ! Quelle cruche celle-là ! Je me demande comment sa boîte crânienne ne fuit pas avec toute l'eau que doit contenir son cerveau !

Hannah ne réussit pas à étouffer un rire nerveux. À part Nolwen, elle n'avait jamais entendu personne oser s'en prendre ainsi à la reine des abeilles. Rencontrer quelqu'un capable de s'opposer à Alexandre et Candice dans une même journée, elle n'aurait pas cru que c'était possible ! Peut-être Métis avait-elle raison, elles pourraient former une bonne équipe toutes les deux, et peut-être même devenir amies !

– Vraiment, reprit Métis, je n'arrive pas à comprendre comment un garçon comme Natan a pu sortir avec elle ! Je ne vois vraiment pas ce qu'il a pu lui trouver, tu en penses quoi, toi qui les connais depuis trois ans ?

Hannah eut l'impression de recevoir une douche froide. Son enthousiasme naissant il y a encore une seconde disparut. Voilà pourquoi Métis lui avait proposé de faire cet exposé ! La jeune fille sentit sa mâchoire se contracter et sa tête cogner. Qu'elle était bête !

Les yeux toujours baissés, Hannah haussa les épaules en commençant à ranger ses affaires.

– Je ne sais pas. Elle est très belle. J'imagine que cela ne devait pas être trop désagréable !

Métis observa la jeune fille dont le ton qui s'était durci voilait difficilement le malaise.

– Honnêtement, j'ai du mal à croire que cela suffise à un garçon comme Natan. Il est quand même plus intelligent que ça. Non, il est sensible, généreux, courageux. Il a une certaine grandeur d'âme.

Hannah arrêta de ranger ses affaires pour la regarder.

– Et tu as deviné tout ça après quelques heures de cours seulement ?

– Oui et j'ai vu sa chambre l'autre jour. Je trouve que quand on voit la chambre d'un garçon, on en apprend beaucoup sur lui, tu ne trouves pas ?

Hannah resta ébranlée par les révélations de Métis. La jeune fille savoura l'effet que ces paroles venaient de produire sur son invitée et poursuivit sa douce torture.

– Nos parents sont amis, je suis allée manger chez lui l'autre soir. Natan m'a proposé de monter dans sa chambre en fin de soirée.

Métis esquissa un sourire faussement gêné plus explicite que mille mots et Hannah eut l'impression qu'un courant d'air froid la traversait.

– Ses parents sont très agréables d'ailleurs, poursuivit Métis. Sa mère surtout, je ne sais pas si tu la connais ?

La jeune fille repensa à la dernière fois qu'elle avait vu la mère de Natan. Ce n'était pas exactement ce que l'on pouvait appeler un souvenir agréable. C'est sûr que ce n'était pas son père qui risquait d'inviter les parents de Natan à venir prendre le thé. Hannah se mit à nouveau à ranger ses affaires. Il fallait qu'elle sorte d'ici avant que sa tête explose. Mais Métis n'avait apparemment pas encore obtenu ce qu'elle voulait d'elle.

– D'ailleurs, je voudrais lui trouver un cadeau. Tu ne sais pas, toi, ce qui lui ferait plaisir ?

Hannah avait toujours la tête baissée, concentrée sur son sac, comme si elle pouvait s'y accrocher pour éviter de basculer.

– Non, comment veux-tu que je le sache ?

– Je ne sais pas moi, on m'a dit que vous aviez joué « Roméo et Juliette » l'année dernière.

La gorge d'Hannah se noua encore un peu plus. Décidément, Métis était bien renseignée et elle, bien naïve. Comment avait-elle pu croire un seul instant que la jeune fille voulait simplement être gentille avec elle, devenir son amie !

– Avec toutes les répétitions que vous avez dû avoir, poursuivit-elle, je me suis dit que tu devais bien le connaître.

– Apparemment pas si bien que ça, s'empressa de conclure Hannah en se levant.

Mais Métis était têtue et pas vraiment décidée à la laisser partir aussi facilement.

– Pourtant, j'avais cru comprendre que ce n'était pas vraiment un rôle de composition... pour vous deux.

– Et bien, il semble qu'on t'a mal renseignée. Tu m'excuses, je dois y aller, mon père m'attend.

Hannah jeta son sac sur son épaule et, sans attendre que Métis la raccompagne, elle s'engouffra dans le couloir pour sortir de cet appartement devenu oppressant. Dans la fraîcheur de la nuit qui tombait, elle pressa le pas, en oubliant presque son chemin. Elle sentait que les violents maux de tête, qui l'avaient quittée grâce aux bons soins de Maître Rion, reprenaient peu à peu leur droit. Elle savait bien ce que ça voulait dire. Mais après ce qui venait de se passer, c'était si tentant d'arrêter de réfléchir pour replonger dans cette fuite vers le passé, d'où elle ne savait pas comment elle ressortirait.

Chapitre 6

Ylil était penchée, le visage grave, sur son chaudron. Elle n'était plus dans l'atelier de Maître Cnalb mais dans la grande salle de classe d'incantapotions. Sur plusieurs rangées, les tables de préparation disposaient chacune de leur propre chaudron et d'espace suffisant pour que les étudiants ne se gênent pas lors de leurs travaux. Aucun ingrédient ne volait cette fois dans les airs. L'élève semblait songeuse, perdue toute seule dans cette grande salle déserte.

Elle était en train de s'entraîner à préparer une pommade Pouss'Cloque. Ce baume était un des grands classiques du brevet supérieur d'incantapotions qu'elle tirerait peut-être au sort le jour de son examen. Il lui restait quelques mois avant la date fatidique mais il fallait mieux s'assurer qu'elle avait bien en tête son Imagami Potionis. Et s'entraîner lui permettait surtout de penser à autre chose. La jeune fille sortit de son crâne la petite bulle de lumière et récita l'incantation. La pommade prit un bel *aspect blanc et soyeux, légèrement nacré comme en général toutes les pommades que préparait Ylil, quand soudain, un bruit sourd la sortit de ses pensées.*

– Lumul, éclaire s'il te plaît !

La boule de lumière, fidèle à sa maîtresse, grossit et éclaira la pièce. Ylil distingua une silhouette qui l'observait depuis le coin de la classe. Il n'y avait pourtant pas de porte de ce côté-là.

– Bonjour Htilil.

Ylil ne put s'empêcher de reculer en attendant cette voix. Personne ne l'appelait comme ça. Le prince commença à s'avancer vers elle.

– Maître Cnalb n'est pas là, s'empressa de lui opposer la jeune fille espérant stopper sa progression.

– Cela tombe bien, ce n'est pas lui que je suis venu voir.

Ylil n'osait plus bouger, coincée contre sa table de travail. Elle voyait maintenant distinctement le visage du prince qui la dévisageait toujours aussi intensément. Ève avait raison. Ce garçon était vraiment malsain. Ses yeux inondaient tout ce qu'ils touchaient de suffisance comme une marée noire et gluante. Pourtant, malgré cet air dur et dédaigneux, son visage était étonnamment harmonieux, et même beau. D'une beauté maléfique. Ylil se retourna vers sa table pour ne plus le fixer et commença à ranger sa paillasse. Si elle l'ignorait, il finirait bien par partir. La jeune fille se demanda s'il oserait lui faire du mal. Il devait savoir qu'elle était la meilleure amie de la princesse Cnalb et ils se détestaient tous les deux tellement.

Mais le prince Rion vint se poster au bout de la table où se tenait Ylil et la regarda en silence ranger ses affaires. Ses yeux se posèrent sur la pommade Pouss'Cloque qu'elle venait de préparer et il avança sa main vers le bol rempli de la crème laiteuse.

– Si j'étais vous, je ne ferais pas ça !

Le prince observa Ylil un sourire aux lèvres et sans lâcher son regard continua d'avancer sa main. Il plongea un doigt dans la pommade épaisse et se tartina l'autre main de la texture nacrée comme il aurait testé une crème solaire dans un grand magasin. Presque aussitôt, une énorme cloque apparut là où il avait étalé la crème. Les cloques étaient incroyablement douloureuses, proches d'une brûlure en intensité. Il ne disait rien cependant. À peine se mordit-il la lèvre pour étouffer un léger cri.

Ylil l'observa en secouant la tête. Prince ou pas, les garçons étaient vraiment tous les mêmes : des idiots finis !

– Regardez ce que vous avez fait à votre main ! Vous avez l'air malin comme ça, je vous signale que ça se propage ce truc ! Vous voulez vous transformer en ballon de baudruche ?

Tout en parlant et en disant cela et oubliant toute la distance que la jeune fille s'était promise de respecter, Ylil produisit une nouvelle Imagami Potionis *pour soigner la main du prince et empêcher que la cloque ne se répande.*

*–Vous avez de la chance, j'avais déjà travaillé l'*anti-Imagami *auparavant. La prochaine fois, évitez de sous-estimer mon travail, ce sera plus prudent pour vous* !

Ylil s'en voulut tout de suite d'avoir parlé de « prochaine fois ». Il n'y aurait pas de « prochaine fois », elle allait finir de ranger ses affaires et se dépêcher de sortir d'ici au plus vite. Elle se hâta de retirer sa main de celle du prince mais ce dernier la retint.

– Je n'avais aucun doute sur l'efficacité de cette pommade Pouss'Cloque, *reprit-il, serrant toujours la main d'Ylil. J'avais pu constater la dernière fois ce dont vous étiez capable.*

Ylil le regarda la retenir sans oser s'éloigner.

– À vrai dire, je n'ai qu'un seul regret, poursuivit le jeune homme, j'aurais plutôt dû me l'étaler sur la joue.

*Sur ces mots, le prince Rion commença à se rapprocher doucement d'Ylil qui, hypnotisée, n'arrivait plus à bouger, quand Maître Cnalb pénétra dans la classe d'*incantapotions.

– Ylil, c'est vous qui travaillez aussi ta...

La jeune fille profita de cette diversion pour se dégager et s'éclipser de l'autre côté de la table. Maître Cnalb contempla la scène qu'il venait heureusement d'interrompre à temps. Il n'eut même pas l'opportunité d'apostropher Ylil que la jeune fille avait déjà filé. Le vieux professeur se tourna vers le prince qui était demeuré immobile le fixant toujours avec ce même sourire de défi.

– Prince Rion, je ne me rappelais pas que nous devions nous voir aujourd'hui.

– Ah oui ? J'ai dû me tromper alors.

– Oui, erreur regrettable !

– Il ne faut jamais rien regretter Maître Cnalb.

Maître Cnalb allait répondre quand l'image du prince disparut dans une brume aussi laiteuse que la pommade d'Ylil.

Hannah se réveilla en sursaut, hagarde, comme à chaque fois qu'elle *revovorait* à Yamay. Les *reviver* étaient revenus, encore un peu plus forts. Et cette fois, elle savait qu'elle n'aurait pas le courage de lutter contre. La jeune fille se passa les mains sur le visage pour faire disparaître les fantômes accrochés à sa rétine et redonner un peu de couleur à ses joues. Elle devait être forte, ne rien laisser paraître. Surtout avec ce qui se passait au château en ce moment. Surtout avec ce qu'elle avait prévu de faire aujourd'hui.

Elle sortit de sa chambre et s'engouffra précautionneusement dans l'escalier glissant qui menait aux cachots. Heureusement, son père lui avait rendu Lumul et la boule de lumière éclairait chacun de ses pas, lui évitant de manquer une marche. Depuis qu'elle avait découvert dans ses *reviver* que sa fidèle compagne avait aussi été celle de sa mère avant elle, elle y était d'autant plus attachée. Si son père avait accepté que Maître Rion soit libéré pour remettre sur pied sa fille, il avait toujours pour projet de tuer le vieil ensorceleur dès qu'il aurait trouvé un nouveau maître des potions. Maître Rion avait donc été ramené aux cachots dès qu'Hannah avait été capable de reprendre le lycée. Les auditions pour trouver son remplaçant avaient débuté. Hannah se posta d'un ton impérieux devant les gardes qui jouaient aux cartes au bout du couloir et l'un d'eux se leva en maugréant pour venir lui ouvrir la cellule de l'ensorceleur. Hannah s'y engouffra et attendit que le chevalier noir remonte le couloir pour se rapprocher de son vieil ami.

– Comment allez-vous aujourd'hui Maître ?

– Très bien, princesse, très bien. Je jouis de l'air frais quoique peu renouvelé de cet endroit charmant, je ne m'en plains pas.

Le vieil homme conservait le même humour détaché. Il reprit aussitôt, s'inquiétant comme toujours plus pour la jeune fille que pour lui-même.

– Et vous princesse ? Vous me paraissez de nouveau bien pâle. Rassurez-moi, vous avez arrêté de *revorover* j'espère ?

Hannah baissa la tête. Les images qui envahissaient ses yeux il y a une heure resurgirent dans son esprit.

– Pas une seule fois.

Maître Rion fixa la princesse d'un air sévère, comme s'il peinait à la croire.

– Bon, très bien. Promettez-moi de bien prendre la potion que je vous ai laissée.

Hannah pensa à l'affreux milkshake au goût de foie de veau que Maître Rion lui avait préparé avant d'être ramené dans sa cellule et qu'elle n'avait aucune intention de boire.

– Je vous le promets, Maître Rion.

Pour changer de sujet, elle sortit de son sac une crème blanche. Elle examina la tempe de son vieux maître où une vilaine blessure avait encore du mal à cicatriser et elle entreprit de l'appliquer sur le front du vieil homme. Maître Rion fronça les sourcils et renifla l'odeur du baume que sa protégée était en train de lui appliquer.

– Mais ne s'agirait-il pas d'une crème *Chass'Bobola* si je ne m'abuse ? S'amuserait-on à faire des *Imagami Potionis* dans sa chambre, princesse ?

Hannah sourit tout en continuant d'étaler la crème.

– Arrêtez de bouger Maître, sinon je vais vous en mettre partout.

Maître Rion se tint tranquille pendant qu'Hannah finissait de lui appliquer le baume sur ses blessures les plus importantes.

– Alors, dites-moi tout, princesse, quelles sont les nouvelles là-haut ? Votre père a-t-il déjà trouvé mon remplaçant ? Dois-je prévoir une cure d'amaigrissement pour mon fil de vie ?

Hannah reboucha son pot de crème et le rangea dans son sac.

– Il essaye oui mais il semble avoir quelques difficultés.

Maître Rion contempla la princesse qui détournait les yeux, fixant la pénombre qui régnait dans le cachot.

– J'ai vu en effet que le premier maître que votre père a reçu avait fait déborder son chaudron et qu'une substance noire s'était répandue dans tout le château. Nous en avons même eue jusqu'aux pieds ici !

– Oui, un problème de dosage apparemment.

– Étonnant car Maître Akirè est l'un des meilleurs dans son domaine.

Maître Rion examina de ses yeux pénétrants la jeune princesse qui ne laissa rien paraître.

– Et les autres maîtres qu'il a reçus ? Il leur est aussi arrivé quelques malheurs si je ne m'abuse ?

– Oui le maître suivant a fait exploser une partie de votre atelier. Il aurait apparemment confondu deux substances.

– Ce n'est vraiment pas de chance !

– Oui, mais ce n'était rien à côté de ce qu'a fait le dernier.

– Ah oui ?

– Je ne sais pas comment, mais il a réussi à faire entrer en résonance toutes les fioles de vie de la chambre !

Hannah laissa échapper un fou rire en repensant à la scène.

– Erdnaxela et ses hommes ont été obligés de s'accrocher à une fiole pour les empêcher de toutes s'entrechoquer.

– Encore plus étrange !

– Oui vraiment. On ne peut pas dire que mon père était très content.

– Et vous n'avez aucune idée de comment tout ceci a bien pu arriver ?

– Non, aucune.

Maître Rion regarda encore une fois d'un air soupçonneux la princesse qui gardait le silence.

– Votre sac m'a l'air bien rempli, princesse. Je sens que vous avez encore été fureter un peu partout dans le château avec Lumul.

Le sac d'Hannah était en effet chargé de plusieurs livres. En se promenant avec sa compagne de lumière, elle en avait déniché un sur les *Inivini.* Hannah savait bien cependant que ce n'était pas ça qui intéressait Maître Rion. La jeune fille sourit et sortit de son sac un gros livre ancien relié de cuir rouge.

– J'ai trouvé ça dans votre atelier. J'ai bien fait de le sauver avant que le candidat numéro deux ne le fasse exploser.

– Mon vieux grimoire d'*incantapotions.*

– Oui, c'est fou les détails passionnants que j'ai trouvés dans ce livre. Vous aviez raison, ce n'est pas très différent de mes cours de chimie au final, les *incantapotions.*

– Des détails « passionnants » en effet, comme faire déborder un chaudron par exemple ?

– Entre autres, oui !

Maître Rion soupira et dévisagea la princesse qui lui souriait toujours. Hannah lui rappelait tellement Ylil. En pire peut-être. Car il n'avait jamais vu une tête brûlée pareille. Pour cela, elle tenait plutôt de son père.

– Jeune fille, faites très attention ! Ne vous croyez pas plus maligne que lui. Je veux vous garder en un seul morceau !

– Ne vous inquiétez pas Maître Rion. Je n'ai pas eu grand-chose à faire, ils étaient tellement mauvais par rapport à vous. Il faut que je vous laisse d'ailleurs, reprit la jeune fille avec regret.

Mon père reçoit une nouvelle candidate aujourd'hui, une certaine Maître Kingkong. Je me demande ce qui va se passer cette fois !

La poitrine de Maître Rion se souleva, traduisant sa grande inquiétude pour sa princesse.

– Prenez garde princesse, Maître Kingkong n'est pas née de la dernière pluie ! Et elle me déteste. Nous avons eu quelques... différents, si l'on peut dire, par le passé.

Hannah ne put s'empêcher de sourire à nouveau. Elle se rappelait les *Punigami* qu'achetait Maître Rion à madame Yadérégle et elle se demanda si elles n'étaient pas destinées à la maîtresse d'*incantapotions*. Le vieux maître se saisit du poignet de Hannah alors qu'elle se relevait.

– Promettez-moi de ne rien tenter.

– Je vous le promets, Maître Rion.

Et la jeune fille se dirigea vers la sortie. Mais juste avant de s'engouffrer dans le couloir, elle ne put s'empêcher d'ajouter d'un ton espiègle :

– Cependant, si Maître Kingkong a besoin d'un peu d'aide, je ne pourrai pas la lui refuser. Ce serait terriblement malpoli !

Hannah disparut et Maître Rion ne put que prier intérieurement pour qu'elle ne prenne aucun risque inutile. Cette petite ne se rendait pas compte à quel point sa vie valait tellement plus que la sienne. Surtout si la légende disait vrai.

Quand Hannah arriva dans la salle du trône où son père recevait le nouveau maître pour son audition, tout le monde était déjà en place. Cette fois, même Ollea, Etépyco et Onèlèc, les trois horribles oiseaux de son père, étaient présentes et semblaient attendre avec impatience le début de l'audition.

– Ma chérie, comme c'est gentil de te joindre à nous aujourd'hui !

Comme toujours, les chevaliers d'Erdnaxela rirent bêtement à la remarque de leur maître. Hannah reconnut parmi eux le rire d'hyène d'Issej qui n'était jamais en reste. La limite entre flatter leur seigneur et ne pas manquer de respect à la princesse était cependant ténue et mouvante. Un chevalier qui rit un peu trop longtemps fut foudroyé par un regard assassin du roi et un silence figea pendant quelques secondes la salle du trône. Hannah alla s'installer près de son père à la place qui lui était réservée et se tourna vers la fameuse Maître Kingkong dont lui avait parlé Maître Rion. Quelle ne fut pas sa surprise de découvrir l'infirmière scolaire madame Gnokgnik ! King Kong, bien sûr ! Elle avait été bête de ne pas y penser plus tôt. Voilà pourquoi l'armoire à glace de Saint-Benoît lui avait toujours fait penser à un gorille mal épilé !

– Maître Kingkong, reprit le roi Rion. Voudriez-vous bien me préparer une *incantapotion*...

Son père semblait réfléchir. Qu'allait-il demander aujourd'hui pour cette nouvelle audition ?

– ... *Transform'Limace* je vous en prie ?

– Bien sûrrr, roi Rion, rrrien plus aisé pourrr moi.

Créer une *incantapotion* qui permettait de changer la forme de quelque chose ou de quelqu'un n'était pas donné à tout le monde. Maître Kingkong se dirigea vers la table de préparation où des *srotors* avaient disposé tous les ingrédients et ustensiles nécessaires. La maîtresse des potions commença à préparer l'*incantapotion* avec une dextérité qu'Hannah n'avait pas vue jusqu'ici chez les autres candidats. Maître Rion avait raison. Celle-ci allait être plus dure à évincer que les autres. La princesse la vit hésiter un instant comme si elle cherchait quelque chose.

– Voulez-vous que je vous passe les vers numéro deux, Maître Kingkong ?

La maîtresse des potions arrêta net Hannah qui avait commencé à se lever, soucieuse apparemment d'éviter tout contact entre son *incantapotion* et la princesse.

– Non surrrtout pas, princesse...

Maître Kingkong vint chercher elle-même les vers numéro deux et jeta un regard noir à Hannah au passage. La jeune fille comprit que ça ne servait à rien de se risquer à s'approcher davantage. L'ensorceleuse poursuivit sa préparation et la substance vira bientôt à l'orange et se mit à fumer. Elle la versa dans une fiole qu'elle remit au roi.

Le père d'Hannah semblait satisfait et, considérant la masse servile devant lui, il fit signe au chevalier qui avait ri un peu trop longtemps tout à l'heure de s'approcher. L'homme se pétrifia, dégoulinant de peur, sachant bien ce qui allait se passer. Écœurée, Hannah détourna le regard quand les autres chevaliers le forcèrent à venir s'agenouiller devant son père. Aussitôt, Ollea s'élança par la fenêtre à toute vitesse comme un chien se serait rué pour aller chercher sa balle. Sans dire un mot, le roi tendit le flacon orange au chevalier, ne masquant aucunement son plaisir. Le chevalier comprit qu'il vivait sans doute ses derniers instants en tant qu'homme et qu'il ne servait à rien de supplier. De sa main tremblante, il porta à sa bouche, contraint et forcé, le liquide fumant. Il avait à peine touché la substance de ses lèvres que la potion fit effet instantanément. Le chevalier commença à rétrécir jusqu'à disparaître complètement dans ses vêtements.

Quand Hannah se pencha pour voir ce qu'il était devenu, elle ne vit plus qu'une petite limace orange sortir de la cape noire.

– Bien, c'est très bien, s'exclama son père enchanté.

Le roi se leva et alla consciencieusement écraser de son pied la pauvre bête qui sembla un instant l'implorer de ses antennes globuleuses. Hannah détestait les chevaliers d'Erdnaxela mais elle eut tout de même envie de vomir en voyant ce que son père venait de faire de celui-là. Derrière le roi, Ollea était revenue avec ce qui semblait être la fiole de vie du chevalier. Les trois *Seiprah* se battaient maintenant pour aspirer ce qui restait de l'âme de la pauvre limace écrabouillée dont le fil pendait, à jamais coupé.

– Ma chère Hannah, il me semble que nous avons trouvé notre nouveau maître de potions, tu vas pouvoir te remettre au travail !

Maître Kingkong arborait un sourire à la fois triomphant et sadique, présageant de sa volonté sans équivoque de mater cette princesse rebelle dont elle avait déjà tant entendu parler. Hannah savait surtout ce que cela voulait dire pour Maître Rion. À voir la frénésie avec laquelle les trois *Seiprah* s'étaient jetées sur le fil de vie du chevalier comme des requins sur un bébé phoque, il fallait absolument qu'elle trouve un moyen d'arrêter tout ça. Et vite ! Sans savoir pourquoi, son intuition la guida vers les lettres du poème de Morwrom qui naviguaient toujours dans leur ballon de verre.

– J'en suis ravie, père. Si nous demandions à Maître Kingkong de reformer tout de suite la troisième strophe du poème de Morwrom. Nous pourrions la découvrir ensemble.

Le roi dévisagea sa fille non sans étonnement.

– Très bonne idée, ma chérie. Je vois que ces quelques semaines au frais t'ont fait le plus grand bien. Amenez les lettres du poème !

Des *srotors* se mirent tout de suite en mouvement pour aller chercher le ballon de verre. Maître Kingkong avait perdu son sourire. C'était une chose de faire une potion *Transform'Limace,* c'en était une autre de reprendre l'ensorcèlement de ce vieux fou sur quelque chose d'aussi sensible que le poème de Morwrom. Les *srotors* furent bientôt de retour avec le ballon et tout le matériel nécessaire qu'utilisait Maître Rion pour diriger l'enchantement. Le nouveau Maître considéra les lettres qui tourbillonnaient toujours dans le ballon de verre et qui refusaient de s'aligner pour reformer le poème tant recherché. Elle essaya d'abord les techniques classiques sur lesquelles Maître Rion s'était cassé les dents. Elles ne fonctionnèrent pas plus la seconde fois que la première et Hannah vit avec plaisir que son père commençait à s'impatienter.

– Maître Kingkong, reprit le roi Rion d'un air pressant. Votre prédécesseur avait déjà expérimenté tout ceci sans succès. Ne me faites pas perdre mon temps s'il vous plaît et utilisez le spray *Disciplin'Air* qu'il avait *imagamié*, c'est encore ce qui fonctionnait le mieux.

– Oui, bien sûrrr, Seigneur.

Hannah vit bien qu'elle était contrariée de devoir utiliser une *incantapotion* qui n'était pas la sienne mais elle ne pouvait contredire le roi Rion. La maîtresse des potions s'empara du spray et commença à asperger avec frénésie les lettres. Hannah avait vu Maître Rion faire cela cent fois. Les lettres étaient terriblement indisciplinées. Si on les aspergeait de trop peu de *Disciplin'Air*, elles restaient dans le ballon sans se soumettre. Mais si on les aspergeait de trop de substance, elles devenaient comme folles et se mettaient à se cogner dans tous les sens contre la paroi. Ce qui était sûr, c'était que Maître Kingkong mettait pour l'instant beaucoup trop de spray sur les lettres.

– Maître Kingkong, se risqua la jeune fille, vous ne devriez pas mettre autant de...

– Je sais ce que je fais prrrincesse, j'ai plus vingt ans d'*inkantapotions* derrrièrrre moi ! Je...

Mais l'ensorceleuse n'eut pas le temps de finir sa phrase. Les lettres du poème se mirent soudain à s'illuminer et à se cogner les unes contre les autres en prenant de plus en plus de vitesse. Brusquement, le ballon décolla en tournant sur lui-même puis, arrivé à peu près à mi-hauteur, il explosa en relâchant toutes les lettres de Morwrom dans le château. Hannah ne laissa rien paraître mais intérieurement elle jubilait, contemplant la pluie de lettres s'abattre sur eux comme des flocons de neige en hiver. Maître Rion était sauvé pour un petit moment et ils n'étaient pas près de pouvoir se mettre à la recherche du troisième fragment de la ceinture. Doublé gagnant !

Au même moment au château Cnalb, Natan attendait son professeur dans une des grandes salles du palais. Il devait suivre aujourd'hui son premier cours avec Maître Rusanrev et n'arrivait pas à se calmer. Il n'avait aucune envie de se préparer à cet examen comme sa mère le voulait. Sa place était parmi eux à chercher la ceinture et à désensorceler son fil de vie, pas à jouer les écoliers consciencieux ! Natan ne voulait pas se l'avouer mais ce qui le préoccupait surtout, c'était, comme toujours, cette angoisse de ne pas être à la hauteur.

– Bonjour, mon prince.

Natan sursauta. Perdu dans ses pensées, il n'avait pas entendu Maître Rusanrev arriver.

– Bonjour, Maître Rusanrev.

– Alors, comment vous sentez-vous aujourd'hui ? Êtes-vous prêt à vous entraîner sans relâche à *imagamier* avec moi ?

Natan avait envie de vomir mais il se dit que ce n'était sans doute pas ce que le professeur souhaitait entendre.

– Je vais très bien.

– Parfait ! Prêt à *imagamier* jusqu'à chasser tous les *Aram* de Yamay alors ! ajouta Maître Rusanrev d'un ton guilleret.

Le garçon acquiesça, sans avoir la moindre idée de ce qu'était un *Aram* et le professeur ne sembla pas juger nécessaire de le lui expliquer. Cela commençait bien ! Avant de débuter, Maître Rusanrev sortit de sa poche un petit paquet qu'il tendit au prince.

– Tenez, Natan, voici un présent que j'offre à chacun de mes élèves et qui vous sera très utile avec tout ce que nous apprendrons ensemble. J'ai cru comprendre que le dernier que vous aviez reçu avait quelque peu souffert.

Le prince déballa le paquet et découvrit un splendide *Sauv'Imagami*. Il contenait moins de fauteuils que celui que le père d'Ecidnac lui avait offert et que les *srotors* du roi Rion s'étaient amusés à mettre en pièces mais toujours plus que le nombre d'*Imagami* que Natan savait réaliser.

– Il est magnifique, merci beaucoup.

– Je suis heureux qu'il vous plaise. Allons, mettons-nous au travail !

Le professeur se plaça en face de Natan à quelques mètres d'écart.

– Commençons par quelque chose que vous maîtrisez pour démarrer. Produisez une *Imagami Objectis* que vous avez l'habitude de faire.

Natan pensa aux filets qu'il s'était entraîné à *imagamier* l'année dernière avec Newlon. C'était encore ce qu'il réussissait le mieux. Le jeune homme ferma les yeux et tenta de se concentrer. Il fallait qu'il se calme, il n'y avait pas de raison que cela se passe mal. Une bulle de savon sortit de sa tête et éclata, libérant un filet argenté. Natan contempla le résultat et fut immédiatement déçu. Ses filets étaient bien mieux réussis que ça d'habitude : les mailles de celui-ci n'étaient même pas régulières et le filet déplié n'aurait pas réussi à immobiliser un *srotors*. Maître Rusanrev observa d'un air surpris l'*Imagami* de Natan qui se ratatina de honte. Déjà que sa mère avait dû régler le temps sur « minute longue : attention, la tortue va vous doubler » mais, après ce début pitoyable, le cadran de l'horloge allait sûrement passer de lui-même sur « minute très longue : lent à vous faire mourir d'ennui » ! Le professeur exigea de Natan qu'il produise d'autres *Imagami Objectis* et, bien sûr, cela alla de mal en pis. Plus Natan *imagamiait*, plus ses *Imagami* étaient imprécises. À la fin, le jeune homme n'y mettait plus aucune énergie, persuadé que son professeur allait proposer à sa mère qu'il rejoigne plutôt le cours préparatoire de l'école d'*Imagami,* celui qu'intégraient les enfants de six ans. Voyant que son élève commençait sévèrement à peiner, Maître Rusanrev arrêta là le massacre et se tut quelques instants. Natan ne bougea pas, les épaules affaissées comme un condamné attendant son verdict.

– Natan... comment faites-vous quand vous *imagamiez* ?

C'était plus grave qu'il ne le pensait. Sans grande conviction, il entreprit de décrire ce que Salocin et Newlon lui avaient enseigné.

– Je... j'essaye de me concentrer sur l'objet, de le dessiner dans mon esprit puis de l'imaginer sortir de moi.

– Hm... hm... fit simplement le professeur. Et à quoi pense votre cœur quand votre tête *imagamie* ?

À quoi pensait son cœur ? À rien du tout ! Il avait déjà assez de mal à se concentrer sur ce qu'il cherchait à produire pour entendre son cœur penser ! Maître Rusanrev vit le regard interloqué de son élève et eut sa réponse.

– La méthode que vous me décrivez est tout à fait exacte Natan, mais pour vraiment produire des *Imagami*, enfin je veux dire pour utiliser toute la puissance dont vous êtes capable, il faut que vous y mettiez autre chose qu'une froide pensée.

Utiliser toute la puissance dont il était capable ? Si Natan avait déjà pu produire des *Imagami* qui ressemblaient à quelque chose, il aurait été satisfait. Le professeur poursuivit sans faire attention au regard dubitatif de son élève.

– Il faut que vous ajoutiez une âme à vos *Imagami*, Natan, on appelle ça une *secoses*.

– Une *secoses* ?

Natan n'en avait jamais entendu parler. Il se demanda pourquoi Salocin et Newlon ne lui avaient rien dit à ce propos.

– Peu de personnes réussissent à maîtriser leur *secoses*. C'est pourtant inévitable pour réussir pleinement ses *Imagami*.

– Et comment réussit-on à ajouter une... *secoses* ?

– C'est très simple. Il suffit de mettre dans son cœur la dernière seconde que vous souhaiteriez revivre avant de mourir.

C'était ça que Maître Rusanrev appelait simple ? Pas étonnant maintenant que ses amis ne lui en aient jamais parlé !

– Alors concentrez-vous sur cette seconde Natan et essayez de produire une rose blanche en joignant ces deux pensées, celle de votre esprit et celle de votre cœur.

Natan ferma les yeux. Maître Rusanrev n'aurait pas pu choisir pire *Imagami*. Il détestait produire des roses blanches. Il gardait un trop mauvais souvenir de ses premiers entraînements avec Salocin.

– Natan, reprit le professeur, stressez un peu moins également, l'angoisse détruit l'imagination, vous devriez le savoir.

Natan acquiesça sans être persuadé qu'il y pouvait grand-chose. Il ferma à nouveau les yeux et tâcha de rassembler ses esprits. Quelle serait la dernière seconde qu'il souhaiterait revivre ? Une première pensée lui vint naturellement mais il la chassa aussitôt. Il ne savait pas exactement ce que son professeur serait capable de voir en lui. Le jeune homme se força à trouver une *secoses* acceptable. Pourquoi pas la première fois qu'il avait pris la main de sa mère dans la sienne, quand il l'avait revue sur son lit d'hôpital après toutes ces années d'absence. Il essaya d'imaginer la rose se dessiner tout en revivant cette seconde. Une petite rose blanche apparut devant lui. Elle n'était pas pire que les roses qu'il produisait habituellement mais au regard de son professeur, le prince vit bien qu'il n'y était pas.

– Allez, recommencez, Natan !

Peut-être qu'il n'avait pas choisi la bonne *secoces* ? Natan ferma de nouveau les yeux et pensa cette fois au jour où il avait revu son père à Yamay, sortant de la caverne, les yeux remplis de larmes d'avoir enfin retrouvé son fils, cette seconde où pour la première fois de sa vie il avait eu l'impression d'avoir un père. Natan recommença l'exercice, se concentrant sur la rose et sur la seconde d'amour de son père. À nouveau, une petite rose sortit de son crâne, pas plus grande que la première. Le professeur contempla le résultat et corrigea son élève comme s'il voyait clair en lui.

– Ne vous évertuez pas à contrôler votre *secoses*, Natan ! Vous devez écouter votre cœur, pas lui dicter ce qu'il doit penser !

D'un coup d'*Imagami Mouvementis*, le professeur ferma les rideaux de la grande pièce qui se retrouva plongée dans l'obscurité et ordonna à son élève de fermer à nouveau les yeux.

– Détendez-vous Natan, ne pensez plus à rien !

Maître Rusanrev tournait maintenant autour de son élève et lui parlait d'une voix suave comme s'il cherchait à l'hypnotiser.

– Calmez votre cœur, vous n'avez plus aucune *Imagami* en vous, vous n'êtes plus qu'un corps. Imaginez que votre esprit s'en échappe, qu'il est libre de se répandre dans la pièce comme de la fumée. Arrêtez de lutter, Natan !

La première pensée qui était venue à Natan remonta à la surface. Hannah bien sûr, qui l'embrassait. Mais pas n'importe quel baiser. Celui sur le tombeau de Juliette, celui où elle s'était redressée pour poser ses lèvres sur les siennes. Celui où il avait été certain qu'elle ne jouait plus la comédie, dans sa chambre, sur son lit. S'il devait relire un dernier chapitre de sa vie avant de mourir, c'est celui-là qu'il choisirait, sans hésiter. C'était si doux, il n'avait plus envie de quitter cette seconde, il aurait voulu la vivre et la revivre, encore et encore. Sans qu'il ait besoin de faire le moindre effort, Natan vit une rose blanche s'épanouir dans son esprit. Jamais il n'avait imaginé quelque chose avec autant de facilité. Produire une rose lui semblait aussi facile que la cueillir !

– Natan, ouvrez les yeux s'il vous plaît !

Quand le prince s'exécuta, il ne vit pas une rose mais des dizaines, des centaines de roses blanches grandes comme la main qui flottaient, lumineuses, dans la pénombre de la pièce !

– Et bien, je crois que vous avez trouvé votre *secoses*, jeune homme ! Je n'ai jamais vu quelque chose d'aussi impressionnant !

Natan s'émerveilla devant les magnifiques roses blanches qui parsemaient l'air. Il avait été capable de faire ça ! Et sciemment pour une fois ! Maître Rusanrev s'empara d'une brassée de roses et les tendit à son élève, un grand sourire aux lèvres.

– Conservez-en quelques-unes dans votre *Sauv'Imagami* Natan, cela pourra vous être utile pour les offrir à une jeune fille par exemple.

Natan ouvrit la petite boîte que son maître lui avait offerte et instantanément, la poignée de roses se réduisit et vint s'installer sur un petit fauteuil. Le jeune homme sourit en voyant les roses qui se serraient comme si elles attendaient la prochaine séance de cinéma. Maître Rusanrev empoigna une nouvelle botte de fleurs et invita Natan à le suivre.

– Venez Natan ! Nous allons montrer à votre mère ce que vous avez été capable de faire. Elle sera ravie de vos progrès !

Quand le prince et son professeur arrivèrent dans les appartements de la reine, elle était en grande discussion avec une jeune fille. Maître Rusanrev s'approcha et embrassa la jeune personne sur le front. Étonné, Natan reconnut Métis. Que faisait-elle là ?

– Alors, Maître Rusanrev, comment s'est passé le premier cours de Natan ?

– Très bien, Majesté ! lui répondit le professeur en lui tendant les roses. Nous avons fait de grands progrès aujourd'hui ! Votre fils a beaucoup de potentiel quand il arrive à canaliser son énergie.

C'était toujours la même histoire, pensa Natan. Pourtant, pour la première fois, il commençait à y croire. Gêné par le regard appuyé de son maître, Natan se tourna vers la jeune fille qui se tenait toujours près de lui. Métis, ou plutôt Sitèm ici, portait au cou un bijou qui tranchait étrangement sur sa gorge brune et semblait lui parler sans qu'il comprenne pourquoi. Intrigué, il ne put s'empêcher de fixer le pendentif brillant quelques secondes, jusqu'à ce qu'il se rende compte que la jeune fille lui souriait, apparemment ravie qu'il la dévisage ainsi. Natan sentit ses joues s'empourprer et se dépêcha aussitôt de regarder ailleurs.

– Je suis enchantée que votre enseignement porte déjà ses fruits, Maître ! s'exclama la reine.

– Je suis honoré de l'aider dans cette tâche, Majesté. Nous allons vous laisser maintenant, Natan a bien mérité de se reposer après toutes ces... émotions. Je reviendrai demain poursuivre son entraînement.

Maître Rusanrev et sa fille s'inclinèrent avant de prendre congé. Natan les observa s'éloigner et refoula au fond de son cerveau ces derniers mots.

– Sitèm est une très belle jeune fille, reprit la reine qui avait suivi le regard de son fils.

Natan se tourna vers elle à qui il avait à peine adressé la parole depuis leur dernière altercation.

– Oui, elle est très jolie.

Il se demanda s'il pouvait lui poser la question qui le taraudait ces dernières semaines.

– Sitèm, enfin, je veux dire Métis m'a dit quelque chose d'étrange l'autre jour quand nous étions dans ma chambre.

– D'étrange ? C'est-à-dire ?

– C'était comme si... elle savait pour Yamay.

– Cela doit être parce que c'est le cas.

La reine avait dit ça comme si cela allait de soi. Natan la dévisagea, un peu perdu. Il pensait qu'ils étaient les seuls, avec Hannah et son père, à être leurs propres reflets et à se souvenir parfaitement de ce qu'ils faisaient dans les deux mondes. Comme si elle savait lire dans les yeux de son fils, la reine reprit.

– Métis n'est pas son propre reflet comme toi et moi, mais elle se souvient parfaitement de ce que fait Sitèm à Yamay.

Il pensa à son propre père. Il était le mari de la reine et lui-même n'avait que des souvenirs partiels.

– Sitèm a du sang de *Flamalf* qui coule dans ses veines, poursuivit la reine. Je pense que tu les as rencontrés l'année dernière dans les sept vallées ?

Natan acquiesça. Il se souvenait assez bien des êtres de feu qui avaient failli décimer toute leur expédition.

– Les *Flamalf* ont la capacité de lire en nous notre désir le plus profond et de l'utiliser jusqu'à nous consumer entièrement.

La reine s'interrompit comme si son explication parlait d'elle-même.

– Et qu'est-ce que ça veut dire ? Qu'il faut que je surveille qu'elle ne s'embrase pas en plein cours d'histoire ?

La reine rit de la réflexion de son fils.

– Non heureusement, mais ça veut dire que Sitèm et donc Métis ont des pouvoirs particuliers, comme celui de se souvenir parfaitement de tout ce qui se passe à Yamay par exemple.

– Des pouvoirs ? Parce qu'elle en a d'autres ?

– Oui. À Yamay, Sitèm a la capacité de voir à travers toute chose, les murs comme les gens.

Natan se tendit en repensant au regard de la jeune fille tout à l'heure. Il se demanda ce qu'elle avait réussi à lire en lui.

– Dans le monde de l'autre côté, ses pouvoirs sont atténués bien sûr mais Métis réussit tout de même à deviner assez bien ce que les gens pensent. Tu as dû t'en rendre compte, j'imagine.

Maintenant que Natan y repensait, cela lui semblait en effet assez plausible. Ce qu'elle avait dit au supermarché sur les langoustes tout d'abord, puis dans sa chambre. Voilà pourquoi il la trouvait si étrange depuis le début.

– Je ne pensais pas, bredouilla Natan, toujours troublé, que d'autres personnes que nous pouvaient connaître l'existence de Yamay.

– Et bien, si ! C'est assez rare mais Métis n'est pas un cas isolé. En général, les maîtres d'*incantapotions* les plus puissants se souviennent assez bien de ce qui se passe à Yamay. Et en travaillant, c'est possible de progresser dans cette connaissance.

Il revit Métis partir avec Hannah après le cours d'histoire l'autre jour. Si la jeune fille se souvenait de tout ce qui se passait à Yamay, alors elle savait forcément qu'Hannah était la princesse Rion. À quoi jouait-elle ?

Chapitre 7

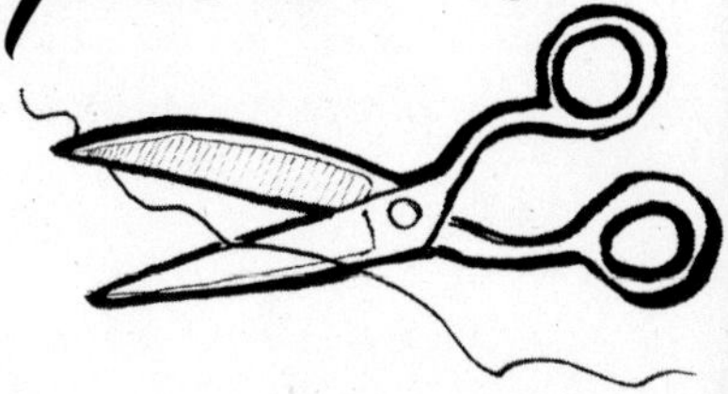

S'il avait fallu résumer en un mot madame Neiriov, leur nouveau professeur de français, on aurait pu dire qu'elle était l'antithèse de madame Uotiov. Contrairement à leur ancien professeur qui voyait tout ce qui se passait dans sa classe, même le dos tourné, et qui savait faire régner le silence sans élever la voix, madame Neiriov passait son temps à crier alors qu'elle n'avait pas la moindre idée de ce qui se déroulait juste sous son nez. Il régnait donc dans la classe un joyeux foutoir pendant qu'elle essayait d'introduire « Cyrano de Bergerac », l'œuvre qu'ils allaient étudier cette année.

Hannah n'écoutait pas vraiment, plongée dans ses pensées. La jeune fille observait le livre sur les *Inivini* qu'elle cachait sous Cyrano. Elle ne savait pas comment elle avait fait mais elle avait réussi à le *mirpasser*. Elle se rappelait qu'elle l'avait lu à Yamay pendant un bon moment la veille, allongée sur son lit et, quand elle s'était réveillée dans le monde réel, elle le serrait toujours contre elle. À Yamay, elle n'osait plus sortir de sa chambre depuis que le ballon avait explosé en répandant les lettres du poème un peu partout dans le château. Cela avait mis son père dans une rage folle et envoyé pour quelques années Maître Kingkong dormir au cachot. Depuis, l'infirmière scolaire madame Gnokgnik était en arrêt maladie. Contraint et forcé, le roi avait libéré Maître Rion et lui avait demandé de réparer les dégâts ; ce qui l'avait obligé à reporter momentanément son projet de le tuer et le rendait encore plus irascible que d'habitude.

– Mademoiselle Eralced ! hurla madame Neiriov, faisant sursauter Hannah. Au lieu de discuter comme toujours, lisez-nous la page 42 de votre livre !

La remarque de madame Neiriov était complètement injuste, comme d'habitude, mais choisir un élève au hasard et l'accuser d'un délit totalement arbitraire était sa méthode préférée pour faire régner l'ordre. Bizarrement, il n'y avait qu'Adam, pourtant un des pitres attitrés de la classe, qui trouvait grâce à ses yeux, sans que personne ne parvienne à comprendre pourquoi. Hannah ne se formalisa pas de cette nouvelle injustice et commença à lire.

Natan se retourna et regarda la jeune fille s'exécuter pendant que Nicolas reprenait déjà son bavardage. Il venait de lui raconter sa première séance d'entraînement avec Maître Rusanrev et surtout ce qu'il avait appris juste après sur la fille de son professeur.

– Alors, elle voit tout ? Tout ce qu'on pense ? C'est flippant ton truc !

– Oui ! Et à Yamay, elle voit à travers les murs. Elle a du sang de *Flamalf*, c'est pour ça qu'elle se souvient de tout ce qui se passe même à Yamay.

Nicolas se tut pendant quelques secondes puis s'exclama comme s'il s'agissait d'une évidence :

– Je savais qu'il y avait un truc louche avec cette fille, je te l'ai dit depuis le début !

Natan dévisagea son ami, se demandant s'il se moquait de lui. La semaine dernière encore, il lui vantait les mérites de la nouvelle.

– Ah bon ? J'avais plutôt l'impression que tu t'extasiais sur ses yeux SI bleus...

– C'est ce que je disais, des yeux si bleus, ça ne pouvait pas être normal !

Il sourit devant tant de mauvaise foi. Nicolas jeta un œil en direction de Métis assise quelques tables devant eux et un frisson le parcourut quand la jeune fille pivota pour lui rendre son regard. Il baissa instantanément la tête comme si elle était une Gorgone susceptible de le pétrifier.

– Attention, elle nous regarde !

Natan, quant à lui, ne bougea pas et continua de fixer la jeune fille. Il ne voulait pas être celui qui céderait le premier. Métis lui rendit son regard, comme si elle avait compris à quel jeu il voulait jouer. Le bras de fer visuel dura ainsi quelques minutes qui parurent durer beaucoup plus, puis, mutine, Métis finit par s'incliner. Le jeune homme se retourna vers son ami qui avait toujours la tête plongée dans son livre à une page qui n'avait rien à voir avec celle qu'était en train de lire Hannah.

– C'est bon Superman tu peux relever la tête. Elle peut deviner ce qu'on pense mais pas te changer en ver de terre d'un simple regard quand même !

– Ouais, bah, je préfère me méfier moi. Il manquerait plus qu'elle s'enflamme en cours !

Natan repensa à la *Flamalf* qui avait embrassé Salocin l'année dernière quand ils étaient dans la seconde vallée. Était-ce pour cette raison qu'il fuyait Métis ? Natan jeta un œil en direction de Nolwen qui était comme toujours assise à la table à côté d'eux. Elle semblait calculer une fois de plus le pécule qu'elle avait gagné ces derniers mois grâce à ses heures de baby-sitting.

Hannah digérait sa peine en remontant le sol carrelé du couloir. Sa lecture de Cyrano avait été médiocre et madame Neriov s'était fait un plaisir de s'acharner sur elle jusqu'à la fin du cours. Elle se mordit les lèvres ne pouvant chasser de son esprit les regards appuyés qui s'étaient échangés juste devant son nez.

– Ça va Hannah ? Je te cherchais.

Elle releva la tête et découvrit Métis qui l'attendait à côté de son casier. La jeune fille se détourna et s'essuya les yeux comme elle put.

– On ne s'était pas dit qu'on travaillait ensemble le début de l'exposé aujourd'hui ?

– Oui, tu as raison.

Hannah engouffra sa tête dans l'armoire en métal dans l'espoir de se faire engloutir toute entière. À vrai dire, elle avait préparé sa partie et comptait la déposer à Métis dans son casier avec un mot d'excuse. Mais la jeune fille avait été la plus rapide, comme si elle avait su qu'elle allait chercher à lui échapper. Hannah se retrouva donc embarquée chez elle. Les regards des danseurs lui parurent encore plus oppressants que la première fois. Métis lut en silence la partie de l'exposé qu'Hannah avait préparée pendant que celle-ci faisait de même avec la sienne. Au bout d'un moment, Métis posa le devoir d'Hannah et la dévisagea avec insistance. Hannah s'obligea à garder la tête baissée. Elle allait expédier cet exposé et se dépêcher de quitter cette pièce où elle se sentait à nouveau étouffer.

– Tu es sûre que ça va ? Tu es vraiment pâle ces derniers temps.

– Oui, ça va, merci.

Hannah contemplait toujours la moquette qu'elle commençait à bien connaître. Métis avança la main vers son visage et lui remonta délicatement le menton, la forçant à la regarder dans les yeux. Puis elle effleura la pommette qui conservait toujours la cicatrice du coup qu'elle avait reçu cet été. Hannah n'osait plus bouger.

– J'ai ce qu'il faut pour ça, dit-elle au bout d'un moment.

Sans s'éloigner, Métis attrapa une crème qu'elle commença à appliquer avec dextérité sur la blessure de la jeune fille. Hannah demeurait toujours immobile, comme un animal pris dans les phares d'une voiture. Au bout d'un moment, Métis rompit le silence qui devenait gênant.

– Cette crème fait des miracles pour atténuer les cicatrices même si elle n'est pas aussi efficace que les voiles Cnalb de Natan.

Hannah recula aussitôt et planta des yeux sidérés dans ceux de Métis. Venait-elle de rêver ou lui avait-elle parlé à l'instant de voiles Cnalb ? Qui était réellement cette fille ? Métis rangea la crème en souriant.

– Ne t'inquiète pas, avec moi, votre secret est bien gardé !

Hannah se demanda encore une fois ce qu'elle faisait là. Avec cette fille qu'elle ne connaissait pas du tout en réalité !

– Que me veux-tu Métis ?

La jeune fille fit mine d'être étonnée.

– Moi ? Mais rien du tout. Enfin si, que tu fasses ta partie de l'exposé mais je ne suis pas inquiète, tu as déjà quasiment tout fait.

À quel jeu jouait-elle ? Si elle était au courant pour Yamay, elle savait forcément qu'elle était la princesse Rion. Son père aussi peut-être d'ailleurs. Cela pourrait expliquer pourquoi il l'avait dévisagée aussi bizarrement le premier jour.

– Une de mes ancêtres était une *Flamalf*, c'est pour ça que je me souviens de tout ce qui se passe là-bas.

Métis dévisageait toujours Hannah de son air étrange.

– Tu ne t'es jamais demandé pourquoi Alexandre se rappelait aussi de tout ce que vous faisiez à Yamay avec Erdnaxela ?

Alexandre ? Mais que venait-il faire dans cette histoire ?

– C'est un cousin éloigné. C'est pour ça qu'il a des prédispositions familiales.

Alexandre ? Un descendant de *Flamalf* ? Cela n'avait pourtant pas empêché Erdnaxela d'être attaqué comme les autres l'année dernière.

– Les garçons ont moins de pouvoir dans notre famille. Ils ne communiquent plus avec les *Flamalf* et n'arrivent pas à deviner ce que les gens pensent par exemple.

Ce qui voulait dire qu'elle, elle le pouvait ! Hannah baissa aussitôt la tête et se sentit encore un peu plus prise au piège. Cela expliquait beaucoup de choses. Métis sourit de nouveau de son air taquin. Apparemment, le trouble d'Hannah l'amusait beaucoup.

– Allez, arrête de faire cette tête-là, je ne suis pas un monstre !

Comme la première fois, Métis dirigea la conversation exactement là où elle avait prévu de l'amener.

– On dirait la tête que faisait Natan quand je l'ai vu cette nuit.

Le cœur d'Hannah s'emballa à nouveau. Cette fois, elle fixa Métis dans les yeux et n'essaya même plus de lui masquer son désarroi. Il lui brûlait trop les entrailles.

– Tu... tu es retournée dans sa chambre ?

Métis laissa son silence tenir en haleine sa proie quelques secondes de plus. C'était comme si elle la suppliait de lui donner à boire la cigüe.

– Non, je l'ai vu au château Cnalb. Mon père est son nouveau professeur d'*Imagami*, sa mère veut qu'il le prépare à passer son examen final.

Hannah se leva sans rien dire et alla se poster à la fenêtre de la chambre, tentant de rassembler ses idées. Elle posa son front brûlant sur la vitre froide et ce contact la soulagea un peu. Passer son examen final d'*Imagami* ? Natan devait détester ça.

– Et alors, comment il s'en sort ? s'inquiéta la jeune fille qui ne pouvait pas s'empêcher d'en redemander alors qu'elle savait qu'elle aurait mieux fait de ne pas s'engager sur cette pente glissante.

– C'est l'élève le plus étonnant que mon père n'ait jamais eu : il est capable de faire des *Imagami* extraordinaires et l'instant d'après ne même pas savoir produire une vulgaire *Imagami Objectis* qu'un enfant de sept ans saurait faire sans problème !

– Hannah observa en contre-bas quatre enfants qui jouaient à se courir après dans la cour de l'immeuble et se remémora les premiers entraînements de Natan avec Salocin et Newlon. Ce jour dans la clairière près du château où, incapable d'*imagamier* une simple rose quelques secondes plus tôt, il avait réussi à faire apparaître un gigantesque bouclier et l'épée Cnalb juste l'instant d'après. Le jeune homme n'avait pas tellement changé depuis trois ans.

– C'est parce qu'il n'a pas assez confiance en lui, commenta Hannah plus pour elle-même que pour Métis. Il se persuade toujours qu'il ne va pas y arriver alors qu'il en est tout à fait capable.

Elle leva les yeux et surprit l'image de Métis qui s'était levée et se reflétait dans la vitre où elle-même n'apparaissait pas. Et elle la vit enfin, comme elle était vraiment. Certes belle et intelligente, mais surtout… capable de tout partager avec lui, sans être la fille de son ennemi juré. Hannah comprenait mieux pourquoi il semblait tant attiré par la jeune fille depuis la rentrée. Et pourquoi il s'était résigné si facilement à ne plus l'approcher, elle. Elle sentit sa gorge se serrer et repensa au livre sur les *Inivini* qu'elle avait toujours dans son sac. Elle venait de saisir pourquoi elle avait réussi à le *mirpasser*. Elle aurait voulu le donner à Natan, mais elle ne pouvait pas. Alors que Métis, elle, le pouvait. Hannah se tourna et à son tour, planta son regard dans celui de son hôtesse. Cela ne servait plus à rien de l'éviter.

– Tu voulais savoir ce qui pourrait lui faire plaisir l'autre jour ?

Métis acquiesça sans dire un mot. La jeune fille s'empara de son sac et en sortit le petit livre qui ne payait pas de mine.

– Ça, ça lui fera plaisir. Ce n'est qu'un livre, cela n'apprendra pas à un oiseau à voler, mais si tu l'aides à voir les *Inivini*, il t'en sera reconnaissant.

Métis se saisit du livre et sourit une nouvelle fois, pour elle-même cette fois.

Chapitre 8

Natan était installé sur son lit à baldaquin, vautré à lire et relire le livre sur les *Inivini* depuis des heures. L'autre jour, quand Métis était venue le voir, entre deux cours, et avait insisté pour lui parler, Nicolas avait déguerpi en faisant bien attention à ne pas la regarder dans les yeux. Natan avait suivi la jeune fille, un peu à l'écart, se demandant bien pourquoi elle faisait tant de mystères. Puis, il avait compris quand elle avait sorti le livre. Était-ce sa mère qui lui avait dit qu'il ne pouvait pas les voir ou l'avait-elle deviné toute seule en réussissant à lire en lui ? La contrariété qu'il avait ressentie sur le coup était maintenant complètement oubliée tellement il était passionné par sa lecture. Ces petites créatures étaient incroyables et cela lui fit regretter de plus belle de ne toujours pas réussir à les voir. Quelqu'un frappa à sa porte et le jeune homme sut immédiatement de qui il s'agissait. Que ce soit dans le monde réel ou à Yamay, sa mère frappait toujours de la même façon.

La reine entra dans les appartements de son fils qui s'arracha à son livre quelques instants.

– Alors Natan, comment se passent les entraînements avec Maître Rusanrev ?

– Bien, c'est très intéressant.

Il était sincère. Pour la première fois depuis qu'il était à Yamay, il commençait vraiment à maîtriser ses *Imagami*. Il observa le livre sur les *Inivini*, caché dans les plis de sa couverture et se demanda s'il oserait poser la question à sa mère.

– Est-ce que Métis... peut *mirpasser* des objets elle aussi ? Je pensais que vous et moi, nous étions les seuls à pouvoir le faire.

La reine sourit, apparemment ravie que son fils lui parle de la jeune fille.

– Non, elle ne peut pas, pourquoi me demandes-tu ça ?

Natan ne réagit pas. Il venait de voir, coincée entre deux pages, une petite fleur sans cœur qu'il connaissait bien. Elle avait, semble-t-il, été utilisée comme marque-page.

– Natan ? Pourquoi est-ce que tu me demandes ça ? insista sa mère qui ne pouvait pas voir le livre.

Le garçon se releva vivement.

– Pour rien, reprit-il. C'est tellement étrange de se dire qu'elle se souvient de tout et qu'elle voit à travers les objets, je me demandais si elle savait faire autre chose.

La reine acquiesça, retrouvant son sourire.

– C'est important de pouvoir partager tout ce que tu vis avec quelqu'un de ton âge et qui vit la même chose que toi.

Natan hocha la tête, sans relever le sous-entendu qui teintait les propos de sa mère.

– Si tu as un peu de temps avant ton cours avec Maître Rusanrev, je voudrais te montrer quelque chose.

Le prince accepta avec plaisir. Il aimait toujours autant ces leçons avec sa mère. Il avait l'impression d'apprendre à mieux connaître son monde à chaque fois. Et ils s'étaient tant disputés ces derniers temps. Cela lui faisait du bien aussi de partager quelque chose de plaisant avec elle. Il s'entraînait tous les jours comme elle le voulait, Maître Rusanrev lui disait qu'il progressait, peut-être avait-il enfin gagné le droit d'obtenir quelques réponses ?

Couvant des pensées pleines d'espérance, le jeune homme se laissa entraîner dans les rues d'Elatipac jusqu'à une petite échoppe dont la vitrine regorgeait de tubes brillants. Natan se souvint qu'il était passé devant cette boutique la première fois qu'il était venu à Elatipac, entraîné au pas de course par Salocin et Newlon vers la *fen* du château, alors qu'il ne savait pas encore qu'il en était le prince disparu. Sur le coup, il avait été très intrigué par tous ces tubes en laiton doré et ces miroirs aux couleurs chatoyantes qui se répondaient, mais il n'avait pas eu le temps de les interroger. Depuis, tant de choses s'étaient passées qu'il n'avait même pas eu le temps de s'y intéresser à nouveau. Sa mère prisonnière, le poème, les quatre fragments de la ceinture… cette course, toujours cette course en avant. Sa mère n'avait pas complétement tort. Il s'était laissé dépasser par la quête d'un monde dont il ne connaissait quasiment rien, balloté au gré des événements auxquels il avait essayé de répondre comme il avait pu, sans les comprendre, ni les maîtriser. Il était temps de combler ses lacunes.

La reine entra dans la boutique entraînant son fils dans son sillage. À l'intérieur, tout était beaucoup plus sombre. Seuls des dizaines de petits miroirs suspendus au plafond s'entrechoquaient dans un doux cliquetis et brillaient renvoyant les quelques rayons de lumière qui arrivaient tout de même à filtrer à travers la vitrine. Un homme dynamique d'une trentaine d'année sortit de l'arrière-boutique pour venir les accueillir. Quelle ne fut pas la surprise de Natan de voir apparaître monsieur Idrapoeg, qui était cette année encore son professeur de géographie.

– Majesté, quel honneur de vous voir ici !

– Docteur Geopardi, tout le plaisir est pour moi. Comment va votre père ?

– Mieux, beaucoup mieux, merci.

Natan était toujours aussi impressionné par sa mère, qui semblait connaître tout le monde à Yamay. Elle n'était pas revenue depuis quelques mois, qu'elle était déjà au courant de tout ce qui se passait comme si elle n'était jamais partie. Comment faisait-elle ? Natan rêvait de Yamay depuis trois ans et il lui arrivait encore de se perdre dans son propre château !

– Que puis-je faire pour vous, Majesté ? J'imagine que vous n'êtes pas venue ici pour m'acheter un *mirim* ou un *décor'actors* ?

– Non, en effet ! répondit la reine.

Natan regarda sa mère et le fameux docteur Geopardi rire ensemble sans comprendre ce qu'il y avait de si drôle.

– Je voudrais montrer à Natan comment tout cela fonctionne.

Le docteur Geopardi se tourna vers Natan et le gratifia d'un large sourire.

– Bien sûr. J'adore enseigner aux esprits vifs.

Natan vit son jeune professeur disparaître de nouveau dans l'arrière-boutique. La reine en profita pour se tourner vers son fils.

– Natan, ce que nous allons voir là, a une importance capitale à Yamay et sans les siècles d'inventions de brillants maîtres d'*Imagami*, notre monde n'aurait pas la richesse que tu lui connais aujourd'hui.

Natan acquiesça respectueusement, se demandant de quoi la reine lui parlait.

– Sais-tu ce qui se passe pour Salocin et Newlon quand toi tu te réveilles de l'autre côté ?

Il se rappelait que Salocin et Newlon lui avaient parlé à l'époque d'une histoire de *mirorim* ou quelque chose dans ce goût-là. Encore une fois, il eut honte de se rendre compte seulement maintenant qu'il ne leur avait jamais posé plus de questions sur ce qui se passait exactement quand il n'était pas là. La reine dévisagea son fils, comme si elle lisait en lui.

– Quand Nicolas se réveille de l'autre côté, reprit la reine, Salocin tombe dans son *mirorim*.

– Et cela ressemble à quoi, de tomber dans un *mirorim* ?

La reine réfléchit quelques instants pour essayer de décrire le phénomène à son fils.

– C'est comme si Salocin produisait une *Imagami* sauf que la bulle devient tellement grosse qu'elle se met à l'englober complètement.

– Comme dans la *Bullosphère* ?

– Un peu, si tu veux oui, sauf que les *mirorim* restent immobiles alors que la *Bullosphère* sert à se déplacer.

– Et quand Nicolas s'endort de l'autre côté ?

– Le *mirorim* éclate ici et Salocin est de nouveau libre de faire ce qu'il veut.

La reine leva la tête et, d'une *Imagami,* fit descendre un des petits miroirs accrochés au plafond.

– Ceci est un *mirim*, c'est un des deux instruments indispensables à avoir sur soi avant de sombrer dans un *mirorim*.

– Un des deux ?

La reine désigna à Natan les petits tubes dorés qu'il avait vus dans la vitrine et qui l'intriguaient toujours autant.

– L'autre est le *décor'actors*. Ils ont tous les deux été *imagamiés* la première fois par Maître Roferd Niom au quinzième siècle avant d'être améliorés ensuite au fil du temps. Avant ça, les reflets devaient tout *imagamier* par eux-mêmes et c'était épuisant. Ils n'avaient quasiment plus d'énergie le reste du temps et les rêves des *reflelfer* étaient beaucoup moins riches qu'aujourd'hui. De l'autre côté aussi, ces inventions ont eu pour effet une véritable renaissance, une bonne partie des inventions des *reflelfer* trouvant leur inspiration dans leurs rêves !

Natan écoutait religieusement ce cours d'histoire version Yamay. Il n'aurait pas pensé que les deux mondes puissent être si liés. Pour lui, tout semblait si différent au contraire quand il passait de l'autre côté !

– Et à quoi ça sert exactement... un *mirim* et un *décor'actors* ?

– Le *mirim* est le miroir qui permet au reflet de voir son *reflelfer* dès que celui-ci se reflète dans une surface réfléchissante de l'autre côté : que ce soit un miroir, une vitre ou une flaque d'eau. Un *décor'actors* permet de refléter le fond qui est derrière le *reflelfer* sans que son reflet ait besoin de tout *imagamier.*

Il se demandait bien comment ces petits tubes dorés pouvaient fonctionner quand le docteur Geopardi revint de son arrière-boutique.

– Voilà ! Je vous ai ramené les exemplaires de *mirim* des quatre familles et le dernier modèle de *décor'actors* que j'ai reçu hier. Celui-ci reflète sans aucune déformation ni point noir et couvre tous types de paysages.

– Je vous remercie, docteur Geopardi. Nous feriez-vous une petite démonstration ?

Le jeune homme rougit. Il était apparemment gêné par la demande de la reine.

– Majesté, en général le professeur Idrapeog dort très bien. C'est difficile de le réveiller comme cela. De plus, il a beaucoup d'heures d'enseignement demain.

– Oui, j'ai deux heures de géographie avec lui ! confirma Natan, amusé de penser qu'il allait bientôt réveiller son professeur en plein milieu de la nuit sur ordre de sa mère.

La reine jeta un nouveau regard charmeur au docteur Geopardi qui ne put se résoudre à lui opposer un refus plus longtemps. Le jeune docteur se plaça au centre de sa boutique tout en continuant de soupirer. Aussi gêné que s'il avait dû se montrer lui-même en pyjama, il s'y reprit à plusieurs fois pour produire une bulle assez grande pour qu'elle vienne l'englober complètement.

– Les reflets n'aiment pas trop en général qu'on les regarde *mirorimer* avec leur *reflelfer*, confia la reine à voix basse. Ils sont assez timides...

Natan rit de bon cœur. Il n'aurait jamais imaginé voir son professeur ainsi ! La bulle se souleva légèrement au-dessus du sol tandis que le docteur Geopardi tenait lui-même en lévitation dans la sphère brillante. Son *mirim* vint se coller instantanément sur la paroi sphérique recouvrant toute la demi-sphère tandis que le *décor'actors* qui s'était posé en bas de la sphère projetait un fond de couleur de l'autre côté de la bulle. Soudain, Natan vit sur le côté où s'était collé le *mirim*, monsieur Idrapoeg se lever de son lit en se frottant la tête. Il portait un pyjama garni de petits lapins roses. Natan rit de plus belle découvrant son professeur de géographie dans cette tenue. Dans sa bulle, le docteur Geopardi imitait les moindres faits et gestes de monsieur Idrapoeg qui se tenait maintenant devant le miroir de sa chambre. Natan était impressionné par ce qu'il voyait. Il n'avait pas imaginé que Salocin et Newlon vivaient cela pendant qu'il était avec Nicolas et Nolwen. Le professeur de géographie se gratta de nouveau la tête comme s'il se demandait ce qui avait bien pu le réveiller ainsi et sans doute parce qu'il ne trouvait aucune raison valable, il se laissa retomber comme une masse dans son lit. À ce moment-là, la bulle du docteur Geopardi éclata et le jeune homme fut libéré de son *mirorim*. Il se releva promptement et essuya les paillettes de bulle restées accrochées à ses vêtements.

– Comme je vous disais Majesté, c'est très dur de le réveiller.

– C'était parfait ! Docteur Geopardi, je vous remercie infiniment.

La reine et son fils sortirent de la boutique du docteur et repartirent tranquillement vers le château. La reine ne semblait pas pressée de regagner ses appartements.

– Alors, qu'as-tu pensé de cette visite, Natan ?

– C'était très intéressant. Je n'avais pas imaginé que Salocin et Newlon vivaient tout ça quand je n'étais pas là !

La reine sourit, laissant volontairement le silence s'étirer comme de la guimauve quelques secondes entre eux.

– Salocin et Newlon oui, et l'ensemble de nos sujets, Natan. C'est primordial de comprendre pleinement ce que vit un peuple quand on est destiné à le diriger un jour.

Natan approuva sans mot dire, sentant que le ton de sa mère venait de changer. La reine reprit, une lueur résolue dans le regard.

– Les surfaces réfléchissantes sont nombreuses de l'autre côté sans même qu'on y prenne garde, Natan. Les reflets à Yamay suivent dans leurs *mirorim* à peu près les trois quarts de ce que vivent leurs *reflelfer* dans le monde de l'autre côté, tu le savais ?

Le prince secoua la tête sans décoller ses yeux des pavés inégaux où ils déambulaient. Il ne le savait pas non, mais il sentait bien par contre que les propos de sa mère étaient pleins de sous-entendus.

– C'est essentiel que le peuple Cnalb saisisse le sens de nos actions, Natan, que ce soit à Yamay ou de l'autre côté. Tu le comprends, n'est-ce pas mon chéri ?

Le prince laissa le silence répondre pour lui. Bien sûr, l'enseignement du jour avait un but inavoué, comme toujours avec sa mère. Malgré tous ses efforts à travailler ses *Imagami*, ce n'était sans doute pas aujourd'hui qu'il en apprendrait davantage sur le désensorcellement des fils de vie ou sur le troisième fragment de la ceinture. La reine dévisageait son fils, attendant visiblement qu'il lui rende son regard, mais Natan n'avait pas envie de lui faire ce plaisir. Cela devait tant l'énerver de ne pas comprendre ce que son fils avait en tête. Maître Rusanrev, qui se rendait au palais pour la leçon du prince, les croisa à l'entrée du château et sauva son élève de l'insistance maternelle.

– Bonjour Majesté, je m'apprêtais justement à venir vous voir !

– Maître Rusanrev, quel plaisir de vous rencontrer, j'espère que tout se passe bien avec le prince ?

Natan sentit son estomac se nouer, d'autant plus après la leçon de morale qu'il avait été obligé d'ingurgiter comme une potion amère. Depuis que son professeur lui avait fait travailler sa *secoses*, il arrivait nettement mieux à maîtriser ses *Imagami*, mais peut-être ne progressait-il pas encore assez vite ?

– Tout va très bien Majesté, reprit le professeur. Natan est un élève appliqué et ses *Imagami* sont très belles, incroyablement puissantes surtout quand il réussit à se concentrer sur sa *secoses*.

Le jeune homme eut la désagréable impression que son professeur connaissait sa *secoses* et ne put s'empêcher de détourner le regard.

– Alors ? Que vouliez-vous me dire, Maître ?

– Eh bien, votre fils commence à très bien se débrouiller. Mon travail avec lui est quasiment terminé.

Natan se détendit. Il allait enfin arrêter de jouer à l'écolier modèle et les aider à trouver la ceinture !

– Il faudrait donc que nous songions à fixer la date de son examen. Comme vous le savez, ces choses prennent un peu de temps à organiser.

Le nœud dans son estomac se reforma aussitôt. La date de son examen ! Mais c'était beaucoup trop tôt ! Il ne se sentait pas prêt du tout !

– Vous avez raison Maître Rusanrev, je vais y songer.

Sans même s'en rendre compte, ils étaient arrivés à la porte de la salle où Maître Rusanrev et Natan avaient pour habitude de travailler.

Pendant que le prince s'entraînait d'arrache-pied avec Maître Rusanrev, Newlon et Salocin se trouvaient dans les appartements de Dnomso avec le chevalier Veilleur. Ils avaient réussi à reconstituer le troisième fragment du poème et ils se le répétaient en boucle, en attendant la reine qui devait les rejoindre dès qu'elle aurait fini de recevoir les seigneurs. Elle les avait tant aidés l'année dernière à trouver la cachette de Gromis que Salocin s'attendait à ce qu'elle déchiffre aussi facilement les vers sibyllins et les envoie aussitôt en mission. Mais cette fois, les vers semblaient hermétiques, même pour elle. Et la souveraine n'arrivait à se dégager qu'occasionnellement de ses obligations, organisant *Secreterces* sur *Secreterces* pour reprendre en main la gestion de son royaume.

Salocin récita encore une fois le poème à haute voix, plus pour lui-même car ils le connaissaient tous par cœur :

« *Terrible fléau de nos pires cauchemars,*
Emporté au loin par le cavalier noir,
Dans les vallons au nord de la montagne,
Sa balance de pierre pèse la faim des âmes.
Là, volé aux regards par la petite Irehca,
Qui fait résonner la nuit sa terrible voix,
Elle le protège tel un trésor jalousement,
Blotti dans son ombre qui tue les enfants.»

En entendant la dernière phrase, Newlon frissonna.

– Brrr, une ombre qui tue les enfants, ça me donne la chair de poule à chaque fois que je l'entends !

Salocin haussa les épaules comme s'il s'interdisait d'avoir peur, alors qu'en réalité il n'en menait pas large non plus.

– Recommençons depuis le début, reprit le chevalier Veilleur en se couvrant le visage de ses mains comme pour mieux se concentrer. Il faut que nous trouvions où se situent ces « vallons au nord de la montagne ».

Cela faisait déjà plusieurs fois que le chevalier Veilleur le répétait, mais c'était comme si les strophes de Morwrom devenaient de plus en plus difficiles à déchiffrer à mesure que la ceinture se reconstituait. Le père de Salocin semblait particulièrement affecté par le poème.

– « Sa balance de pierre pèse la faim des âmes », ressassa-t-il encore une fois comme si ces mots avaient un pouvoir secret sur lui. Cela m'évoque quelque chose mais je n'arrive pas à retrouver quoi. Dnomso, est-ce que ça te parle à toi aussi ?

Le père de Natan s'affairait, comme toujours, à coller de nouvelles feuilles blanches dans son arbre en chantonnant et ne semblait absolument pas se préoccuper de comprendre le poème qu'il avait enfin retrouvé. Salocin le contempla et s'étonna à nouveau de la différence de caractère avec Osmond de Clare dans le monde de l'autre côté. Le chevalier Veilleur ne s'inquiéta pas outre mesure de ne pas obtenir de réponse de son ami et reprit ses interrogations à la cantonade, comme si exprimer à voix haute ce qui le dévorait intérieurement, pouvait lui permettre de convoquer les coulisses de sa mémoire qui refusaient de s'ouvrir.

– « La faim des âmes », répéta-t-il encore une fois. Faut-il le comprendre au sens littéral ou au sens figuré ? Cela pourrait être tout aussi bien « La fin des âmes ».

Newlon n'avait pas oublié ce que Mistral, du Peuple des vents, leur avait révélé il y avait deux ans, par l'entremise de Lartsim.

– La balance, s'essaya-t-elle. Ne serait-ce pas celle du troisième cavalier de l'apocalypse ? Le cavalier noir qui pèse les âmes mourant de faim ?

Salocin ne put s'empêcher d'être impressionné par ce que venait de dire Newlon, mais se garda bien de rien laisser paraître. Il n'aimait pas trop repenser à cette histoire de cavaliers de l'apocalypse de toute façon. C'était si étrange de se dire que des chevaliers Cnalb s'étaient alliés à des chevaliers Rion pour faire disparaître cette ceinture qu'ils tentaient de retrouver aujourd'hui. Comme une alliance contre-nature.

– Si, bien sûr, tu as raison Newlon, confirma Nomis. Sans doute est-ce une image pour signifier le pouvoir particulièrement néfaste de ce fragment. Mais je ne sais pas pourquoi ce vers en particulier m'évoque un lieu…

Newlon observait le chevalier, sans réussir à masquer l'inquiétude qui l'envahissait. Elle aimait beaucoup le père de son ami. Ces dernières années, il avait été pour eux trois comme un phare silencieux qui les guidait au milieu de la tempête. Alors, le voir aussi troublé ces dernières semaines par ces nouveaux vers ne la rassurait pas du tout.

– Poursuivons nos recherches sur ce cavalier noir alors, proposa la jeune fille. Peut-être nous mèneront-elles à ce lieu ?

Le chevalier Veilleur hocha la tête en silence, les yeux fixant le vide devant lui.

– Oui… et à cette Irehca dont parle le poème. Elle semble être la clé de tout.

Newlon et le chevalier se replongèrent dans leurs lectures respectives et Salocin continua de dévisager son père dont les lèvres ressassaient encore et toujours les mêmes mots. Le chevalier repensa au carnet qu'il avait trouvé dans ses affaires l'année passée, celui avec toutes les notes sur son frère et lui. Tout l'été, il avait voulu lui en parler mais il n'avait jamais trouvé le bon moment. Et tous les jours, depuis, il différait. Peut-être encore plus depuis qu'ils passaient leurs journées à déchiffrer le poème de Morwrom. Salocin posa ses yeux sur Newlon. Il n'avait pas la tête à se noyer une fois de plus dans de nouveaux livres et décida de se concentrer sur la méthode la plus efficace qu'il connaissait pour oublier sa lâcheté : taquiner la jeune fille.

– Tu l'as déjà lu combien de fois ce bouquin ? Tu n'as pas l'air d'avancer beaucoup sur ton cavalier noir…

Newlon ne releva même pas la tête. Elle connaissait trop Salocin pour ne pas savoir reconnaître ce ton.

– Je veux être sûre de ne rien manquer.

– Les suivantes d'Aacisuan n'ont besoin que de feuilleter les livres du bout des doigts pour en connaître le contenu, impressionnant non ?

– Oui, très impressionnant, tu me l'as déjà dit deux fois.

Soudain, Natan passa une tête dans l'embrasure de la porte.

– Natan ! s'exclama Newlon, ravie d'échapper à Salocin. Tu ne devrais pas être en train de t'entraîner ?

Natan sourit à Newlon et entra dans les appartements de son père.

– Nous faisons une pause avec Maître Rusanrev.

Ce n'était pas tout à fait exact. Pour compléter la leçon de la reine, son professeur était parti chercher des *mirim* et le jeune homme en avait profité pour s'échapper.

– Avez-vous trouvé la troisième strophe du poème ?

Comme investi d'une mission, Salocin bondit de sa chaise et tenta de reconduire doucement son ami vers la porte.

– Natan, il faut vraiment que tu retournes t'entraîner s'il te plaît. C'est de ma faute si tu n'as pas pu progresser comme tu aurais dû ces dernières années. Je t'ai trop impliqué dans la recherche de la ceinture, il faut que tu rattrapes ton retard maintenant.

Natan dévisagea Salocin qui le poussait vers la sortie, visiblement embarrassé qu'il les ait rejoints à l'improviste. Pourquoi le tenaient-ils tous à l'écart à la fin ? N'avaient-ils pas confiance en lui, eux non plus ? La porte s'ouvrit doucement sur un nouvel arrivant. Natan s'attendait à recevoir une nième leçon de sa mère, quand il vit la fille de son professeur, Sitèm, passer une tête. De son regard pénétrant, elle fixa le prince un sourire aux lèvres.

– Mon père vous cherche.

Le chevalier Veilleur en profita pour renchérir.

– Votre pause semble terminée, Natan.

Le jeune homme observa ses amis qui avaient tous hâte qu'il sorte. Seule Newlon baissait les yeux. De tous, c'était celle qui semblait la plus gênée de sa mise à l'écart forcée.

– Apparemment oui.

À regret, le prince suivit Sitèm. Dans les couloirs du château, il voyait les cheveux noirs de la jeune fille onduler dans son dos. Sa robe laissait entrapercevoir sa peau ambrée. Il repensa aux remarques des garçons de sa classe, qui se pâmaient d'admiration pour elle. De son pas gracieux de ballerine, elle semblait à peine toucher le sol ce qui lui donnait presque l'impression de suivre un chat. Voyait-elle vraiment à travers toutes les choses ? Une pensée traversa son esprit. Pouvait-elle voir à travers les habits ? Le jeune homme sentit son visage s'empourprer. Pourvu que non ! Son mal-être s'accentua encore un peu plus quand il réalisa qu'elle l'entendait sans doute penser en ce moment même… et vraisemblablement depuis qu'ils avaient quitté les appartements de son père ! Soudain, sans crier gare, la jeune fille le plaqua violemment dans le renfoncement qu'une porte ouvrait dans le mur en lui faisant signe de se taire. Interdit, Natan se laissa faire. Sitèm se mit à chuchoter :

– Mon père... je viens de le voir se diriger vers nous de l'autre côté du mur.

Natan ne décollait pas ses yeux de la jeune fille. Il pouvait sentir les battements de son sang cogner dans sa poitrine.

– Tu ne me ramenais pas à lui de toute façon ? chuchota-t-il à son tour.

– Cela dépend, répondit d'un ton énigmatique Sitèm toujours collée à lui. On peut très bien faire l'école buissonnière !

Il dévisagea la jeune fille qui avait manifestement une idée derrière la tête. Sitèm détacha ses yeux azur du prince un instant et regarda de nouveau à travers le mur.

– Il faut te décider.

Il hocha la tête et Sitèm ouvrit la porte contre laquelle ils étaient appuyés, les faisant basculer dans une réserve inutilisée. Les deux adolescents attendirent quelques instants en silence que le professeur soit passé. Sitèm fixait la poche de Natan où il avait glissé son livre sur les *Inivini*. Il essaya de ne pas penser à ce qu'il s'était dit quelques instants plus tôt mais il ne put s'empêcher de baisser les yeux et de sortir son livre qu'il plaça mécaniquement devant lui. La jeune fille sourit.

– Ne t'inquiète pas, je vois à travers les murs, pas à travers les vêtements !

Natan rougit de plus belle et se mit à bégayer.

– Mais, je… je le sais bien !

Sitèm ne décollait pas ses yeux de lui. Apparemment, elle s'amusait beaucoup de la gêne du prince. Il était urgent qu'il trouve un sujet de diversion.

– Merci pour le livre sur les *Inivini*. Il est très intéressant.

Elle acquiesça en silence.

– Si tu veux, je peux t'aider à les voir.

Natan releva la tête. Avait-elle vraiment ce pouvoir ?

– Tu pourrais faire ça ?

– Pour toi, je peux essayer.

Il la laissa se rapprocher de lui, presque hypnotisé par le timbre si particulier de sa voix.

– Mais il va falloir me suivre sans poser de questions.

Il acquiesça encore une fois en silence et Sitèm, ravie, lui saisit la main pour l'entraîner de plus belle dans les couloirs du palais. Peut-être était-ce grâce à ses pouvoirs mais elle semblait déjà mieux connaître le château que lui ! Ils montèrent pendant un bon moment le long d'un étroit escalier en colimaçon. Une sorte de rigole longeait le mur, occupant la moitié de l'espace. Mais où Sitèm l'amenait-elle donc ? Arrivés en haut, la jeune fille frappa à la porte et, à la grande surprise de Natan, il vit apparaître la mère de Newlon. Madame Zenitram fut étonnée de voir la jeune fille puis elle aperçut le prince juste derrière elle.

– Que me vaut le plaisir de vous voir, mon prince ?

Sitèm prit la parole comme si Natan n'était pas capable de s'exprimer tout seul. On aurait dit Salocin.

– Bonjour madame Zenitram, Natan souhaiterait saluer les *Inivini.*

La mère de Newlon examina Sitèm en fronçant les sourcils. Apparemment, pour une fois, la jeune fille n'emportait pas tous les suffrages. Madame Zenitram ouvrit néanmoins la porte et les laissa entrer. Ils se trouvaient dans une des tours du château. La pièce était ronde et des petits lits superposés étaient disposés le long des murs, du sol au plafond. C'était apparemment ici que les *Inivini* dormaient. Natan vit de nombreux objets qui volaient tout seuls rangeant, balayant, nettoyant... et il imagina toutes les créatures qui devaient être là, dans ce ballet invisible, à s'activer. Il se sentit encore plus mal de ne pas réussir à les voir, surtout en présence de la mère de Newlon qui s'occupait de leur bien-être. Qu'allait-elle penser de lui ? Il se maudissait d'avoir accepté de suivre Sitèm à l'aveuglette. Ce n'était certainement pas ici qu'il arriverait à les voir.

– Voulez-vous boire quelque chose les enfants ?

Madame Zenitram se rendit dans la pièce d'à côté et commença à s'affairer pour leur préparer une collation. Il devait y avoir au moins une trentaine d'*Inivini* dans la pièce et pourtant la mère de Newlon n'en appela pas un seul pour l'aider.

– Les *Inivini* ne travaillent pas quand ils sont ici. S'ils font un peu de ménage c'est pour eux-mêmes, commenta Sitèm.

Natan fixa la jeune fille, une lueur d'agacement dans les yeux. C'était épuisant qu'elle lise en permanence tout ce qu'il pensait.

– Alors, est-ce que tu les vois mieux ici ?

Natan balaya à nouveau du regard la pièce mais pas plus que la première fois, il ne vit les créatures qui tenaient balais, seaux d'eau, draps et oreillers s'affairant à refaire leurs lits ou à nettoyer le sol. Il soupira. Son cas était désespéré. Il sortit de sa poche le livre que lui avait donné Métis. Il l'ouvrit et relut la page sur les différents exemples d'*Invini* perçus par des maîtres célèbres de Yamay à travers les âges, espérant que ça l'inspirerait.

– Lâche un peu ce livre ! Cela n'apprendra pas à un oiseau à voler !

Il abandonna son livre, interpelé par ce que venait de dire la jeune fille et il baissa aussitôt les yeux car il avait l'impression que Sitem réussissait tout particulièrement à lire dans ses pensées quand leurs regards se croisaient. La jeune fille s'empara du livre et lui prit les deux mains.

– Ferme les yeux et calme-toi !

Il eut l'impression de se retrouver avec Maître Rusanrev. Décidément, c'était de famille ! Il obtempéra. De toute façon, qu'avait-il à perdre ?

– Essaye de te concentrer sur ta *secoses*, comme pour les *Imagami*, et ça fonctionnera.

Natan rouvrit les yeux aussitôt et reprit ses mains. Il était hors de question qu'il partage sa *secoses* avec Sitèm, même pour réussir à voir les *Inivini* !

– Je te le promets ! reprit aussitôt la jeune fille. Je ne la lirai pas.

Au moins, avec Sitèm, il n'avait pas besoin de répéter deux fois les choses. Pas même une seule fois à vrai dire ! Pouvait-il lui faire confiance ? Natan se força à se calmer et ferma à nouveau les yeux, espérant qu'elle tiendrait parole. À force de s'entraîner avec Maître Rusanrev, il maîtrisait maintenant parfaitement sa *secoses*. Et elle ne s'usait pas, bien au contraire. Plus il y pensait, plus il retrouvait des détails qu'il avait oubliés. À chaque fois, il avait l'impression de décupler l'air qui pouvait entrer dans ses poumons, il avait presque l'impression qu'il allait réussir à s'envoler. C'était tellement grisant !

– Vas-y, ouvre les yeux maintenant !

Natan rouvrit les yeux et fut presque étonné de voir Sitèm qui le dévisageait, tellement il avait été ailleurs pendant une seconde. C'était à peine s'il se souvenait ce qu'il était venu faire ici avec elle. Soudain, il vit passer derrière la jeune fille un petit chat argenté qui se tenait sur ses deux pattes arrière et portait un chapeau. Natan observa le reste de la pièce : des dizaines de petits chats argentés se baladaient, très affairés, sans tenir compte d'eux. Des petits chats argentés, il voyait des petits chats argentés ! Sitèm regardait Natan s'émerveiller devant les *Inivini* qu'il découvrait enfin.

– Tu vois, je t'avais dit que tu réussirais à les voir !

La jeune fille était heureuse. Elle avait atteint son but. Madame Zenitram revint avec un plateau chargé de victuailles et de jus de fruits. Natan vit deux petits chats se dépêcher d'apporter des tréteaux pour faire une table.

– Merci, les enfants.

Les deux petits chats qui l'avaient aidée, se saisirent chacun d'une tasse à café et la tendirent à la mère de Newlon réclamant eux aussi du jus d'orange.

– Attendez, attendez, je vous servirai après nos invités !

Madame Zenitram invita Natan et Sitèm à s'asseoir sur des sièges que deux autres petits chats venaient de leur apporter sans qu'ils n'aient rien demandé. Les félins semblaient vouloir s'attirer les bonnes grâces de leur intendante afin d'avoir eux aussi droit à la collation.

– Ah, ces *Inivini*... ils sont plus gourmands que des *srotors* parfois ! Alors Natan, que vouliez-vous savoir sur mes petites créatures ?

Natan ne savait plus où donner de la tête. Des dizaines de chats s'étaient maintenant rassemblés autour d'eux, attendant sagement leur tour, une tasse à café à la main. Leurs pelages s'irisaient à la lumière et leurs yeux semblaient rayonner de malice. Et dire qu'il ignorait que ces petites bêtes existaient jusqu'à il n'y a pas si longtemps. Natan reporta son attention sur la mère de Newlon qui lui souriait toujours. Des dizaines de questions lui venaient à l'esprit mais une seule lui paraissait avoir vraiment de l'importance.

– Madame Zenitram, est-ce que… deux personnes peuvent voir les même *Inivini* ?

Sitèm le dévisagea d'un air bizarre.

– Les même *Invini* ? Non, c'est impossible. Même des jumeaux ne voient pas les mêmes *Inivini*.

– Et pourquoi donc ?

– Car les *Inivini* sont liés à l'âme, mon prince. Et il n'existe pas deux âmes identiques, donc il n'existe pas deux *Inivini* identiques.

– Oui, cela parait évident !

Le prince but sa tasse en silence, sentant les regards des deux femmes se poser sur lui. Sa question, bien sûr, était étrange, surtout pour quelqu'un qui venait enfin de découvrir quel *Inivini* il voyait. Le jeune homme décida qu'il était temps de prendre congé avant que l'une ou l'autre ne résiste plus à l'envie de savoir pourquoi il demandait ça.

– Merci beaucoup madame Zenitram, s'exclama Natan en se levant. J'ai été ravi de venir vous rendre visite et de découvrir où vos « enfants » se reposaient.

– Il n'y a pas de quoi, mon prince. Vous serez toujours le bienvenu.

Natan et Sitèm redescendirent en silence le long escalier en colimaçon. Natan comprit mieux à quoi servait la rigole le long du mur quand il vit plusieurs chats argentés descendre à toute allure en glissant dessus comme sur une piste de bobsleigh. Arrivée en bas, Sitèm lui posa la question qui la taraudait depuis tout à l'heure.

– Natan, pourquoi as-tu demandé à madame Zenitram si deux personnes pouvaient voir les mêmes *Inivini* ?

Il se rapprocha de la jeune fille et posa ses mains sur ses fines épaules.

– Merci Sitèm, merci beaucoup de m'avoir aidé à les voir !

La jeune fille sembla troublée. Les remerciements appuyés de Natan la prenaient apparemment au dépourvu. C'était donc possible. Il trouva ça presque touchant.

– Il faut que j'y aille, poursuivit-il, mais... tu me diras comment je peux te remercier.

– Je sais comment tu peux me remercier !

Il se retourna. Il ne s'attendait pas à une réponse aussi rapide de sa part.

– Nous pourrions aller au cinéma, reprit Sitèm.

Il la dévisagea, interdit.

– Enfin, tu pourrais aller au cinéma avec Métis je veux dire... de l'autre côté.

Encore une fois, elle semblait avoir tout prévu. Natan se demanda s'il oserait. Il savait bien ce qu'elle attendait. Il se força à répondre avant que le courage ne lui échappe.

– Vendredi soir, la semaine avant les vacances ?

– Parfait !

Il la regarda s'éloigner dans la direction opposée à la sienne. Il venait de donner rendez-vous dans le monde réel à une fille qui était dans ses rêves. C'était étrange, il n'aurait pas cru que ça arriverait un jour avec quelqu'un d'autre qu'Hannah. Mais puisque la jeune fille continuait de le fuir, il fallait bien se résoudre à aller de l'avant.

Chapitre 9

Hannah se hâtait de descendre l'avenue qui menait jusque chez Métis. Depuis la rentrée, son père ne s'absentait plus autant que par le passé et il surveillait ses horaires de près. Bizarrement, Alexandre n'avait rien dit quand elle lui avait répondu tout à l'heure qu'elle allait chez Métis et il n'avait même pas tenté de la suivre comme il le faisait d'habitude. Il n'était décidément pas en bon terme avec sa cousine éloignée !

– Hannah !

La jeune fille se retourna pour voir qui l'appelait ainsi et fut ravie de voir Nolwen qui courait pour la rejoindre. Même si elle s'interdisait de revoir la jeune fille, discuter avec elle cinq minutes sur le chemin ne paraissait pas trop dangereux.

– Où vas-tu comme ça ?

– Je vais chez Métis. On fait notre exposé ensemble pour le cours d'histoire.

Hannah vit son amie faire la moue. Sa réponse ne semblait pas lui plaire.

– Je n'aime pas cette fille, tu devrais vraiment te méfier, elle est bizarre. Natan m'a dit qu'elle se souvenait de tout comme vous, parce que sa grand-mère était une *Flamalf* ou je ne sais quoi.

– Oui, je sais.

Elle tâcha de chasser de son esprit le fait que Métis voyait toutes les nuits Natan au château Cnalb et qu'il avait déjà parlé d'elle à Nolwen et Nicolas.

– Et toi ? Ton exposé, tu le fais avec qui ?

– Avec Natan et Nicolas.

Hannah enviait son amie. Si seulement, elle aussi, avait pu faire son exposé avec eux, comme avant.

– Et alors, vous avancez bien ?

– Oh oui. Natan fait tout le boulot comme d'habitude. Et Nicolas et moi, on se bat... comme d'habitude aussi !

Hannah rit avec plaisir. Au moins certaines choses ne changeaient pas ! Les deux jeunes filles arrivèrent à un croisement où leurs routes se séparaient.

– Fais attention quand même avec cette fille, Hannah. Je ne sais pas pourquoi mais... je sens que c'est malsain tout ça.

Elle regarda son amie s'éloigner. Nolwen ne se souvenait pas de tout ce que Newlon vivait à Yamay mais elle avait pourtant deviné qu'il était en train de se tramer bien plus qu'un simple exposé. La jeune fille reprit sa route en accélérant le pas. Il fallait qu'elle arrive chez Métis avant qu'il fasse trop sombre et, en ce début d'hiver, la nuit tombait de plus en plus tôt. Quand Hannah sonna à la porte, elle était encore essoufflée de sa course. C'est le père de Métis qui vint lui ouvrir.

– Bonjour, monsieur Vernasur. Métis m'a invitée à venir travailler notre exposé.

Comme la première fois, l'homme retira ses lunettes et la regarda d'un air insolite.

– Bonjour Hannah, entre, je t'en prie. Métis ne va pas tarder.

Métis ne semblait pas pressée de venir accueillir son invitée et son père observait toujours Hannah aussi bizarrement. La jeune fille commençait à connaître le motif de la moquette par cœur. Heureusement que les hommes de leur famille ne pouvaient pas lire dans les esprits. Métis finit par se montrer et entraîna la jeune fille dans sa chambre. Hannah sortit ce qu'elle avait préparé pour leur exposé et se posta sur la chaise à côté du bureau. Mais Métis n'essaya même pas de faire semblant de s'intéresser à ce qu'Hannah avait apporté. Elle se jeta sur son lit et, la tête appuyée sur son coude, se mit à pérorer.

– Ça a super bien marché !

Hannah se tourna vers elle, autant avide d'avoir des nouvelles qu'effrayée par ce qu'elle allait apprendre.

– Ah oui ?

– Oui. Il a adoré le livre sur les *Inivini* ! Je suis sûre qu'il est encore en train de le lire en ce moment d'ailleurs.

Il avait adoré le livre. Tant mieux.

– Et...

Métis voyait bien que Hannah était suspendue à ses lèvres et elle faisait durer le plaisir.

– Il arrive à les voir maintenant.

– C'est vrai ?

– Oui, puisque je te le dis.

Hannah était contente pour Natan. Cela devait lui faire tellement plaisir de les voir enfin ! Et en même temps, quelque chose lui serrait le cœur. Elle aurait aimé être celle qui lui avait permis de le faire. Elle sentit sa gorge se nouer mais tenta de ne rien laisser paraître. Même si, avec Métis, ses efforts étaient sans doute vains.

– Et alors, que voit-il ?

– Des petits chats je crois, des petits chats argentés.

– Des chats ? s'étonna Hannah. Tu es sûre ?

Métis la regarda bizarrement. Pouvait-il vraiment voir la même chose qu'elle ? Elle avait lu dans le livre, avant de le donner à Métis, que c'était impossible. Lui avait-il dit ça simplement pour lui faire plaisir ?

– Pourquoi est-ce que ça t'étonne ? demanda Métis qui repensait à la question étrange de Natan la veille et qui attendait avidement qu'Hannah relève la tête pour lire en elle.

– Pour rien.

– C'était très fort, reprit Métis, plus déterminée que jamais à croiser les yeux d'Hannah. Il tenait mes mains dans les siennes, je pouvais sentir son sang battre à travers sa peau, assez vite d'ailleurs. Il a fermé les yeux et, en les rouvrant, il les a vus.

Métis avait beau en rajouter des louches, Hannah ne bougeait toujours pas d'un iota.

– Il était si content qu'à la fin il m'a invitée au cinéma pour me remercier.

Cette fois, Hannah ne résista pas et la dévisagea avec des yeux de chien battu.

– Ah oui ?

– Oui, vendredi soir, juste avant les vacances. Je pense qu'on va aller voir le film de 18h au Majestic.

Ils allaient se rendre ensemble au cinéma. Et Métis qui lui donnait le plus de détails possibles ! C'est Nolwen qui avait raison, tout ceci était plus que malsain. Hannah se leva et commença à rassembler ses affaires.

– Je t'ai apporté ma partie, pour l'exposé. Tu la liras et tu n'auras qu'à ajouter la tienne avant de le rendre à Lord Tiorces.

– Tu pars déjà ? s'étonna Métis qui n'avait pas réussi à savoir ce qui l'intéressait vraiment.

– Oui, mon père va me tuer si je rentre trop tard.

Hannah pensa paradoxalement qu'il en serait bien capable. Elle s'enfuit avant que Métis n'essaye encore de la rattraper par un de ses subterfuges.

De son côté, comme Métis l'avait prédit, Natan lisait toujours le livre sur les *Inivini,* allongé sur son lit tout en caressant la fleur d'immortelle évidée de son cœur. Il prenait encore plus de plaisir à découvrir leur monde depuis qu'il voyait ces étranges créatures à Yamay. Ses yeux se détachèrent du livre pour se poser sur la fleur. Sans lâcher l'ouvrage, il se leva et alla poser l'immortelle avec ses soeurs qui trônaient toujours dans leur vase sans eau, intactes, éternelles. Hannah semblait aller mieux ces dernières semaines. Elle était toujours aussi pâle et ses yeux cernés, mais au moins ses bleus avaient disparu sans être remplacés par des nouveaux. Avait-il raison d'avoir invité Métis au cinéma ? Il repensa aux paroles de la jeune fille et se convainquit que oui. On frappa doucement à sa porte et sa mère passa une tête.

– Je devrais te gronder d'avoir séché ton cours avec Maître Rusanrev hier mais apparemment, c'était pour la bonne cause.

Le garçon rangea son livre dans son bureau. Sa mère devait avoir appris par madame Zenitram qu'il voyait les *Inivini.* Ève vint s'asseoir sur le lit de son fils.

– Je suis ravie que tu t'entendes bien avec Métis… même si elle t'incite à faire l'école buissonnière. Tu as l'air d'aller mieux depuis que tu l'as rencontrée.

Sa mère semblait savoir tout ce qui se passait dans son royaume et pourtant, elle arrivait très bien à ignorer ce qui se passait juste devant son nez. Ève regarda son fils faire semblant de s'affairer.

– Maître Rusanrev devait t'enseigner comment créer ton propre reflet dans un miroir. Cela te sera demandé pour ton examen. Et surtout c'est plus prudent que tu saches le faire parfaitement ici.

Natan repensa à sa mère qui se reflétait à son bon vouloir alors que lui-même avait perdu son reflet depuis qu'il avait commencé à rêver de Yamay il y a trois ans. Depuis, il avait appris à vivre avec et ce n'était pas toujours très simple. Il ne passait jamais devant le grand miroir de Saint-Benoît ou alors il attendait qu'il y ait tellement de monde pour que personne ne risque de s'apercevoir qu'il n'avait plus de reflet. Mais il n'y avait pas que ce miroir-là. Il devait faire attention partout : dans les toilettes des restaurants, dans les vestiaires du gymnase, dans les vitres des rames du métro... Sa mère avait raison, il y avait bien plus de surfaces réfléchissantes qu'on ne pensait !

– Allez, suis-moi, nous allons remédier à ça, s'exclama sa mère qui semblait lire dans ses pensées.

Ève fit grimper son fils au grenier, là où il avait fouillé maintes fois ces dernières années. Elle se dirigea vers le fond de la pièce, plongée dans la pénombre et retira un grand drap blanc couvert de poussière. Un gigantesque miroir apparut, assez haut et large pour qu'ils puissent se refléter tous les deux en pied. Pour l'instant, ni l'un ni l'autre n'avait de reflet. Soudain, la mère de Natan y apparut comme par magie. Natan la regarda. Il avait déjà remarqué, la première fois qu'il l'avait vue se refléter, qu'elle n'avait produit aucune bulle. Comment faisait-elle ? Devant le regard ébahi de son fils, Ève s'expliqua :

– Il s'agit d'une *Imagami Illusionis*, mais *Sanobullis*, c'est-à-dire sans bulle.

Natan arrivait tout juste à produire des *Imagami* convenables avec bulle alors en faire sans bulle ! Cela lui paraissait irréalisable. Il avait pourtant déjà vu Hannah le faire.

– Ne t'inquiète pas Natan, tu es tout à fait capable d'y arriver. Et tu conviendras qu'ici, c'est tout de même plus discret !

C'est sûr que cela ne servait à rien de s'évertuer à produire son propre reflet afin de ne pas attirer l'attention si pour ça il avait besoin de sortir une gigantesque bulle de savon de son crâne.

– Réfléchis bien, reprit sa mère, ça ne t'est jamais arrivé de faire bouger un objet quand tu étais énervé, sans même t'en rendre compte ?

Natan repensa à la porte de la chambre où il s'était enfermé avec Hannah chez Sam l'année dernière. Elle s'était claquée et le verrou s'était mis tout seul. Sur le coup, cela lui avait paru tellement évident qu'il n'y avait même pas fait attention, mais maintenant qu'il y repensait…

– Alors, ça t'est déjà arrivé n'est-ce pas ?

– Oui, peut-être...

Il pria pour que sa mère ne lui demande pas dans quelle circonstance.

– Si tu y réfléchis bien, ça s'est sûrement produit quand tu étais déterminé, quand toute ton énergie était dirigée vers un seul but.

Il déglutit. On pouvait dire ça, oui.

– Et bien c'est la même chose pour toute *Imagami* produite dans le monde réel : il faut rassembler la puissance de ta *secoses* et diriger ton énergie sur l'objet directement sans essayer de sortir l'*Imagami* de toi.

La mère de Natan scruta le grenier.

– Tiens, essaye de bouger cette boîte d'allumettes là-bas par exemple.

Il contempla la petite boîte qui se trouvait par terre à quelques mètres d'eux. Tout cela lui semblait un peu confus. Il repensa à la porte et au verrou. Comment avait-il fait pour qu'ils se ferment ? Dans ses souvenirs, il leur avait simplement ordonné de le faire. Le jeune homme se concentra un moment sur la boîte d'allumettes comme sa mère lui avait dit mais rien ne se passa. Elle le dévisageait toujours, ce qui ne l'aidait pas vraiment à se concentrer.

– Aie confiance en toi Natan ! Imprègne-toi de la *secoses* que tu as travaillée avec Maître Rusanrev et projette ce que tu imagines directement sur l'objet.

Pouvait-il vraiment penser à sa *secoses* en sa présence ? Il allait bien falloir. Et puis sa mère n'était pas Métis. Le jeune homme ferma les yeux et se concentra à nouveau. Ses poumons se remplirent d'air comme à chaque fois et il lui sembla soudain évident que la boîte allait lui obéir. Quand il rouvrit les yeux, sa mère lui souriait et tenait la petite boîte dans sa main.

– Bravo, tu vois, tu y es arrivé sans problème !

Ève se tourna vers le miroir où son image apparaissait, toujours seule.

– Alors, essaye maintenant de produire ton image dans ce miroir !

Natan observa le miroir et pensa à quel point c'était surtout plus simple quand il se reflétait de lui-même, sans avoir rien besoin de faire.

– Était-ce l'*Absorb'temps* qui se chargeait de produire mon reflet pendant toutes ces années où j'avais disparu de Yamay ?

– Oui, en quelque sorte.

Sa mère baissa les yeux sur les lames du vieux plancher poussiéreux, paraissant tout à coup gênée par la question de son fils. Elle repensa à ce qu'il lui avait demandé l'autre jour à propos des pouvoirs de Métis. Natan commençait-il à se douter qu'il n'avait pas pu *mirpasser l'Absorb'temps* il y a quinze ans comme elle le lui avait dit ? Ève se reprit :

– Allez, assez discuté, essaye de produire ton reflet !

Natan dévisagea sa mère. Il avait bien vu son regard fuir quelques instants. Mais son trouble passager semblait déjà avoir disparu.

– Commence par *imagamier* en produisant une bulle pour démarrer, ce sera plus simple.

L'adolescent reporta son attention vers la glace. Tenter de s'imaginer sa propre image, c'était loin d'être évident ! Calmement, il se concentra sur sa *secoces* et sentit une bulle sortir de son crâne. Quand il rouvrit les yeux, un jeune homme le regardait en souriant dans le miroir. Natan sentit qu'il respirait mieux, un sentiment de fierté abreuvant ses poumons d'oxygène : il ne pensait pas qu'il réussirait du premier coup ! Il entendit pourtant sa mère rire à côté de lui.

– C'est bien Natan, surtout pour une première fois ! Mais tu te vois vraiment comme ça ?

Il regarda à nouveau le miroir. Son image lui souriait toujours. Il ne voyait pas ce que sa mère voulait lui dire.

– Je te rassure, tu es beaucoup plus beau que ça mon chéri. Tu es plus grand et ton visage est plus harmonieux.

Il contempla son reflet qui portait toutes les critiques de sa mère.

– Se représenter via une *Imagami Illusionis* est ce qu'il y a de plus dur à réaliser, reprit-elle, car il faut réussir à s'imaginer tel qu'on est et non pas tel qu'on se représente. Ce sont les derniers types d'*Imagami* travaillées en général à l'école. Vas-y ! Essaye encore avec ce que je viens de te dire.

Natan sortit une bulle de son crâne et un nouveau reflet vint remplacer le précédent.

– C'est mieux, mais tu es un peu moins blond. Il faudra que tu continues à t'entraîner, *Sanobullis* cette fois. Tu n'auras qu'à demander à Nicolas ou plutôt à Nolwen de te corriger, les filles sont plus observatrices que les garçons pour ce genre de choses.

Il entendit soudain les lattes de bois du grenier grincer derrière eux. Son père les avait rejoints et les observait produire des *Imagami* devant le miroir. Ève se retourna tranquillement, comme si elle savait que son mari était là à les regarder depuis un moment. Natan vit que les yeux de son père brûlaient de colère. Cela ne présageait rien de bon.

– Ève, tu sais très bien que je ne veux pas que vous fassiez ce genre de choses dans cette maison, et dans ce monde-ci tout court d'ailleurs !

La mère de Natan dévisagea son mari et, sans élever la voix, lui répondit tout aussi tranquillement.

– Tu sais très bien que ça n'est pas possible Osmond.

Le père de Natan s'énerva de plus belle devant le refus manifeste de sa femme de tenir compte de son avis.

– Si, c'est tout à fait possible. Il suffit que tu le décides voilà tout. Je ne veux pas que tu l'entraînes là-dedans. Est-ce que tu veux que je te rappelle où cela nous a menés la dernière fois ?

Ève, qui avait entrepris de recouvrir le miroir, se retourna brusquement. Cette fois, sa voix trahissait elle aussi la colère. Natan ne se sentait pas à l'aise une fois de plus au centre d'une dispute entre ses parents.

– Alors tu préfères que Natan prenne des risques inconsidérés dès qu'il se trouve dans une pièce avec un miroir ! C'est ridicule ce que tu fais, ça ne sert à rien de nier qui il est comme tu l'as fait pendant toutes ces années !

– Nous avons très bien réussi à nous en sortir jusqu'ici !

– Ah oui et comment ? En supprimant tous les miroirs de cette maison ? Tu crois vraiment que ton fils peut vivre uniquement entre ces murs. Vous avez eu de la chance qu'il ne se soit pas fait prendre !

Osmond allait répondre à sa femme quand une voix qui venait d'en bas l'interrompit.

– Madame de Clare ? Êtes-vous là-haut ? Je voudrais vous demander quelque chose pour le dîner de ce soir.

– J'arrive dans une minute madame Ecirruon, cria à son tour Ève.

La mère de Natan traversa le grenier et se dirigea vers l'escalier pour descendre voir sa gouvernante. Osmond l'arrêta quand elle passa près de lui. Il ne voulait apparemment pas la laisser s'échapper aussi facilement.

– Nous n'avons pas fini Ève.

– Si Osmond, nous avons fini. Je suis désolée mais tu dois laisser Natan s'entraîner.

Ève sortit et Natan vit que son père était toujours en colère, lui dont le visage ne trahissait pourtant jamais aucune émotion. Le garçon sentit son cœur se remplir d'une certaine indulgence à son égard. Ce n'était pas facile de tenir tête à sa mère, que ce soit à Yamay ou ici. Il en savait quelque chose. Osmond rompit en premier le silence.

– Natan, je...

Sa voix, habituellement si dure, pour une fois tremblait. Les mots lui étaient difficiles.

– Je... je sais que je n'ai pas été un bon père pour toi toutes ces années.

Le jeune homme ne bougeait pas, ébahi par cette soudaine déclaration.

– Je voulais t'écarter de tout ça, t'empêcher de devenir…

Son père s'arrêta comme si prononcer ce qu'était Natan était trop dur pour lui.

– Mais je sais bien qu'au final je n'ai réussi qu'à te tenir éloigné de moi. Parce que c'était trop dur, parce que je n'étais pas capable...

Il parlait sans regarder son fils, les yeux perdus dans le ciel qu'on pouvait deviner à travers la lucarne du grenier.

– Je déteste le voir comme ça Natan... toutes ces nuits... fou à lier.

Natan comprit qu'il voulait parler de Dnomso.

– À cause de ce poème, à cause de cette quête inutile, à cause de cette...

Il s'arrêta comme s'il avait peur d'en avoir trop dit et tourna la tête pour regarder son fils.

– Si je n'avais pas fermé mon cœur, je serais devenu aussi fou que lui Natan. J'espère que… tu réussiras à le comprendre un jour.

Le jeune homme saisit que cette fois, il voulait parler de lui. Il aurait voulu dire quelque chose mais il ne savait pas quoi. Son père continuait à contempler le ciel par la fenêtre.

– Je vais faire attention, déclara Natan au bout d'un moment. Pour produire mon reflet, je veux dire… je ferai très attention.

Son père esquissa un léger sourire.

– Merci, Natan.

Il s'approcha de son fils, et posa sa main sur son épaule sans déranger avec des mots inutiles le silence qui régnait entre eux. Puis, il sortit, laissant Natan méditer sur ce qui venait de se passer.

Chapitre 10

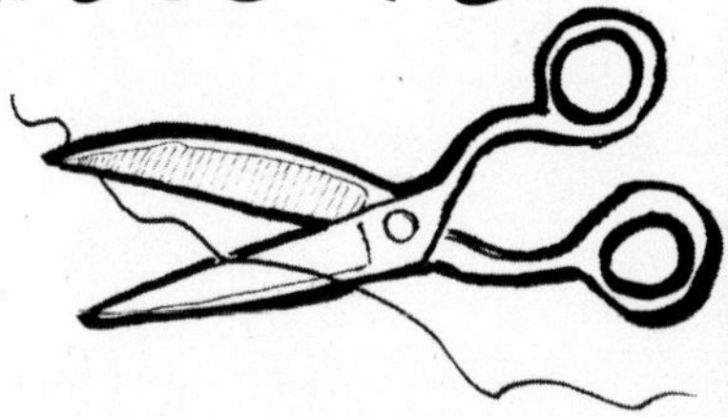

Hannah était allongée sur son lit à Yamay, noyée comme trop souvent dans les *reviver* si dangereux que Maître Rion lui intimait pourtant de fuir. C'était devenu comme une drogue pour elle. Une échappatoire à son quotidien. Le sommeil de la jeune fille dans son rêve était agité, comme si elle luttait pour en sortir. En vain. Les images étaient trop fascinantes pour qu'elle parvienne à s'en extraire. Comme souvent, Hannah retrouvait sa mère à l'école d'*incantapotions*. Elle qui ne l'avait connue de l'autre côté qu'enfermée dans son corps prison, à fixer le même paysage depuis près de quinze ans, elle la retrouvait là, si belle, si entière, si vivante ! Cette fois, Ylil ne se trouvait pas dans la salle où elle s'entraînait habituellement mais accoudée au rebord d'une des nombreuses fenêtres de l'observatoire de l'école...

La jeune fille espiègle s'était épanouie : elle *allait passer son examen final d'ici quelques jours, ce qui, si tout se passait bien, ferait d'elle une maîtresse d'incantapotions. Maître Cnalb lui avait demandé de ne plus s'entraîner que là-haut. Elle le soupçonnait d'avoir* imagamié *un moyen d'en empêcher l'accès afin d'être certain que personne ne puisse venir déranger sa protégée quand il n'était pas avec elle.*

Un papillon noir vint se poser à côté de la jeune fille qui se redressa aussitôt. Elle se retourna et vit le prince Rion qui l'observait, apparemment depuis un moment déjà, sans émettre le moindre son. La jeune fille secoua la tête comme pour lui intimer de ne pas bouger.

– Comment as-tu fait pour monter ici ? Maitre Cnalb a bloqué tous les accès.

Le jeune homme se rapprocha lentement.

– Qui te parle de monter ? Ce vieux fou croit encore qu'il peut m'empêcher de faire ce qui me plaît ?

Ylil observa autour d'elle les nombreuses fenêtres qui se reflétaient l'une dans l'autre.

– Tu as réussi à... te mirabymer *?*

Nesen sourit à la remarque de la jeune fille.

– J'ai toujours su que tu étais beaucoup plus intelligente que lui. Dès que je t'ai vue...

Ylil regardait toujours les fenêtres de l'observatoire qui étaient aussi réfléchissantes que des miroirs.

– Je pensais qu'il n'y avait que le roi Cnalb et la reine Rion qui pouvaient se mirabymer.

Le prince continua de se rapprocher de la jeune fille.

– À *croire que j'ai pris un peu d'avance, encore une fois.*

Ylil se détacha de lui et s'enfuit à l'autre bout de la tour.

– Arrête, s'il te plaît ! Il ne faut plus que tu viennes me voir.

Nesen regarda la jeune fille sans aucune intention de tenir compte de ce qu'elle venait de lui demander.

– Tu avais l'air intéressée pourtant l'autre jour, quand je t'ai montré les anciennes incantapotions *que j'ai retrouvées dans les livres de ma mère.*

– Ça *n'est pas la question et tu le sais très bien.*

– Alors qu'est-ce que c'est ? Est-ce à cause... d'Ève ? C'est elle qui t'a demandé de ne plus me voir ?

Ylil ferma les yeux. C'était encore plus dur qu'elle ne l'avait imaginé.

– Non, elle ne sait même pas que je te connais.

Soudain, la jeune fille vit une rose noire s'ouvrir sur le rebord de la fenêtre où elle se trouvait. Nesen faisait souvent cela. Produire une Imagami *sans que la moindre bulle sorte de son crâne. Ylil avait beau se dire qu'elle devait le fuir, elle ne pouvait s'empêcher d'être toujours aussi fascinée par ses talents.*

– Cela ne sert à rien de m'acheter avec ta magnifique rose, je ne changerai pas d'avis !

– Qui t'a parlé de t'acheter ? reprit le jeune homme.

Les pétales de la rose noire se métamorphosèrent soudain en papillons qui vinrent virevolter autour d'Ylil et se poser sur son cou. Les papillons changèrent de couleur et se transformèrent en un joli pendentif vert. La jeune fille admira le collier qui venait d'apparaître autour de son cou et surtout les puissantes Imagami *qui avaient permis de le fabriquer. Elle n'avait jamais rien vu de pareil. Même de la part d'Ève. Profitant du trouble d'Ylil, le prince Rion avait couvert les quelques mètres qui le séparaient encore d'elle et il la bloquait maintenant contre le rebord de la fenêtre. Son visage était si proche qu'il pouvait sentir le souffle de la jeune fille.*

– Ylil, ça ne sert à rien de lutter.

Ylil ferma les yeux. Il caressa les quelques mèches de ses cheveux qui se dégageaient de son chignon sans que la jeune fille n'ait ni la force ni l'envie de s'extraire de son emprise. Leurs lèvres se touchaient presque.

– Maître Cnalb, murmura Ylil comme pour retarder l'inévitable. Il va bientôt monter…

– Ne t'inquiète pas pour lui, il ne s'appellera bientôt plus comme ça.

Nesen emprisonna la jeune fille dans ses bras et l'embrassa. La jeune fille s'abandonna, incapable de lutter contre sa raison qui lui disait de fuir.

L'image des deux amoureux disparut et mit un moment à se reformer sur le dernier endroit qu'Hannah aurait pensé visiter lors d'un *reviver*. Elle se trouvait dans les couloirs du collège Saint-Benoît. C'était un collège pourtant un peu différent, comme figé dans le passé.

– Lily ! Lily... attends-moi !

Ève courait après son amie, essayant de rattraper celle qui ne cessait de la fuir depuis maintenant plusieurs semaines.

– Lily, est-ce que tu vas me dire ce qui se passe à la fin ? Pourquoi tu n'arrêtes pas de me fuir ?

Lily s'était arrêtée mais continuait de détourner le regard de son amie.

– Je ne te fuis pas, j'ai juste beaucoup de travail c'est tout.

Ève aurait préféré que son amie lui dise la vérité mais leur amitié avait apparemment dépassé ce stade. Elle n'osait pas lui poser la question qui la taraudait et pourtant il le fallait bien.

– Est-ce que c'est vrai ce qu'on dit ?

– Je ne sais pas de quoi tu parles.

– Que tu vas aller au bal… avec ce Nesen, celui qui vient d'arriver au collège.

Lily osa enfin fixer son amie dans les yeux.

– Pourquoi est-ce que ça t'intéresse ? Tu as déjà quelqu'un je crois, tu y vas avec Osmond non ?

Lily s'apprêtait à filer de nouveau quand Ève lui barra le passage.

– Lily, tu sais qui il est, n'est-ce pas ? J'ai bien conscience que tu ne te souviens pas de tout, mais tu sais… qu'il est le prince Rion !

Lily détourna de nouveau les yeux de sa meilleure amie. Elle aurait voulu éviter ce moment à tout prix.

– Il n'est pas comme tu penses, tu ne le connais pas comme je le connais.

Ève eut un mouvement de recul. Oui, elle savait. Et ça faisait sans doute des mois qu'elle le savait. Voilà pourquoi elle la fuyait. Et maintenant, elle le défendait !

– Si, je le connais Lily, et crois-moi, il est malfaisant ! C'est le prince le plus avide de pouvoir que Yamay ait connu depuis des siècles ! Il n'est obnubilé que par sa ceinture.

Lily braqua ses pupilles sur Ève comme deux lumières accusatrices sur un coupable. La jeune fille n'avait jamais vu une telle dureté dans le regard de celle qu'elle avait toujours considérée comme sa sœur jumelle.

– Moi au moins je ne suis pas héritière de Morwrom.

Ève dévisagea, interloquée, Ylil. Comment pouvait-elle lui dire ça ?

– Je peux savoir ce que tu sous-entends ? Que je m'intéresse à Osmond pour qu'il me révèle le poème ? Jamais, je ne chercherai cette maudite ceinture, Ylil ! Cette légende nous mènera tous à notre perte et tu le sais très bien !

Lily baissa la tête et, se détournant de son amie, poursuivit son chemin.

– Lilith !

C'était la première fois qu'Ève l'appelait ainsi. Elle ne l'avait toujours appelée que Lily, comme tout le monde.

– Si tu vas avec lui à cette fête, tu mettras fin à notre amitié.

Lily ne bougea pas. Des larmes roulèrent sur ses joues rougies par l'émotion mais elle ne se retourna pas. Cela n'aurait servi à rien. Elle avait déjà pris sa décision. Péniblement, la jeune fille reprit sa terrible avancée vers la sortie, abandonnant sa meilleure amie dans le hall du collège.

Une nouvelle image se forma, plongeant un peu plus profondément Hannah dans ce sommeil si périlleux d'où elle risquait à chaque instant de ne plus revenir.

Au même moment au château Cnalb, Natan déambulait, le cœur un peu plus léger que d'ordinaire. Cela faisait longtemps qu'il ne s'était pas senti aussi bien. Il avait l'impression d'avancer. Enfin. Il pénétra dans la bibliothèque et sourit en apercevant ceux qu'il cherchait.

– Comment ça va, vous deux ?

Salocin et Newlon levèrent la tête de leurs livres et observèrent Natan venir s'installer sur la chaise en face d'eux.

– Tu n'es pas à ton entraînement ?

– Non ! C'est relâche aujourd'hui, j'ai la journée pour me reposer ! s'exclama Natan d'un ton joyeux.

Cette fois, c'était vrai. Cela faisait des semaines que Natan ne faisait que s'entraîner et Maître Rusanrev avait donc décidé qu'ils méritaient tous les deux une journée de repos. Natan le soupçonnait également d'avoir besoin de temps pour organiser son fameux examen. Son professeur n'en avait pas reparlé depuis l'autre jour et Natan n'avait pas osé poser de questions.

– Ça vous dirait d'aller vous promener un peu dans Elatipac ?

Le prince avait adoré sa découverte de la boutique du docteur Geopardi et en aurait bien profité pour lui rendre une nouvelle visite. Après la leçon de sa mère, il avait encore un peu plus pris conscience de sa méconnaissance de son propre royaume et avait bien l'intention de rattraper le temps perdu avec l'aide de ses amis.

Salocin et Newlon avaient quant à eux entrepris de recenser pour la reine tous les livres qui parlaient du cavalier noir ou d'une petite fille appelée Irehca. Le trouble du chevalier Veilleur face aux vers de Morwrom ne faisait qu'empirer et ils se sentaient la responsabilité de le soulager autant que possible. Pendant que la reine s'entretenait avec lui, ils jouaient donc une fois de plus les rats de bibliothèque. Si les références au troisième cavalier n'étaient pas rares, ils n'avaient par contre rien trouvé sur cette petite fille étrange. Comme si elle n'avait jamais existé. Ou comme si quelqu'un en avait habilement effacé toute trace.

– On doit faire des recherches pour le père de Salocin, soupira Newlon dépitée, car elle aurait préféré accompagner Natan.

Natan se pencha et se risqua à lire le titre du livre qu'elle tenait.

– Parfait, je vais vous aider, dites-moi ce que l'on cherche !

Masquant difficilement sa panique, Salocin plaqua aussitôt la tranche du livre de Newlon sur la table pour empêcher Natan de voir le titre. Newlon soupira devant l'air grave du chevalier. Si le jeune homme prenait très au sérieux les consignes qui leur avaient été données par la reine, Newlon n'aimait pas mentir à Natan.

– Allons plutôt nous promener dans Elatipac, tu as raison, s'exclama soudain le chevalier. Ça nous fera du bien !

– C'est bien ce que je me disais, commenta Natan avec le sourire de celui qui ne s'attendait pas vraiment à ce que Salocin le laisse les aider.

Ce n'était pas grave. Lui aussi avait fait des recherches, intrigué par cette fleur sans cœur, jumelle du bouquet impérissable qu'il n'avait jamais pu se résoudre à jeter. Il ne pensait pas d'ailleurs que la botanique puisse être un sujet aussi passionnant. Sortis du château, les trois amis commencèrent à se promener dans les rues de la ville et Natan entreprit d'amener le sujet sur ce qui l'intéressait vraiment, prenant le ton le plus détaché possible.

– De quoi parliez-vous tous les deux l'autre jour, quand je vous ai rejoints dans les appartements de mon père ?

Salocin et Newlon froncèrent les sourcils, faisant mine de ne pas se souvenir.

– Mais si, tu parlais de jeunes filles qui n'avaient qu'à toucher les livres de leurs doigts !

– Ah ça !

Salocin sourit largement, ravi que Natan l'interroge sur son sujet favori. Newlon, de son côté, se referma comme une huître.

– Je parlais des suivantes d'Aacisuan.

– Et alors, elles étaient jolies ?

– Jolies ? Elles étaient magnifiques, tu veux dire. De longs cheveux bruns, un teint de lune, une bouche de rose, des yeux... des yeux...

– D'émeraudes, soupira Newlon qui écoutait son histoire pour la quatrième fois depuis qu'il était revenu.

Salocin la regarda, sa surprise se transformant très vite en satisfaction.

– Ah, je vois que tu m'écoutes quand même !

– Je suis bien obligée à vrai dire.

Newlon soupira une nouvelle fois et avança un bon mètre devant les garçons pour ne plus les entendre. Si seulement, elle avait pu rejoindre Hannah au château Rion, elle aurait préféré affronter les chevaliers noirs plutôt que de continuer à écouter ces deux idiots s'extasier ainsi !

– Où en étais-je ? reprit Salocin. Ah oui, des yeux d'émeraude...

– Et Aacisuan ? l'interrompit Natan

– Encore plus belle que ses suivantes !

Natan regardait Salocin se perdre dans ses superlatifs. Il avait l'impression d'entendre Nicolas lui parler de Cheyenne en début d'année. Sur ce point, ils n'étaient pas si différents. Un joli minois leur faisait perdre la tête à tous les deux ! C'était le moment d'en profiter.

– En somme, si elle avait accepté de vous donner les fleurs d'immortelle, elle aurait été tout simplement parfaite !

– Oui exactement ! Ça a tout gâché quand elle a...

Salocin s'arrêta net. Il venait de se faire avoir en beauté par le prince. Natan fit volte-face pour confondre son ami. Newlon s'était également figée et ne pouvait s'empêcher d'afficher maintenant un sourire moqueur.

– Enfin, je... je ne sais pas de quelles fleurs tu parles.

– Ne te fatigue pas Salocin, je sais très bien que vous êtes partis chercher des fleurs d'immortelle pour désensorceler mon...

– Oh, regarde cette jolie boutique ! On n'est jamais rentré ici, non ?

Salocin cherchait toutes les excuses possibles et imaginables pour l'empêcher de parler ! Comme si sa mère avait le pouvoir de les observer, c'était vraiment ridicule ! Natan se tourna vers la vitrine que Salocin observait avidement, sans pour autant renoncer à ses questions, quand il vit quelque chose qui l'interpella. Les trois jeunes gens s'étaient arrêtés devant « Fantaisies envoûtantes de madame Voitou » et Natan observait un collier qui ressemblait comme deux gouttes d'eau à celui qu'Hannah portait autour du cou. Ce ne pouvait pas être le sien car il l'avait encore vu la veille au cou de la jeune fille mais il lui ressemblait étrangement. Salocin fut soulagé de voir Natan plongé en admiration devant les bijoux, jusqu'à ce qu'il décide de s'aventurer à l'intérieur. Bien que dans la rue principale d'Elatipac Cnalb, la boutique était sombre et la devanture ne laissait rien présager de bon.

– Natan, qu'est-ce que tu fais ? C'était une blague, on ne va pas rentrer là-dedans quand même !

Contraints et forcés, Salocin et Newlon suivirent le prince à l'intérieur. Derrière le comptoir, une dame leur tournait le dos, très occupée à ranger des bijoux dans des coffrets en bois par type d'*Imagami Illusionis*. L'intérieur de la boutique était encore plus inquiétant que l'extérieur. Il se dégageait des breloques et des bagues exposées une mauvaise énergie. Newlon serra le bras de Natan et s'efforça de le tirer en arrière. Cette ambiance ne lui disait vraiment rien qui vaille. Sans même se retourner, la femme interpella Newlon comme si elle avait eu des yeux dans le dos.

– Laissez notre prince regarder mes belles pièces mademoiselle. Il y a peut-être une jeune fille qu'il souhaiterait envoûter. Mes fantaisies flattent l'œil comme le poème l'oreille : tous deux embellissent l'être aimé autant qu'ils l'ensorcèlent.

Cette voix disait quelque chose à Natan. La femme se retourna et il reconnut madame Uotiov. Elle sourit à Natan et fit quelques pas vers lui.

– Vous êtes un peu en avance, jeune prince.

Un peu en avance ? De quoi parlait-elle ? Il venait d'entrer par hasard dans sa boutique. Madame Voitou se tourna vers Newlon qui tenait toujours le bras de Natan.

– Et vous mademoiselle ? Voudriez-vous une chevalière *Attach'cœur* pour vous donner l'attention d'un jeune homme au cœur inconstant ? J'ai de très jolis modèles si vous voulez voir par ici.

Newlon rougit aussitôt.

– Je n'ai besoin de rien.

– Si vous le dites. Et vous, jeune homme ? reprit madame Voitou s'adressant cette fois à Salocin. Je fabrique de très belles épingles à cravate *Piquocoeur* qui permettent d'éliminer les plus farouches des adversaires.

Salocin examinait les lieux autour de lui, se demandant où ils avaient atterri.

– Nous avons tout ce qu'il nous faut, merci, bafouilla-t-il. D'ailleurs, nous allons y aller, désolé de vous avoir dérangée, madame !

Le jeune homme tenta d'entraîner Natan à l'extérieur de la boutique mais ce dernier ne bougeait pas. Madame Voitou reporta son attention sur le prince dont le regard ne pouvait se détacher du collier vert.

– Ah, je vois que nous avons un connaisseur.

La bijoutière s'approcha et se saisit de la pierre verte qui dormait sur son coussin de velours. Elle caressa le pendentif entre ses doigts. Avec ses ongles délicats, elle ouvrit doucement la pierre en deux sur sa toute sa longueur comme si le pendentif refermait une photo cachée. Au lieu de ça, Natan découvrit deux petits miroirs qui se faisaient face.

– Une très belle pièce, créée par une âme torturée et contenant elle-même une puissante *Imagami* d'envoûtement, en plus d'être un *mirabymeur*, bien sûr ! commenta madame Voitou

Natan ne pouvait s'empêcher de contempler le collier. Il se rappelait que le chevalier Veilleur lui avait dit qu'il appartenait à la mère d'Hannah. Était-ce son père qui lui avait offert ? Était-ce pour cette raison que l'amie d'enfance de sa mère l'avait trahie ? Car il avait réussi à l'envoûter avec ce collier ? Pouvait-il encore avoir un effet sur Hannah ? Trop de questions se mélangeaient dans sa tête tout à coup.

– Le plus amusant est de penser que l'envoûtement n'a jamais servi ! Enfin de toute façon, celui-ci n'est qu'une réplique mais je pense que vous le saviez déjà.

La bijoutière referma d'un coup sec la pierre et Natan sursauta comme s'il revenait à la réalité. Madame Voitou remit le collier dans la vitrine et retourna derrière son comptoir ranger ses bijoux. Salocin attira encore une fois Natan vers la sortie, mais le jeune homme refusait toujours de bouger.

– Vous devriez suivre votre ami, jeune prince. Vous allez être en retard cette fois.

Natan finit par se laisser faire, ne comprenant toujours pas à quoi madame Voitou faisait allusion. Pendant qu'ils remontaient vers le château, Newlon et Salocin discutèrent avec animation de cette curieuse rencontre. Ils n'étaient en général jamais d'accord sur rien mais pour une fois, ils trouvèrent un terrain d'entente pour dire que cette madame Voitou était inquiétante. Natan restait silencieux, se demandant toujours ce qu'avait voulu dire l'étrange bijoutière. Leurs pas les avaient conduits mécaniquement devant les appartements du père de Natan où Salocin et Newlon passaient le plus clair de leur temps quand ils n'étaient pas à la bibliothèque. Trop obnubilés par leur récente découverte, aucun d'eux ne remarqua que Natan les suivait toujours, perdu lui-même dans ses pensées.

Quand ils pénétrèrent dans les appartements, Dnomso, Nomis et la reine étaient visiblement en train d'étudier la troisième strophe du poème. Dès que la reine aperçut son fils, elle fit voler les feuilles du poème en tourbillon ce qui paniqua de plus belle Dnomso. Natan était tellement absorbé qu'il n'eut pas le temps de lire le poème, mais voir son père sauter dans tous les sens pour rassembler ses mots difficilement retrouvés, le mit hors de lui. Sa mère n'en avait-elle rien à faire de voir son mari dans un tel état ou sa volonté de tout contrôler était-elle la plus forte ?

– Je n'ai pas d'entraînement aujourd'hui, déclara Natan d'un ton glacial en foudroyant sa mère du regard.

– Je sais, c'est pour ça qu'il faut que tu te reposes. Nous allons bientôt caler la date de ton examen.

Le jeune homme n'en avait rien à faire de ce fichu examen. Mais c'était sans doute tellement plus facile pour sa mère de le reléguer derrière un pupitre comme un enfant de douze ans que de lui faire confiance !

– Arrêtez de faire voler ces feuilles ! Vous ne voyez pas que c'est cruel ce que vous lui faites subir !

Une tension nouvelle emplit l'espace. Personne n'avait le droit de parler sur ce ton à la reine Cnalb. Pas même son fils.

– Chevalier Veilleur, reprit la reine calmement. Pourriez-vous sortir avec Salocin et Newlon s'il vous plaît ?

Mais Natan était trop énervé pour subir un nième sermon de sa mère.

– Ne vous donnez pas cette peine chevalier. C'est moi qui m'en vais, puisque c'est ce que ma mère veut, de toute façon !

Sans lui laisser l'opportunité de répondre, Natan quitta la pièce en faisant claquer la porte de toutes ses forces. Il avait l'impression d'étouffer dans ce château et il se retrouva rapidement à déambuler sans but dans Elatipac. Il finit par se poser sur un banc à l'ombre d'un arbre à perruques qui se pencha vers lui pour lui proposer sans succès ses plus beaux postiches. Pourquoi sa mère était-elle ainsi ? Avait-elle peur qu'il les trahisse ? Ou s'évertuait-elle à le traiter comme un enfant, ne pouvant se résoudre à accepter qu'ils ne pourraient jamais rattraper toutes ces années qu'ils avaient perdues ? Le jeune prince se perdait dans ces questions quand un papillon voyageur vint se poser à côté de lui. Le petit papillon s'envola et tourna un moment autour de lui comme s'il avait un message à lui délivrer. Pourtant, aucune bulle ne sortit de ses antennes. Il semblait vouloir l'emmener quelque part. Natan regarda autour de lui, il n'y avait pas grand monde dans les rues d'Elatipac et personne ne semblait se soucier du prince ou du papillon qui volait autour de lui. Il finit par se lever et le papillon se mit en mouvement. D'abord lentement, puis de plus en plus vite. Le jeune homme commença à courir mais il avait du mal à le suivre quand soudain le papillon stoppa net. Il venait de ramener le prince devant la boutique de madame Voitou qu'il avait quittée à peine une demi-heure plus tôt. Le papillon ne bougeait plus, semblant attendre ses instructions. Natan le regarda sans comprendre.

– Mais qu'est-ce que tu attends de moi à la fin ? l'apostropha-t-il comme si parler à un papillon en pleine rue était tout à fait normal.

Une bulle sortit des antennes de l'insecte et éclata dans les mains de Natan lui délivrant enfin son message : « Vous êtes invité dans la boutique de madame Voitou à deux heures précises. »

Le prince fixa l'horloge qui ornait la devanture de la boutique. Il était deux heures pile. Qu'est-ce que tout ceci signifiait ? Sa rencontre avec la bijoutière un peu plus tôt avait été si étrange. Soudain, madame Voitou ouvrit la porte de sa boutique comme si elle l'attendait, ne laissant pas à Natan le temps de se poser plus de questions.

– Cher prince, je vous en prie, entrez. Cette fois, vous êtes parfaitement à l'heure.

Natan regarda, abasourdi, son professeur qui l'invitait à pénétrer dans son antre. Après tout, qu'avait-il à perdre ? Ce n'était pas comme si on l'attendait ailleurs ! La bijoutière avait disposé deux grands fauteuils devant un petit guéridon. Elle invita Natan à s'asseoir devant une petite lumière verte installée dans un écrin de velours posé sur la table. La bijoutière s'assit à son tour et désigna au jeune homme la lumière dans son écrin.

– Qu'est-ce que... qu'est-ce que je suis censé faire ? demanda Natan au bout d'un moment.

– Eh bien, c'est à vous de décider, jeune prince !

– De décider... quoi ?

Madame Voitou dévisagea le jeune homme comme s'il était demeuré.

– Eh bien... d'accepter l'invitation qui vous est faite ou de la refuser !

Le garçon ne comprenait rien de ce que lui disait madame Voitou. La petite boule de lumière était toujours immobile sur le guéridon.

– Vous n'avez jamais reçu d'invitation à *télérêver* auparavant, mon prince ?

– D'invitation à *télérêver* ? Non !

– Ne vous inquiétez pas. C'est une maison sérieuse ici. Bien sûr, si c'est fait n'importe comment, cela peut-être très dangereux, mais je vous assure que les invitations que l'on me commande sont certifiées sans danger ! Je veillerai sur vous pendant que votre esprit sera là-bas et il vous suffira de retirer la bague pour revenir ici avec moi instantanément.

Le prince n'arrivait toujours pas à comprendre de quoi elle lui parlait. Il aurait sans doute mieux fait de revenir vers le château. Même si la bijoutière ressemblait comme deux gouttes d'eau à son ancien professeur de français, au fond il ne la connaissait pas. Madame Voitou le regardait s'interroger.

– Bien sûr, comme l'invitation vient du château, je comprends que vous hésitiez. Mais rassurez-vous, vous ne serez jamais vraiment là-bas.

– L'invitation vient du château Cnalb ? Mais j'en viens, qui a pu vous la commander ?

La bijoutière dévisagea Natan d'un air surpris.

– Pas du château Cnalb, mon prince... du château Rion. Mais je ne peux pas vous dire exactement qui là-bas, j'ai juste reçu le papillon voyageur.

Natan plongea ses yeux dans ceux de madame Voitou. Quelqu'un au château Rion l'avait invité à le rejoindre. Est-ce qu'il s'agissait d'Hannah ? Cela aurait quand même été plus simple de lui parler au lycée mais elle était tellement bizarre depuis son retour. Natan se rappela que la femme avait parlé d'une bague mais il n'en voyait nulle part.

– Que... que dois-je faire exactement pour « accepter » cette invitation ?

Madame Voitou lui désigna de nouveau la petite boule de lumière. Natan s'en saisit délicatement et une chevalière verte apparut dans sa main. C'était le même vert que le pendentif d'Hannah.

Il contempla la bague. Une voix intérieure lui disait de ne pas la passer à son doigt, que c'était de la folie de faire confiance à cette femme qu'il ne connaissait pas, qu'il n'avait aucune idée de ce qui allait vraiment lui arriver, que tout ceci n'était peut-être qu'un piège. Mais malgré tout, le prince n'avait qu'une seule envie : passer la bague. Il n'écouta que son désir et forçant tous ses soupçons à se taire, passa la chevalière à son doigt. Instantanément, il se sentit sombrer comme s'il s'endormait une seconde fois. La première chose qu'il vit quand il rouvrit les yeux, fut un lit à baldaquin qui ressemblait étrangement à son propre lit, sauf que le signe de Yamay y était inversé. Sur le lit, était allongée Hannah dans sa robe noire de princesse, assoupie. Il était dans la chambre de la jeune fille, au château Rion ! Natan fit quelques pas vers elle. Elle était belle, endormie, sa poitrine se soulevant doucement à chacune de ses respirations. C'était donc bien elle qui l'avait invité. Il avait eu raison. Natan avança sa main vers son visage pour essayer de la réveiller mais il la traversa comme s'il avait été un fantôme.

– Tu ne peux pas être ici et là-bas Natan, il faut choisir.

Une voix sinistre venait de s'élever juste derrière lui. Il se retourna brusquement : c'était le roi Rion. Il semblait l'attendre depuis un moment. Il était toujours aussi horrible, noyé dans son grand manteau noir, les yeux rouges. Natan se demanda s'il était plus effrayant ici ou dans le monde réel. Au moins à Yamay, il ne distinguait quasiment pas son visage émacié et pâle comme la mort. Normalement, un courant d'air froid le saisissait dès qu'il se trouvait en sa présence mais pas cette fois. Était-ce parce qu'il n'était pas vraiment là comme lui avait dit madame Voitou ?

– Je te remercie d'avoir accepté mon invitation, Natan. Il m'avait semblé que nous n'avions pas terminé notre dernière conversation. Les mères, elles peuvent être étouffantes parfois. J'ai connu ça moi aussi à ton âge.

Au bord du lit, le prince ne bougeait plus. Qu'il avait été bête. Encore une fois, il s'était jeté dans son piège sans réfléchir. Le roi lut le désarroi sur le visage du prince et sourit en se rapprochant du lit à son tour.

– Ne t'inquiète pas Natan. Madame Voitou ne t'a pas menti. Tu ne risques rien, tu n'es même pas vraiment ici. Et puis, j'ai entendu que tu avais fait de sacrés progrès avec ton cher professeur, il va falloir que je me méfie de toi maintenant. Je me demande quelle *secoses* tu as choisie, elle me semble extrêmement puissante !

Tout en disant cela, le roi s'était assis sur le rebord du lit et s'était mis à caresser les cheveux de sa fille. Même s'il avait laissé son corps à Elatipac, Natan sentit son rythme cardiaque s'accélérer. Il ne pouvait détacher ses yeux de cette main décharnée qui elle, pouvait toucher le visage d'Hannah.

– Ne la touchez pas !

Le roi releva la tête et sourit de plus belle.

– Et c'est toi qui vas m'en empêcher, j'imagine ?

Natan ne répondit rien, impuissant, condamné à contempler son bourreau lui infliger ce supplice. Hannah était de plus en plus pâle et elle ne se réveillait pas malgré les caresses de son père. Ce n'était pas normal.

– Je suis inquiet pour elle, Natan. Elle *revorove* de plus en plus souvent à Yamay, c'est dangereux de rêver dans ses rêves. Il ne faut pas essayer d'échapper à la réalité. Tu vois, nous avons plus de choses en commun que tu ne le penses : elle nous fuit tous les deux.

Natan regarda encore Hannah toujours inconsciente. Il se

rappela quand il l'avait veillée suite à l'attaque des *Seiprah* il y avait trois ans. Là aussi, elle devait avoir « *revorové* ».

– Mais je ne t'ai pas fait venir pour discuter de l'état de santé de ma fille. J'ai une proposition à te faire !

– Une proposition ? s'étonna Natan qui ne pouvait quitter Hannah des yeux et la main horrible qui pesait sur elle.

Le roi Rion tenait Natan. Et il jubilait.

– À quoi bon t'entêter à chercher cette ceinture, alors que ta propre mère te cache tout ?

Le garçon quitta Hannah des yeux pour fixer le roi. Comment pouvait-il être au courant ? Le roi poursuivit, trop content du pouvoir qu'il exerçait sur le jeune prince.

– Ma fille...

Natan continuait de le regarder, pressentant avec peur ce qu'il allait lui proposer.

– Je suis prêt à te laisser ma fille, contre le second fragment de la ceinture.

Le prince sentit le bout de la ceinture de Soroboruo se tortiller à sa taille. Il n'avait beau être là qu'en esprit, elle semblait sentir la présence de la princesse Rion et de l'autre fragment qui se tortillait d'ailleurs tout autant à la taille de la jeune fille.

– Vous pourriez fuir. Je vous laisserais partir, tous les deux, et tu pourrais revivre ta *secoces* autant que tu veux.

Natan ferma les yeux. Tout ceci était une véritable torture. Il savait bien que ce n'était qu'une douce illusion. Jamais le roi Rion ne laisserait Hannah partir avant qu'elle n'ait retrouvé la ceinture dans son intégralité. Jamais.

Il posa sa main sur la bague qu'il portait toujours à son doigt et essaya de rassembler le peu d'énergie qu'il lui restait. Il fallait qu'il se détache de son emprise. Il devait continuer d'avancer.

– Je crois que vous surestimez le pouvoir de votre fille sur moi, roi Rion. Je me suis bien amusé avec elle l'année dernière c'est vrai mais pas au point de vous laisser la ceinture.

Le roi Rion dévisagea Natan comme s'il ne croyait pas un traître mot de ce qu'il venait d'affirmer. Le roi posa sa main sur le front de la princesse accroissant de nouveau la tension intérieure contre laquelle Natan tentait de lutter.

– En es-tu sûr, Natan ?

Il devait s'extirper d'ici. Il ne pouvait rien faire de toute façon, à part céder à la tentation de lui donner la ceinture et d'emporter Hannah loin de tout ceci. Il retira vigoureusement la bague de son doigt et se retrouva tout à coup assis dans la boutique de madame Voitou. La bijoutière regarda le prince retrouver ses esprits.

– Alors, jeune prince, tout s'est bien passé ?

Natan mit quelques instants à retrouver l'usage de son corps. C'était comme si ses pensées reprenaient petit à petit le contrôle de ses sens. Sans même répondre à madame Voitou, il se leva et sortit de la bijouterie. Il avait besoin de respirer de l'air frais. Sa tête tournait et il avait terriblement envie de vomir. Malgré les conseils de madame Voitou qui s'efforça de le faire s'asseoir sur les marches de sa devanture, Natan s'élança en direction du château. Marcher sans s'arrêter l'aidait à conserver le contenu de son estomac, et surtout à ne pas penser à ce qui venait de se passer. Ne pas penser qu'il venait d'abandonner Hannah à son sort. Ne pas penser qu'il avait eu tellement envie de donner ce maudit fragment de ceinture à son pire ennemi. Arrivé au château, il se rendit directement dans ses appartements et ordonna à tous ses *Inivini* de sortir. Paradoxalement, maintenant qu'il les voyait, il aurait bien aimé les voir disparaître de temps en temps pour être seul. Il se laissa tomber sur son lit et se força à chasser ce qu'il venait de vivre de son esprit.

Pour s'obliger à penser à autre chose, il se remémora ce que lui avait dit la *Eihtyp* il y a quelques semaines. Il était sûr maintenant que la vieille femme lui indiquait un moyen de détruire cette maudite ceinture et il devait découvrir comment faire car il n'était pas sûr d'être capable de résister longtemps à l'envie de la donner au roi Rion. Il avait cherché et il avait retrouvé le premier jour où il avait commencé à rêver de Yamay. C'était le jour de sa première rentrée à Saint-Benoît : le 6 septembre. Depuis qu'il avait retrouvé cette date, une question taraudait Natan. La *Eihtyp*, tout comme son père, lui avait dit qu'il avait été protégé pendant onze ans. Il aurait donc dû logiquement commencer à rêver de Yamay un 20 février. Alors que s'était-il passé entre ces deux dates ? Que s'était-il passé pendant ces cent quatre-vingt-dix-huit jours ? Était-ce le nombre secret qui consumait la fleur et dont la prêtresse lui avait parlé ?

Natan décrocha le fragment de sa taille et le retourna pour regarder encore une fois la suite incompréhensible de lettres inscrites à l'arrière. Le chiffre cent quatre-vingt-dix-huit avait-il un rapport avec tout ceci ? Natan essaya de se souvenir de la fleur qui lui était apparue quand il s'était évanoui l'année passée.

Il lui avait bien semblé qu'elle avait six pétales : trois en feu et trois encore intacts. Six pétales étranges qui avaient chacun la forme d'un huit fendu en deux. Ou plutôt non. De deux trois qui tentaient en vain de se rejoindre.

Chapitre 11

Hannah ne pouvait s'empêcher d'épier Natan qui discutait avec Nicolas à l'autre bout de la cour. Elle avait encore *revorové* d'Ylil la veille. Mais cette fois, les voix de son père et de Natan, s'étaient mêlées à son *reviver* chassant l'image de sa mère. Des bribes de conversation résonnaient encore dans ses oreilles malgré ses efforts pour ne plus y penser. « Ils pourraient fuir » ... « Il les laisserait partir » ... Tout se mélangeait mais une phrase revenait distinctement encore et encore : « Vous surestimez le pouvoir de votre fille sur moi. Je me suis bien amusé avec elle l'année dernière. » Hannah ferma les yeux et expira longuement pour tenter de chasser les mots de son esprit en même temps que l'air de ses poumons. Pourquoi ressasser ça ? Ce n'était qu'un *reviver* après tout. Peut-être parce que c'était vendredi aujourd'hui, Hannah n'avait pas pu s'empêcher de regarder le programme. Il n'y avait qu'un film qui passait à dix-huit heures au Majestic.

De l'autre côté de la cour, Natan faisait rouler un petit objet dans sa main pendant que Nicolas lui faisait la morale.

– Tu es sûr que tu veux aller au cinéma avec cette fille ce soir ? Elle est quand même vraiment flippante.

Natan leva légèrement la tête pour regarder de l'autre côté de la cour.

– Oui, sûr. Et puis, je l'ai promis à Sitèm, pour la remercier de m'avoir aidé à voir les *Inivini*.

– Bah, offre-lui des chocolats plutôt.

Natan sourit en entendant la proposition de Nicolas.

– Je pensais que cela te ferait plaisir que j'arrête un peu de te parler d'Hannah.

– Oui, ça c'est sûr ! Mais pas pour passer à une femme bionique qui voit à travers tout ! T'as vraiment des goûts bizarres concernant les filles, toi !

– Merci, je te retourne le compliment.

Nicolas fit comme s'il ne comprenait pas l'allusion et se détourna. Natan cessa de faire rouler ce qu'il tenait dans la main et l'examina une énième fois. C'était la bague verte de madame Voitou. Celle qui lui avait permis de se *téléréver* au château Rion la veille. Il était parti tellement vite de la bijouterie qu'il ne s'était même pas rendu compte qu'il la tenait toujours fermement dans sa main. Il fallait qu'il s'en débarrasse. Il ne savait pas si son pouvoir était toujours actif à Yamay mais il ne voulait pas être tenté de la passer de nouveau à son doigt pour vérifier.

– Qu'est-ce que tu fais, plongée dans ton téléphone comme ça, toi ?

Nicolas venait d'alpaguer Nolwen et avait décidé d'en faire sa nouvelle cible. La jeune fille lui répondit en levant à peine les yeux, trop occupée à pianoter.

– Je regarde si mon vol pour New York est toujours là.

– Tu pars à New York, toi ?

– Oui, Lartsim m'a invitée à venir le voir.

Nicolas blêmit.

– Parce que tu es restée en contact avec cet idiot ?

Nolwen restait plongée dans sa réservation. Plus que trois clics et Big Apple serait à elle.

– Il n'a rien d'un idiot, il a intégré le « Hunter College », c'est super réputé comme High School je te signale. Une chance qu'il doive rester travailler pendant que ses parents sont à Miami pour les vacances ! Sinon, il n'aurait pas pu m'héberger…

Nicolas pâlit encore un peu plus aux derniers mots de la jeune fille et, sans crier gare, il lui arracha son téléphone des mains.

– Eh ! Mais qu'est-ce qui te prend ? Rends-moi ça, espèce de taré !

Natan regarda Nicolas partir en courant, Nolwen à ses trousses. Il soupira. Lui qui se demandait encore s'il avait eu raison d'inviter Métis ce soir… au moins, avec ces deux-là, il avait de la marge !

La queue devant le Majestic était longue ce soir-là. Le film qu'ils allaient voir était en tête du box-office et de nombreux lycéens se pressaient devant le cinéma.

– Tu cherches quelqu'un ?

– Natan se tourna vers Métis qui le fixait de ses yeux clairs.

– Non, personne en particulier.

La jeune fille sourit. Elle était apparemment ravie d'être là avec lui malgré l'air soucieux qu'il arborait.

– Je suis contente d'aller voir ce film, merci de m'avoir invitée !

– Une promesse est une promesse.

Métis marqua une pause et inclina légèrement la tête sur le côté.

– J'avais espéré que tu ne m'avais pas invitée uniquement pour ça.

Elle plongea de nouveau son regard pénétrant dans celui de Natan, anxieuse de ce qu'elle allait y lire. Mais une voix derrière eux contrecarra ses plans.

– Salut Natan ! Je ne savais pas que tu allais au Majestic ce soir.

Natan se retourna et aperçut Candice, accompagnée d'un garçon de terminale. La jeune fille se colla à son rendez-vous comme une guêpe à un bâton de guimauve.

– On en profite avec Sam avant ses révisions pour le bac blanc.

Natan opina du chef comme si ce que Candice disait avait de l'importance. Métis en profita pour se rapprocher de lui afin de marquer sa présence.

– Ah, salut Métis, je ne t'avais pas vue.

– Salut Candice.

La grande blonde regarda jalousement la jeune fille qui se collait à son ancien petit copain, puis les deux amoureux reprirent leur avancée qui consistait à doubler d'un pas assuré toute la queue agglutinée devant le Majestic. Candice ne changeait pas ! Le guichet finit par ouvrir et les deux jeunes gens entrèrent dans la salle. Natan n'était pas un grand bavard et Métis faisait le principal de la discussion.

– Ton copain Nicolas…

– Oui ?

– J'ai l'impression qu'il ne m'aime pas beaucoup.

– Non… c'est plutôt, qu'il est un peu mal à l'aise avec ce que tu sais faire.

– Il a peur que je voie en lui, c'est ça ?

– Il y a un peu de ça oui j'imagine, répondit Natan, mal à l'aise, ne voulant pas trahir son ami.

La jeune fille ne répondit pas et afficha un sourire amusé. Natan en profita pour regarder dans la salle. Soudain il se figea et baissa les yeux.

– Tu as fait d'énormes progrès avec mon père, reprit Métis. Tu vas bientôt être prêt à passer ton examen.

– Oui, c'est un très bon professeur.

– Je pense que c'est surtout que tu as commencé à faire des *Imagami* pour toi et non plus pour faire plaisir aux autres.

Natan releva la tête vers Métis.

– Qu'est-ce qu'il y a ? J'ai dit quelque chose d'étrange ?

– Non, pas du tout.

Le livre... les *Inivini*... et ces mots encore.

Le noir se fit et le film commença. Malgré le succès au box-office, ce n'était pas le film du siècle. Natan jeta un œil sur Candice et Sam qui se trouvaient quelques rangs devant eux. Les deux jeunes gens auraient sans doute du mal à résumer la projection. Métis avait vu où se dirigeait son regard. Elle devait sûrement se demander ce qu'il attendait pour en faire autant. Mais il n'était pas très bon pour ce genre d'exercice imposé. Quand la lumière se ralluma, Natan n'avait toujours pas bougé et Métis lui jeta un regard visiblement déçu. Les deux jeunes gens sortirent du cinéma sans dire un mot. Ils allaient bientôt quitter la foule des autres lycéens qui parlaient bruyamment du film pour que Natan la raccompagne chez elle. Le jeune homme devait se décider. C'était maintenant ou jamais. Natan saisit le bras de Métis pour la retenir.

– Métis...

– Oui ? s'étonna la jeune fille fixant la main de Natan posée sur son bras.

– Je voudrais encore te remercier pour le livre, et surtout pour m'avoir aidé avec les *Inivini*, et... pour tout ce que tu m'as dit.

Les yeux de Natan étaient plongés dans ceux trop clairs de la jeune fille. Métis ne disait rien, sentant que le temps n'était plus à la discussion. Sans lâcher le bras de la jeune fille, Natan vint poser ses lèvres sur les siennes. Il avait redouté ce moment, se demandant ce qui allait se passer et comment la jeune fille allait réagir. Mais tout se passa comme il l'avait prévu. Ils s'embrassaient toujours quand Métis se dégagea soudain de son emprise et le regarda d'un air blessé. Cette fois, il soutint son regard, il voulait qu'elle voie clair en lui.

– Excuse-moi, dit-il calmement, j'avais pensé que c'était ce que tu voulais. J'espère que tu n'es pas trop déçue.

Pour une fois, ce fut Métis qui baissa les yeux au sol, prise à son propre piège.

– Je vais rentrer, il est tard déjà et mes parents m'attendent.

Sans demander son reste, la jeune fille lui tourna le dos et partit.

Dans la pénombre de la rue, une autre jeune fille marchait vite le cœur battant et les joues rouges. Ce qu'elle avait vu était si pénible qu'elle s'était échappée. Elle n'avait pas pu s'empêcher de s'infliger cette torture, en allant à la même séance qu'eux. Qu'elle était bête de pleurer ! C'était bien ce qu'elle voulait au final, non ? Sinon, elle ne l'aurait pas poussé ainsi vers Métis : en lui donnant le livre, en lui parlant des *Inivini*, en lui disant tout ce qu'elle devait dire. Forcément, ça avait marché ! Alors de quoi se plaignait-elle maintenant ? Hannah éclata de nouveau en sanglots. Elle savait bien au fond d'elle-même ce qu'elle attendait, que ça ne marche pas, qu'il ne l'oublie pas aussi vite, qu'il ne l'écoute pas quand elle lui ordonnait de la fuir… qu'il ne se soit pas juste « bien amusé avec elle l'année dernière ».

Chapitre 12

Au grand soulagement d'Hannah, les vacances de Noël avaient fini par arriver. La jeune fille lisait dans sa chambre au coin du feu, Maître Rion assis à sa table de travail non loin de là. Le vieil ensorceleur était concentré sur le ballon où il avait réussi à rassembler presque toutes les lettres qui s'étaient dispersées dans le château et qu'il tentait maintenant de *disciplin'airiser* pour reformer le poème. Erdnaxela était assis sur une chaise près de la porte à les surveiller en compagnie d'Issej. Maître Rion leva les yeux vers la princesse qui était toujours plongée dans son livre.

– Princesse, buvez un peu ce que je vous ai préparé, s'il vous plaît.

La princesse regarda avec dégoût la mixture mousseuse à l'apparence de milkshake à la vanille. L'apparence uniquement. Le vieux maître n'était pas dupe de ses *reviver* à répétition et, profitant de sa nouvelle liberté surveillée, avait décidé de reprendre les choses en main. Erdnaxela et Maître Rion dévisageaient tous les deux la princesse, attendant qu'elle s'exécute. De guerre lasse, Hannah se saisit du liquide, bloqua sa respiration et avala le tout d'une traite. C'était infâme ! Pour chasser l'envie de vomir, Hannah tenta de se concentrer sur les boules noires et le gui qu'Erdnaxela avait suspendus au-dessus de la porte de sa chambre. Le chevalier savait qu'Hannah adorait Noël, l'intention était presque gentille. Espérait-il l'embrasser sous les petites boules blanches ? Il n'avait plus rien tenté depuis que le roi Rion l'avait surpris en train de menacer sa princesse. Et peut-être était-ce plutôt Issej d'ailleurs qu'Erdnaxela espérait embrasser sous le gui. La princesse était quasiment certaine que la jeune fille aux cheveux bleus ne lui aurait pas opposé beaucoup de résistance.

En laissant traîner ses oreilles ces dernières semaines, elle en avait appris davantage sur sa geôlière. La jeune fille s'était apparemment faite une solide réputation de chasseuse de *srotors* Cnalb parmi les chevaliers Rion. Hannah ne savait pas pourquoi mais cela ne la surprenait pas. Sa spécialité semblait être les pelages d'albâtre : plus le *srotors* était blanc, plus la chasse l'excitait ! Issej rivalisait d'imagination pour les attirer dans des pièges toujours plus cruels afin de les vendre ensuite aux marchands qui œuvraient sur la place du marché d'Elatipac Rion pour quelques roses noires. Hannah frissonna en repensant à son amie Awa.. Peut-être était-ce Issej qui l'avait capturée pour la donner en spectacle il y avait deux ans ? Elle avait dû être aussi énervée que les *Seiprah* de voir que la princesse l'avait sauvée de leurs griffes. Heureusement que son amie se trouvait maintenant en sécurité avec Iwi sous la protection de Newlon au château Cnalb ! Chasser les pauvres petits *srotors* ne semblait d'ailleurs pas être son seul talent. Hannah s'était rendue compte qu'elle menait, du haut de son petit mètre cinquante, beaucoup de chevaliers Rion à la baguette. Elle s'amusait à l'évidence de leurs regards licencieux à son égard et en profitait pour toujours trouver une bonne âme pour effectuer les corvées à sa place, que ce soit son tour de garde ou le nettoyage des nids des petites chéries du roi. Elle avait demandé récemment à rejoindre la garde rapprochée de la princesse, remplaçant ainsi le chevalier que son père avait tué pour avoir osé frapper sa fille. Hannah savait bien cependant que ce n'était pas pour ses beaux yeux. C'était comme si Issej prenait un malin plaisir à essayer de choquer toujours plus Hannah. L'autre jour encore, elle s'était amusée à exhiber devant elle ses piercings les plus impressionnants en lui promettant de lui en faire un à l'occasion. Hannah n'avait pas su dire sur le coup si sa promesse était une proposition ou une menace !

Ces pensées n'aidaient pas son envie de vomir à passer, bien au contraire, et la princesse se leva pour respirer un peu d'air frais à la fenêtre. Lumul vint se poster à côté d'elle. Au loin, par-delà le nuage de cœurs noirs du roi Rion, une agitation nouvelle semblait occuper le peuple Cnalb. Au milieu de la campagne, des nuages blancs avaient été harponnés au sol et formaient une arène assez gigantesque pour qu'Hannah réussisse à la distinguer depuis le château Rion. Au centre, un tube qui ressemblait à un canon pointait vers le ciel tandis que sur le côté, deux gigantesques thermomètres étaient plantés dans le sol. C'était rare qu'il y ait autant d'animation au royaume Cnalb. Hannah se demanda ce qui pouvait bien se passer là-bas. Voyant que le regard de sa protégée se perdait dans le vague, Maître Rion la rejoignit à la fenêtre.

– Est-ce que tout va bien princesse ? Le goût va bientôt s'estomper, vous allez voir.

Mais l'envie de vomir lui était maintenant miraculeusement passée. Hannah était bien trop intéressée par ce qui se déroulait au loin.

– Qu'est-ce qui se passe là-bas Maître Rion ?

L'ensorceleur contempla l'arène de nuages que lui désignait Hannah.

– J'ai bien l'impression que la reine Cnalb a décidé d'organiser de nouvelles *Imagamiades.* Ce sont les premières depuis plus de quinze ans si je ne m'abuse ! Les dernières ont dû être organisées pour la naissance du prince.

– Des *Imagamiades* ? Mais qu'est-ce que c'est ?

– Il s'agit d'une compétition d'*Imagami.* Au départ, elles étaient organisées dans les écoles uniquement pour faire travailler aux élèves les cinq classes d'*Imagami* puis, la compétition s'est généralisée et elle est devenue très populaire. Même les *reflelfer* en sont friands, les miroirs déformants des fêtes foraines en sont inspirés dans le monde de l'autre côté.

Hannah vit aux petits points noirs qui parsemaient la surface laiteuse que les premiers spectateurs commençaient à s'installer dans l'arène. Elle aurait bien aimé aller voir de plus près ce qu'étaient ces *Imagamiades.* Natan se trouvait-il là-bas ? Métis était-elle à ses côtés ? Sûrement ! Elle pensa à la reine Cnalb qui devait être ravie que son fils ait enfin trouvé une jeune fille convenable pour lui.

– C'est ridicule ces thermomètres géants ! s'exclama Issej qui les avait rejoints. À quoi ça leur sert ? À prendre la température de l'arène !

– En quelque sorte oui, poursuivit Maître Rion. Les votes des spectateurs viennent les remplir au fur et à mesure. J'ai l'impression qu'aujourd'hui ce sera les Cnalb contre tous les autres seigneurs.

Les Cnalb contre tous les autres seigneurs ? se répéta Hannah pour elle-même. Natan allait-il participer à l'*Imagamiade* ? Elle aurait tellement aimé se faire aussi petite qu'une souris pour y assister. Issej s'amusa aussitôt de la tête que faisait Hannah.

– Les Cnalb vont se faire battre à plate couture, j'en suis sûre ! D'ailleurs, je vais y aller. Ça me fera plaisir de les voir se faire ridiculiser !

La princesse se tourna instantanément vers Issej qui la dévisageait avec défi. Cette fille allait s'y rendre alors qu'elle-même resterait coincée ici ?

– Je ne pense pas que ce soit une bonne idée.

– Ne vous inquiétez pas pour moi princesse, je vais y aller déguisée, personne ne me reconnaîtra. D'ailleurs, cela pourra nous faire une bonne source de renseignements sur ce qui se passe au pays Cnalb, n'est-ce pas Erdnaxela ?

Le chevalier observa Issej, sans être dupe de son petit manège.

– Oui, ça pourrait être intéressant. Mais ne te fais pas repérer !

Issej lança un sourire narquois à la princesse et s'éclipsa sans tarder.

Dans l'arène de nuages, Hannah ne se trompait pas en imaginant Natan dans la loge royale. Mais le prince était seul avec sa mère. Il n'avait pas revu Sitèm, ni Métis d'ailleurs, depuis qu'il avait embrassé la jeune fille au cinéma. Le prince regardait partout, très curieux de découvrir ces *Imagamiades* auxquelles il allait assister d'ici quelques instants. Quelque chose pourtant l'empêchait de profiter pleinement du spectacle. Natan savait que son examen devait avoir lieu dans les prochains jours mais Maître Rusanrev ne lui avait toujours pas communiqué ni la date précise ni les exercices qu'il allait devoir réaliser. La tension commençait à monter en lui.

– Mère, est-ce que Maître Rusanrev vous a dit quand j'allais passer mon examen d'*Imagami* ?

La reine Cnalb dévisagea son fils et fronça les sourcils comme si elle ne comprenait pas la question.

– Qu'est-ce que tu veux dire par là ?

Natan sembla aussi perdu que sa mère. Sa question lui paraissait pourtant claire.

– Et bien, la date et l'heure où je vais devoir me présenter devant le jury qui va me noter. J'aimerais bien savoir un peu à l'avance, pour me préparer.

– Mais... Natan, c'est aujourd'hui ton examen, c'est l'*Imagamiade* ton examen ! Personne ne te l'a dit ?

La reine vit son fils se liquéfier sur place. Il devint tellement pâle qu'elle aurait presque pu voir à travers lui. L'*Imagamiade*, son examen ! Devant toute cette foule qui allait juger la qualité de ses *Imagami*, c'était une blague ! Il ne connaissait même pas les règles de la compétition !

Newlon entra dans la loge royale à ce moment-là. La joie se lisait sur son visage. Leurs recherches pour trouver le chemin vers Irehca étaient toujours au point mort, et ça leur faisait du bien à tous de pouvoir se distraire un peu avec cette *Imagamiade* dont Newlon avait tant entendu parler quand elle était enfant sans pouvoir jamais la vivre elle-même. C'était un jour historique pour tout le royaume Cnalb !

– Majesté, ma mère vous fait dire que les *Invini* sont prêts et plus heureux que jamais de participer à nouveau à des *Imagamiades*.

– Merci... Newlon... enfin, tu remercieras ta mère et les *Inivini* bien sûr.

Newlon se demanda pourquoi la reine semblait aussi perturbée puis, elle vit Natan et comprit que quelque chose n'allait pas. La reine Cnalb posa les mains sur les épaules de son fils pour le faire revenir à la réalité.

– Natan, ne panique pas ! J'ai vu tes *Imagami*, elles sont magnifiques, tu n'as aucun souci à te faire !

Natan hochait la tête comme un pantin de bois pour se persuader que sa mère avait raison mais il ne croyait pas un seul mot de ce qu'elle lui disait. Non, tout n'allait pas bien se passer ! La reine se tourna alors vers Newlon.

– Newlon, Natan n'a pas été prévenu que l'*Imagamiade* était son examen. Trouve Salocin et expliquez-lui ce qu'on attend de lui. Je vais faire patienter les seigneurs pour vous laisser un peu de temps.

Newlon essaya de ne pas montrer qu'elle était tout aussi paniquée que le prince et entraîna Natan. Assez vite, elle trouva Salocin qui avait déjà revêtu sa tunique et ils emmenèrent le prince dans une pièce à l'abri des cris qui montaient déjà de l'arène. Natan semblait complètement absent.

– Natan ! Natan ! l'appela Newlon sans effet.

Aux grands maux, les grands remèdes : la jeune fille lui décocha une gifle pour le faire sortir de sa léthargie.

– Aïe, ça fait mal !

– Écoute-moi bien Natan. Je vais t'expliquer les règles. C'est très simple mais il faut que tu restes concentré. Nous n'avons pas beaucoup de temps.

Pendant que Newlon détaillait à Natan ce qui allait se passer, Salocin entreprit de lui faire enfiler sa tunique.

– Les *Imagamiades* sont une compétition qui permet aux quatre familles de seigneurs de s'affronter. Exceptionnellement, quand le prince passe son examen final d'*Imagami*, la famille Cnalb participe également à la compétition et affronte seule toutes les autres familles.

Parfait ! C'était vraiment parfait ! Tout le monde était au courant que son examen était aujourd'hui, qu'il allait devoir affronter quatre familles de seigneurs devant l'ensemble du peuple Cnalb réuni mais personne n'avait jugé bon de le prévenir !

– Pour gagner la compétition, il faut produire les cinq classes d'*Imagami* le plus rapidement et avec le plus d'imagination possible. C'est le public qui est dans l'arène, poursuivit la jeune fille, qui juge la beauté des prestations en votant.

Natan regardait les sorties qui se présentaient à lui se demandant si Newlon et Salocin arriveraient à le rattraper s'il s'échappait.

Réalisant qu'il ne l'écoutait pas, Newlon claqua dans ses doigts pour retenir son attention.

– Natan ! Reste concentré, il ne nous reste plus beaucoup de temps.

Dès que la jeune fille fut certaine d'avoir toute son attention, elle reprit ses explications.

– La compétition commence quand le grand canon projette un *Inivini* en l'air. Le but alors est de le déplacer dans son camp avec une *Imagami Mouvementis*, de l'immobiliser avec une *Imagami Objectis ou Animalis*, de le faire apparaître avec une *Imagami Potionis* puis enfin d'essayer de se déformer soi-même en *Invini* dans les grands miroirs qui sont placés sur le terrain grâce à une *Imagami Illusionis*, tu me suis toujours ?

Natan hocha la tête. Il fallait produire les cinq classes d'*Imagami* pour attraper un pauvre *Inivini* qui n'avait rien demandé à personne ! Mais c'était horrible ce jeu ! Comme si elle lisait dans ses pensées aussi bien que Sitèm, Newlon rassura Natan.

– Ne t'inquiète pas, les *Inivini* adorent les *Imagamiades*. Ils essayent par tous les moyens de nous échapper et cela les fait beaucoup rire.

Natan ne pouvait que la croire sur parole.

– Rassure-toi, tu ne seras pas tout seul sur le terrain. Chaque équipe est constituée de quatre joueurs : le « *Mouvuom* » qui est chargé de ramener l'*Inivini* dans notre camp, le « *Saisirisias* » en charge de le capturer et de le défendre, le « *Potinitop* » qui le fait apparaître et le « *Bouffuob* » qui doit faire rire les spectateurs en se déformant dans le miroir.

Natan fut un peu rassuré par ce que venait de lui dire Newlon. Au moins, il ne serait pas seul. Il pourrait peut-être prendre le poste de *Mouvuom*, cela semblait être le plus facile.

– Salocin et moi, nous allons faire équipe avec toi.

– Et mon père fera le quatrième, renchérit Salocin

Natan hocha la tête une nouvelle fois. Au moins, ses amis seraient là.

– Est-ce que... je peux faire le *Mouvuom* ?

– Tu vas tous devoir les faire Natan pour ton examen. Le but est que tu montres devant les juges une classe d'*Imagami* à chaque manche où tu affronteras une famille de seigneurs.

Bien sûr, cela aurait été trop facile. Newlon contempla Natan qui semblait avoir retrouvé son calme.

– Bon, je vais aller voir combien de temps il nous reste et me changer aussi. Est-ce que tu as des questions ?

Des questions, il en avait des tonnes. La première sur sa liste était pourquoi Maître Rusanrev ne lui avait rien dit ? Que voulait-il ? Qu'il échoue ! Newlon dévisagea Salocin et lui fit signe de sortir avec elle.

– Laisse le tranquille mais... surveille la porte quand même.

– Ne t'inquiète pas, c'est bien ce que j'avais prévu de faire.

Natan se retrouva seul quelques minutes. Il tâcha de ne penser à rien mais, bien sûr, l'angoisse revint comme sa plus fidèle amie. Et s'il n'arrivait à produire aucune *Imagami* ? Maître Rusanrev avait raison : la peur détruisait l'imagination. Il serait la risée de tout le stade, sa mère aurait honte de lui, il resterait comme le prince Cnalb le plus nul de l'histoire de Yamay ! Soudain, les coussins du canapé se mirent à fumer comme s'ils étaient en feu et la *Eihtyp* apparut.

– Comment vas-tu aujourd'hui, jeune prince ?

Natan lui jeta un regard qui n'aurait pas pu être plus abattu. La *Eihtyp* se moquait encore de lui. En même temps, au point où il en était, il n'était plus à ça près.

– Parfaitement bien, tenta d'ironiser Natan.

La *Eihtyp* le dévisagea en souriant, pour une fois presque avec sollicitude.

– Je crois que j'ai ce qu'il te faut alors.

La vieille prêtresse sortit fièrement de son manteau une petite fiole contenant un liquide transparent.

– Qu'est-ce que c'est ? s'enquit Natan qui espérait encore trouver un moyen de se *télérêver* loin d'ici.

– C'est du *Bulolub*, le liquide dont sont faites les *Imagami*. Chaque personne produit un *Bulolub* différent car chaque *Imagami* est unique.

Natan n'avait jamais entendu parler du *Bulolub* mais en même temps, il en découvrait tellement tous les jours sur Yamay qu'il ne fut pas plus surpris que ça.

– Mais surtout, ce n'est pas le *Bulolub* de n'importe qui, reprit la vieille femme. Si tu bois ce *Bulolub* jeune prince, tu réussiras toutes les *Imagami* que tu entreprendras jusqu'à la fin de la compétition.

Natan examina la fiole avec intérêt.

– Comment... comment est-ce possible ?

– Parce que ce *Bulolub* est celui de la princesse Rion.

Le *Bulolub* d'Hannah ? Mais comment l'avait-elle obtenu ? La *Eihtyp* tendit la fiole à Natan et poursuivit son discours :

– Ne vois-tu pas les mêmes *Inivini* qu'elle ? Vous avez un lien particulier tous les deux, tu as dû le comprendre. Alors ce sera pareil pour les *Imagami* si tu bois ce *Bulolub*. Tu auras le pouvoir de faire toutes les *Imagami* de la princesse.

Natan avait toujours été très impressionné par les *Imagami* de la jeune fille. Elles étaient magnifiques et surtout, cela semblait inné chez elle. C'était comme si elle réussissait à les faire sans produire le moindre effort. S'il buvait son *Bulolub*, il ne pourrait plus échouer, il ne serait pas la risée de toute l'arène. Le jeune homme hésita un quart de seconde puis porta le liquide transparent à ses lèvres et l'avala en une gorgée.

– Quel goût ça a ? s'inquiéta tout de suite la vieille femme.

– Aucun... on dirait de l'eau.

– Parfait ! s'exclama la *Eihtyp*. Cela veut dire que ça fait effet. Cela aurait été ennuyeux si ça avait eu un goût de fraise.

Décidément, la *Eihtyp* ne changeait pas, elle était vraiment toujours aussi étrange. Le prince attendait encore que quelque chose se passe quand il se sentit enfin différent. Son cœur se calma et ses muscles se détendirent. Le pouvoir des *Imagami* d'Hannah s'était emparé de lui, il le sentait se distiller lentement dans ses veines. Il n'était plus seul. Il avait une part d'elle en lui. Soudain, tout lui sembla possible. Tout ce qui lui paraissait irréalisable jusque là devenait maintenant possible. Il ne pouvait qu'y arriver, il en était persuadé.

La *Eihtyp* sourit voyant que son *Bulolub* faisait effet.

– Bon... Et bien, je vais aller me trouver une bonne place dans les gradins maintenant. À tout de suite jeune homme !

Aussi vite qu'elle était arrivée, la *Eihtyp* disparut dans un nuage de fumée et Natan se trouva à nouveau seul. Enfin, il n'était plus vraiment seul, puisqu'Hannah était avec lui. Cela faisait tellement de bien. Comme si sa *secoces* suintait par tous les pores de sa peau sans même qu'il ait besoin de se concentrer. Il se leva et sortit pour aller retrouver Salocin.

– Ça va Natan ?

– Oui, tu viens, je crois qu'on a une *Imagamiade* à gagner !

Salocin regarda avec étonnement le nouveau Natan qui venait de sortir de la pièce et lui emboita le pas. Ils retrouvèrent Newlon et le chevalier Veilleur qui les attendaient à l'entrée de l'arène et avaient eux aussi revêtu leurs tuniques.

– Quelle équipe affronte-t-on en premier ? interrogea Natan qui observait avec envie la foule entassée dans les gradins de nuages.

– Les seigneurs rouges et tu commences par le poste de Mouvuom.

– Parfait ! Bon, qu'est-ce qu'on attend ? On va les attraper ces *Inivini* ?

Newlon dévisagea Salocin d'un œil inquiet.

– Tu l'as drogué ou quoi ? s'émut-elle à voix basse.

– Non, je n'ai rien fait ! Je l'ai vu sortir… et il était comme ça !

Un grand coup de clairon retentit dans le stade marquant le début officiel des *Imagamiades*. La foule en liesse applaudit et des milliers de petites bulles d'*Imagami* de toutes les couleurs s'élevèrent dans les airs témoignant de la joie du public à retrouver son spectacle préféré.

Natan, Salocin, Newlon et le chevalier Veilleur pénétrèrent dans l'arène et reçurent les applaudissements enthousiastes du peuple Cnalb. Il y a quelques minutes, Natan se serait senti écrasé par cette foule en liesse et la pression qui reposait sur ses épaules mais c'était fini, il n'avait plus peur. Le *Bulolub* d'Hannah semblait avoir remplacé le sang dans ses veines. En face de l'équipe Cnalb, de l'autre côté du canon et de la ligne blanche qui marquait la séparation entre les deux terrains, s'était alignée l'équipe des seigneurs rouges. Au poste de *Mouvuom*, Natan fut surpris de voir Ecidnac, parfaitement mise en valeur dans sa tunique bordeaux. Trois autres garçons dans la force de l'âge que Natan ne connaissait pas constituaient le reste de l'équipe. Il devait sans doute s'agir de cousins d'Ecidnac car ils affichaient tous les trois la même morgue, une caractéristique de leur famille.

Les *Mouvuom* devaient se tenir au centre du terrain juste derrière le canon qui allait envoyer l'*Inivini* en l'air. Derrière eux, se tenaient les *Saisirisias*, prêts à capturer l'*Inivini* par tous les moyens. Dans chaque camp adverse ensuite, était placé à un bout du terrain un chaudron fumant dans lequel avait été préparée à l'avance une potion *Rével'Tout*. Le *Potinitop* attendait son tour devant sa marmite brûlante. À l'autre bout du terrain enfin, se tenait un *mirim* géant devant lequel les *Bouffuob* se concentraient pour le show final qu'ils allaient offrir au public.

Pour cette première manche, Newlon tenait le poste de *Saisirisias*, le chevalier Veilleur celui de *Potinitop* et Salocin celui de *Bouffuob*. La jeune fille se rapprocha de Natan.

– Natan, quand le canon va propulser l'*Inivini* en l'air, le *Mouvuom* qui est le plus rapide à ramener l'*Inivini* dans son camp fait prendre une avance considérable à son équipe. Une fois l'*Inivini* dans notre camp, le *Saisirisias* de l'autre équipe n'aura pas le droit de le capturer tant qu'il n'aura pas passé une nouvelle fois la ligne.

Natan hocha la tête montrant qu'il avait tout à fait compris. Tous les joueurs prirent position et Natan se retrouva en face d'Ecidnac, postée de l'autre côté du canon. La jeune fille lui envoya un regard plein de défi. Un nouveau coup de clairon sonna le début de la manche et Natan et Ecidnac se mirent en position, attendant avec impatience le tonnerre du canon.

La détonation fut bien plus forte que ce à quoi s'attendait Natan et, dans le nuage de fumée qui s'élevait dans les airs, le prince eut du mal à apercevoir l'*Inivini* qui avait été propulsé. Puis, tout à coup, il devina un petit chat argenté qui s'amusait à effectuer des figures acrobatiques en descendant à toute allure vers le sol, apparemment pas du tout inquiet de l'éventualité de s'écraser au sol comme une crêpe. Ecidnac de son côté envoyait des *Imagami Mouvementis* un peu partout dans les airs, espérant récupérer l'*Inivini* au passage. Malheureusement pour elle, elle ne regardait pas au bon endroit. Natan la soupçonnait de ne pas être capable de le voir du tout et il se félicita de s'être entraîné de son côté.

Le petit chat continuait sa démonstration de voltige sous les regards ébahis du public, pour ceux qui étaient capables de le voir du moins. Natan sortit une bulle argentée de son crâne et produisit une *Imagami Mouvementis* qui ramena le chaton avec une célérité et une précision impressionnante dans les bras de Newlon. La foule salua l'exploit par des applaudissements fournis. Cette *Imagamiade* promettait d'être une grande édition, peut-être même celle de nouveaux records !

L'*Inivini* à portée de main, ce fut un jeu d'enfant pour Newlon de le capturer dans une gigantesque cage d'oiseau sur roulettes que la jeune fille s'empressa d'apporter au chevalier Veilleur qui attendait près du chaudron. Ecidnac tenta bien de voler l'*Inivini* en essayant de faire passer la cage de leur côté du terrain mais Newlon défendit son butin bec et ongle. D'une *Imagami Animalis*, la jeune fille envoya un aigle attaquer sa rivale. Dès que le chevalier Veilleur récupéra la cage, il jeta un œil à l'intérieur puis sortit une petite *Imagami Potionis* de son crâne et la jeta dans la potion *Révél'Tout*. Aussitôt, le fumet prit une jolie couleur bleue et la foule applaudit. Le père de Salocin ouvrit la cage pour délicatement mais fermement se saisir de l'*Inivini*. La créature n'avait aucune envie de faire trempette dans le chaudron et essaya plusieurs fois de se sauver. Mais le chevalier Veilleur tint bon et finit par réussir à la plonger toute entière dans le chaudron.

Quand le père de Salocin ressortit l'*Inivini* de la marmite, Natan fut surpris de voir que le chat argenté avait disparu et qu'à la place, le chevalier tenait entre ses mains un petit homme-bouc qui gesticulait, apparemment peu ravi du bain forcé qu'il venait de prendre. La foule se mit à rire quand elle aperçut le faune. Grâce à la potion *Révél'Tout*, tout le monde pouvait maintenant voir l'*Invini* du chevalier Veilleur. Le temps courait toujours et le chevalier se dépêcha de remettre le faune dans la cage et de l'apporter à Salocin qui attendait toujours à l'autre bout du terrain devant son *mirim*. Les cousins d'Ecidnac cherchèrent bien sûr à récupérer l'*Inivini* au passage ce qui fut largement hué par la foule en délire. Seul le *Mouvuom* avait normalement le droit de faire passer l'*Inivini* d'une partie à l'autre du terrain. Mais Ecidnac était bien trop occupée à rendre une forme présentable à ses cheveux que l'aigle de Newlon avait hérissés sur sa tête. Salocin examina l'*Inivini* à l'intérieur de la cage et prit quelques instants pour réfléchir. Natan ne s'était pas encore trop préoccupé du rôle du dernier joueur, le *Bouffuob* et il se demandait vraiment ce que Salocin allait maintenant produire comme *Imagami*. Le jeune homme tapota sur son crâne et une gigantesque bulle sortit et vint éclater contre le miroir. Soudain, le reflet de Salocin apparut dans le *mirim*. Le jeune chevalier s'était représenté torse nu avec des cornes, des pattes de chèvre et une petite barbichette qui ajoutait à l'ensemble une touche particulièrement comique. Le public éclata de rire devant Salocin qui paradait en satyre dans son *mirim*.

Même Natan riait aux éclats, ne reconnaissant plus son ami. Un coup de clairon sonna la fin de la première manche et le stade se leva pour applaudir. Des petites bulles, quasiment toutes blanches, s'élevèrent des têtes et guidées par des *Imagami Mouvementis* vinrent remplir les thermomètres géants. Toute l'équipe Cnalb sauta de joie, fêtant cette première victoire. Natan ne s'était pas autant amusé depuis très longtemps. Il en venait même à oublier que des juges évaluaient en ce moment même ses *Imagami* pour son examen. Grâce au *Bulolub*, il se sentait libéré, sûr de la force des *Imagami* de la princesse.

Le son caractéristique du clairon ramena les joueurs au début de la seconde manche qui se déroula avec autant de facilité que la première. Salocin ne voyant pas les *Inivini*, la jeune *Mouvuom* bleue eut un temps l'avantage. Mais le chevalier Cnalb avait plus d'un tour dans son sac. Au moment où le *Saisirisias* adverse s'apprêtait à enfermer l'*Invini* sous une cloche, Salocin fit un signe à Natan qui envoya d'une *Imagami Animalis* une horde de chevaux sauvages dans sa direction. Les magnifiques étalons blancs du prince arrachèrent aux spectateurs des exclamations de surprise et le *Saisirisias* fut complètement déstabilisé, ce qui permit à Salocin de ramener l'*Invini* dans son camp.

Lors de la troisième manche, Natan sentit une certaine appréhension devant l'*Imagami Potionis* qu'il devait produire. Il avait très peu travaillé d'*incantapotions* avec Maître Rusanrev et avait toujours eu une aversion naturelle pour ce type d'*Imagami*. Puis il se souvint qu'Hannah avait toujours été la chouchoute de monsieur Etépuota, leur professeur de chimie. De fait, il réussit du premier coup à faire apparaître un joli chat argenté qui, fort poli, salua d'un grand mouvement de chapeau la foule aussi conquise qu'impressionnée.

La quatrième manche fut un peu plus compliquée pour l'équipe. Incapable de révéler un *Inivini* qu'il ne voyait pas, Salocin dut à nouveau se placer en tant que *Mouvuom* ce que le règlement acceptait dans la limite d'une interversion par *Imagamiade*. Mais l'équipe des seigneurs roses était très en forme et le garçon, après trois manches, commençait à fatiguer. Il réussit à faire passer l'*Inivini* dans leur camp mais l'équipe adverse le reprit quasiment aussitôt. Cela ne facilita pas la tâche de Natan qui devait absolument se faire apparaître dans le *mirim* s'il voulait réussir son examen. De loin, le jeune prince crut deviner que l'*Inivini* était un petit garçon joufflu, aussi gros qu'un cochon mais l'équipe adverse faisait tout son possible pour le lui cacher.

Natan se posta tout de même devant son *mirim* pour tenter de faire quelque chose. Il repensa aux miroirs déformants des fêtes foraines devant lesquels il s'était souvent amusé petit. Ce qui le réjouissait le plus à l'époque, c'était d'imaginer qu'il se transformait en ballon géant et qu'il se mettait à sauter, rouler et tout écraser sur son passage. Le prince apparut tellement obèse dans le miroir que ses petits bras et ses petites jambes dépassaient à peine du ballon qui lui faisait office de ventre. Natan se mit à sauter devant le *mirim* et le garçon-ballon en face de lui rebondit à son tour. Des éclats de rire se firent entendre dans la foule. Apparemment, son interprétation de l'*Inivini* était fort appréciée.

La fin de la dernière manche sonna. Les seigneurs roses récoltèrent plus de votes cette fois que l'équipe royale même si les bouffonneries de Natan avaient permis de limiter les dégâts. Un dernier coup de canon sonna la fin de l'*Imagamiade* et un tonnerre d'applaudissements salua la performance de toutes les équipes. Le thermomètre Cnalb dépassait de loin le thermomètre des autres seigneurs ce qui permit sans ambiguïté de déclarer l'équipe royale gagnante. Salocin, Newlon, Natan et le chevalier Veilleur sautèrent de joie et la foule les applaudit une nouvelle fois. Avec tout ça, Natan avait complètement oublié qu'il venait de passer son examen d'*Imagami* jusqu'au moment où il se rendit compte que toutes les têtes s'étaient tournées vers un gigantesque tableau noir et semblaient attendre quelque chose.

– Ils vont donner ton score Natan, expliqua Newlon

Pour la première fois depuis le début de la rencontre, sa gorge se noua. L'effet du *Bulolub* commençait sans doute à s'estomper. Natan sentit tous les regards qui se portaient alternativement sur lui et sur le panneau. Il commença à avoir du mal à respirer.

Il aurait préféré obtenir son score en privé, mais apparemment ce n'était pas une option envisageable. Tout à coup, le calme se fit dans l'arène et une minuscule craie blanche vola toute seule jusqu'au tableau. Natan observa fébrilement le premier chiffre qu'elle dessinait. Le prince soupira de soulagement quand il aperçut qu'un neuf était en train d'apparaître. Il ne serait pas la risée de tous. Même un simple 90 était tout à fait honorable. Des premiers applaudissements retentissants se firent entendre dans le stade. Natan avait gagné beaucoup de fans pendant le match. Le petit bâton blanc entreprit de tracer le second chiffre et la foule devint de plus en plus fébrile. La craie avait dessiné un cercle beaucoup trop petit pour être un zéro et des mains commencèrent à applaudir dès que la craie lui donna une queue qui le transforma en neuf !

99 ! Il avait obtenu 99 sur 100, comme sa mère ! Natan était au comble de la joie ! Il chercha ses parents des yeux et les vit debout dans la loge royale, regards fixés sur le tableau.

– Regardez, la craie n'a pas fini !

Natan se retourna et vit que la petite craie avait commencé à dessiner une virgule derrière le dernier neuf. Toute la foule était tenue en haleine par le petit morceau de pierre blanche qui, comme s'il était conscient du phénomène, s'arrêta quelques secondes avant de dessiner le chiffre cinq : 99,5 sur 100 ! La foule applaudit longuement le prince qui devint rouge pivoine.

Ses parents descendirent sur le terrain pour venir féliciter leur fils. Natan profitait de cet instant de grâce. Son examen était passé et il l'avait réussi ! Il se sentit soudain libéré d'un poids énorme. Sa mère lui prit le visage dans ses mains et, oubliant les rancœurs qu'il nourrissait à son égard, Natan se laissa serrer dans ses bras.

– Cette réussite n'est qu'à toi mon chéri, tu ne dois rien à personne.

Natan sourit, mal à l'aise. Il ne devait rien à personne ? Au contraire, il devait tout à une personne. Celle dont il avait bu le *Bulolub*. Cela ne servait à rien de se mentir, ce n'était pas lui qui venait d'obtenir 99,5 sur 100. C'était Hannah. Le jeune homme tenta de ne rien laisser paraître, mais son sourire se crispa malgré lui. Natan et ses parents saluèrent une dernière fois la foule et toute l'équipe sortit du terrain.

Natan retrouva la pièce où la *Eihtyp* lui était apparue et commença à se déshabiller tout en se répétant que ce n'était pas parce qu'il avait bu le *Bulolub* qu'il avait triché. Quelqu'un frappa à la porte et Newlon pénétra sans attendre de réponse. La jeune fille connaissait trop Natan pour ne pas avoir vu tout à l'heure le trouble qui s'était emparé de lui.

– Pourquoi fais-tu cette tête-là ? Tu viens d'obtenir 99,5 sur 100 à ton examen ! C'est le score le plus élevé jamais obtenu par un prince !

Salocin entra à son tour. Natan soupira. Il était épuisé.

– Est-ce que je peux me déshabiller tranquillement s'il vous plaît tous les deux !

Salocin força la jeune fille à se retourner mais Newlon persista, plus têtue que jamais.

– Alors, dis-moi pourquoi tu fais cette tête-là ! Je te connais par cœur, il y a quelque chose qui cloche.

Natan soupira à nouveau et enfila ses habits de prince.

– Je fais cette tête, car… ce n'est pas moi qui ai obtenu 99,5 sur 100.

– Qui veux-tu que ce soit alors ? On était des milliers avec toi dans le stade. On t'a tous vu faire tes *Imagami*.

– Ce n'était pas moi, je te dis ! poursuivit Natan d'un ton déchiré. Je suis un imposteur, j'ai triché, j'ai avalé du *Bulolub* d'Hannah juste avant de pénétrer dans le stade.

– Du quoi ? s'exclamèrent en chœur Salocin et Newlon.

– Du *Bulolub*. La *Eihtyp* m'a apporté celui d'Hannah avant le match et je l'ai bu juste avant de vous rejoindre.

Natan enfouit son visage dans ses mains.

– Du *Bulolub* ? répéta Salocin. Qu'est-ce que c'est que ce truc, je n'en ai jamais entendu parler !

Soudain, une voix sembla jaillir de nulle part et la *Eihtyp* sortit d'un coussin du canapé.

– C'est normal, ça n'existe pas !

Natan releva la tête et fixa la *Eihtyp*. Cette vieille bique était décidément complétement sénile.

– Mais si ! Vous m'en avez donné à boire tout à l'heure. C'est l'eau avec laquelle sont faites les *Imagami*.

– Non ! dit simplement la vieille femme. Tout à l'heure, je ne t'ai donné que de l'eau, simplement de l'eau... mais tu avoueras qu'elle a été diablement efficace !

Natan ouvrit la bouche pour protester mais il ne parvint à émettre aucun son. Il venait encore de se faire avoir en beauté par la vieille prêtresse. Mais que pouvait-il dire ? Elle venait de l'aider à battre un ennemi qui le paralysait encore plus que le roi Rion.

Chapitre 13

Hannah avançait dans le froid repensant encore aux meilleurs moments de l'*Imagamiade* qu'Issej avait racontés à Erdnaxela quand elle était rentrée, sachant très bien que la princesse écouterait. Natan semblait avoir énormément progressé.

La jeune fille était tellement perdue dans ses pensées sur le chemin du gymnase, qu'elle manqua de se faire renverser par une moto jaune qui déposait une élève devant Saint-Benoît à grand renfort de coups de klaxon. La passagère ôta son casque et Hannah reconnut les cheveux bleus de Jessi. Était-ce son père ? Cela ne cadrait pas tellement avec les pères qu'on avait l'habitude de croiser aux rendez-vous parents-professeurs de Saint-Benoît. À la façon dont Jessi lui dit en revoir, Hannah put constater que l'homme, qui devait avoir le double de son âge, n'était pas son père. Elle était pourtant persuadée qu'Issej avait un faible pour Erdnaxela à Yamay mais c'était peut-être différent ici. Hannah fixa l'homme avant qu'il ne remette son casque. Il lui semblait bien le connaître mais où l'avait-elle déjà vu ? La moto redémarra sans qu'Hannah n'ait trouvé.

Au creux de l'hiver, le cours de sport avait perdu beaucoup de son intérêt pour les garçons de la classe. Le froid mordant éliminait la plupart des jeux collectifs en extérieur qu'ils affectionnaient tant et surtout les filles avaient troqué leurs jupes de mi-saison contre le traditionnel jogging aux couleurs de Saint-Benoît. Monsieur Elurbtet avait choisi de leur enseigner ce trimestre le volley-ball et ses élèves se trouvaient déjà sur le terrain, répartis en six équipes. Hannah observait Métis qui jouait sur le terrain du milieu dans la même équipe que Nolwen. Depuis la rentrée, elle guettait le couple maudit, mais elle ne les avait quasiment jamais vus traîner ensemble. S'étaient-ils disputés depuis l'épisode du cinéma avant les vacances ? Ou étaient-ils tout simplement très discrets ? Cela n'aurait pas été étonnant de la part de Natan. Cette question minait Hannah et lui faisait rater toutes les balles, ce qui avait le don d'énerver Candice.

– « Chat Boiteux », tu bouges un peu tes fesses au lieu de bâiller aux corneilles !

Hannah lâcha Métis des yeux et s'efforça de revenir dans le match. Malheureusement, Candice avait vu où se portait son regard et en profita pour retourner encore une fois le couteau dans la plaie.

– C'est fini ma pauvre, laisse tomber, il t'a complètement oubliée et par rapport à Métis, tu ne feras jamais le poids. Elle est beaucoup plus jolie et intelligente que toi. En même temps, ça a toujours été un mystère pour moi ce qu'il pouvait te trouver !

Même si elle avait voulu, Hannah n'aurait pas su quoi répondre. Peut-être que pour la première fois de sa vie, elle était d'accord avec Candice.

Natan, à l'autre bout du terrain, observait du coin de l'œil Hannah se faire remonter les bretelles par Candice. Son plan n'allait pas être trop dur à mettre à exécution, la jeune fille était complètement à côté du match. Il l'avait bien vue jeter des regards qui se voulaient discrets vers Métis et lui depuis le début de la semaine. La punition avait assez duré. Maintenant, c'était l'heure de passer à l'action.

Il se dit qu'il devrait vraiment remercier sa mère. Elle avait eu raison de le forcer à s'entraîner avec autant d'ardeur. Ses pouvoirs n'avaient plus rien à voir avec ce qu'ils étaient auparavant. Le mauvais tour que lui avait joué la *Eihtyp*, lui avait aussi fait réaliser beaucoup de choses. Maintenant, même dans le monde réel, il arrivait à créer un reflet parfait, *imagamier* des animaux, déplacer des objets sans qu'aucune bulle n'apparaisse. Il n'avait pas le droit de le faire bien sûr sauf en cas de force majeure, mais la situation lui semblait justement en être un.

L'échange de balles battait son plein sur le dernier terrain et c'était encore à Hannah de servir. Natan se concentra. Il était quand même à une certaine distance ce qui ne lui facilitait pas la tâche. Et pourtant, il réussit à faire exactement ce qu'il voulait. Quand la jeune fille frappa dans le ballon, il partit sur le côté, rebondit sur le mur et finit sa course en roulant vers le couloir qui longeait le gymnase.

– Mais ce n'est pas possible d'être aussi nulle ! s'exclama Candice. Tu le fais exprès ou tu t'entraînes pour être empotée comme ça !

Les filles reprirent leur match avec un autre ballon et Hannah sortit du terrain sans entrain pour aller chercher celui qu'elle avait perdu. Le couloir qui longeait le gymnase sur toute sa longueur offrait trois entrées sur le terrain couvert : deux sur les côtés et une au centre. De l'autre côté du couloir se trouvaient les portes vers les vestiaires, les bureaux des professeurs et le cagibi où était rangé tout le matériel. Hannah se baissa pour ramasser le ballon qui s'était arrêté au milieu du corridor mais celui-ci reprit tout seul sa course pour venir s'échouer dans le cagibi. La jeune fille releva la tête aussitôt mais ne vit personne. Était-elle tellement fatiguée qu'elle faisait faire n'importe quoi au ballon sans même s'en rendre compte ? Il était temps que cette journée se termine !

Elle entra dans le débarras et ramassa la balle farceuse. Elle aurait préféré mille fois rester enfermée ici plutôt qu'être obligée de retourner sur le terrain. Elle s'apprêtait à sortir quand elle sursauta en découvrant, surgi de nulle part, Natan qui la regardait, adossé contre le montant de la porte. Forcément ! Cela ne pouvait être que lui le ballon ! Hannah baissa les yeux et, la gorge nouée, poursuivit son avancée comme si de rien n'était. Mais Natan lui barra le passage.

– Laisse-moi passer Natan.

– Je n'ai pas envie.

Hannah s'apprêtait à passer en force quand la porte derrière le jeune homme se claqua d'un coup sec et le verrou se mit tout seul. La jeune fille sursauta, impressionnée par la force et la vitesse avec laquelle Natan avait réussi à le faire. Ce n'était plus le même. Il semblait maîtriser parfaitement ses pouvoirs ici sans même produire la moindre bulle de savon. L'*Imagamiade* l'avait réellement transformé. Hannah aussi aurait pu utiliser ses pouvoirs pour rouvrir cette porte. Mais aucun de ses muscles ne voulait bouger.

– Je voudrais savoir une chose Hannah, est-ce que tu comptes encore longtemps faire durer ton petit jeu et me fuir ?

La provocation de Natan la troubla autant qu'elle lui redonna un peu d'énergie.

– Cela n'a pas l'air de t'avoir beaucoup dérangé ces derniers temps. Tu sembles t'être très bien consolé sans moi !

Natan sourit sans quitter des yeux Hannah. Il commença à se rapprocher d'elle la poussant inévitablement vers le mur du fond.

– Sans toi ? Parce que tu pensais sincèrement que je ne me rendrais compte de rien ? Tu me prends à ce point pour un idiot ?

Le cœur d'Hannah battait la chamade. Il ne fallait pas qu'elle le laisse s'approcher autant. Il fallait qu'elle s'en aille, mais elle ne pouvait pas.

– Je... je ne vois pas de quoi tu parles.

– Tu ne vois pas de quoi je parle ? Le livre sur les *Inivini*. Métis ne peut pas *mirpasser* d'objets, tu le savais ?

La jeune fille se mordit l'intérieur de la joue sans rien répondre. Il savait pour le livre.

– D'ailleurs, c'est très intéressant de discuter avec elle. Quand je fermais les yeux, j'avais presque l'impression de discuter avec toi. J'espère que vous vous êtes bien amusées toutes les deux au moins en préparant votre coup !

Hannah sentit des larmes lui monter dans la gorge. Elle ne savait plus si ce qu'il lui disait devait lui faire plaisir ou la paniquer complètement.

– En tout cas, toi, tu as l'air de t'être bien amusé avec elle, tenta-t-elle de se défendre sans oser le regarder droit dans les yeux.

Natan sourit un peu plus comme s'il n'attendait qu'une seule chose : qu'elle mentionne cet épisode.

– Ah oui... le fameux baiser ! Ce n'est pas ce que tu voulais pourtant ? Que je l'embrasse ?

Là, il marqua une pause voyant bien qu'elle ne savait plus où elle en était.

– La pauvre Métis par contre a été un peu déçue je crois…

Hannah ne put s'empêcher de fixer Natan. Que voulait-il dire ?

– Trois rangées derrière, cinquième fauteuil à gauche !

– Pardon ?

– Tu croyais que je ne te verrais pas au cinéma ?

Hannah baissa de nouveau les yeux précipitamment et rougit. Elle finit par toucher le mur et se retrouva prise au piège. Le jeune homme posa une main sur sa joue brûlante et releva sa tête pour croiser son regard.

– Qu'est-ce que tu cherches à faire ? À me fabriquer une Hannah de remplacement ? Personnellement, je préfère laisser l'étude de Cyrano à madame Neiriov.

Hannah avait le souffle court, le cœur battant à cent à l'heure et ne savait plus du tout ce qu'elle devait faire.

– Hannah… Je me fiche bien des craintes de ma mère ou des menaces de ton père ! Je ne les laisserai pas nous séparer ! Alors, tu peux faire ce que tu veux, me pousser vers toutes les Métis que tu trouveras, je n'abandonnerai pas, je n'abandonnerai jamais !

Sans laisser le loisir à la jeune fille de répondre, Natan combla soudain la distance qui les séparait et posa ses lèvres sur les siennes. Cela faisait tant de mois qu'il attendait ça. Il eut l'impression de respirer à nouveau, comme quand il se concentrait sur sa *secoses*. Sauf que cette fois c'était réel, elle était bien là dans ses bras.

– Monsieur de Clare ! Je peux savoir ce que vous êtes en train de faire exactement ?

Monsieur Elurbtet avait dû finir par se rendre compte qu'il lui manquait deux brebis et venait d'ouvrir le cagibi avec sa clé. Natan lâcha Hannah à regret et se tourna vers son professeur, prêt à les défendre.

– Non ! Ne dites rien jeune homme ! Je pense que j'ai assez bien saisi la situation à vrai dire. Vous devriez avoir honte ! Allez vous changer immédiatement, je vous attends dans mon bureau avec vos carnets de correspondance !

Le professeur de sport était rouge écarlate et sa voix trahissait la colère. Il n'avait pas oublié que c'était déjà à cause de Natan et d'Hannah qu'il avait failli perdre son poste il y a deux ans lorsqu'ils avaient tous les deux trouvé intelligent de faire trempette sous la glace. Les deux adolescents baissèrent la tête et regagnèrent leurs vestiaires respectifs. Heureusement, les autres élèves jouaient toujours sur le terrain de volley. Leur escapade dans le cagibi allait bientôt faire le tour du collège, c'était sûr mais pour l'instant, Natan n'avait aucune envie de se justifier auprès de Nicolas ou d'en venir aux mains avec Alexandre.

Hannah n'avait pas fui son baiser. C'était comme si elle s'abreuvait tout autant que lui. Elle avait simplement peur. Peur de ce que sa mère avait pu lui raconter pour l'inciter à le fuir l'année dernière. Peur des représailles que son père lui avait sans doute promises le concernant si elle ne lui obéissait pas. Mais elle ne devait pas. Ils devaient être plus forts qu'eux. Ils devaient se battre. Ensemble. Depuis l'*Imagamiade*, il voyait peut-être encore plus clair en lui. Et il savait qu'il avait raison. Le jeune homme devait absolument trouver un moyen de se retrouver de nouveau seul avec elle. Une excuse contre laquelle elle ne pourrait rien faire, qu'elle ne pourrait pas esquiver… pour la voir toutes les semaines, comme l'année dernière avec le théâtre. Et la convaincre qu'il avait raison. Natan finit de s'habiller en vitesse, sortit son carnet de correspondance et se dirigea vers le bureau du professeur Elurbtet. Hannah l'attendait déjà, assise sur une des chaises devant le bureau, regardant avec effroi le mot d'une dizaine de lignes que le professeur était en train d'écrire dans son carnet. Le professeur leva la tête et observa Natan s'installer.

– Vous avez de la chance monsieur de Clare que mademoiselle Eralced m'ait avoué que c'était elle qui vous avait donné rendez-vous dans ce cagibi. Parce que les jeunes hommes qui tendent des guets-apens aux jeunes filles dans les placards sombres, reprit le professeur, un œil dur posé sur Natan, je ne me contente pas d'un mot, je m'en occupe moi-même si vous voyez ce que je veux dire !

Le jeune homme tendit son carnet de correspondance et se dit qu'en effet, monsieur Elurbtet ne semblait pas plaisanter. Puis le ton de sa voix se radoucit comme si de vieux souvenirs remontaient à la surface.

– Vous savez, moi aussi, j'ai eu quinze ans ! Je sais ce que c'est d'être amoureux, mais en cours de volley-ball, on fait du volley-ball, suis-je assez clair ?

Hannah acquiesça tout en reprenant son carnet. Elle n'avait qu'une envie, c'était sortir de ce bureau. Mais Natan, lui, n'avait pas encore obtenu ce qu'il voulait.

– Alors... c'est tout ?

Monsieur Elurbtet releva la tête et dévisagea Natan d'un air étonné.

– Comment ça, c'est tout ? Vous voulez que je vous félicite en plus ?

Natan respira un grand coup. Le professeur allait sûrement lui faire regretter ses paroles mais c'était le seul moyen de parvenir à son but.

– Je pensais que vous seriez plus... sévère. Après tout, si vous n'étiez pas arrivé, on ne sait pas jusqu'où ça aurait pu aller !

Hannah se tourna vers Natan, les yeux écarquillés.

– Pardon ?

Mais Natan poursuivit sans même la regarder. Il n'en avait pas besoin pour deviner les yeux remplis de colère qui le fixaient sur la chaise d'à côté.

– Vous le disiez vous-même monsieur Elurbtet, vous avez eu quinze ans, vous aussi !

Monsieur Elurbtet était en train de changer de couleur.

– Je dis ça, poursuivit Natan, c'est pour vous monsieur Elurbtet !

À cette heure-ci, tout le collège doit déjà être au courant que vous nous avez trouvés dans le cagibi. Je ne voudrais pas qu'on vous accuse d'être trop laxiste et que vous ayez des problèmes à cause de nous, encore une fois !

La colère du professeur explosa quand le jeune homme évoqua à mots couverts, l'épisode de la patinoire et il arracha son carnet à Natan qui n'attendait que ça.

– Très bien, monsieur de Clare ! Eh bien puisque vous tenez tant à être puni, vous me ferez tous les deux, deux heures de colle par semaine pendant un mois ! Vous viendrez ici m'astiquer ensemble ce gymnase à la brosse à dents et après, nous verrons si je suis encore laxiste !

Le professeur écrivit rageusement la punition dans son carnet puis passa à celui d'Hannah qui se retrouva avec deux pages entières couvertes de remontrances. En sortant du gymnase, Hannah ne put s'empêcher de frapper Natan avec son carnet.

– Je peux savoir ce qui t'a pris !

– Aïe, arrête, ça fait mal ce truc !

Hannah essaya de frapper encore Natan mais le jeune homme arrêta son bras.

– C'est de ta faute aussi, dit-il d'un ton faussement ingénu sans pour autant la lâcher.

Hannah tenta de se dégager mais Natan en profita au contraire pour la ramener vers lui.

– De ma faute ! s'exclama la jeune fille. Je m'accuse à ta place pour t'éviter de te faire découper en tranches par monsieur Elurbtet et c'est de MA faute ?

– Oui, c'est de ta faute. Si tu ne passais pas ton temps à me fuir, je n'aurais pas été obligé de raconter ça pour qu'il nous colle ensemble !

La jeune fille allait répliquer quand elle s'arrêta net. Ce garçon était encore plus fou qu'elle ne l'avait imaginé. Comment allait-elle expliquer ça à son père maintenant ? Natan perçut le regard paniqué de la jeune fille et finit par la lâcher.

– Ne t'inquiète pas pour ton père, tu n'auras qu'à lui dire... que c'est pour me faire réfléchir.

Hannah regarda Natan, intriguée. Pour le faire réfléchir ? De quoi voulait-il parler ? Sur ces mots, Natan se retourna et commença à s'éloigner. C'était à son tour de fuir Hannah. Il n'avait aucune envie de révéler à la jeune fille qu'il avait choisi de l'abandonner à son triste sort pour protéger cette maudite ceinture.

– À vendredi prochain alors ! Et n'oublie pas ta brosse à dents.

Hannah le regarda s'éloigner. Natan avait tellement changé. C'était lui, sans être lui. C'était lui... en mieux.

Chapitre 14

Lumul sur ses pas, Hannah déambulait dans les couloirs toujours aussi sombres et inquiétants du château Rion. Ces derniers temps, la princesse sortait rarement de sa chambre. Le roi Rion était d'une humeur massacrante devant le peu de progrès dans la recherche du poème et du troisième fragment de la ceinture. Hannah passait donc son temps à lire sur son lit ou à *revorover*, même si, avec les potions peu ragoûtantes de Maître Rion, cela devenait quasiment impossible. Mais ce matin, le vieil ensorceleur lui avait dit qu'il passerait et il n'était toujours pas là. Ne pas le voir arriver l'inquiétait. Son père avait pour l'instant mis aux oubliettes son projet de remplacer le vieux maître mais, depuis ce matin, un mauvais pressentiment l'habitait.

Cette ombre n'empêchait toutefois pas Hannah de penser à Natan, à ce qu'il avait fait pour qu'elle arrête de le fuir. Elle aurait dû être énervée par son petit manège, paniquée par ce que son père allait leur faire subir. Mais c'était plus fort qu'elle : elle n'arrivait pas à ressentir autre chose qu'un profond soulagement.

Elle n'avait pas trouvé Maître Rion dans son ancien atelier qu'il s'efforçait de restaurer et revenait maintenant vers sa chambre. Où pouvait bien être le vieux maître ? Cela ne lui ressemblait pas d'être en retard. Hannah arriva devant sa porte et vit qu'elle était entrouverte. Son sang ne fit qu'un tour. Elle était sûre qu'elle l'avait fermée en partant. Elle pénétra dans la pièce et son cœur s'arrêta de battre. Maître Rion se trouvait là, attaché et bâillonné, à genoux. Hannah n'eut même pas le temps de protester qu'Erdnaxela se faufila derrière elle et se saisit de ses mains qu'il bloqua dans son dos.

–. Erdnaxela ! Qu'est-ce que... lâchez-moi immédiatement ! Mon père...

– Votre père ? Mais c'est lui qui m'a demandé de venir vous chercher, princesse.

Hannah le dévisagea d'un air paniqué. Était-ce à cause des évènements de la veille ? Le chevalier prenait plaisir à lire l'angoisse dans ses yeux.

– Alors vous vous êtes réconciliée avec votre prince ? Dommage pour vous, cela arrive un peu tard.

Le cœur d'Hannah s'emballa. Erdnaxela n'en dit pas plus, trop content du supplice qu'il imposait à la jeune princesse. Il fit signe à Issej d'emmener le vieil ensorceleur et tira Hannah par le bras pour la faire avancer. Quand ils arrivèrent dans la salle du trône, le roi, assis, les y attendait déjà, les mains croisées devant le visage. À côté de lui, ce qui semblait être une cage était recouverte d'un drap sale. Qu'y avait-il dedans ? Erdnaxela amena la princesse au centre de la pièce. Le roi Rion contempla sa fille sans rien dire, laissant le silence peser au-dessus de leurs têtes. Puis, il finit par prendre la parole.

– Ma chérie, tu n'aurais rien à me dire par hasard ?

Hannah se força à le regarder droit dans les yeux et tenta de masquer sa peur.

– Je l'ai évité je vous promets mais hier...

Le roi fit résonner un rire lugubre avant de se reprendre.

– Crois-tu vraiment que j'ai quelque chose à faire de vos enfantillages ? Ton prince est plus têtu qu'une mule, je ne m'attendais pas à ce qu'il abandonne aussi facilement. Et quoi qu'il t'ait dit hier, il se moque de moi !

Elle tentait de comprendre de quoi son père voulait parler mais les mots se mélangeaient dans sa tête. Il se leva de son trône et commença à déambuler à côté de la cage touchant parfois de ses doigts décharnés le drap sale.

– Sais-tu pourquoi je suis tombé amoureux de ta mère, ma chérie ?

Elle fut surprise par la question. Ses récents *reviver* remontèrent à la surface : le regard du jeune prince Rion sur Ylil, ardent et doux à la fin, les tentatives de la jeune fille pour lui résister, en vain. Mais que connaissait-il vraiment à l'amour, lui qui avait emprisonné celle qu'il prétendait aimer au profit de la recherche de sa maudite ceinture ! Il poursuivit, indifférent aux sentiments contradictoires qui traversaient les yeux de sa fille.

– Elle avait un don, ma chérie. Je n'ai jamais vu personne avoir autant d'imagination pour réaliser des *incantapotions*. Personne... mis à part toi peut-être !

La gorge d'Hannah se noua tout à coup. Elle n'aimait pas le tour pris par la conversation. Pourvu que le contenu de la cage ne soit pas ce qu'elle craignait. D'un coup sec, le roi fit voler le drap et les peurs d'Hannah se concrétisèrent. Derrière les barreaux, se trouvait un *srotors* figé. C'était le cinquième *srotors* qu'Erdnaxela avait placé dans la chambre des fioles de vie. Celui que Maître Rion n'avait pas réussi à retrouver pour lui faire oublier que c'était Hannah qui avait volé le fil de la reine Cnalb et qui l'avait libérée. Elle avait pourtant passé des heures l'année passée à le chercher en vain. Le roi observait toujours sa fille, guettant ses réactions.

– Ce pauvre petit *srotors* s'est retrouvé, je ne sais comment, pétrifié. Toi qui es si douée en *incantapotions* ma chérie, pourrais-tu nous produire une belle *Imagami Potionis* pour le réveiller ?

Hannah pâlit et observa son père. Jouait-il avec elle comme un chat avec une souris ?

– Vous me surestimez, je ne suis pas capable de faire une telle chose.

– Ah oui ? Quel dommage ! Je suis sûr qu'il aurait eu des choses passionnantes à nous raconter. Mais il ne faut pas te dévaloriser de la sorte ma chère, c'est l'apanage des faibles. Surtout quand on sait produire de l'élixir d'immortelle aussi pur que toi.

Hannah sentit son cœur chavirer. Le roi la dévisageait et la colère brûlait maintenant dans ses yeux. Il savait tout.

– Ce n'est pas très sorcier de dégeler un *srotors* vois-tu. Mais ce que m'a dit celui-là m'a tellement déplu que j'ai préféré le repétrifier tout de suite. Il m'incommodait trop !

Elle ne baissait plus les yeux préférant affronter son malheur en face. Qu'allait-il arriver ? Le roi fit signe à un chevalier d'avancer et Hannah vit l'homme transporter un grand baluchon qu'il laissa tomber devant Hannah. La jeune fille reconnut tout le matériel de distillation qu'elle cachait dans sa chambre.

– Tu m'as l'air d'être très bien équipée pour quelqu'un qui ne sait pas faire une simple *incantapotion Degel'Vit* !

Elle resta muette. Elle continuait de dévisager son bourreau qui prenait un malin plaisir à instruire son dossier à charge.

– Et ce Maître Rion qui s'est accusé à ta place ! Et dire que je l'ai cru ! Je n'aurais pas pensé que ce vieux fou serait prêt à mourir pour toi. Vois-tu, il n'avait pas bougé le petit doigt pour sauver sa propre femme. Peut-être pensait-il à l'époque que je ne tenais pas mes promesses.

Le roi sortit de son manteau l'image du fil de vie de Natan tout en continuant à parler et Hannah crut que son cœur allait s'arrêter de battre sur-le-champ.

– Alors, que vois-tu ? C'est l'unique moyen pour s'aliéner un être. Le priver de tout ce à quoi il tient !

Elle essaya de calculer la distance qui la séparait de son père. Arriverait-elle à lui arracher la fiole des mains avec une *Imagami* avant qu'il ne la stoppe. La jeune fille avait à peine fini de se poser la question que des barreaux brillants apparurent tout autour d'elle. C'était à son tour de se retrouver en cage.

– Tu penses trop fort ma chérie ! Ne compte même pas me prendre cette fiole, ces barreaux sont traités anti-*Imagami*.

Le roi ouvrit le flacon et fit glisser l'image du fil de Natan entre ses doigts.

– S'il vous plaît, non ! supplia Hannah dont le visage s'inondait de larmes.

Le roi regarda sa fille qui tendait vainement son bras à travers les barreaux.

– Tout ceci m'a beaucoup fait réfléchir, ma chérie. Et je me suis rendu compte que je m'étais trompé de méthode avec toi, depuis le début. J'aurais dû écouter mon instinct et couper ce fil dès que je l'ai séparé du tien. J'ai cru qu'il serait une bonne motivation pour toi mais je me trompais.

Le roi se rapprocha de la cage d'Hannah tout en restant hors d'atteinte de sa fille. Il jouait toujours avec l'image du fil qui semblait si fine qu'il était étonnant qu'elle ne se soit pas encore brisée entre ses doigts crochus.

– Détruire une personne pour qu'elle ne s'appartienne plus elle-même. Il n'y a que ça de vrai. Mais quand je t'ai vue la première fois... je n'ai pas pu.

Le roi s'approcha encore un peu plus de sa fille jusqu'à lui caresser la joue à travers les barreaux.

– C'est terrible comme tu lui ressembles.

Hannah repensa à Ylil. Comment avait-elle pu aimer et se laisser aimer par ce monstre ? Le roi tourna le dos à Hannah et pendant quelques secondes la jeune fille perdit de vue le fil de Natan.

– Mais c'était une erreur car toi non plus, tu ne t'arrêteras jamais. Trouver ces fleurs, réussir à les extraire, libérer la reine Cnalb ! Tout ça pour sauver ton prince !

C'est alors qu'il se retourna, les ciseaux de Soporta à la main.

– Maintenant je me rends compte que sa seule présence n'a fait que te perturber depuis le début. Tu ne peux pas m'être fidèle, tu ne penses qu'à le rejoindre.

La jeune fille ravala ses larmes. Il fallait qu'elle se batte, qu'elle sauve Natan à tout prix.

– Si vous coupez son fil, menaça la princesse, jamais je ne chercherai la ceinture pour vous. JAMAIS !

Le roi contempla sa fille et sourit lentement.

– Bien sûr, je m'attendais à ce que tu dises ça. Mais tu verras ma chérie, on s'habitue à tout. Même à perdre ceux que l'on aime.

Elle ne l'aurait pas cru il y a quelques mois mais elle savait maintenant qu'il ne voulait parler de personne d'autre que de lui-même. Mais ces mots glissèrent sur Hannah. Tant qu'elle continuait de lui parler, il ne couperait pas le fil.

– Si vous le tuez, je vous promets que je mourrai avant que vous ayez le temps de vous en rendre compte.

– Voyons, ma chérie ! Mourir est un bien grand mot pour une jeune fille de ton âge.

Le roi passa le fil entre les deux lames tranchantes.

– Il n'y a pas d'autre solution ma chérie : tu ne pourras jamais nous être loyale à tous les deux. Alors je vais t'aider à choisir.

Hannah vit les deux lames dorées se refermer sur l'image du fil de Natan. Elle s'entendit crier mais c'était comme si elle n'était déjà plus vraiment là. Sa tête frappa le sol de pierre en même temps que le fil coupé tombait aux pieds du roi.

Chapitre 15

Hannah se réveilla en sursaut. Un étau écrasait sa poitrine et l'empêchait de respirer normalement. Tout son corps tremblait et ses yeux peinaient à voir à travers ses larmes. Le souffle court, elle tenta de rassembler ses esprits. Elle avait vu le roi couper l'image du fil de Natan. Un nouveau flot de larmes vint inonder ses joues. Non, ce n'était pas possible. Il ne pouvait pas être... non, cela ne pouvait pas être arrivé ! Hannah plongea sa tête dans ses mains. Il fallait qu'elle se ressaisisse. Ne pas paniquer et agir.

La jeune fille sauta de son lit et, toujours en chemise de nuit, enfila ses chaussures et son manteau. Sans plus réfléchir, elle dévala les escaliers à toute allure et s'engouffra dans le froid de la rue. La jeune fille courait à perdre haleine, au beau milieu de la nuit glacée, se retenant de pleurer pour éviter de freiner sa course. Quand elle arriva enfin devant chez Natan, elle sonna plusieurs fois mais personne ne vint lui ouvrir. Forcément, il était trois heures du matin, tout le monde devait être en train de dormir ! Pendant que Natan mourrait dans son lit. De désespoir, la jeune fille maintint son doigt sur la sonnette espérant que le bruit finirait par réveiller quelqu'un dans la maison.

Effectivement, monsieur William finit par arriver, madame Ecirruon sur ses talons. Il était à deux doigts d'appeler la police quand le vieux majordome découvrit la jeune fille en chemise de nuit et en pleurs sur le pas de la porte. Il allait s'offusquer de cette apparition très peu convenable, mais Hannah ne lui laissa pas le temps de faire le moindre commentaire et s'engouffra par la porte. Elle grimpa quatre à quatre les marches de l'escalier qui menait droit à la chambre de Natan. Le temps n'était plus aux politesses inutiles. Alertée par le bruit, Ève sortit de sa chambre et aperçut Hannah sur le palier. Leurs regards se croisèrent et elle comprit instantanément de quoi il en retournait.

– Natan !

Une onde de panique déforma son visage et elle se dirigea immédiatement vers la chambre de son fils. Hannah la suivit, terrorisée par ce qu'elles allaient découvrir. Les deux femmes pénétrèrent dans la chambre du jeune homme. Natan gisait sur le sol.

– Oh mon Dieu Natan ! s'exclama Ève qui le prit dans ses bras en essayant de le ranimer.

Mais le jeune homme ne bougeait pas, aussi inerte qu'un pantin de bois. Hannah lui prit la main, mais il ne réagit pas plus. Le père de Natan arriva à son tour.

– Osmond, vite ! Appelle les secours !

Hannah porta la main de Natan à ses lèvres baignées de larmes. Elle était encore chaude. Cela voulait dire qu'il était encore en vie, non ? Mais elle ne put s'empêcher de se demander combien de temps mettait un corps pour refroidir. Les secours ne mirent que quelques minutes à arriver mais ce temps leur parut à tous interminable. Des « minutes très longues : lentes à vous faire mourir d'ennui » lui aurait dit Newlon à Yamay. Mais la pendule du temps ne faisait plus rire Hannah. Tout ce qu'elle aurait voulu à ce moment-là, c'était que Natan ouvre les yeux et lui dise, avec le même air qu'il avait pris la veille dans le bureau de monsieur Elurbtet, que tout ceci n'était qu'une blague. Et dire que la dernière chose qu'elle avait faite, c'était de le frapper avec son carnet de correspondance ! Les médecins du SAMU arrivèrent enfin. La jeune fille resta en retrait, collée au bureau de Natan où étaient toujours disposées les immortelles qu'elle lui avait offertes. Si seulement, il avait suffi de lui faire boire une infusion de ces fleurs pour qu'il aille mieux. À peine une minute après leur arrivée, Natan était déjà évacué, raccordé à de nombreux tuyaux. Des tuyaux… c'était de l'air qui entrait, du sang qui coulait, des médicaments qu'on injectait. Peut-être que couper l'image d'un fil de vie, c'était moins fort que de couper le fil lui-même ? Les parents de Natan suivirent dans l'ambulance et sans même qu'Hannah ait à le demander, madame Ecirruon l'emmena avec elle dans la voiture qui les suivait. La jeune fille lui en fut terriblement reconnaissante même si, pour le moment, aucun mot ne pouvait sortir de sa bouche.

À l'hôpital, Hannah dut se contenter de rester dans la salle d'attente principale. N'étant pas de la famille proche, elle ne pouvait pas pénétrer dans l'espace qui leur était dédié. Voyant la pâleur de la jeune fille, la gouvernante la fit s'asseoir sur une des chaises en métal froid, de peur qu'elle ne s'évanouisse.

– Ne t'inquiète pas Hannah, je suis sûre que ça va aller. Il n'est pas en sucre, notre Natan.

Hannah vit bien que la nourrice s'efforçait de la réconforter mais qu'elle ne croyait pas elle-même à son mensonge. Tout n'allait pas bien. Et tout était de sa faute. Si elle n'avait pas cherché à le libérer, si elle ne s'était pas crue plus forte que son père, rien de tout ceci ne serait arrivé. Hannah ne cessait de se le répéter pendant qu'autour d'elle, des gens allaient et venaient. Pendant que des gens mangeaient, toussaient, lisaient, jouaient, râlaient...

vivaient alors que Natan était en train de mourir. Madame Ecirruon, qui était partie à la cafétéria, revint vers Hannah et lui tendit un gobelet rempli de chocolat chaud.

– Tiens, ma belle, tu es frigorifiée. Bois ça pour te réchauffer.

Hannah se saisit du gobelet que lui tendait la vieille femme. La chaleur du chocolat lui réchauffa les mains. Elle n'était plus capable de penser et se concentrer sur cette sensation simple lui fit du bien. La vieille femme observait la jeune fille se noyer dans sa boisson cacaotée.

– Tu l'aimes beaucoup, n'est-ce pas ?

Hannah releva la tête pour la dévisager. La dernière fois qu'elle avait vue madame Ecirruon, c'était quand elle était venue la chercher au collège l'année dernière. Quand la mère de Natan lui avait demandé de ne plus voir son fils. Natan serait-il entre la vie et la mort en ce moment si elle lui avait obéi ? Elle sentait ses larmes monter.

Soudain, madame Ecirruon se leva et Hannah vit la mère de Natan qui se dirigeait vers elles. Son cœur se remit à battre dans ses oreilles. Pourvu que les nouvelles ne soient pas ce qu'elle redoutait tant. Elle observa Ève de Clare et se rappela la jeune fille qu'elle avait vue si souvent dans ses *reviver* dernièrement. Elles avaient été si proches avec Ylil.

– Des chirurgiens sont en train d'opérer Natan. Nous en saurons plus quand il sortira du bloc.

Ève baissa les yeux et ses mains se mirent à trembler. Madame Ecirruon les prit dans les siennes pour la réconforter.

– Mais qu'est-ce qui s'est passé ?

Ève de Clare releva la tête et fixa Hannah. La jeune fille eut l'impression d'être déchirée en deux par la dureté de son regard. Ce n'était plus seulement le regard de la mère. C'était celui de la reine Cnalb.

– Il... Il a fait un AVC.

– Oh mon Dieu, s'exclama madame Ecirruon. Mais comment est-ce possible, il est si jeune !

La reine baissa les yeux.

– Il est si jeune, oui. Heureusement, nous avons vite prévenu les secours. Les médecins disent que dans ce genre de cas, le temps est le pire des ennemis.

La vieille femme jeta un regard en coin à Hannah. Elle n'avait encore rien dit mais une jeune fille débarquant en plein milieu de la nuit pour les prévenir que Natan était au plus mal, il y avait quand même de quoi se poser des questions. Ève sembla voir où se portaient les yeux de sa gouvernante et poursuivit immédiatement.

– Hannah, je vais appeler James. Il va te reconduire chez toi.

Hannah n'avait pas encore dit un seul mot. Même au manoir, un simple regard avait permis de faire comprendre à la mère de Natan ce qui venait de se passer. Ève était déjà en train de pianoter sur son téléphone quand une voix à la fois tremblante et empreinte de fermeté sortit de la gorge de la jeune fille.

– Non, je reste.

La mère de Natan fut surprise par ce ton sans appel qui la défiait.

– Hannah, reprit Ève. Ta place n'est pas ici, tu dois retourner auprès de ton père.

– Je ne partirai pas. Pas avant qu'il ne soit sorti du bloc.

Madame Ecirruon sentit la tension qui se cristallisait entre la jeune fille et la mère aussi bien que ses articulations la faisaient souffrir avant chaque orage. Ève n'avait pas l'habitude que ses ordres soient contestés, surtout par la fille de son ennemi héréditaire. Mais elle reconnaissait bien là le caractère de Lilith. Et après tout, c'était peut-être mieux ainsi. Hannah avait été aux premières loges. Alors pourquoi tenter de la protéger de la violence de ce qui allait arriver ?

– Très bien, reprit Ève peut-être encore plus durement alors, suis-moi dans ce cas.

La jeune fille ne s'attendait pas à ce revirement de situation. La mère de Natan voulait presque la jeter dehors il y a une minute et maintenant elle l'entraînait avec elle dans la zone réservée aux familles. Mais avant qu'elles n'arrivent dans la salle d'attente, Ève ouvrit une porte sur la droite et les fit entrer brusquement toutes les deux dans ce qui était une réserve à médicaments. Hannah se retrouva plaquée sans ménagement par la mère de Natan contre une étagère en métal.

– Que s'est-il passé cette nuit ? Que s'est-il passé exactement à Yamay ?

La jeune fille fut surprise par la violence de l'instant. Ève tenait fermement son bras. Elle lui faisait presque mal. C'était horrible de repenser à ce moment-là. Et encore plus de le raconter à la mère de Natan. Ses lèvres se mirent à trembler et de nouvelles larmes vinrent embrumer ses yeux.

– Il a retrouvé un *srotors* qui m'avait vue l'année dernière... libérer votre fil.

Ève desserra légèrement sa main du bras d'Hannah. Ce n'était qu'une enfant, qui n'avait même pas seize ans, et qui pourtant avait eu le courage de s'opposer à son père. Pour la sauver, elle. Hannah ressemblait tellement à Ylil en ce moment. Pas étonnant que Nesen soit subjugué par sa fille. Tout comme Natan d'ailleurs.

– Et l'image du fil de Natan ?

Hannah ferma les yeux, des larmes se déversant sur ses joues. Elle n'arrivait même pas à raconter ce qui s'était passé.

– Il l'a... coupé et il est tombé.

Ève semblait réfléchir.

– Te souviens-tu si le fil était complétement coupé ?

Hannah n'avait qu'un souvenir très flou. Maintenant qu'elle y réfléchissait, il lui semblait qu'elle aussi était tombée en même temps que le fil. La coupure lui avait semblé nette mais peut-être pas après tout ? Ève était toujours plongée dans ses pensées quand le père de Natan passa une tête dans l'embrasure de la porte. Hannah ne l'avait jamais vu aussi pâle.

– Ève, les médecins sont sortis du bloc.

La mère de Natan regarda son mari avec frayeur comme si elle n'avait pas envie de savoir mais finit par le suivre, la jeune fille dans leur sillage.

– Monsieur et madame de Clare ? Nous venons de finir d'opérer Natan. L'AVC a pu être pris à temps et ne devrait pas lui laisser de séquelles.

Natan était sauvé et il n'aurait pas de séquelles ! Hannah ressentit une vague de soulagement se répandre en elle. Elle s'attendait à entendre le médecin dire que c'était extraordinaire, qu'ils n'avaient jamais vu ça. Entre sa blessure au crâne et sa jambe, elle s'était habituée à ce genre de discours. Pourtant, cette fois ci, le médecin ne faisait pas la même tête.

– Malheureusement, en opérant votre fils, nous avons également compris ce qui avait généré cet AVC.

Ève et Osmond étaient suspendus aux lèvres du docteur comme au barillet d'un revolver lors d'une partie de roulette russe.

– Natan a développé une tumeur du cerveau qui, vu sa localisation n'est malheureusement pas opérable.

À partir de cet instant, Hannah eut l'impression que quelqu'un avait actionné la fonction sourdine de son oreille interne. Elle n'entendit plus rien ou plutôt tous les sons semblaient lui parvenir comme à travers trois épaisseurs de coton et de cire. La jeune fille recula et réussit à s'asseoir avant de défaillir. Natan avait un cancer du cerveau qui n'était pas opérable. Hannah crut entendre le père de Natan poser la question qu'aucune des deux femmes n'osait prononcer tellement elle était horrible. Combien de temps ?

– Malheureusement, très peu.

Très peu de temps. Mais par rapport à quoi ? Une minute, un jour, un mois, un an ? Le médecin qui s'était entretenu avec les parents de Natan les emmena à son chevet et la jeune fille toujours assise, lutta pour ne pas s'évanouir. Malgré tous ses efforts, elle vacilla et madame Ecirruon qui, par un tour de passe-passe connu d'elle seule, avait réussi à les rejoindre, la rattrapa in extremis.

– Et bien ma mignonette, tu ne sembles pas très en forme toi non plus !

La jeune fille s'effondra dans les bras de la vieille femme et éclata en sanglots. C'était trop dur. Madame Ecirruon la berça comme un petit bébé, caressant ses cheveux et séchant ses larmes.

– Calme-toi, ma petite, calme-toi. Il ne faut jamais perdre espoir.

La gouvernante était si apaisante. Mais elle se mentait à elle-même. Il n'y avait aucun espoir. Elle avait entendu les médecins, Natan était condamné. La jeune fille resta ainsi un long moment dans les bras de madame Ecirruon.

Au bout de plusieurs heures, Osmond de Clare vint à leur rencontre. Il avait beaucoup perdu de sa superbe. Bien sûr, mal rasé, mal peigné, il n'était pas à son avantage. Mais ce n'était pas que ça. Il avait perdu le masque de cire qui lui servait habituellement de visage, celui qui ne trahissait jamais aucune émotion. Madame Ecirruon et Hannah se levèrent, attendant des nouvelles avec impatience.

– Natan s’est réveillé. Il t’a réclamée Hannah.

La jeune fille essuya ses joues. Natan l’avait réclamée. Il fallait qu’elle tienne, au moins devant lui. Hannah suivit le père de son ami et ils s’arrêtèrent devant une chambre où le médecin qui leur avait parlé auparavant, donnait ses ordres à une infirmière. Il se tourna vers eux.

– Monsieur de Clare, Natan s’est réveillé incroyablement vite au regard de l’opération qu’il vient de subir. C’est la première fois que je vois ça. Il ne faut pas le fatiguer outre mesure, surtout dans son état.

– Juste une minute docteur.

Le médecin considéra la jeune fille qui se trouvait derrière le père de son patient.

– Une minute vraiment, et pas d’émotion forte.

Osmond acquiesça et se tourna vers Hannah la prenant par les épaules. La jeune fille ne s’attendait pas à cette promiscuité avec lui. Elle ne gardait pas un très bon souvenir de la dernière et unique fois où ils s’étaient vus, il y a trois ans, dans le grenier. Il l’avait alors violemment saisie par le bras tandis que son fils s’interposait. Il savait déjà à l’époque qu’elle était la princesse Rion alors qu’elle-même n’en avait aucune idée. Mais c’était un tout autre homme qui s’adressait à elle désormais.

– Hannah, il existe une très vieille légende…

Osmond baissa la tête. Il peinait apparemment à trouver ses mots, hésitant à révéler le secret qui avait miné Dnomso depuis le jour de la naissance de son fils bien plus que la recherche du poème elle-même. Ève sortit soudain de la chambre de son fils.

– Osmond, qu'est-ce que tu fais ?

Le père de Natan lâcha Hannah et fixa sa femme de toute sa hauteur.

– Ève, il faut qu'elle voie Natan. Il n'y a qu'elle qui...

– Non, arrête avec ça Osmond ! Nous en avons déjà parlé, rien de tout ça n'est vrai !

Hannah buvait leurs paroles, cherchant à comprendre de quoi ils pouvaient bien parler. Osmond dévisageait toujours aussi durement sa femme.

– Alors, si rien de tout ça n'est vrai, de quoi as-tu peur ?

– Je n'ai pas peur Osmond, mais Natan est extrêmement faible.

– Et la première chose qu'il a demandé en se réveillant, c'était de la voir... elle !

Ève baissa les yeux, visiblement contrariée. Hannah n'osait rien dire pour plaider sa cause. Elle avait trop peur que cela ne fasse empirer les choses. Sans relever la tête, Ève actionna la porte vitrée qui fermait la chambre.

– Une minute... pas plus.

Hannah ne se fit pas prier et s'engouffra dans la chambre avant que la reine ne change d'avis. Le nombre de machines et de bips impressionna vivement la jeune fille. Sur le lit, endormi comme si de rien n'était, se trouvait Natan. Son visage était paisible et personne n'aurait pu soupçonner ce qui venait de se passer si ce n'était son crâne, ceinturé de larges bandes blanches.

Elle porta sa main à sa bouche et se retint de pleurer. Elle se rapprocha et délicatement glissa ses doigts dans sa main. Le jeune homme ouvrit lentement les yeux. Un sentiment de soulagement s'empara de son visage et un léger sourire se dessina sur ses lèvres.

– Tu es là...

Elle hocha la tête. Sa gorge était trop nouée pour qu'elle puisse parler et elle avait peur de se mettre à pleurer si elle essayait. Natan la regarda. Même avec les yeux rougis et les cheveux en bataille, il la trouvait encore terriblement belle. Il se rendit compte de sa fébrilité et, rassemblant le peu de de force qui lui restait, s'efforça de détendre l'atmosphère.

– Tu vois, ce n'était pas la peine de me frapper avec ton carnet de correspondance, tu vas être débarrassée de moi au final.

Cette fois, Hannah eut du mal à retenir le barrage de larmes qui noyaient ses yeux.

– Arrête ! Je t'interdis de dire ça !

Balayant la retenue qu'elle s'était imposée jusqu'ici, la jeune fille se pencha vers le malade et l'embrassa avec une passion désespérée. Dès qu'Hannah posa ses lèvres sur les siennes, Natan eut l'impression que ses forces lui revenaient.

La jeune fille s'éloigna un peu. Sa minute était déjà presque écoulée et le médecin avait précisé « pas d'émotion forte ». Natan la regarda s'écarter avec regret.

– Si j'avais su que ça suffisait pour que tu m'embrasses, reprit-il, j'aurais commandé une maladie plus tôt !

Elle ne put s'empêcher de rire en même temps qu'elle pleurait. Une infirmière arriva et fit signe à Hannah qu'elle devait laisser Natan se reposer. La jeune fille posa un dernier baiser sur ses lèvres et commença à s'éloigner mais Natan la retint par la main, refusant de la voir s'envoler aussi vite.

– Tu reviendras ?

Hannah acquiesça et, dévisageant le jeune homme entre ses larmes, pria pour que ses paroles ne se révèlent pas être un pieux mensonge.

Chapitre 16

À Yamay, quand Hannah se réveilla, elle était revenue dans sa chambre. Sa tête la faisait horriblement souffrir, peut-être parce qu'elle avait beaucoup pleuré la veille à l'hôpital. La jeune fille se força à se lever et se dirigea vers la porte. Verrouillée. Forcément.

– Alors ? Comment va ton prince ? Pas très fort à ce qu'on m'a dit.

Elle sursauta. La voix de son père venait de s'élever derrière elle. Elle n'avait pas remarqué qu'il était dans la chambre. Hannah vit qu'il avait sorti la fiole de Natan et jouait avec. Il avait replacé le fil de vie à l'intérieur. La jeune fille vit nettement cette fois que le fil était coupé en deux et qu'un seul petit filament retenait encore entre elles les deux parties séparées.

– On peut lui reconnaître ça au moins à ton Natan. Il s'accroche !

Hannah fixait toujours l'image du fil coupé qui ne tenait que par un brin de vie et que le roi secouait tout en lui parlant.

Était-ce parce qu'elle l'avait trempée dans la potion d'immortelle l'année dernière qu'un brin avait résisté aux ciseaux de Soporta ? Il semblait si fin et si fragile.

– Enfin ! Cela ne va pas durer. Il suffit juste d'attendre un peu et il finira par se casser tout seul. Comme les autres.

Le roi Rion dévisagea sa fille et sourit comme s'il prenait du plaisir à voir la souffrance déformer ses traits.

– Quelques jours seulement ma chérie. Et tu seras toute à moi.

Hannah frissonna.

– Jamais je ne serai à vous ! Je vous l'ai déjà dit : si Natan meurt, je me tuerai moi aussi !

Le roi rangea la fiole dans son manteau apparemment irrité de voir que sa fille était plus dure à avilir que les autres âmes qu'il avait détruites auparavant.

– Et bien, c'est ce que nous verrons. J'ai pris le soin de recouvrir les murs de ta chambre d'un filtre anti-*Imagami*, au cas où des idées saugrenues te viendraient à l'esprit.

Hannah contempla la pièce autour d'elle. Elle n'avait pas besoin de vérifier pour croire son père sur parole.

– Ah, j'oubliais. J'ai été bien gentil de te laisser t'élancer cette nuit chez lui comme si tu pouvais encore le sauver mais à partir de maintenant, les règles changent. Tu resteras enfermée dans ta chambre jusqu'à ce qu'il meure, que ce soit ici ou de l'autre côté. J'appellerai le lycée demain pour leur dire que tu es malade. Cela sera plus simple pour vérifier que tu n'essayes pas de te rendre à l'hôpital en douce.

– Vous ne pouvez pas faire ça ! s'exclama Hannah en se précipitant vers lui.

– Bien sûr que je peux faire ça ! Décidément, ma chérie, Erdnaxela avait raison, je t'ai laissé beaucoup trop de liberté jusqu'ici.

Sur ces mots, le roi claqua la porte et Hannah s'effondra sur le sol froid et dur. N'allait-elle plus jamais revoir Natan ? Hannah sentit son mal de crâne qui la reprenait, lancinant. Il fallait qu'elle se batte, il fallait qu'elle le sauve. Mais comment faire cette fois ? Son père la tenait écrasée dans sa main et elle se sentait si faible, de plus en plus faible.

Au château Cnalb, tout le monde était sous le choc. Depuis qu'il s'était réveillé, Natan restait allongé sans énergie sur son lit, regardant s'affairer autour de lui les nombreux *Inivini* qui s'assuraient qu'il ne manquait de rien. Le ciel qu'il pouvait encore apercevoir par sa fenêtre semblait l'appeler mais ce n'était même pas la peine d'espérer sortir. Il arrivait déjà à peine à s'asseoir dans son lit. Le jeune homme s'était senti mieux quand il avait vu Hannah, mais malheureusement la sensation n'avait pas duré. Et il n'avait aucune idée de quand il pourrait la revoir.

Pourquoi le roi Rion avait-il soudain décidé de couper son fil de vie ? Était-ce parce qu'il avait refusé de lui donner le fragment de la ceinture ? Parce qu'il avait embrassé sa fille une fois de trop ? C'était Hannah, apparemment, qui avait couru prévenir tout le monde en plein milieu de la nuit. Son père l'avait laissée s'échapper de chez lui. Pourquoi s'il voulait le tuer ? Peut-être simplement pour le plaisir que sa fille le voie une dernière fois agoniser. Il en était bien capable. Là était la vengeance ultime du roi : le laisser mourir lentement sans qu'il la revoie. La reine Cnalb dévisageait son fils qui fixait toujours la fenêtre. Dans un geste affectueux, elle lui passa une main dans les cheveux. Elle restait à son chevet, se relayant avec son père pour ne jamais le laisser seul.

– Nous allons te guérir mon chéri. Il ne faut pas que tu perdes espoir.

Le jeune homme hocha la tête plus pour faire plaisir à sa mère que parce qu'il croyait vraiment à une quelconque rémission. Il avait entendu les médecins échanger avec ses parents alors qu'ils pensaient qu'il était encore inconscient. Sa tumeur était tellement importante que c'était déjà un miracle qu'il ait survécu à son AVC.

Bien sûr, à Yamay, tout était différent. Néanmoins, les rares fois où Natan avait rencontré les *Seriom*, il lui avait semblé que couper un fil de vie était assez définitif. Quelqu'un frappa à la porte et Natan vit Nomis passer une tête. La reine jeta un regard plein d'espoir dans sa direction et s'excusa auprès de son fils.

– Je dois y aller Natan mais ton père va me relayer.

Natan hocha de nouveau la tête sans rien dire. Une fois sa mère partie, Natan appela un petit chat argenté et lui demanda d'apporter ce qui se trouvait dans le tiroir de son bureau. L'*Inivini* se dépêcha d'obéir, trop content de pouvoir enfin servir ce maître qui ne leur demandait jamais rien. Natan sourit intérieurement en voyant les petites pattes brillantes et velues de l'animal s'exécuter avec soin.

Le jeune homme observa la boîte à musique que l'*Invini* venait de lui apporter. Il la plaça près de sa tête et l'actionna. L'air triste se mit en marche et Natan ferma les yeux. Le prince repensa au directeur de la fabrique de nuages, qui était venu lui apporter cette boîte, jumelle de celle qu'il avait fabriquée pour communiquer avec sa sœur Ylil. L'histoire qu'il lui avait racontée était-elle vraie ? Peu importe l'endroit où elles se trouvaient, les notes des deux boîtes à musique pouvaient se reconnaître pour permettre à deux êtres perdus de se retrouver ?

La reine avait rejoint le chevalier Veilleur dans ses appartements où l'attendaient également Salocin, Newlon, Sitèm et Maître Rusanrev.

– Alors, Nomis... qu'ont-elles dit ?

Le chevalier secoua la tête et la reine soupira d'agacement.

– Je suis désolé, Majesté. Elles m'ont dit qu'un fil coupé ne peut pas être réparé et que ce n'est plus qu'une question... de jours. Si la princesse Rion n'avait pas trempé son image l'année dernière dans l'élixir d'immortelle, il serait mort sur le coup.

En entendant les derniers mots du chevalier, Newlon se pétrifia, sentant les larmes envahir sa gorge. Salocin vit la jeune fille trembler et lui prit la main. La reine se tenait les bras croisés devant la grande porte-fenêtre qui menait au balcon, le regard toujours aussi déterminé.

– J'étais sûre que ces vieilles *Seriom* ne nous aideraient pas ! Déjà quand j'étais jeune, elles étaient aussi harpies que les trois *Seiprah* !

– Majesté, reprit Nomis. Peut-être devrions-nous consulter la *Eihtyp* ?

La reine ne se retourna même pas et continua de fixer le nuage de *cœurs noirs* au loin.

– Cela ne servirait à rien. Je sais déjà ce qu'elle nous dirait.

Le chevalier Veilleur hésita à poursuivre.

– Alors... il serait peut-être temps de l'écouter, vous ne croyez pas ?

Ève se retourna brusquement. Salocin et Newlon sentirent soudain un vent froid parcourir la pièce comme si les yeux de la reine étaient capables de glacer tout ce qu'ils touchaient.

– S'il te plaît Nomis... pas toi.

Le vouvoiement de mise s'était envolé, comme balayé par la bourrasque. Le silence s'installa. La reine ne détachait pas ses yeux du chevalier et plus personne n'osait parler. Au bout d'un moment, Maître Rusanrev s'avança vers la reine et timidement fit à son tour une proposition.

– Majesté, avez-vous déjà entendu parler des pouvoirs du *Serdalac* ?

Ève se tourna vers le professeur de son fils.

– Le *Serdalac* ? Non jamais, qu'est-ce que cela Maître ?

– Il s'agit d'une créature légendaire, blanche comme la neige, ornée d'une tête d'aigle et d'une queue de serpent. La légende raconte qu'elle a le pouvoir de guérir de n'importe quelle maladie.

Nomis leva les yeux au ciel mais la reine ne lâcha pas le professeur du regard.

– De n'importe quelle maladie, dites-vous ? Mais comment fait-elle ?

– Le *Serdalac* a le pouvoir d'aspirer la maladie d'une personne rien qu'en la fixant dans les yeux, il s'envole ensuite vers le soleil pour aller la brûler.

La reine regarda Maître Rusanrev qui lui redonnait soudain espoir. S'ils arrivaient à trouver ce mystérieux *Serdalac* à temps, ils auraient peut-être une chance de sauver Natan.

– Et savez-vous où trouver cette créature, Erreip ?

Le maître sortit un livre ancien qu'il avait amené avec lui et l'ouvrit devant la reine.

– Il n'y a que très peu d'indications dans les manuscrits anciens sur le *Serdalac*, Majesté, mais j'ai quand même trouvé des indices qui me font penser qu'il pourrait se trouver au niveau de ces montagnes.

La reine observa la carte que lui montrait le professeur. Maître d'*Imagami* parmi les plus réputés du royaume, Erreip Rusanrev était également connu pour sa passion un peu loufoque pour les créatures dont réalité et légende, même à Yamay, s'entremêlaient, souvent dangereusement. Ève avait toujours considéré les écrits du maître en la matière comme un passe-temps pour se détendre de l'exigence de sa chaire à l'école d'*incantapotions*. Elle ne se doutait pas qu'un jour, elle s'y accrocherait comme un noyé à une bouée.

– Très bien, partez au plus vite alors ! Nomis et Salocin vous accompagneront.

Nomis serra les dents. Cette quête était vaine mais il connaissait assez bien sa souveraine pour savoir qu'il ne servait à rien de s'opposer. Newlon se rapprocha, encore un peu plus émue que tout à l'heure.

– Majesté, me permettez-vous de partir avec eux ? Je voudrais faire tout mon possible de mon côté pour sauver Natan.

La reine dévisagea Newlon d'un œil attendri.

– Je le sais bien Newlon, mais je veux que tu restes ici pour soutenir Natan. Il a besoin de ses amis.

Newlon acquiesça, rassurée d'avoir aussi un rôle à jouer. La reine détacha de son cou la clé du trésor des Cnalb qui servait également à modifier l'horloge du temps.

– Je vais retourner auprès de mon fils, Newlon. Peux-tu rallonger la durée des minutes afin de leur laisser le plus de temps possible pour trouver et ramener ce fameux *Serdalac* ?

– Bien sûr, tout de suite Majesté !

Newlon s'empara aussitôt de la clé et partit en courant. Salocin la regarda s'élancer en direction du jardin. La jeune fille ne lui avait même pas dit au revoir.

Chapitre 17

Deux voix chuchotaient au-dessus de Natan en s'efforçant tant bien que mal de ne pas le réveiller, ce qui était assez difficile vu qu'elles se disputaient.

– Rassure-moi, tu n'envisages plus vraiment d'y aller ?

– Non, je lui ai dit que j'attendais que Natan aille mieux pour regarder les billets.

Natan entendit la première voix soupirer autant d'agacement que de soulagement. Nicolas avait fait rater à Nolwen les derniers billets pour New York quand il lui avait volé son téléphone et la jeune fille lui en avait voulu pendant plusieurs semaines. Natan ouvrit les yeux et vit ses deux amis qui se rapprochaient de lui.

– Alors, comment ça va aujourd'hui ? s'enquit immédiatement Nolwen.

Le jeune homme tenta de sourire mais même ce simple effort lui était maintenant difficile.

– Je crois que tu ferais mieux de prendre tes billets car si tu attends que j'aille mieux...

Natan s'arrêta de parler, paralysé par une nouvelle migraine. Nicolas foudroya Nolwen d'un regard accusateur. La décharge électrique passa et Natan rouvrit les yeux. Cela lui arrivait de plus en plus souvent et cela n'augurait sûrement rien de bon. Il avait démarré un traitement, de grands pontes s'affairant autour de lui toute la journée comme autant d'*Invini*. Mais, comme à Yamay, il restait intimement persuadé que toute cette agitation ne servait à rien. Il voyait bien qu'il déclinait de jour en jour. Pas besoin d'être un grand médecin pour savoir qu'il ne guérirait pas. Comme une certitude ancrée en lui, il était convaincu qu'une seule chose aurait été capable de le soulager mais que cela n'arriverait pas non plus.

– Avez-vous revu Hannah au lycée depuis mon accident ?

Nicolas et Nolwen se regardèrent, aussi gênés l'un que l'autre.

– Elle n'est pas revenue.

Natan ne s'attendait pas à une autre réponse. Son père la gardait enfermée, en attendant qu'il meure. Alors, il avait deviné juste. Il ne la reverrait plus. Le jeune homme pencha sa tête, autant pour dissimuler son trouble à ses amis que pour leur désigner la boîte à musique qui se trouvait sur sa table de nuit. Il avait dû s'y prendre à plusieurs reprises mais finalement il avait réussi à la *mirpasser*.

– Est-ce que vous pourrez lui donner ça de ma part.... quand vous la reverrez ?

Nicolas se saisit de la boîte à musique et hocha la tête d'un ton grave. Nolwen ne put retenir une larme qui perla sur sa joue.

– Tu lui donneras toi-même quand tu iras mieux, ce sera plus simple ! tenta d'opposer la jeune fille dans un murmure étouffé.

Natan dévisagea d'un air attendri son amie s'évertuer à se mentir à elle-même et lui prit la main.

– Je ne pense pas, non.

Nicolas vit que Nolwen n'était pas loin de se transformer en chutes du Niagara et la prit par le bras.

– Bon, il faut qu'on te laisse te reposer, Natan. Le médecin nous a permis de rester cinq minutes, pas plus. On revient te voir demain de toute façon !

Nolwen embrassa Natan sur la joue et se laissa entraîner par Nicolas hors de la chambre. En sortant, les deux adolescents tombèrent sur Ève de Clare qui regardait dans le vide par la fenêtre du couloir.

Elle se tourna vers eux pour les saluer, quand son regard accrocha la boîte à musique que Nicolas tenait toujours dans ses mains. Le jeune homme eut du mal à cacher son malaise. Il priait pour que la mère de son ami ne lui demande pas ce que c'était quand le père de Natan les rejoignit leur offrant une parfaite échappatoire. Ils s'empressèrent de les saluer et Nicolas entraîna Nolwen. Ève les observa s'éloigner sans rien dire.

Osmond vint se poster près de sa femme.

– Son état se dégrade de plus en plus vite, Ève.

La mère de Natan pivota vers la fenêtre sans répondre à son mari. Elle savait exactement ce qu'Osmond allait lui dire.

– Tu sais bien qu'il n'y a plus qu'une chose à faire, Ève.

– Erreip et Nomis sont partis chercher un...

– *Serdalac*, oui je me souviens.

Ève regarda son mari qui scrutait à son tour l'horizon. Il n'avait pas changé. Même après des années, il se souvenait toujours de ce qui l'arrangeait. Osmond se tourna vers sa femme et plongea ses yeux dans les siens.

– Même si ton *Serdalac* y pouvait quelque chose, ils arriveront trop tard et tu le sais très bien.

– J'ai fait ralentir l'horloge, ils seront revenus à temps.

Ève tourna le dos à son mari. C'était trop dur de lutter avec lui en ce moment. Osmond posa ses mains sur les épaules de sa femme.

– Ève, quand tu as disparu... je me suis mis à détester Yamay, à haïr ce monde sur lequel je n'avais aucune emprise et qui t'avait dérobée à moi, à détester même mon propre fils qui ne cherchait qu'à comprendre qui il était.

Ève sentait à nouveau ses larmes monter pendant qu'elle écoutait son mari évoquer toutes ces années volées.

– Depuis que je te connais, tu n'as toujours eu de cesse de me répéter qu'il ne servait à rien de nier l'existence de ce monde, qu'il fallait affronter son destin. Et j'ai compris maintenant que tu avais raison.

Osmond força sa femme à se retourner et essuya délicatement les larmes qui mouillaient son visage.

– Alors, c'est à ton tour maintenant d'affronter le destin de Natan.

Elle tenta de se dégager de l'emprise de son mari mais il la tenait fermement.

– Osmond, ce n'est qu'une vieille légende, elle n'a aucun fondement. Même les anciens n'y ont jamais cru !

– Ève, ils sont marqués tous les deux !

– Cela ne prouve rien.

Osmond contempla sa femme qui n'osait même pas le regarder dans les yeux. Il avait toujours admiré cette faculté qu'elle avait de décider ce qui devait être de ce qui ne le devait pas. C'était même peut-être pour cette raison qu'il était tombé éperdument amoureux d'elle. Cette faculté à dessiner le monde. Mais aujourd'hui elle se cognait à l'impossible.

– Ève, tu peux mentir à la terre entière, à toute ta cour si tu le veux, mais pas à moi !

Osmond força sa femme à le regarder.

– Tu ne veux pas l'admettre, mais au fond de toi, tu sais très bien que la légende des héritiers est vraie. Sinon pourquoi t'interposer devant les *Seiprah* pour laisser Hannah protéger ton fils ? Sinon pourquoi mettre autant d'énergie à les éloigner l'un de l'autre ?

Une infirmière passa dans le couloir et Ève en profita pour se dégager des bras de son mari.

– Uniquement des coïncidences. Tu ne te rends pas compte des conséquences de ce que tu dis.

– Si, car justement ça fait quinze ans que je les fuis. Mais cela ne sert à rien de fuir, c'est toi aussi qui me l'as appris.

Ève fixa son mari. Il n'abandonnerait pas même s'il se trompait car forcément, il se trompait.

– Ils devraient avoir ramené le *Serdalac* d'ici quelques jours. Natan va tenir et nous le sauverons, Osmond.

Sur ces mots, Ève s'éclipsa dans la chambre de son fils pour clore cette discussion qu'ils avaient eue cent fois et qui ne les menait à rien. Osmond baissa la tête voyant sa femme échapper à la réalité comme elle savait si bien le faire, une fois de plus.

Hannah avalait son repas en silence face à son père qui, de l'autre côté de la table, se régalait autant du menu que de la mine déprimée de sa fille. Elle avait beau manger normalement, ces derniers jours, Hannah dépérissait à vue d'œil. C'était comme si son corps n'avait reçu aucune nourriture depuis plusieurs semaines.

– Et bien ma chérie, as-tu bientôt fini avec cette mine de six pieds de long ? Ce n'est pas faire honneur à la bonne cuisine que l'on te sert !

Hannah continua de manger comme si de rien n'était. Elle ne se forcerait pas à lui sourire. Le roi Rion siffla d'exaspération entre ses dents. Cette enfant était plus têtue qu'une mule. Mais, il finirait bien par la faire plier.

– Si ça ne te suffit pas, je peux tuer d'autres personnes en plus de ton Natan, mon amour. Je pourrais commencer par ton amie Nolwen par exemple.

Elle ferma les yeux. Il n'arrêterait jamais. Mais, peu importe car, bientôt, ses menaces ne le mèneraient plus nulle part. Elle le sentait dans la moindre parcelle de son cerveau. C'était comme si quelqu'un s'amusait à éclater ses cellules avec l'acharnement jouissif des doigts crevant le papier-bulle. Elle allait lui échapper… enfin. La jeune fille se leva, bien décidée à regagner sa chambre quand sa tête se mit à tourner. Elle se cramponna à la chaise mais, cette fois, la migraine fut la plus forte. Le mal l'enveloppa comme une nuée bourdonnante et elle s'écroula.

Quand Hannah se réveilla, elle devina Maître Rion penché au-dessus d'elle qui écoutait son pouls. Quelque chose n'était pas normal mais elle ne sut dire quoi. Sa barbe, il avait fait quelque chose à sa barbe. Le vieil homme vit qu'Hannah était consciente et poussa un cri d'exclamation.

– Ah, mademoiselle, vous revenez parmi nous, parfait !

Il se saisit d'un stéthoscope pour écouter le cœur de la jeune fille et elle continua de dévisager son vieil ami. Il avait troqué son éternelle robe contre un veston brun. Que se passait-il donc ?

– Maître Rion, qu'est-ce que...

– Chut ! Respirez un peu, lui ordonna le vieil homme qui s'évertuait à écouter les légers battements du cœur de sa patiente.

La jeune fille s'exécuta docilement.

– Le mal de tête ?

– Ça va mieux.

Hannah se demandait quand il allait lui faire boire une de ses potions écœurantes. Ce n'était pas tellement qu'elle en avait envie mais bizarrement, ça l'aurait rassurée.

– Montrez-moi vos dents, mademoiselle.

Hannah fronça les sourcils mais s'exécuta encore une fois sans rien dire.

– Maintenant, étendez les deux bras devant vous... parfait... Un engourdissement d'un côté du corps ?

Hannah secoua la tête. Le mal lancinant qui semblait lui dévorer le cerveau était passé. Elle avait simplement terriblement envie de dormir.

– Bien, répétez « Je sais où je suis et qui je suis ».

La jeune fille dévisagea l'ensorceleur se demandant s'il devenait fou.

– Et si je ne sais pas où je suis et qui je suis, on fait comment ?

Le vieil homme rit devant les protestations de sa protégée. Même malade, elle ne pouvait pas s'empêcher de contester les ordres.

– Ça devrait aller comme ça !

– Alors ? s'impatienta une voix derrière lui.

Hannah reconnut la voix de son père. Elle avait été tellement concentrée sur les changements manifestes de Maître Rion, qu'elle ne s'était même pas aperçue qu'il faisait les cent pas au pied de son lit. Par la fenêtre entrait la lumière du jour déclinant mais ce n'était pas le château Cnalb que l'on voyait à l'horizon. C'était la chambre de Candice qui était juste de l'autre côté de la palissade ! Elle n'était pas à Yamay, elle était dans le monde réel !

– Ce n'est pas ce que je craignais, mais je préférerais l'emmener à l'hôpital pour lui faire passer une IRM. Nous serions fixés !

– C'est inutile, dit sèchement son père. Il n'y a aucune raison à ça.

– Si, il y en a beaucoup au contraire ! Elle a perdu énormément de poids, ses migraines sont foudroyantes, elle s'évanouit de plus en plus souvent, tout comme lui.

Ces derniers mots attisèrent la colère dans les yeux de son père.

– Docteur Einèg, je ne vous retiens pas !

Le docteur se tourna vers sa patiente.

– Dormez un peu mademoiselle et si vous avez de nouveau fortement mal à la tête, faites-moi appeler, c'est entendu ?

Hannah hocha la tête et, devant l'air peu rassuré de sa patiente, le docteur se pencha vers elle pour la serrer dans ses bras.

– Ne vous inquiétez pas princesse, je vous expliquerai tout de l'autre côté.

Hannah regarda son père raccompagner le docteur et se sentit de nouveau terriblement lasse. À peine ferma-t-elle les yeux qu'elle sombra dans un de ces rêves qui n'en était pas un. Plus Hannah s'affaiblissait, plus elle se réussissait facilement à *revorover*.

Cette fois, malheureusement, ni Ylil, ni Ève, ni même le prince Rion ne vinrent peupler ses *reviver*, car un gigantesque serpent surgit des ténèbres à la place.

Chapitre 18

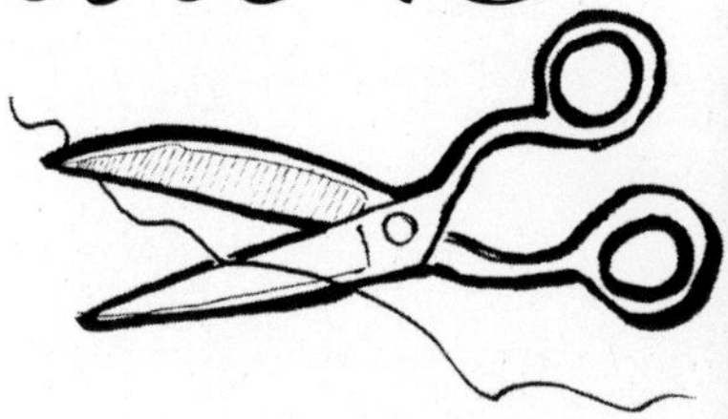

Le chevalier Veilleur observait son fils dont le regard se perdait dans le dos de la jeune fille devant eux. Sitèm chevauchait, calme et posée, à côté de son père, qui s'agitait sur sa monture, en pleine bataille avec un énorme livre. On pouvait y deviner une sorte d'oie dorée aux yeux démesurément grands et à la queue de serpent visqueuse : le *Serdalac* qu'ils espéraient tous trouver au plus vite. Nomis n'arrivait pas à se persuader que cette chimère pourrait aider Natan, mais c'était le seul espoir qu'il leur restait, de toute façon. Le seul du moins auquel il avait le droit de s'accrocher. Nomis revint sur son fils dont les yeux n'avaient pas décollé de leur cible.

– Elle est très jolie.

Salocin sursauta et prit aussitôt un air dégoûté.

– Très peu pour moi ! Elle est bien trop étrange !

Nomis sourit devant la mine offusquée de son fils.

– Tu sais, quand on a seize ans, toutes les filles semblent étranges. Un peu comme si elles venaient d'une autre planète ! Je me souviens quand j'ai rencontré ta mère...

Les yeux de Salocin s'accrochèrent à l'encolure de son cheval et son père s'arrêta, sentant que son fils se renfermait comme une huître. Même si Salocin avait des relations maintenant quasi normales avec lui, il avait encore du mal à aborder des sujets tout aussi simples que sa mère ou les dernières notes d'*incantapotions* de son frère. Parler d'eux le ramenait toujours au fait qu'il les avait abandonnés. Salocin repensa au carnet et sa lâcheté lui fit une nouvelle fois honte.

– L'année dernière… se lança finalement le jeune homme toujours sans lâcher sa selle des yeux.

Le jeune chevalier stoppa, encore une fois paralysé par le ressentiment qui, en réalité, le minait bien plus qu'il ne voulait l'admettre. Le chevalier Veilleur se taisait, attendant patiemment que son fils trouve ses mots tout en sachant pertinemment ce qu'il allait lui dire.

– Tu m'avais demandé de chercher un livre dans ton sac. Et je suis tombé sur un cahier. Je ne fouillais pas, c'était par hasard, mais... j'ai vu tout ce que tu avais noté sur Luap et moi. Pendant toutes ces années.

Nomis était content d'avoir enfin cette discussion avec son fils. Il n'avait rien voulu provoquer, préférant attendre le moment où Salocin se sentirait prêt à lui parler. Prêt à le comprendre aussi peut-être.

– Salocin… c'est une des choses les plus dures avec laquelle on doit apprendre à vivre quand on vieillit : faire des choix et accepter que parfois tous les choix qui s'offrent à nous sont mauvais et qu'il faut choisir quand même.

Salocin écoutait son père sans bouger. Le jeune homme aurait pu lui demander de quels choix il voulait parler mais au fond, il le savait déjà. Au fil de ces derniers mois, il avait bien vu comment son père veillait sur Dnomso. Cela faisait un moment déjà qu'il avait réalisé que c'était grâce à lui si l'héritier de Morwrom n'était pas tombé entre les mains du roi Rion et n'avait pas subi le même sort que ses comparses, grâce à lui si le roi Rion n'avait pas pu avancer dans la recherche de la ceinture pendant toutes ces années.

Il était fier de son père, fier qu'il ait fait passer la protection de la famille Cnalb avant sa propre famille et lui-même. Et en même temps, il ne pouvait s'empêcher d'être triste, si triste qu'il n'ait pas choisi sa propre famille avant la famille d'un autre.

– Je sais ce que tu penses Salocin. Comment n'ai-je pas pu vous choisir ? Mais c'est ce que j'ai fait, c'est pour que tu aies un avenir qui ne soit pas à la solde du roi Rion que j'ai fait tout ça, Salocin.

La voix de Nomis s'étrangla et Salocin vit qu'il peinait à continuer.

– Si tu savais comment ça a été dur de ne plus vous voir tous les trois ! De ne pas être là pour veiller sur vous chaque jour. Alors, ce carnet, c'était un peu comme mon jardin secret, ma bouée de sauvetage quand ce fardeau était trop lourd à porter.

Salocin ne disait toujours rien. Il n'en voulait plus à son père. Mais il savait aussi qu'un carnet, aussi bien rempli qu'il soit, ne leur permettrait jamais de rattraper toutes ces années.

– Je sais que tout ça est difficile à comprendre pour toi.

Le jeune homme leva les yeux vers son père. Aucune animosité ne remplissait plus son regard.

– Non, je te comprends... en quelque sorte. Je me dis juste que je n'aurais jamais ton courage !

Nomis dévisagea son fils.

– Ne dis pas ça, tu es très courageux Salocin, tu es un soutien formidable pour le prince.

Salocin soupira comme s'il n'était pas convaincu par les paroles de son père.

– Je ne sais pas, il ne m'écoute jamais ! Il n'en fait qu'à sa tête !

Le chevalier Veilleur sentait bien où se situait le nœud de la discorde.

– Ne sois pas trop sévère avec Natan, Salocin. Notamment à propos d'Hannah.

– Mais c'est la princesse Rion papa ! Même si elle a essayé de le sauver avec ces fleurs, cela ne changera jamais rien à cette réalité !

– Je sais, mais c'est plus compliqué que ça n'y paraît.

Salocin allait demander à son père ce qu'il entendait par là quand soudain, le chevalier Veilleur s'effondra de son cheval.

– Papa !

Salocin mit pied à terre et se précipita vers son père qui gisait, inconscient à côté des sabots de sa monture. Sitèm et le maître d'*incantopotions*, alertés par les cris de Salocin, revinrent vers eux au galop. Maître Rusanrev considéra, inquiet, l'arche en pierre qu'ils venaient de traverser, comme si elle pouvait être responsable du mal qui venait de foudroyer l'homme. Sitèm posa sa main sur le front du chevalier et Nomis revint progressivement à lui.

– La balance... Eoz, non ! marmonna-t-il encore perdu dans son délire.

Maître Rusanrev et Salocin se dévisagèrent, intrigués. De quoi voulait-il parler ?

– Chevalier Veilleur, est-ce que ça va ?

Le père de Salocin finit par ouvrir les yeux et fixa, hagard, les trois visages inquiets penchés sur lui. Il se redressa doucement et commença à scruter les environs, comme s'il cherchait quelqu'un.

– Oui... ça va...

Il continuait de fixer les arbres autour d'eux, comme si une chose inquiétante les observait, cachée par l'épaisse végétation. Mais il n'y avait rien. Nomis était sonné mais il insista pour se relever. Salocin le fixait avec inquiétude. Il savait bien à quel point son père avait été troublé par le poème de Morwrom depuis que Dnomso l'avait déchiffré. Notamment par ce vers étrange sur la balance qui pesait la faim des âmes. Et maintenant ça ! Qu'est-ce que tout ceci signifiait ? Qui était cet Eoz dont son père venait de parler ? Avait-il un rapport avec la petite Irehca qui détenait la ceinture et demeurait jusqu'ici introuvable malgré leurs recherches acharnées ?

– Tu es sûr que ça va papa ? Tu as parlé d'une balance à l'instant... et d'une autre chose étrange aussi, que tu as appelé…

Le chevalier Veilleur reporta son regard vers son fils et Salocin s'arrêta net, foudroyé par la douleur qu'il voyait naître au fond des yeux de son père. Nomis détourna aussitôt le regard et se reprit comme si de rien n'était.

– Ne t’inquiète pas Salocin, je me sens déjà mieux. Repartons, Natan compte sur nous !

Le chevalier Veilleur remonta à cheval aussi vite qu’il en était tombé et donna des grands coups de talons, plus déterminé qu’il n’avait jamais été à trouver le *Serdalac* ou à fuir ce dont il venait enfin de se rappeler.

Le serpent ondula quelques instants devant Hannah puis se mit, comme toujours, à l’encercler, mordant sa propre queue. Hannah avait peur et en même temps, elle ne pouvait s’empêcher de s’avancer vers la gueule de la bête. Quelque chose l’attirait en lui. Irrémédiablement. Allait-il l’engloutir toute entière ? Comme à chaque fois, elle aperçut un fil qui brillait dans la bouche du reptile. La jeune fille oserait-elle ? Elle avança doucement sa main et se risqua à la faire pénétrer entre les crochets de l’animal. Les yeux jaunes la fixaient toujours, placides, l’invitant à tirer de sa main le fil qui luisait en battant la chamade comme un cœur vivant. La jeune fille s’exécuta mais à peine l’eut-elle touché que le fil se scinda en deux et que chaque partie, s’envolant de la bouche de l’animal, se transforma en oiseau. Les deux volatiles volèrent un moment au-dessus d'Hannah avant de se poser au centre du cercle déployant leurs ailes pour se faire face.

Des voix vinrent soudain perturber le *reviver* d'Hannah. La jeune fille tenta d'ouvrir les yeux mais les referma aussitôt. Le peu de lumière autour d'elle venait de raviver instantanément sa migraine. Depuis que le docteur Einèg l'avait examinée l'autre jour, la jeune fille ne s'était réveillée que par intermittence, ne sachant jamais réellement si elle était à Yamay ou de l'autre côté. Elle semblait naviguer de *reviver* en *reviver*, ne *revovorant* plus que d'une seule chose : le serpent, compagnon familier de son inconscient. Elle comprenait bien que l'animal cherchait à lui dire quelque chose... mais quoi ? Elle n'en avait aucune idée, mais elle avait ce pressentiment : si elle parvenait à le comprendre, elle pourrait sauver Natan. Les voix revinrent à ses oreilles, plus distinctement cette fois.

– Lui avez-vous donné une de vos potions ?

– Cela ne servirait à rien, le problème, ce ne sont plus les *reviver*, vous le savez bien.

La voix du roi Rion ne pouvait dissimuler l'inquiétude qui pointait derrière le masque de la colère.

– Et bien, je vous conseille de trouver autre chose Maître Rion pour la remettre sur pied si vous ne voulez pas servir de déjeuner à mes chères *Seiprah* !

Maître Rion s'approcha du lit et posa sa main sur le front d'Hannah.

– Je ne peux rien faire, mon Seigneur. La princesse n'est pas à proprement parler malade. Elle est simplement... en train de mourir.

– Arrêtez de vous moquer de moi ! hurla le roi. Il y a forcément quelque chose à faire !

Maître Rion se retourna vers lui. Ce qu'il allait dire lui coûterait sûrement la vie mais il devait le faire quand même... pour la princesse.

– Oui Seigneur, il y a quelque chose à faire. Écouter la légende des héri...

Le roi Rion jeta au vieil ensorceleur un regard noir sans le laisser finir et Maître Rion crut que sa dernière heure était arrivée.

– Je vous interdis de parler encore une fois de cette légende idiote si vous tenez à la vie, Maître Rion !

Et il se mit à faire les cent pas au pied du lit de la princesse. Il semblait réfléchir à une chose qui le taraudait depuis quelque temps déjà.

– Ce qu'il lui faut, c'est une nouvelle raison de vivre, voilà tout.

Maître Rion était resté immobile à côté de la princesse se demandant ce que le roi pouvait bien avoir en tête cette fois.

Soudain, ce dernier ouvrit son manteau et sortit une fiole de vie de sa manche. Ce n'était pas la fiole contenant l'image du fil de Natan, c'était l'autre. Le vieil ensorceleur crut que son cœur allait s'arrêter quand le roi prononça les mots qu'il avait espérés entendre depuis tant d'années.

Hannah n'entendit pas la fin de cette conversation capitale. Le serpent avait repris ses droits l'entraînant dans les profondeurs de ses *reviver*, encore et encore. Les deux volatiles s'étaient mis à tourner au centre du reptile. Hannah les trouvait si beaux, se rapprochant peu à peu. Comme s'il était inévitable qu'ils entrent à un moment ou un autre en collision et qu'elle le savait, qu'elle l'attendait même comme si elle en avait besoin. Hannah les regardait se rapprocher, presque haletante, ne pouvant plus détacher ses yeux d'eux, envoûtée par leur mouvement. Les oiseaux n'étaient plus qu'à une portée d'aile. Quand ils se percutèrent enfin, la jeune fille fut aveuglée par la lumière dans laquelle ils disparurent et qui laissa la place à une fleur qui brûlait. Puis tout recommença, encore une fois : le serpent, le fil, les oiseaux, la fleur…

Soudain, Hannah sentit une main douce et délicate lui éponger le front. Qui était-ce ? Maître Rion avait beaucoup de qualités mais il ne sentait pas si bon. Combien de jours s'étaient écoulés depuis la dernière fois où elle avait cru entendre son père et Maître Rion discuter au-dessus de son lit ? Un jour ? Une semaine ? Un mois ? Elle n'en avait aucune idée. Natan était-il encore en vie ? À cette pensée, elle sentit que son cœur se noyait. Elle essaya de se calmer. Au fond d'elle-même, elle savait que oui, il était encore en vie. Sinon, elle avait la conviction profonde qu'elle serait elle-même déjà morte. Une silhouette était penchée au-dessus d'elle sans qu'elle arrive à la distinguer vraiment.

– Ma chérie, reprit l'apparition. Je suis là, tu n'as plus à avoir peur. Je ne t'abandonnerai plus jamais.

Cette voix… c'était celle qu'elle avait entendue tant de fois dans ses *reviver* ! Hannah sentit son cœur battre plus fort et elle s'obligea à ouvrir lentement les yeux. Ses lèvres tremblèrent, peinant à contenir toutes les émotions qui l'envahissaient. Sa mère lui caressait doucement le front. Elle était atrocement pâle mais elle lui souriait.

– Est-ce que… articula péniblement la jeune fille qui ne voulait pas se faire de fausse joie.

– Non, tu ne *revoroves* pas ma chérie, je suis bien là.

La jeune fille plongea ses yeux incrédules dans ceux de la jeune femme qui la dévisageait et Hannah reconnut les traits qu'elle connaissait si bien. Les premières rides de ce visage qu'elle avait tant de fois détaillé alors qu'elles étaient assises devant la porte vitrée à écouter souffler le vent. Sauf que cette fois, le visage lui répondait, la regardait, lui souriait. Cela semblait tellement impossible après toutes ces années. Des larmes de joie mêlées de confusion assaillirent la jeune fille.

– Comment... qu'est-ce qui...

Hannah n'arrivait plus à trouver ses mots, bouleversée par ce qui venait d'arriver.

– Maître Rion m'a libérée il y a trois jours.

La jeune fille regarda autour d'elle. Elle se trouvait toujours dans sa chambre, au château. Comment Maître Rion avait-il fait ? Était-il toujours en vie ? Elles devaient s'enfuir, le plus vite possible. Ylil dut voir la panique dans les yeux de sa fille car elle lui posa la main sur le front pour tenter de la calmer.

– Hannah, ne t'inquiète pas. Maître Rion va bien et moi aussi. C'est ton père qui lui a demandé de me libérer.

Hannah replongea ses yeux dans ceux de sa mère.

– Il lui a demandé de me libérer pour que je m'occupe de toi. Pour que tu guérisses.

La jeune fille n'en croyait pas ses oreilles. Hannah tenta de se relever mais, encore une fois, une forte migraine la reprit, manquant de faire exploser son crâne. Impuissante, Ylil caressa doucement le front de sa fille qui se tordait de douleur. Elle aurait donné tout ce qu'elle possédait pour la soulager de son mal. La décharge qui vrillait sa boîte crânienne finit par passer et Hannah ouvrit prudemment les yeux.

– Je suis tellement désolée, soupira la jeune fille la voix lourde de regrets.

– Pourquoi es-tu désolée ma chérie ?

– J'aurais aimé... que nous ayons plus de temps.

La mère d'Hannah se pencha vers sa fille et la serra dans ses bras. Lumul dansait autour d'elles, trop heureuse d'avoir retrouvé celle qui lui avait donné naissance.

– Ne dis pas ça, Hannah. Nous aurons tout le temps de nous connaître ma chérie, ne t'inquiète pas.

Mais Hannah connaissait le ton que venait de prendre sa mère. C'était le ton qu'elle avait, à l'époque, quand elle ne disait pas toute la vérité à Ève.

Chapitre 19

Ève attendait, droite comme un I, seule au milieu du salon où l'avait invitée à entrer la gouvernante qui lui avait ouvert la porte. Alors c'était ici que vivait la pauvre Hannah. Elle observa autour d'elle, sans oser s'asseoir sur le canapé défraîchi. Tout était gris et sombre. Ce n'était pas sale, enfin sûrement moins que les souvenirs de jeunesse qu'elle avait du château Rion, du temps où son père et elle, rendaient encore visite à la reine et à son fils. La malheureuse gouvernante devait s'appliquer à essayer de rendre l'endroit le moins désagréable possible. Mais la tristesse des lieux déposait un voile de grisaille sur chaque meuble, chaque tableau, chaque fenêtre, comme si la lumière n'avait pas le droit d'y entrer. Ce n'était pas un lieu pour élever une adolescente. Hannah aurait été bien mieux chez eux. Si seulement !

Natan fêtait ses seize ans aujourd'hui. Et il serait mort ce soir. Ève se retint de pleurer. Ce n'était pas le moment. L'expédition à la recherche du *Serdalac* ne serait pas revenue à temps. Elle avait dû se rendre à l'évidence. Alors, acculée, elle avait fini par accepter de regarder la vérité en face. Cette vérité qu'elle avait pris soin d'enfouir à la naissance de son fils. C'était le moment de l'affronter. Osmond ne savait pas qu'elle était là, bien sûr. Il serait devenu fou. Mais à cause de son propre entêtement, ils n'avaient plus le temps de se disputer. Il n'y avait plus qu'une seule chose à faire.

– Alors c'est bien vrai !

Ève se retourna et vit Nesen qui venait de pénétrer dans le salon et l'observait un sourire aux lèvres.

– La reine Cnalb en personne souhaite une audience, je suis flatté très chère !

Ève ne cilla pas. Elle ne baissa pas non plus son regard. Elle le considéra simplement comme ce qu'il était : un être néfaste qui avait presque réussi à tuer son fils, qui allait réussir à le faire.

– Que puis-je pour toi ma chère Ève ? Tu permets que je te tutoie ? Ce vouvoiement devant les enfants, après tout ce que nous avons vécu ensemble !

Toujours sans bouger, la reine observa le roi Rion se rapprocher d'elle, un sourire narquois collé aux lèvres.

– Je pense que tu le sais très bien Nesen.

– À vrai dire, je ne vois pas. Éclaire-moi un peu s'il te plaît !

Avait-il rêvé de cet instant ? Il y prenait apparemment beaucoup de plaisir.

– Natan...

Ève avait du mal à prononcer ces mots fatidiques.

– Natan ne passera pas la nuit.

Nesen ne dit rien savourant la tristesse mêlée de rage du regard de bête blessée qui habitait la reine.

– Je ne te ferai pas l'affront de te dire que je suis désolé puisque c'est moi qui ai cherché à le tuer.

Ève était à deux doigts de faire voler en éclats tout ce qui se trouvait dans la pièce mais elle se retint. Il lui fallait garder son sang-froid. Le roi devinait la tension emplir l'air entre eux et souriait de sentir encore une fois qu'il gardait le contrôle.

– Il a un certain courage ton fils, reprit le roi, toujours aussi satisfait de lui-même, mais il commençait vraiment à avoir une trop mauvaise influence sur ma chère Hannah.

Ève décida de saisir la balle au bond. Elle connaissait mieux que lui-même le talon d'Achille de son ennemi. Elle avait le même.

– Et comment va ta princesse d'ailleurs ? J'ai entendu dire qu'elle était un peu fatiguée ces derniers temps.

Les traits du visage de Nesen se crispèrent et il se détourna.

– Une simple faiblesse passagère, mais ça va aller beaucoup mieux. Je lui ai donné une autre motivation.

La simple allusion de la reine à Hannah avait suffi à lui faire perdre son sourire satisfait.

– Bien, j'adore discuter avec toi Ève, mais si nous pouvions en venir au but.

Elle le regarda qui la dévisageait.

– Laisse-la le sauver Nesen.

Le roi Rion la fixa d'un air étrange, se demandant si elle n'était pas devenue folle. Elle était aux abois, c'était évident. Elle aurait même peut-être été prête à lui donner la ceinture pour sauver son fils. Mais il n'y avait que Natan qui pouvait la détacher de sa taille et cet entêté préférerait sans doute se laisser mourir plutôt que de céder à son chantage.

– Et peux-tu bien me dire pourquoi je laisserais ma fille aller sauver ton fils ?

Ève fixa les yeux mauvais de son ennemi.

– Car si ça ne se fait pas, je peux te garantir que quelle que soit ta « motivation », Hannah ne passera pas non plus la nuit.

Nesen lui tourna le dos comme si ces mots le brûlaient.

– Foutaise ! Ma fille va très bien !

– Ah oui ? En es-tu si sûr ? Ce sont les enfants de la légende, tu le sais très bien, Nesen. Ils sont les héritiers de Soroboruo.

– Ridicule ! Cette légende est fausse ! cria soudain le roi. Elle n'a jamais existé ! Ce ne sont que des balivernes inventées par des lâches qui n'avaient ni le courage ni le pouvoir de réunir la ceinture. J'avais cru comprendre qu'au moins là-dessus, Ève, nous nous rejoignions !

Elle se tut quelques secondes, le laissant se calmer avant de poursuivre.

– Crois bien que je ne te dis pas ça de gaîté de cœur, Nesen. Moi non plus, je n'ai pas voulu y croire, mais... regarde-les !

Elle marqua une nouvelle pause comme si ses derniers mots voulaient tout dire.

– Veux-tu vraiment prendre le risque qu'ils meurent tous les deux cette nuit ?

Le père d'Hannah ne bougeait pas, tournant toujours le dos à son ennemie quand soudain, une troisième voix vint troubler leur tête-à-tête du haut de l'escalier.

– Elle a raison Nesen, et tu le sais bien.

Dès qu'elle entendit cette voix, Ève crut revenir quinze ans en arrière. Lilith était là. Il l'avait libérée ! Voilà de quoi il parlait, cette nouvelle raison de vivre qu'il avait donnée à sa fille. Il lui avait rendu sa mère ! Nesen vit sa femme qui fixait la reine et la jalousie qu'il avait éprouvée plus jeune remonta à la surface avec la vitesse d'un venin s'infiltrant dans ses veines. Cela avait toujours été une obsession pour lui. Qu'elle aime plus sa sœur de lait qu'elle ne l'aimait lui.

– Ève, je ne te raccompagne pas. Je crois que tu connais le chemin.

Nesen avait commencé à gravir l'escalier pour rejoindre Lilith et sa décision semblait sans appel. Il se saisit du bras de sa femme pour l'entraîner au passage mais celle-ci ne bougea pas. Tous les muscles d'Ève se tendirent. Elle ne supportait pas qu'il la touche. Il lui avait déjà fait tant de mal. Lilith continua de résister et, pour toute défense, posa sa main sur la joue de son mari. Ève contemplait la scène, écœurée. Comment sa meilleure amie pouvait-elle encore avoir des gestes tendres pour celui qui les avait toutes les deux fait enfermer pendant quinze ans. Avec celui qui avait essayé de tuer son fils ? Elle n'avait jamais compris leur relation et apparemment elle ne la comprendrait jamais. Nesen lâcha Lilith et continua de monter l'escalier sans rien dire. Elle avait gagné, pour cette fois du moins.

Ève regarda son amie qu'elle n'avait pas vue depuis quinze ans et des larmes lui montèrent aux yeux. Elle n'avait pas beaucoup changé. Ses cheveux étaient toujours aussi blonds, des petites rides venaient simplement fatiguer le coin de ses yeux. Lilith descendit les escaliers et s'approcha de son amie.

– Ève...

Toutes deux peinaient à trouver leurs mots. Comment combler quinze années de vide ? Comment se dire qu'un instant elles tenaient dans leurs bras deux poupons pleins de vie et que l'instant d'après, elles étaient les mères de deux adolescents de seize ans en train de mourir ?

– Lily...

Les deux femmes tombèrent dans les bras l'une de l'autre, oubliant tout ce qui pouvait encore les opposer et pleurèrent.

– Viens avec moi Lily, tu ne peux pas rester ici avec lui !

Lilith s'écarte de la reine et lui prit les mains.

– Je ne peux pas laisser ma fille, Ève. Elle a besoin de moi.

Ève baissa la tête. Évidemment, elle ne s'attendait pas à une autre réponse.

– Écoute-moi, Ève. Nesen ne pourra pas s'entêter éternellement. Il ne le dira jamais mais il tient autant à ta fille que toi à ton fils. Il va finir par céder.

Ève acquiesça en silence. Si seulement Lily pouvait avoir raison avant qu'il ne soit trop tard.

Penchés au-dessus d'Hannah, Lilith et le docteur Einèg s'évertuaient à faire tomber l'importante fièvre qui avait subitement pris la jeune fille en début de soirée. Posté comme à son habitude au pied du lit, le père de la jeune fille faisait les cent pas en observant le docteur et sa femme s'activer.

– Alors ? trancha-t-il enfin leur ordonnant presque de lui dire qu'elle était guérie.

Lilith contempla son mari qui fut surpris par la dureté de son regard. Il n'avait plus l'habitude d'être toisé de la sorte.

– N'espère pas de bonnes nouvelles ce soir, Nesen.

Et Lilith se retourna et entreprit d'éponger le front de sa fille qui continuait de *revorover* malgré les bons soins de sa mère. Nesen bouillait intérieurement que Lily ose lui parler sur ce ton. Mais il savait bien que, maintenant qu'il l'avait libérée, il ne pourrait plus se résoudre à l'enfermer. Sentant qu'une rage impuissante se saisissait de lui, il se décida à sortir. Mais au moment de passer la porte, une certitude nouvelle s'empara de lui. À cet instant précis, il sut qu'il ne reverrait plus sa fille vivante s'il sortait de cette pièce. Comme Ève, sans doute, il avait toujours su. Il se retourna et lentement, se rapprocha du lit.

– Réveillez-la !

– Pardon ? s'inquiéta le docteur Einèg qui se demandait comment sa patiente avait déjà survécu jusque-là.

– Réveillez-la, je vous dis !

Le docteur dévisagea Lilith qui, d'un signe de tête, lui ordonna de s'exécuter. Hannah quitta avec regret la fleur en feu et les migraines revinrent aussitôt. La jeune fille aperçut son père penché au-dessus d'elle, ce qui la dissuada encore un peu plus d'ouvrir complètement les yeux.

– Je veux que tu me regardes ma chérie.

– Nesen, arrête ! Tu vois bien que ça la fait souffrir dix fois plus !

– Je veux qu'elle me regarde, répéta le roi.

Hannah se força à dévisager son père et une nouvelle décharge lui traversa le cerveau dès qu'elle ouvrit les yeux. Nesen plongea son regard dans celui de sa fille et fut ravi de voir que malgré l'abattement, elle ne cillait pas. Il fit planer un silence volontairement long avant de reprendre.

– Tu peux aller le rejoindre.

Le roi constata qu'aussitôt une lumière se rallumait dans les yeux de sa fille. Hannah tenta de se relever. Elle avait du mal à croire les mots qu'elle venait d'entendre.

– À une condition cependant.

Hannah était suspendue à ses lèvres. Elle avait l'impression de revivre, elle aurait accepté n'importe quoi pour retrouver Natan.

– Je veux que ta mère nous conduise jusqu'au troisième fragment de la ceinture et qu'arrivée là-bas, tu arrêtes tes enfantillages et que tu me promettes que le troisième fragment sera à moi.

Hannah se releva cette fois complétement. Sa tête ne tournait plus autant et la migraine semblait même se calmer. L'espoir lui donnait des ailes.

– Je promets, je promets tout ce que vous voudrez !

Nesen regarda sa fille, suppliante. Forcément, pour l'instant, elle était prête à n'importe quoi.

– Tu peux aller réparer son fil autant que tu veux ma chérie, je garderai toujours son image sur moi. Est-ce bien clair ?

– Oui, c'est clair, c'est très clair.

Le roi considéra sa fille qui semblait se nourrir de ses seuls mots. Pouvaient-ils vraiment être les héritiers ? Oubliant l'intuition funeste qui s'était emparée de lui il y a quelques secondes,

Nesen chassa vite cette idée de son esprit. Jamais, jamais, il ne l'accepterait. Nesen se tourna alors vers sa femme.

– Lilith...

Hannah reporta son attention vers sa mère, l'implorant de répondre favorablement à son père. Lilith dévisagea son mari, les yeux emprunts de colère.

– Tu m'avais promis Nesen que tu n'utiliserais jamais Hannah pour rechercher ta ceinture.

– Et toi ma chérie, tu m'avais promis que nous élèverions notre enfant ensemble.

Un silence emplit à nouveau la pièce puis le roi reprit.

– Apparemment, aucun de nous deux n'a tenu sa promesse.

Hannah continuait de fixer sa mère, la suppliant de lui céder.

– Alors ? s'impatienta Nesen

Lilith baissa les yeux et, d'une voix étouffée, ne put faire autrement que de promettre ce qu'elle s'était toujours refusé à faire.

Natan examinait les carrés de polystyrène qui composaient le plafond de sa chambre d'hôpital. Il les connaissait par cœur à force de ne plus voir qu'eux. Il ferma les yeux et une larme coula le long de sa tempe pour venir s'écraser sur son oreiller. Il savait qu'il ne passerait pas la nuit. Il n'avait pas besoin que les médecins le lui disent, il sentait que son corps avait déclaré forfait. Et il voyait bien comment ses parents le regardaient.

– Veux-tu un peu d'eau, Natan ?

Sa mère était toujours à ses côtés lui tenant la main. Non, il ne voulait pas d'eau, il voulait simplement la revoir mais ça, elle le savait bien. Il ferma à nouveau les yeux et entendit sa mère se lever et sortir de la chambre. Retrouver un fils pour le voir mourir moins d'un an après, il y avait plus gai. Son père l'avait veillé tout à l'heure pendant que sa mère s'était absentée. Mais il avait préféré partir quand elle était revenue. Natan sentait bien qu'ils s'étaient encore disputés à cause de lui mais il ne savait toujours pas pourquoi. Encore ce secret. Il songea qu'il allait mourir sans même savoir de quoi il s'agissait.

Quand Ève sortit de la chambre, elle eut du mal à se persuader que ce qu'elle voyait était vrai. Hannah se tenait devant elle, soutenue par Lilith et le docteur Einèg. Elle était d'une pâleur extrême, respirait à peine mais elle tenait debout. Mue sans doute par ce même feu qui dévorait Natan et qui se lisait dans ses yeux brûlants.

– Il a cédé, Ève, dit simplement Lilith qui soutenait toujours sa fille.

Ève hocha la tête et fixa la jeune fille qui ressemblait à un fantôme. Allait-elle réellement pouvoir faire quelque chose pour Natan ou était-ce déjà trop tard pour tous les deux ? Hannah ne voyait même pas Ève qui la dévisageait, elle ne regardait que Natan allongé sur son lit d'hôpital de l'autre côté de la vitre. Le voir lui redonna plus de forces et elle s'avança seule vers la porte. Elle entra et s'approcha doucement du lit. Sa gorge se noua aussitôt. Cela faisait près de trois semaines qu'elle ne l'avait pas revu. Natan avait tellement maigri ! Il était presque méconnaissable. Son visage aux traits tirés était livide. Était-il déjà... La jeune fille cligna des yeux pour chasser la brûlure qui envahissait ses pupilles. Tout comme la première fois, Hannah prit la main du jeune homme et, à son grand soulagement, elle sentit qu'elle était encore chaude. Natan ouvrit doucement les yeux. Son visage s'apaisa à l'instant même où il la vit. Sa seule présence dans la pièce semblait éloigner les démons qui dansaient habituellement sur son torse.

– Tu es revenue...

La jeune fille hocha la tête sans pouvoir prononcer le moindre mot.

– J'ai cru que… je ne te reverrais pas avant... poursuivit Natan qui n'avait pourtant pas été capable d'aligner une phrase de plus de trois mots ces derniers jours.

Pour toute réponse, Hannah se pencha pour l'embrasser. De l'autre côté de la porte vitrée, Ève et Lilith regardèrent leurs enfants sans oser prononcer le moindre mot. Si elles n'en avaient pas encore été convaincues, ce baiser leur prouva qu'ils n'étaient évidemment plus les bébés chancelants que chacune avait l'impression d'avoir laissés la veille. Le docteur Einèg surprit leurs regards et saisit par le bras les deux femmes qu'il avait connues enfants.

– Venez mesdames, laissons-leur un peu… d'intimité. Nous serons bientôt fixés de toute façon.

Aucune des deux mères ne souhaitait vraiment leur laisser plus d'intimité qu'ils n'en avaient déjà mais le docteur les entraîna de force le long du couloir sans leur laisser le choix. Dans la chambre, Hannah embrassait toujours Natan dont le corps entier semblait ressusciter. Quand la jeune fille s'écarta, elle sentit sa tête qui tanguait et Natan fut obligé de lui attraper le bras pour qu'elle ne tombe pas.

– Hannah, ça va ?

La jeune fille se ressaisit à temps.

– Oui... ça va.

Natan la considéra. Elle semblait complètement perdue.

– Eh bien… je ne pensais pas qu'avec cette tête… je te faisais encore cet effet-là !

Hannah sourit voyant que sa maladie ne lui avait pas fait perdre son sens de l'humour, quand son regard fut attiré comme un aimant par la pendule qui égrenait les secondes juste au-dessus de leurs têtes. On était le 10 février. C'était son anniversaire aujourd'hui, leur anniversaire. Hannah repensa à ses *reviver* : à la fleur, au fil qui se séparait, aux oiseaux qui tournaient au centre du serpent qui se mordait la queue. Ce symbole, celui de Yamay qui les marquait tous les deux depuis seize ans. Et enfin, tout s'éclaira dans son esprit. Elle sut exactement ce que Soroboruo cherchait à lui dire. Ce qu'elle devait faire pour sauver Natan. Il fallait remonter le temps. Réunir les fils. Comme à l'origine.

Le jeune homme observait toujours Hannah. Il aurait aimé la prendre dans ses bras mais le simple fait de la bloquer dans sa chute tout à l'heure l'avait complétement épuisé. À sa grande surprise, la jeune fille commença à déboutonner sa chemise comme si c'était la chose la plus naturelle du monde à faire. Le jeune homme allongé sentit les quelques muscles qui lui restaient se tendre et cachant l'anxiété qui le gagnait, tâcha de poursuivre sur le même ton badin.

– Tu m'excuseras… mais j'avais imaginé… plus romantique pour notre première nuit.

Hannah le dévisagea comme si elle ne comprenait pas ce qu'il voulait dire puis elle ferma les yeux, un sourire aux lèvres. Elle semblait avoir retrouvé ses esprits.

– Tu es vraiment bête. Retourne-toi plutôt !

Natan passa de l'étonnement à la déception en un quart de seconde.

– Hannah, je vais mourir… cette nuit de toute façon. Je te promets… que je ne raconterai à personne… ce que je vais voir !

– Tu ne vas pas mourir, espèce d'idiot !

La jeune fille obligea Natan à se mettre sur le côté, le regard tourné vers la porte vitrée. Puis elle entreprit de défaire le nœud qui attachait sa blouse. Le jeune homme tressaillit mais se laissa faire. Elle était là. Sentir ses doigts dans son cou lui suffisait à être heureux. Quand Hannah eut défait le haut de la blouse, elle caressa la tâche de naissance que Natan avait à l'épaule gauche : les deux oiseaux entourés du serpent qui se mordait la queue. Soroboruo.

Elle baissa le haut de sa propre chemise et vint s'allonger à côté de lui en se tournant cette fois vers le mur du fond. Natan allait lui demander ce qu'elle cherchait à faire quand il comprit enfin : elle voulait faire coïncider leurs deux marques de naissance. Tout à coup, il eut l'impression que ses poumons se remplissaient d'air frais et que sa tête, sous une cascade d'eau fraîche, se purifiait de toutes les douleurs qu'il avait ressenties ces dernières semaines. Il devenait aussi léger qu'un nuage. Des étoiles tombèrent du plafond sur eux comme la neige survenant dans la magie d'un soir de Noël. Puis il fut happé par le néant.

Chapitre 20

À Yamay, Ylil serrait sa fille dans ses bras, à même le sol froid où elle venait de la trouver, espérant qu'elle allait se réveiller. Mais elle avait beau lui caresser le visage, la jeune fille ne bougeait toujours pas. Mon Dieu, qu'avait-elle fait ? Était-elle encore en train de *revorover* ? Elle respirait toujours mais son torse se soulevait à peine. Ylil avait pensé la sauver en même temps que Natan mais la jeune fille semblait en pire état que la veille. Maître Rion accourut à son tour dans la chambre de la princesse. Ylil fut soulagée de le voir arriver.

– Que s'est-il passé Maître Rion ?

– Oh mon Dieu… faites que…

Maître Rion se pencha vers la jeune fille inconsciente et regarda le haut de son épaule droite avec inquiétude. Le symbole de Soroboruo était rougi comme si Hannah venait d'être marquée au fer rouge.

– Sa tâche de naissance ! s'exclama Ylil de plus en plus paniquée.

– Oui, c'est bien ce que je pensais, reprit le vieil ensorceleur, c'était le seul moyen, bien sûr !

Ylil fixait toujours Maître Rion sans comprendre un traître mot de son charabia.

– De quoi voulez-vous parler Maître Rion ? C'était le seul moyen de quoi ?

– De sauver Natan. Hannah a transféré son énergie à Natan pour éviter qu'il ne meure, comme dans la légende, quitte à…

Maître Rion ne réussit pas à finir sa phrase. Ylil baissa la tête devinant ce que ces mots voulaient dire. Elle se remémora cette histoire que lui avait contée la *Eihtyp* le jour de la naissance d'Hannah. Cette histoire que Nesen n'avait jamais cessée d'ignorer. Maître Rion vit le regard de son ancienne élève se perdre dans la contemplation de sa fille inanimée qu'elle berçait contre elle comme un bébé. Et il reprit à voix haute ce qu'elle ne se répétait à elle-même que tout bas.

– Une seule âme sortie de la gueule de Soroboruo avant que le premier roi Rion ne l'asservisse. Un seul fil de vie fendu en deux par le grand serpent.

Ylil releva la tête et, tout en scrutant son vieux maître des larmes plein les yeux, elle se risqua à poursuivre la prophétie fatidique.

– Deux héritiers. Un destiné au royaume Cnalb et l'autre au royaume Rion. Qui n'aurait pour but que de se réunir. La mort de l'un entraînant celle de l'autre, sauf...

Ylil s'arrêta, incapable de poursuivre, tellement cette vieille légende qui lui avait toujours semblé si lointaine, lui paraissait maintenant éclatante de vérité. Maître Rion termina dans un souffle, osant enfin prononcer les mots qui étaient restés coincés tout à l'heure dans sa gorge.

– Sauf à ce que l'un se sacrifie pour l'autre.

Ylil éclata en sanglot. Sa fille allait-elle mourir, sacrifiée pour sauver le prince Cnalb ? Qu'avait-elle fait ? Elle n'aurait jamais dû pousser Nesen à la laisser le rejoindre. Maître Rion vit son désarroi et tenta de la rassurer.

– Ylil, vous avez eu raison, c'était la seule chose à faire. Natan allait mourir et Hannah serait morte avec lui.

Ylil sécha ses larmes mais elle avait tout de même du mal à se convaincre qu'elle avait fait le bon choix. Sa fille unique, qu'elle avait à peine eue le temps de connaître.

– Et puis, elle n'est pas encore morte Ylil ! Alors, tant qu'elle est en vie, je peux tenter de ralentir, voire même d'arrêter le *transfilage*.

La mère d'Hannah plongea son regard rempli d'espoir dans celui du vieux maître.

– Pensez-vous que vous pouvez la sauver, Maître Rion ?

Le vieil ensorceleur se leva et se dirigea vers son vieux grimoire resté dans la chambre d'Hannah tout ce temps.

– La princesse a utilisé sa tâche de naissance comme lien entre eux pour lui *transfiler* son énergie. Je n'ai jamais vu ça bien sûr, mais si je me réfère aux *transfilages* classiques…

Ylil n'avait aucune idée de ce qu'était un *transfilage*, mais elle était prête à s'y accrocher comme si son propre fil de vie en dépendait.

– Les *transfilages* classiques ? Vous connaissez d'autres personnes qui ont « *transfilé* leur énergie » et qui ont survécu ?

– D'autres personnes, non pas exactement. Mais elles se portent très bien, ça je vous l'assure !

Ylil dévisagea Maître Rion se demandant s'il se moquait d'elle.

– Les *Invini*, Ylil, ils font ça tout le temps ! C'est comme ça qu'ils se régénèrent.

Maître Rion comparait sa fille à des petites souris ménagères ? Tout à coup, Ylil se sentit moins rassurée.

Hannah gisait toujours dans les bras de sa mère quand la porte s'ouvrit violemment et qu'une vague d'air glacial pénétra dans la pièce. Ylil n'eut pas besoin de lever la tête pour savoir que le regard accusateur de son mari se portait désormais sur elle.

– Alors ? Satisfaite ? Ta propre fille va mourir pour un autre maintenant !

Maître Rion s'apprêtait à secourir Ylil quand celle-ci lui fit signe de ne pas bouger. Bien qu'il l'ait enfermée toutes ces années, elle restait convaincue que Nesen ne lui ferait pas de mal. Contrairement à ce qu'il pourrait infliger au vieil ensorceleur sous le coup de la colère.

– Regarde-moi Ylil !

La mère d'Hannah leva la tête vers son mari.

– Elle respire encore, Nesen et Maître Rion va tout tenter pour...

Nesen la stoppa d'un signe de la main.

– Arrête, je ne veux plus t'écouter Ylil ! Je n'aurais jamais dû t'écouter !

Le roi fit un nouveau signe de la main et Erdnaxela, accompagné d'Issej et de deux hommes, surgit du couloir.

– Erdnaxela, voulez-vous bien vous occuper de ma fille et vous assurer que Maître Rion mette tout en œuvre cette fois pour la soigner !

Puis, se tournant vers sa femme, il poursuivit :

– Suis-moi, nous avons à faire ma chérie.

– Je ne quitterai pas ma fille, Nesen !

Le roi se tourna vers sa femme et emplit la pièce de sa voix en colère :

– Je ne crois pas que tu sois en position d'exiger quoi que ce soit Ylil. Erdnaxela, qu'attendez-vous ?

Erdnaxela se dépêcha d'avancer vers Hannah et la prit des bras de sa mère. Il n'avait pas revu la princesse depuis que le roi avait découvert le cinquième *srotors*. Elle était restée enfermée dans sa chambre depuis. Il eut presque du mal à la reconnaître. Ses traits étaient creusés, son teint exsangue et elle était légère comme une plume. Le jeune homme sentit la colère monter en lui en pensant que c'était encore la faute de ce Natan si elle était dans cet état.

Ylil observa, impuissante, le jeune homme porter Hannah jusqu'à son lit et ne fut rassurée qu'à l'idée que Maître Rion restait à ses côtés. Puis, l'âme en peine, elle se leva et suivit son mari qui avait apparemment quelque chose de bien précis en tête. Ils s'engagèrent tous les deux dans les couloirs du château quand Ylil vit qu'il les conduisait dans ses appartements. Que voulait-il d'elle ? Ylil se le demandait toujours quand elle pénétra dans la chambre où elle n'était pas allée depuis quinze ans. Elle aperçut Ollea, Etépyco et Onèlèc qui dormaient au coin du feu. Les trois femmes-oiseaux levèrent la tête, les yeux encore embués de sommeil et un sourire rapace se dessina sur leurs lèvres à la vue de leur nouvelle proie.

Ylil stoppa net. Elle n'avait pas un très bon souvenir de sa dernière rencontre avec les trois chéries du roi quand elles avaient capturé son âme pour l'enfermer avec son fil de vie dans une fiole. Nesen vit avec plaisir sa femme se raidir.

– Alors Ylil, tu ne dis pas bonjour à mes chères *Seiprah* ? Tu leur as manqué pourtant tu sais !

Ylil ne bougeait pas, tétanisée par la vue hideuse des trois bêtes. Elle les avait toujours détestées. Depuis qu'elle habitait au château. Et d'ailleurs, c'était bien réciproque. Pouvait-elle s'être encore une fois trompée lamentablement à propos de Nesen ? Allait-il la jeter en pâture à ces trois monstres ? L'abandonner définitivement pour se venger de ce qu'elle avait fait à sa fille ? De leur côté, les *Seiprah* s'étaient levées et se rapprochaient doucement d'Ylil, l'encerclant peu à peu. Le vol de son âme leur avait permis de la goûter la dernière fois et les avait laissées sur leur faim. La mère d'Hannah vit qu'elles comptaient bien cette fois finir leur travail. Nesen s'était posté devant la cheminée comme s'il réfléchissait à quelque chose, ne se souciant pas du tout des trois monstres qui se léchaient les babines en tournant autour de sa femme.

– On n'a pas pu avoir la fille, lança Ollea à l'attention de ses sœurs.

– Alors je demande la mère ! poursuivit Etépyco.

– Famille ! conclut Onèlèc en riant.

Les trois bêtes se mirent à ricaner et commencèrent à se rapprocher dangereusement d'Ylil qui se demandait si elle serait assez forte pour produire une *Imagami* alors qu'elle tenait encore à peine sur ses jambes. Pourquoi Nesen l'avait-il ramenée après tout ce temps si c'était pour la tuer quelques jours seulement après, sans laisser le temps à sa fille d'apprendre qui était sa mère ? Heureusement, le roi Rion finit par se retourner et, comme s'il était étonné de voir que ses petites chéries s'apprêtaient à aspirer l'âme de sa femme, il les coupa net dans leur élan.

– Mesdames, vous voudrez bien nous laisser, s'il vous plaît.

Mais les *Seiprah* n'entendirent même pas l'ordre de leur maître adoré. Elles avaient toujours tellement détesté Ylil qu'elles semblaient maintenant avoir complètement perdu la tête. Ylil regarda Nesen, paniquée, voyant bien que ces hideux volatiles ne lui obéissaient plus. Le roi Rion soupira et, de la main, comme s'il avait chassé une poussière de son manteau, produisit une *Imagami* qui envoya valser à l'autre bout de la pièce les trois femmes-oiseaux. Ce n'était pas dans les habitudes du roi de répéter un ordre deux fois. Les *Seiprah* ne comprirent même pas ce qui leur arrivait et lui jetèrent un regard blessé avant de s'envoler par la fenêtre, sans doute en direction de leur tour refuge.

– Eh bien, je crois qu'elles te détesteront encore plus après ça !

Ylil ne répondit rien, le cœur battant encore de ce qui avait manqué de se passer. Il n'avait pas l'intention de la tuer, pas encore du moins.

– Alors, où en étions-nous ? Ah oui, ma femme aime tellement sa chère amie la reine Cnalb qu'elle se préoccupe plus de son fils que de sa propre fille !

Ylil se dit qu'elle avait peut-être parlé un peu vite. Nesen vit l'effet qu'il venait de produire et décida de poursuivre sur sa lancée.

– Je voudrais te lire quelque chose que ton amie la reine connaît bien mieux qu'elle ne voudra jamais l'avouer, bien sûr.

Le roi Rion sortit de son manteau le parchemin où Maître Rion avait fini par réussir à fixer, grâce à son spray *Disciplin'Air*, les lettres rebelles du poème de Morwrom. Il commença à lire les vers du poème tout en passant et repassant devant le feu de la cheminée. Les flammes projetaient son ombre mouvante telle un monstre qui aurait recouvert Ylil toute entière.

« Terrible fléau de nos pires cauchemars,

Emporté au loin par le cavalier noir,

Dans les vallons au nord de la montagne,
Sa balance de pierre pèse la faim des âmes,
Là, volé aux regards par la petite Irehca,
Qui fait résonner la nuit sa terrible voix,
Elle le protège tel un trésor jalousement,
Blotti dans son ombre qui tue les enfants. »

Le roi Rion se tourna vers sa femme sans dire un mot.

– Charmant, commenta simplement Ylil pour rompre le silence qui s'était installé et montrer à Nesen qu'il ne lui faisait pas peur.

– N'est-ce pas. J'étais sûr que tu serais sensible à la beauté de ces vers.

Le roi Rion rangea son précieux poème dans son manteau et se rapprocha de sa femme.

– Malheureusement, nous avons perdu un temps précieux dans la recherche de la petite Irehca. Tu ne seras pas étonnée d'apprendre que ton entêtée de fille s'est amusée à mettre des bâtons dans les roues d'à peu près tous les maîtres d'*incantapotions* que j'ai trouvés pour remplacer ce vieux fou de Maître Rion !

Ylil ne put s'empêcher d'être fière de sa fille. Elle ne savait encore rien d'elle. Elle l'avait si peu vue. Elle ne connaissait pas encore la jeune fille qu'elle était devenue mais elle savait déjà qu'elle n'avait pas eu peur, qu'elle ne s'était pas laissée impressionnée par son père, alors qu'elle avait été seule tout ce temps pour l'affronter.

– Mais peu importe, reprit le roi Rion. Tout ceci va changer, puisque tu vas m'amener à Irehca maintenant.

Ylil soutint le regard appuyé de Nesen sur elle.

– Je ne peux rien pour toi, je n'ai aucune idée de l'endroit où se trouve cette Irehca. Je n'en ai même jamais entendu parler !

– Ça, je le sais bien ma chérie ! Ce n'est pas ce que je te demande.

Ses yeux plongés dans ceux du roi, Ylil y lut l'avidité malveillante et elle comprit enfin ce qu'il avait en tête.

– Non, Nesen, n'y pense même pas, c'est hors de question !

– Encore une fois, je ne crois pas que tu sois en position de me refuser quoi que ce soit ma chérie. Par ailleurs, je te rappelle que tu m'as fait une promesse. Pas plus tard qu'hier.

Ylil baissa la tête et sentit que ses épaules s'affaissaient. L'histoire ne faisait que se répéter. Elle avait l'impression de revenir des années en arrière, à l'époque où, jeune prince, il voulait déjà retrouver le poème de Morwrom.

– Et toi, te souviens-tu Nesen, de cette promesse que tu m'avais faite quand nous étions à peine plus âgés que ta fille ?

Elle releva la tête pour croiser son regard mais cette fois, ce fut le roi qui se déroba.

– Que tu n'utiliserais jamais mes pouvoirs pour ta quête.

Le roi Rion se tourna complètement pour ne plus voir sa femme. Il ne fallait pas qu'il la regarde. Il ne fallait pas qu'il se laisse de nouveau envahir par cette faiblesse. Par cette envie qui lui disait qu'elle était encore plus belle aujourd'hui qu'il y a quinze ans.

Ylil voyait bien que le roi ne voulait pas lui faire face, qu'il faisait comme s'il ne l'entendait pas. Mais elle n'était plus la même, et elle savait comment le faire réagir.

– Ève m'avait prévenue, poursuivit la jeune femme sachant bien qu'elle s'aventurait sur un terrain dangereux mais je n'ai pas voulu la croire. À l'époque, j'ai préféré te défendre.

Nesen ne se retourna pas mais Ylil sentit tout de suite que son ton était sans appel :

– Si je ne m'abuse, nous avons déjà eu cette conversation Ylil. Veux-tu que je te rappelle comment cela s'est fini pour toi ? À moins que tu ne veuilles absolument que je siffle tes amies ailées !

Ylil ne répondit rien. Le roi pivota enfin, foudroyant sa femme du regard.

– Non, bien sûr. Nous sommes d'accord sur ce point au moins. Alors assez parlé, fais-le, maintenant !

Ylil ne savait pas quoi faire. Elle était coincée. Il y avait Hannah, si faible. Elle devait la protéger. Elle ferma les yeux et s'efforça de se concentrer. Cela faisait plus de quinze ans qu'elle n'avait pas produit d'*Imagami*, saurait-elle encore ? D'autant plus avec ce type d'*Imagami*. Elle essaya de penser à sa fille et rien qu'à elle mais la *secoses* s'évapora aussitôt. Cela faisait tellement longtemps.

– Eh bien, alors ?

Nesen se lassait déjà d'attendre. La patience n'avait jamais été l'une de ses qualités. Ylil ferma à nouveau les yeux et tâcha de se concentrer. Une bulle de savon timide s'échappa de son crâne et éclata faisant apparaître une petite boule de lumière noire qui ressemblait étrangement à Lumul.

Pendant un instant, le roi Rion fut captivé par la lumière et commença à se rapprocher comme s'il cherchait à voir quelque chose en son centre. Mais, au lieu de grossir pour atteindre la taille de Lumul, la petite boule de lumière noire se mit soudain à vibrer et s'effondra sur elle-même comme une étoile mourante. Au même instant, Ylil sentit que ses jambes ne la portaient plus et elle s'effondra. Ne voulant pas paraître faible, elle tenta tant bien que mal de se relever mais son *Imagami* aussi chétive soit elle l'avait complétement épuisée.

– Allons, allons, tu ne vas pas me dire que tu ne peux pas faire mieux que ça ! Je ne reconnais pas mon Ylil.

Sa femme leva les yeux vers lui.

– Peut-être que ton Ylil est morte le jour où tu as enfermé son âme dans une de tes satanées fioles, poursuivit-elle d'un ton toujours teinté de défi.

Le roi ne répondit pas tout de suite à la provocation de sa femme et se dirigea vers la porte de la chambre.

– Eh bien, trouve un moyen pour la faire revenir car celle-ci m'intéresse beaucoup moins !

Il continua sa progression et, arrivé à la porte, il se retourna.

– Ah, au fait, j'ai quelque chose qui te « motivera » sans doute à la retrouver : tu ne reverras pas Hannah avant d'avoir fabriqué la *Luminis* que je t'ai demandée.

– Nesen, non, pas ça ! Elle a besoin de moi !

Le roi sourit en lisant le désespoir sur le visage de sa femme.

– Tu oublies que moi aussi, Ylil, j'ai besoin de toi.

Chapitre 21

Quand Natan ouvrit les yeux, il vit que quelqu'un était penché sur lui mais la violence de la lumière ne lui permit pas de distinguer son visage. Était-ce Hannah qui lui caressait le front en ramenant ses cheveux sur le côté ? Le jeune homme ouvrit à nouveau les yeux, plus lentement cette fois, et il reconnut sa mère qui lui souriait. Hannah n'était pas là.

– Comment te sens-tu mon chéri ?

Natan regarda autour de lui. Il était toujours dans la même chambre d'hôpital, avec le même plafond en polystyrène. Combien de jours s'étaient écoulés ? Il n'en avait aucune idée.

Quelque chose avait changé : son mal de tête avait disparu tout comme ses nausées et il n'avait plus le sentiment qu'il allait se noyer à chaque fois qu'il respirait. Une sensation qu'il n'avait pas ressentie depuis longtemps s'empara même de lui.

– J'ai faim.

Le sourire d'Ève monta jusqu'à ses oreilles et elle embrassa son fils sur la joue.

– Je vais aller chercher quelqu'un.

Natan agrippa sa mère avant qu'elle ne s'échappe. Il y avait plus important.

– Où est-elle ?

Ève dévisagea son fils comme si elle s'était préparée à cette question.

– Qui ça mon chéri ?

– Hannah, où est-elle ? Elle était ici.

– Ici ? s'étonna sa mère. Tu dois te tromper mon chéri. Je suis restée à ton chevet tout le temps et Hannah n'était pas ici. Tu as sans doute *revorové*.

Et Ève dégagea doucement le bras.

– Je reviens tout de suite Natan, il faut que j'aille trouver un médecin pour prévenir que tu es réveillé.

Natan lâcha la main de sa mère à regret et l'observa quitter la chambre. Tout ceci n'avait aucun sens. Hannah dans sa chambre, faisant coïncider leurs marques de naissance, avait-il pu tout inventer ? Et pourtant, il se sentait si différent. Ève de Clare revint, non pas accompagnée d'un, mais de trois médecins qui se répartirent autour de son lit.

– Alors jeune homme, il paraît que vous vous sentez mieux ?

Le cas de Natan intriguait tous les grands pontes du service. Le médecin qui avait parlé écouta son cœur et observa ses yeux pendant que les deux autres spécialistes consultaient une nouvelle fois tous les examens subis par Natan. Le jeune homme ne comprit pas tout ce que les médecins échangeaient entre eux à mots couverts mais en substance il saisit tout de même qu'il semblait être bien trop vivant pour eux.

– Bon, nous allons vous faire passer une nouvelle IRM et nous serons fixés.

Le médecin appela une infirmière pour veiller sur son jeune miraculé et Natan fut emmené pour passer toute une série d'examens complémentaires. Toute la matinée, la jolie infirmière ne put s'empêcher de dévisager son malade d'un sourire intrigué qui mit Natan encore plus mal à l'aise.

– Alors, quel est votre secret ? lâcha au bout d'un moment la jeune fille qui ne semblait plus pouvoir retenir sa langue.

Natan la fixa, troublé. S'il avait *révorové* de Hannah, pouvait-il avoir parlé de Yamay pendant qu'il était inconscient ?

– Pardon ?

– Ne vous inquiétez pas, je disais ça juste pour plaisanter ! Vous nous avez fait sacrément peur l'autre nuit. Et puis, d'un coup, toutes vos constantes sont revenues à la normale ! Comme ça !

– Comme ça ?

– Oui, comme ça ! Vous savez, on ne parle que de vous dans le service depuis trois jours.

– Ah bon ?

La jeune infirmière passa dans le dos de Natan et entreprit de lui nouer le haut de sa blouse qui était ouvert. Il détestait vraiment les hôpitaux. La jeune infirmière parut s'en amuser.

– Oui, un joli jeune homme comme vous. Je peux vous dire que mes collègues étaient toutes jalouses quand j'ai été appelée tout à l'heure.

Natan rougit et tâcha d'avaler sa salive pour réguler son rythme cardiaque. Tentant de faire diversion, il posa la question qui le taraudait depuis qu'il s'était réveillé.

– Est-ce que vous savez si quelqu'un est venu me voir cette nuit-là ?

– Quelqu'un ? Vous voulez dire à part vos parents ?

– Oui.

– Non, je ne crois pas. Je n'ai vu personne.

Personne. Sa mère avait donc raison. L'infirmière appela les brancardiers afin qu'ils l'aident à ramener Natan dans sa chambre. Il allait pouvoir se reposer un peu. Enfin c'est ce que Natan croyait car, quand il arriva dans sa chambre, il trouva ses parents en grande discussion avec deux nouveaux médecins. Dès que sa mère le vit arriver, elle se dirigea vers lui. Son visage resplendissait d'un sourire lumineux, comme si plus aucun nuage n'assombrissait l'horizon.

– Natan, tu es guéri ! Complètement guéri !

Le jeune homme regarda sa mère s'agiter sans vraiment comprendre. La minute d'avant, il avait une tumeur dont les tentacules s'étaient tellement insinuées dans la moindre parcelle de son cerveau, qu'aucun médecin ne pouvait rien faire et, la minute d'après, il était guéri. Son père se rapprocha d'eux et posa sa main sur l'épaule de son fils, la serrant dans un geste qui valait plus que cent mots.

– Ta tumeur s'est envolée Natan, commenta Osmond. Tu es une énigme pour tous les médecins de cet hôpital ! À croire que certains rêves peuvent devenir réalité... finalement.

Natan vit que son père jetait un regard appuyé à sa mère en prononçant ces mots. Que s'était-il passé exactement ? Le jeune homme avait besoin de remettre de l'ordre dans ses idées.

– Il faut que tu dormes un peu mon chéri, lança sa mère pour toute réponse. Il va falloir que tu récupères maintenant. Nous allons te laisser te reposer.

La mère de Natan entraîna vers la sortie son mari ainsi que les deux médecins qui s'intéressaient toujours plus à comparer les IRM qu'à parler à leur patient. Une fois tout le monde parti, Natan retrouva un semblant de calme. En apparence du moins. Allongé dans son lit, il continuait intérieurement de se torturer sur ce qui s'était passé. Était-ce aussi réel que ça de *revorover* ? Il ne pouvait pas dire, il ne l'avait jamais fait auparavant. Il avait bien *télérêvé* dans la boutique de madame Voitou, mais était-ce pareil ? Il n'avait rien ressenti quand il avait essayé de toucher Hannah endormie alors que là, il se souvenait bien de son corps contre le sien.

Il ferma les yeux se remémorant chaque seconde de ces précieux instants. Le jeune homme se redressa mais son dos vint accrocher quelque chose perdu dans ses draps. Natan se retourna et découvrit l'objet coupable : le pendentif vert d'Hannah. Il resta quelques secondes sans voix, tenant le pendentif fermement dans sa main, comme s'il s'était s'agit du Saint-Graal. Comment ce pendentif pouvait-il être arrivé là si elle n'était pas venue lui rendre visite ? Elle l'avait encore autour du cou en partant la toute première fois qu'elle était venue le voir, il en était certain.

Natan n'avait pas *revorové* : elle avait été là et c'était elle qui l'avait sauvé ! Sa mère le savait, bien sûr et son père aussi, d'où cette fameuse remarque tout à l'heure. Mais pourquoi sa mère s'évertuait-elle à lui mentir ?

Une idée angoissante émergea tout de suite de son esprit : Hannah était-elle en danger à son tour ? La simple idée qu'elle puisse s'être sacrifiée pour lui raviva ses nausées. Il s'allongea et tenta de calmer son envie de vomir mais plus il y pensait, plus cela lui semblait évident. La pluie d'étoiles qui s'était abattue sur eux, cette énergie incroyable qu'il avait ressentie quand leurs marques s'étaient touchées, dans quel état était maintenant Hannah ? S'il était lui-même miraculeusement en vie alors qu'il aurait dû mourir, était-ce possible qu'elle... Natan ne voulait même pas penser à cette éventualité. Il fallait qu'il agisse. Il ne servait à rien de gamberger. Il devait savoir ce qui lui était arrivé. Le jeune homme fixa le sac plein d'affaires apporté par sa mère. S'il arrivait à atteindre le fauteuil, il pourrait tenter d'enfiler quelque chose et de sortir. Depuis qu'il s'était réveillé, il avait l'impression qu'il allait de mieux en mieux comme si quelqu'un versait sur sa tête des gouttes d'énergie sans discontinuer.

Mais Natan avait présumé de ses forces. Dès qu'il essaya de se lever, ses jambes qui n'avaient plus rempli leur office depuis plusieurs semaines, s'écroulèrent sous son poids. Il s'affala entraînant dans sa chute sa perfusion dans un fracas qui ne manqua pas d'alerter les alentours. La charmante infirmière qui s'était occupée de lui s'empressa de venir à son secours.

– Mais qu'est-ce que vous faites, voyons ? Il fallait m'appeler si vous aviez besoin de quelque chose. C'est la fonction de ce petit bouton ici !

Elle essaya de relever Natan, plus afféré à remettre sa blouse en place qu'à faciliter l'entreprise de sa garde-malade quand Nicolas entra dans sa chambre.

– Est-ce je peux… vous aider ?

La jeune infirmière dévisagea l'intrus surgi de nulle part.

– Aidez-moi à le remettre dans son lit, oui !

Nicolas l'aida à porter Natan puis cette dernière se dirigea vers la porte, laissant les deux garçons seuls.

– Bon, quelques minutes seulement, jeune homme, il est encore très faible. Et surveillez-le un peu, ce n'est pas le jour pour partir faire une petite balade !

– Comptez sur moi, mademoiselle.

Nicolas ne quitta pas la jeune femme des yeux jusqu'à ce qu'elle disparaisse de son champ de vision.

– Il leur reste des chambres ici, tu crois ?

Natan ne put s'empêcher de rire. Il était content de revoir Nicolas. Son badinage léger lui avait manqué. Personne n'osait réellement débiter des bêtises à un mourant.

– Ce n'est pas un hôtel, c'est un hôpital, il faut quand même être malade pour y avoir droit, tu sais !

– Je me disais aussi, c'est toujours toi qui profites des bons plans !

– Oui, comme tu dis !

Nicolas rit à son tour et fixa son ami qui avait bien meilleure mine.

– Ta mère m'a autorisé à monter une minute, elle m'a dit que tu allais mieux.

– Oui, il paraît.

– Tu sais que tu m'as vraiment fichu la trouille !

Sans crier gare, Nicolas s'élança vers Natan et le serra dans ses bras. Natan se laissa faire, trop heureux de retrouver son ami.

– Nicolas, est-ce que tu sais comment va Hannah ?

– Hannah ? s'étonna Nicolas qui s'empressa de se dégager et de lui tourner le dos.

– Est-ce que tu l'as revue ces derniers jours ?

Comme s'il n'avait pas entendu la question de son ami, Nicolas s'empara de la télécommande et fit semblant de se passionner pour l'émission animalière qui venait d'apparaître à l'écran.

– Nicolas !

– Oui, quoi déjà ? Ah oui, ton Hannah. Oui, je l'ai vue, elle est revenue au lycée hier.

– Elle est revenue ? s'étonna Natan. Et elle allait bien ?

– Oui, très bien. Enfin elle est toujours aussi bizarre mais toi, tu me dirais qu'elle est normale.

Hannah allait bien. Elle était même revenue au lycée. Il s'était donc inquiété pour rien. Soudain, une grande fatigue s'empara de lui comme si la tension qu'il avait ressentie en pensant à Hannah ces dernières heures venait de rompre les petits élastiques qui tenaient ses yeux artificiellement ouverts. Et Natan sombra dans ses rêves pendant que son ami restait à ses côtés, se passionnant toujours pour « Le choc de la savane, royaume des lions ».

Chapitre 22

Erdnaxela passait sur le front d'Hannah un chiffon imbibé que lui avait donné Maître Rion. Le chevalier ne ménageait pas sa peine, s'occupant de la princesse sans relâche pendant que le vieil ensorceleur cherchait toujours un moyen de la sauver dans son vieux grimoire. La substance semblait malheureusement ne pas avoir beaucoup d'effet. Hannah ne s'était toujours pas réveillée et quoi que le jeune homme fasse, elle devenait de plus en plus pâle. C'était comme si petit à petit elle se vidait de son énergie. Erdnaxela ne décolérait pas. Tout ça, c'était de la faute de ce Natan, comme toujours ! Il disait l'aimer mais où était-il en ce moment alors que sa princesse était en train de mourir à petit feu pour lui ? Sans doute bien au chaud dans son château Cnalb !

À côté du chevalier, se tenait Issej qui s'amusait à regarder Lumul se cogner contre la cloche en verre sous laquelle elle l'avait emprisonné.

– Ça n'a pas l'air d'aller fort ta princesse.

Erdnaxela ne répondit pas. La jeune fille ne comprenait pas vraiment pourquoi il s'inquiètait autant pour Hannah. Servir leur seigneur oui, faire semblant de s'occuper de la princesse Rion à la rigueur mais Issej considérait que se tourmenter réellement parce que cette idiote risquait de mourir, c'était complétement ridicule.

– Rassure-moi, reprit Issej, tu as quand même conscience qu'elle n'en aura jamais rien à faire de toi ?

Erdnaxela ne réagit pas, faisant mine de ne pas avoir entendu. Il savait bien qu'Issej n'avait pas tort. Ces dernières années, Hannah n'avait fait que le manipuler, ne servant jamais réellement leur cause, ne cherchant qu'à protéger ou à rejoindre son Natan. Mais il ne pouvait pas s'en empêcher. Depuis qu'il l'avait vue la première fois, perdue dans la cour du collège Saint-Benoît, vulnérable, il avait eu envie de la protéger. Il observa Maître Rion qui se tenait toujours à l'autre bout de la pièce, plongé dans sa lecture. Cela faisait plusieurs heures qu'il ne disait rien passant d'un ouvrage à un autre, revenant au premier, se frappant soudain le front, griffonnant quelque chose sur un vieux parchemin puis replongeant dans son grimoire. Il semblait piétiner. Ce n'était pas très bon signe pour la princesse.

Le chevalier trempa à nouveau le chiffon dans la substance blanchâtre posée à côté du lit et se retourna vers Issej.

– Arrête de jouer avec cette lumière, elle peut sûrement limiter le *transfilage*. Libère-la au lieu de parler pour ne rien dire !

Issej leva les yeux au ciel pour manifester son agacement mais souleva la cloche de verre. Lumul s'empressa de voler vers Hannah et vint se poser sur l'oreiller, tout près de la tête de la jeune fille. La princesse ne bougea pas plus. Elle parut même encore plus livide sous la lumière de la boule noire. Erdnaxela se dépêcha de poser son chiffon sur son front quand, soudain, Maître Rion sortit brusquement la tête de son vieux grimoire.

– Mais bien sûr ! Comment n'y ai-je pas pensé plus tôt ?

Le vieil homme commença à effectuer une petite danse en soulevant sa robe sous les yeux ébahis des deux chevaliers. Puis, il se tourna subitement vers Issej qui sursauta tellement elle fut surprise.

– Issej, il me semble que vous avez assisté à la dernière *Imagamiade* organisée par la reine Cnalb ?

La jeune fille le considéra d'un air étonné. Quel était le rapport avec le mal qui consumait la princesse ? Erndaxela avait raison, ce vieux bonhomme était vraiment fou !

– Oui, sans les Rion d'ailleurs, le niveau était assez pitoyable !

– J'imagine oui, commenta, impatient, Maître Rion. Mais le prince a bien tenu tous les postes lors des quatre manches ?

– Oui, oui, il les a tenus... 99,5 sur 100 d'ailleurs, c'est ridicule, ça ne les valait pas du tout !

– Et quel *Invini* a-t-il fait apparaître lors de la troisième manche ?

Issej fronça les sourcils. Elle n'avait pas particulièrement fait attention à ce que Natan avait fait apparaître dans son chaudron.

– Je crois que c'était un... chat. Oui c'est ça, un chat argenté.

Maître Rion frappa dans ses mains de joie. Il avait raison ! Voilà pourquoi Hannah avait pu *transfiler* son énergie au prince ! Et voilà quelle était l'unique façon d'arrêter ce maudit *transfilage*. Erdnaxela et Issej dévisageaient toujours le vieil homme et priaient intérieurement pour qu'il ne renouvelle pas sa petite danse de tout à l'heure. Mais Maître Rion avait maintenant tout autre chose en tête et, sans crier gare, il se précipita vers la porte.

– Eh, l'interpella Erdnaxela qui était censé le surveiller, où allez-vous comme ça ?

– Voir le roi Rion ! Vous, restez ici avec la princesse et continuez sans vous arrêter de lui appliquer la potion que je vous ai donnée. Nous devons faire vite, il ne lui reste plus beaucoup de temps !

Et Maître Rion disparut dans le couloir sombre sans même attendre qu'Erdnaxela ne lui réponde.

Au château Cnalb, Natan observait le stupide oiseau à queue de serpent qui était censé le fixer de ses yeux globuleux. Ses parents et ses amis étaient répartis autour du lit, attendant en silence que le *Serdalac* veuille bien remarquer Natan, redoutant surtout qu'il détourne volontairement son regard.

Natan, de son côté, se sentait de toute façon beaucoup mieux et ne voyait pas comment une bête aussi grotesque aurait pu y changer quoi que ce soit mais il se garda bien de faire tout commentaire. Il avait appris la quête dans laquelle s'étaient lancés le chevalier Veilleur, Salocin, Sitèm et Maître Rusanrev pour le sauver et il ne voulait pas se moquer ni minimiser leurs efforts. Soudain, l'étrange oiseau d'un blanc immaculé se mit à sautiller en se rapprochant de Natan jusqu'à venir se poser sur ses genoux. Enfin, il plongea son regard d'un bleu perçant dans les yeux verts du jeune homme qui entendit des soupirs de soulagement autour de lui. Seule la mère de Natan, assise à sa droite, ne dit rien. Natan lui jeta un regard en coin. Comme lui, elle semblait savoir que l'oiseau ne ferait rien de plus que ce qu'Hannah avait déjà fait. Natan se demandait comment lui faire avouer qu'Hannah était bien venue cette nuit-là à l'hôpital pour le sauver ? C'est alors que le *Serdalac* s'envola et, soulevant son gros corps de ses petites ailes, il se dirigea vers la fenêtre. Tous regardèrent le volatile monter vers le soleil, puis se tournèrent vers le prince qui avait déjà repris des couleurs. La reine se leva et Nomis en profita pour lui faire signe qu'il souhaitait la voir en privé. Natan comprit qu'une fois de plus, il ne réussirait pas à lui parler.

Le jeune homme en profita pour interroger Newlon. Il avait le secret espoir de pouvoir lui demander des nouvelles d'Hannah. Nolwen l'avait sûrement vue revenir au collège en même temps que Nicolas et elle pourrait peut-être lui en dire plus. Il n'avait quasiment rien réussi à tirer de son ami depuis l'autre jour à part des divagations sur la jeune infirmière. Mais Salocin s'interposa, réduisant ses plans à néant.

– Il faut que nous allions retrouver mon père, Natan.

– Je voudrais juste parler à Newlon.

La jeune fille se rapprocha de Natan mais Salocin l'entraîna par le bras, ne lui laissant aucune possibilité de discuter avec le prince.

– Eh Salocin, pourquoi tu me tires comme ça ?

– Natan doit se reposer. On repassera le voir tout à l'heure !

Sans laisser son amie répondre, Salocin continua de la pousser vers la porte. Natan ne savait pas pourquoi mais il sentait bien qu'ils ne repasseraient pas.

Quand Salocin et Newlon pénétrèrent dans les appartements de la reine Cnalb, cette dernière avait rejoint Dnomso, Nomis et Maître Rusanrev. Sitèm n'était plus avec eux. Son père lui avait apparemment demandé de rentrer. Les deux adolescents n'étaient pas attendus chez la reine non plus. Salocin avait surtout dit ça tout à l'heure à Natan pour ne pas le laisser seul avec Newlon. Le jeune chevalier eut soudain le pressentiment qu'ils feraient mieux de ne pas se montrer et il plaqua Newlon contre le large rideau de velours qui encadrait la porte.

– Qu'est-ce que tu fais ? chuchota son amie qui ne comprenait vraiment plus du tout le comportement du jeune homme à cet instant.

Salocin lui fit simplement signe de se taire et se mit en position d'écouter sans être vu. Newlon n'osa pas bouger, coincée entre le montant de la porte et Salocin. Bientôt, ils entendirent Nomis qui s'adressait à la reine.

– Majesté, je vous avais dit que la balance du poème de Morwrom m'évoquait quelque chose sans que je parvienne à retrouver quoi.

La reine hocha la tête sans se retourner. Elle semblait écouter Nomis sans vraiment être là. Même son mari était plus concentré qu'elle. Depuis que Natan allait mieux, la reine n'arrivait plus à penser qu'à une seule chose : dans quel état se trouvait Hannah ? Comme Natan était en train de retrouver ses forces, elle se doutait bien de ce que cela signifiait pour la jeune fille. Elle s'efforça de déglutir mais n'y parvint pas. Une boule de culpabilité obstruait sa gorge l'empêchant presque de respirer. Pourtant, elle ne pouvait pas faire autrement. Elle devait sauver son fils. Elle devait le protéger de ce qui allait arriver.

– Majesté ? Majesté ?

La reine se retourna vers les visages inquiets. Comme si de rien n'était, elle fit signe à Nomis de continuer. Le chevalier s'exécuta.

– Eh bien, lorsque nous étions sur le chemin du *Serdalac*, une chose étrange s'est produite...

Nomis s'interrompit quelques instants, hésitant à leur faire part de ce qu'il avait découvert. Maître Rusanrev rompit le silence pour l'aider.

– C'était une arche du souvenir perdu, n'est-ce pas ? C'est ce qui a provoqué votre chute.

Nomis se retourna vers le professeur et acquiesça.

– J'en avais entendu parler, reprit le maître, mais je n'en avais jamais vue jusqu'ici. Votre souvenir devait être enfoui mais puissant. Il paraît que ce sont les grains qui se détachent de ces pierres qui ont formé les dunes de l'oubli qui séparent aujourd'hui les pays Cnalb et Rion.

La reine n'était que peu intéressée par le cours de science naturelle que leur dispensait Maître Rusanrev mais elle fixait maintenant Nomis dont les yeux ne décollaient plus du sol.

– Vous parliez d'une chose étrange, Nomis ?

Le chevalier se redressa et croisa le regard pénétrant de la reine qui semblait définitivement sortie de son trouble passager.

– Oui, Majesté, un souvenir m'est revenu. Et j'ai compris pourquoi cette évocation d'une balance ne m'était pas inconnue...

La reine fixait toujours son ami qui peinait à avancer dans son récit. Elle avait donc deviné juste la première fois qu'elle avait découvert le poème en la présence du chevalier.

– Nomis, était-ce l'endroit où Eoz...

La reine vit le chevalier tressaillir à son dernier mot.

– Oui Majesté, je pense… Enfin non, j'en suis maintenant certain.

Un silence les enveloppa que personne n'osa rompre cette fois. Salocin et Newlon, toujours cachés dans les plis du rideau, se risquaient à peine à respirer. Le jeune chevalier tendait l'oreille, avide d'entendre ce qui allait être révélé. La reine connaissait donc cet Eoz dont avait parlé son père quand il s'était effondré sous cette arche ! Mais quel était le rapport avec le poème et la ceinture de Soroboruo ? Comment son père pouvait-il se souvenir d'un élément éclairant des vers vieux de plusieurs siècles ? Et pourquoi l'avait-il oublié pendant toutes ces années ?

Finalement, la reine se décida à intervenir. Sa voix se fit douce, comme si elle parlait à un oiseau blessé.

– Nomis, sauriez-vous où cet endroit se trouve ?

Le chevalier Veilleur ferma les yeux.

– Je suis désolé Majesté. J'ai… j'ai essayé de me souvenir de plus de détails depuis mais... tout ce que j'arrive à voir c'est une gigantesque pierre plate en équilibre sur un rocher obstruant l'entrée d'une caverne.

– La demeure d'Irehca.

– Oui, je suppose.

– Ne soyez pas désolé Nomis, c'est déjà beaucoup !

Dnomso s'avança vers le chevalier Veilleur et vint poser sa main sur son épaule.

– Je t'aiderai à te souvenir, Nomis. C'est... c'est un peu ma spécialité en ce moment !

Nomis sourit à son ami. Mais son sourire était triste. Comme s'il avait peur maintenant de convoquer ces souvenirs qui lui échappaient depuis toutes ces années.

Eoz, la balance en pierre, le troisième fragment de la ceinture… tout semblait lié à cette Irehca qui se dérobait à eux depuis le début ! Salocin et Newlon se dévisagèrent, toujours collés l'un contre l'autre dans les pans du velours et ce fut comme s'ils échangeaient la même pensée au même moment. Depuis leur découverte du poème, la reine semblait attendre quelque chose. Comme si elle savait déjà que celle dont l'ombre tuait les enfants resterait impossible à trouver.

Sauf pour certains élus.

Chapitre 23

Natan zappait d'une chaîne à l'autre. Il commençait à trouver le temps long tout seul dans cette chambre d'hôpital. Il se sentait mieux alors, pourquoi ne pouvait-il pas sortir ? Il n'avait pas cherché à se lever à nouveau mais il était sûr qu'il y arriverait maintenant sans problème. Les médecins passaient leurs journées à lui faire subir de nouveaux examens, persuadés qu'ils finiraient bien par comprendre comment il avait pu se débarrasser d'une tumeur en une seule nuit. Il avait entendu parler certaines infirmières du service de « véritable miracle » et espérait surtout que personne n'appellerait le Saint-Siège avant qu'il ait eu le temps de sortir d'ici.

Natan n'avait pas tenté de reparler à sa mère. Elle semblait si heureuse depuis qu'il était guéri et son père et elle ne se disputaient plus autant. Ils avaient presque l'air d'une famille normale. C'était sans doute dur pour elle d'admettre que la guérison de son fils était due à la fille de son ennemi juré. Mais Hannah allait bien, c'était le principal. Alors ça ne servait à rien d'envenimer la situation. Bientôt, il finirait par sortir de cette maudite chambre et par retourner au lycée. Et là, il la reverrait. Nicolas était revenu lui rendre visite plusieurs fois mais il avait toujours été aussi vague quant à Hannah.

Pourtant, ce n'était pas comme si rien ne s'était passé ! Natan aurait bien aimé voir Nolwen. Sa mère avait raison, les filles étaient quand même plus observatrices ! Mais elle n'était toujours pas venue le voir. Cela devait être la fin des vacances de février en ce moment, était-elle partie voir Lartsim à New York ? Elle avait peut-être finalement concrétisé son projet de voyage. Non, ce n'était pas possible. Si cela avait été le cas, Nicolas lui en aurait rabâché les oreilles à chaque visite !

Natan venait de revenir au point de départ des chaînes qu'il avait toutes zappées l'une après l'autre et s'apprêtait à recommencer avec la même apathie quand Nolwen justement passa la tête par la porte vitrée de sa chambre.

– Puis-je déranger le grand malade ?

– Nolwen ! s'exclama Natan tout heureux.

La jeune fille eut un large sourire en découvrant que son ami semblait avoir retrouvé la santé.

– Dis donc, tu as l'air d'aller beaucoup mieux !

– Oui, je me sens en pleine forme. Je suis sûr que je pourrais sortir mais les médecins, tu sais ce que c'est. Et ma mère pense que je suis en sucre maintenant !

Nolwen rit en secouant ses boucles rousses. Natan était particulièrement réjoui de la revoir. Son rire communicatif lui avait manqué. Cela le ramenait un peu plus encore dans le monde des vivants.

– J'ai cru que tu étais partie à New York voir Lartsim.

– Oh non, tu connais Nicolas ! Il aurait encore réussi à trouver un moyen puéril pour m'en empêcher !

Natan sourit à son tour et Nolwen baissa les yeux, gênée de s'être confiée ainsi.

– Quelle andouille celui-là, ajouta Natan pour rassurer son amie sans oser en dire plus.

– Oui, on peut dire ça.

– Mais pourquoi n'es-tu pas venue me voir avant, alors ? reprit Natan pour changer de sujet.

Nolwen releva la tête, un peu surprise.

– Nicolas m'a dit que tu n'avais pas le droit de recevoir trop de visites. Il n'y a que ce matin que ta mère nous a autorisés à venir tous les deux.

Natan fronça les sourcils. Il n'avait pas entendu ses médecins parler de limiter le nombre de ses visites et, de toute façon, il se sentait suffisamment bien pour supporter la visite de ses deux amis en même temps ! Mais peu importe car, maintenant, elle était là.

– Comment va Hannah, Nolwen ? Est-ce que tu as pu lui parler au lycée ? Est-ce qu'elle a changé depuis que je vais mieux ?

Nolwen pâlit et dévisagea Natan d'un air étrange.

– Tu... tu ne sais pas Natan ?

Natan crut que son cœur allait se décrocher. Comment ça, il ne savait pas ? La jeune fille se rendit compte du trouble dans lequel elle venait de plonger son ami et s'en voulut tout de suite.

– C'est juste que… Hannah n'est pas revenue au lycée. Pas depuis que tu as eu ton accident, Natan.

– Mais si ! Nicolas m'a dit que...

Natan s'arrêta, la lèvre tremblante, réalisant enfin ce qui s'était tramé juste devant ses yeux et pourquoi Nicolas lui donnait si peu de détails, pourquoi il le sentait aussi mal à l'aise à chaque fois qu'il tentait de lui en parler, pourquoi il avait empêché Nolwen de venir le voir et pourquoi sa mère l'avait laissé monter alors qu'il venait à peine de se réveiller. Le jeune homme se couvrit le visage avec ses mains et crut qu'il allait vomir. Toutes ces journées où il ne s'était pas inquiété alors qu'Hannah était peut-être en train de mourir, qu'Hannah était peut-être déjà...

Nolwen se mordait les lèvres voyant que son ami avait perdu à cause d'elle la couleur de ses joues.

– Natan, si ça peut te rassurer, je suis passée voir madame Elgéréday hier et elle m'a dit que son père venait d'appeler pour dire qu'elle était toujours malade.

Le jeune homme considéra Nolwen et sa voix suppliante. S'il avait appelé pour dire qu'elle était malade, alors elle n'était pas morte. C'est ce que voulait dire son amie. Natan respira pour se calmer et retrouver ses esprits. Comment Nicolas avait-il pu lui faire ça ? Comment avait-il pu lui mentir ainsi ? Lui qui se disait son meilleur ami !

La pauvre Nolwen ne savait plus quoi raconter pour réconforter Natan.

– Je suis passée devant chez elle hier et tout était encore allumé. Et j'ai vu un docteur qui me disait quelque chose rentrer chez eux. C'est plutôt bon signe ça, non ?

Natan ne l'écoutait plus qu'à moitié, se demandant en combien de temps il pourrait être chez Hannah quand Nicolas pénétra à son tour dans la chambre. Dès qu'il vit le teint pâle de Natan et la mine abattue de Nolwen, il comprit ce qui venait de se passer.

– Nolwen ! On avait dit qu'on se retrouvait en bas !

– J'étais en avance, essaya de se défendre la jeune fille. Je me suis dit que ça fatiguerait moins Natan si je venais un peu toute seule.

Nicolas secoua la tête de dépit en contemplant le gâchis et dut affronter le regard noir de son ami.

– Comment tu as pu… souffla Natan entre ses dents serrées par la colère ? Je te faisais confiance !

– Natan, tu avais besoin de te reposer ! Sans t'inquiéter pour elle !

Natan tourna la tête autant d'agacement que de dégoût. Sans s'inquiéter pour elle ! Comme si c'était possible. Il les détestait ! Sa mère, Nicolas, son père, il les détestait tous ! Comment avaient-ils pu lui cacher ainsi la vérité ? Mais là n'était plus la question, de toute façon. Il fallait qu'il aille la retrouver, voir comment elle allait, la sauver à son tour.

Sans prévenir, il repoussa ses couvertures et descendit de son lit. Il devait s'habiller, prendre un taxi. Il réussit à se tenir debout quelques secondes mais dès qu'il fit un pas pour attraper le sac près du fauteuil, il s'étala de tout son long en se cognant la tête contre l'accoudoir. Il n'était apparemment pas encore tout à fait guéri.

– Natan ! Mais qu'est-ce que tu fais ! s'exclama Nicolas.

Les deux adolescents s'élancèrent vers le jeune homme à terre. Du sang perlait de son crâne. Nolwen entreprit de lui éponger le front avec un drap tandis que Nicolas allait chercher de l'aide. Mais Natan n'avait pas dit son dernier mot. S'agrippant à Nolwen, il tenta tout de même d'atteindre le fauteuil.

– Natan, qu'est-ce que tu fais...

– Nolwen, il faut... je ne peux pas la laisser !

– Calme-toi.

Nolwen n'avait plus qu'une carte dans sa manche pour tenter d'apaiser son ami.

– Écoute-moi, Natan. Ma mère connaît bien la dame qui fait le ménage chez Hannah. Je vais lui demander de l'inviter à passer à la maison et je tâcherai d'en savoir plus, d'accord ?

La jeune fille avait réussi à capter l'attention de Natan. Cette femme devait voir tous les jours Hannah. Nolwen allait peut-être effectivement réussir à savoir dans quel état elle se trouvait.

– Dès que j'aurai pu la voir, je te promets que je reviendrai te dire tout de suite tout ce qu'elle m'a raconté.

Le garçon plongea ses yeux désespérés dans ceux de Nolwen.

– Toi, en échange, tu te reposes et tu n'essayes plus de te lever, d'accord ?

Il hocha la tête alors que Nicolas revenait avec son infirmière favorite. Il n'avait de toute façon pas trop le choix. S'il n'arrivait pas à atteindre la chaise, ce serait dur de parvenir jusqu'à l'ascenseur, sans parler d'attraper un taxi. L'infirmière s'affaira à soigner son étrange patient pendant que Nicolas et Nolwen, particulièrement inquiets, le quittaient.

Les deux jeunes gens remontèrent les couloirs de l'hôpital en silence, ruminant leur colère chacun de son côté. Mais avant de quitter Nolwen, Nicolas ne put s'empêcher de donner libre cours à son exaspération.

– J'espère que tu es contente de toi ?

– Non mais je rêve ! Comment est-ce que j'aurais pu savoir ?

– On devait se retrouver en bas, je te signale !

– Oui, eh bien, je suis arrivée en avance, c'est autorisé quand même ! Et puis, mentir à Natan comme ça, de toute façon cela ne me plaît pas beaucoup. Il a le droit de savoir ce qui est arrivé à Hannah !

– C'est sa mère qui me l'a demandé, elle sait quand même ce qu'elle fait ! Mais toi, non, tu es plus intelligente que tout le monde, n'est-ce pas ! T'en as pas marre de ne jamais être là où l'on t'attend !

– Tu m'énerves ! Je ne te supporte plus Nicolas !

Nolwen commença à s'éloigner mais Nicolas la rattrapa par le bras voyant que cette fois, il était peut-être allé trop loin.

– Attends, ne t'en va pas !

– Je ne vois pas l'intérêt de rester si, encore une fois, tu passes ton temps à m'insulter !

La voix du jeune homme se radoucit.

– Je... je suis désolé. Je ne voulais pas dire ça.

Nolwen regarda la main de Nicolas qui serrait son bras et l'empêchait de partir.

– Ah tiens ! s'exclama soudain une voix qu'ils connaissaient bien. Vous êtes là tous les deux.

Métis se tenait devant eux les dévisageant avec un sourire aux lèvres. La jeune fille fit glisser son regard jusqu'à la main de Nicolas et son sourire s'accentua.

– Je suis contente de voir que vous avez avancé tous les deux.

Nicolas lâcha alors le bras de Nolwen mais Métis était déjà passée à autre chose et fouillait maintenant dans son sac.

– Tiens Nicolas, j'avais prévu de te donner ça. Je me suis dit que ça pourrait t'être utile. Avec tout ce qui s'est passé dernièrement.

Nicolas se saisit du livre que la jeune fille lui tendait et, intrigué, lut le titre.

– « Légendes amérindiennes ». Pourquoi voulais-tu me donner ça ?

Métis continuait toujours de sourire de façon aussi énigmatique.

– Tu comprendras. Bon, je vais rentrer. Si j'ai bien compris, Natan n'est pas au mieux de sa forme. Je reviendrai plutôt le voir un autre jour.

Et la jeune fille commença à s'éloigner sous les regards médusés des deux jeunes gens.

– Cette fille me donne vraiment la chair de poule !

– Oui, moi aussi.

Nicolas se pencha de nouveau sur le livre que Métis lui avait donné. Pourquoi pensait-elle qu'il serait intéressé par des légendes amérindiennes ? Il avait eu sa période « Cheyenne » ... mais maintenant, ça lui était passé.

– Qu'est-ce qu'elle a voulu dire par « tout ce qui s'est passé » ?

– Je ne sais pas. Peut-être qu'elle est au courant pour...

Le jeune homme marqua un temps d'arrêt.

– Eoz ?

Nicolas acquiesça. Nolwen n'osa pas lui avouer qu'elle se rappelait de la scène plus à cause de ce qu'avait ressenti Newlon coincée entre Salocin et le rideau que pour la discussion elle-même.

– Est-ce que tu as essayé de demander à ton père qui était cet Eoz ?

– Non, quelle idée ! On n'a jamais parlé de Yamay ensemble. D'ailleurs, quand Natan ne me raconte pas ce qui s'y passe, je m'en souviens rarement. Cette fois-ci, c'était exceptionnel. J'imagine que ça doit être pareil pour lui.

– Oui sûrement, reprit Nolwen. Mais maintenant que la mère de Natan est revenue, il est peut-être au courant de ce qui se passe.

Les épaules de Nicolas s'affaissèrent. Cette histoire d'Eoz lui pesait bien plus qu'il ne voulait bien se l'avouer.

– Peut-être, oui.

Nolwen se saisit du livre et se mit à feuilleter les premières pages. Les légendes étaient répertoriées par ordre alphabétique.

– Qu'est-ce que tu fais ?

– Je cherche à A... comme Acheri... à moins que tu préfères chercher à C... comme Che...

– Non, A c'est bien !

Nicolas déglutit avec difficulté. Il regrettait d'avoir crié sur Nolwen tout à l'heure. Il n'avait pas été tendre ces derniers temps avec elle. Il n'avait jamais été tendre avec elle d'ailleurs. Mais cette histoire d'Eoz le chamboulait et il était bien heureux que la jeune fille ne le laisse pas tomber maintenant. Irehca... Acheri. Allait-il apprendre enfin qui était celle qui gardait le troisième fragment de la ceinture ?

– Voilà ! J'ai trouvé ! Selon la tradition amérindienne, un acheri est le fantôme d'une petite fille assassinée...

Nolwen s'arrêta net à la lecture de la phrase. Une petite fille assassinée. C'était vraiment horrible. Nicolas n'en menait pas large non plus.

– C'est tout ce qu'ils disent ? articula-t-il difficilement. Ils ne parlent pas d'un certain Eoz ?

Nolwen reprit sa lecture.

– La nuit, Acheri descend de sa montagne pour venir hanter les hommes. Elle chante de sa voix lugubre pour annoncer la mort de celui qui l'entend et...

– Et quoi ?

– Et elle projette son ombre pour rendre malade les petits enfants.

Nolwen vit bien que son ami était troublé par ce qu'elle venait de dire.

– Ça va Nicolas ? Est-ce que ça te dit quelque chose ?

– Je ne sais pas. Peut-être, oui. C'est cette histoire d'enfant malade.

Nolwen referma le livre et le rendit au jeune homme.

– Tu devrais vraiment en parler à ton père.

Nicolas reprit le livre sans rien dire. Il ne savait pas pourquoi mais la dernière chose qu'il avait envie de faire en ce moment, c'était de parler de ça à son père. La jeune fille fit mine de se mettre en mouvement et Nicolas lui saisit à nouveau le bras pour éviter qu'elle ne parte.

– Viens chez moi Nolwen, s'il te plaît.

Nolwen regarda Nicolas et sentit les battements de son cœur s'accélérer. Qu'est-ce que le jeune homme cherchait à lui dire ? Nicolas se rendit compte de toute l'ambiguïté de ses paroles et baissa les yeux, gêné.

– Cette histoire d'Eoz... je crois savoir ce que c'est.

Le garçon, d'ordinaire si arrogant et si sûr de lui, semblait maintenant complétement perdu. Nolwen se dit qu'elle aurait dû rentrer chez elle après tout ce qu'il lui faisait subir depuis quatre ans. Mais elle ne pouvait pas.

– D'accord, si tu penses que je peux t'aider.

Les deux adolescents se mirent en route en silence et ne tardèrent pas à arriver chez Nicolas.

– Suis-moi, dit-il, entraînant Nolwen à l'étage.

Apparemment, la description du livre de Métis lui avait bel et bien rappelé quelque chose. Il entra dans la chambre de ses parents. La jeune fille hésita à se joindre à lui. Et si sa mère ou son père rentrait plus tôt que prévu ? Mais Nicolas ne faisait plus attention à elle, cherchant frénétiquement dans ce qui semblait être d'anciens albums photos. La jeune fille se décida et vint s'asseoir à côté de lui sur le bord du lit.

Nicolas avait ouvert un album qui devait dater des années soixante-dix. Les photos avaient jauni mais n'avaient pas fait disparaître les sourires des enfants qui fixaient l'objectif avec bonheur.

– C'est ton père ?

– Oui, il n'était pas vieux. Il ne devait pas avoir plus de cinq ou six ans sur celle-ci.

Nicolas semblait savoir exactement ce qu'il cherchait. Il n'avait pas vraiment besoin que Nolwen soit là, si ce n'était pour avoir le courage de remonter les pages de l'album. Le jeune homme s'arrêta soudain sur la photo de deux bambins. L'un était le père de Nicolas, l'autre était une petite fille qui ne devait pas avoir plus de quatre ans. Nolwen put lire en dessous « Simon et Zoé, 1975 ».

Eoz... Zoé... Ce dont son père s'était souvenu à Yamay, ce qu'avait évoqué la reine l'autre jour, ce n'était pas un nouveau monstre étrange ! C'était tout simplement la sœur de son père, la sœur de Nomis. Nolwen regarda le reste de l'album. Les photos de la petite fille s'arrêtaient là.

– Zoé... c'était ta tante ?

– Oui, je n'ai entendu ma mère en parler qu'une seule fois alors qu'elle pensait que je n'étais pas là. Je n'avais pas fait le lien avant, jusqu'à ce que tu parles d'enfant malade tout à l'heure.

Nolwen ne dit rien, laissant son ami parler. C'était la première fois qu'elle le voyait dans cet état.

– Elle est morte d'une méningite, alors qu'elle n'avait que quatre ans. Mais j'imagine qu'en fait… elle avait dû rencontrer l'ombre d'Irehca.

Nicolas n'arrivait plus à décoller ses yeux de la photo jaunie par le temps. Voilà ce que son père et Nomis avaient préféré oublier, comment leur sœur était réellement morte. Cette plongée à travers le miroir lui donnait le vertige. Se dire que l'histoire de sa propre famille s'entremêlait à la quête de cette maudite ceinture lui paraissait totalement irréel. Et pourtant, voilà ce que la mère de Natan semblait penser depuis le début, qu'il n'y avait que le reflet de son père qui pourrait les conduire jusqu'au fantôme de cette petite fille assassinée dont l'ombre en avait tué une autre.

Nolwen posa sa main sur l'épaule de son ami et Nicolas releva la tête ce qui le plaça soudain à quelques centimètres à peine du visage de la jeune fille. Les deux jeunes gens se regardèrent sans bouger, chacun perdu dans le regard de l'autre.

– Nicolas ! s'exclama une voix sur le pas de la porte. Je peux savoir ce que vous faites ici !

Emmanuelle Ruelliev se tenait sur le pas de la porte de sa chambre. Nolwen bondit comme un cabri et devint à peu près aussi rouge que ses cheveux.

– Je suis désolée, madame Ruelliev. Nicolas voulait me montrer un album. Je… j'étais en train de partir de toute façon.

La mère de Nicolas se radoucit un peu en voyant la gêne de Nolwen. Elle aimait bien cette jeune fille. Cela la changeait un peu des petites amies écervelées sur lesquelles son fils jetait son dévolu.

– Ce n'est pas grave Nolwen. C'est juste que j'aime bien que mon fils me prévienne quand il désire inviter une amie à la maison.

À son tour, Nicolas rougit jusqu'aux oreilles en entendant sa mère insister sur le mot « amie », épelant chaque lettre comme une maîtresse d'école pour un mot difficile. Nolwen s'empourpra de plus belle et se dépêcha de saluer la mère de Nicolas.

Chapitre 24

Plus ils s'approchaient du château Cnalb, plus Ylil ne pouvait s'empêcher de penser à ce même voyage qu'elle avait entrepris quinze ans plus tôt. Déjà à l'époque, elle n'avait eu qu'un seul but en tête : sauver sa fille. Mais une différence de taille changeait aujourd'hui la donne. Il y a quinze ans, Hannah se tenait endormie dans un drap noué dans son dos alors qu'aujourd'hui, elle venait de la laisser, plus pâle que jamais, inconsciente au château Rion.

Maître Rion vit que son ancienne protégée était songeuse et tâcha de la rassurer :

– Ne vous inquiétez pas Ylil, Ève vous donnera ce dont nous avons besoin pour sauver Hannah, j'en suis certain.

– Je l'espère.

– J'en suis persuadé et le roi Rion aussi. Sinon il n'aurait jamais cédé et accepté que je vous emmène. Il a bien compris qu'il n'y avait que vous que la reine accepterait d'aider.

Ylil hocha la tête. Maître Rion se demanda une nouvelle fois si elle allait réussir à atteindre le château. Il savait ce que son mari l'obligeait à faire. Il avait tenté de s'y opposer mais sans succès.

– Ylil, je sais que vous ne voulez pas que je m'interpose, mais les *Imagami Luminis* sont très puissantes. Elles peuvent être dangereuses pour celui qui les produit, vous le savez bien. On y perd une partie de son potentiel imaginatif, surtout si on leur donne vie !

– Je le sais bien, Maître Rion.

Elle avait répondu à son vieux maître d'un ton sans appel.

– Je dois protéger ma fille. Je l'ai déjà abandonnée une fois, je ne peux pas le faire encore une fois.

Maître Rion tenta d'argumenter mais Ylil changea volontairement de sujet.

– Parlez-moi d'elle s'il vous plaît, Maître, je la connais encore si peu.

Ylil avait plongé ses grands yeux tristes dans ceux du vieil ensorceleur qui ne put que céder.

– Eh bien, ma foi, elle est vraiment... étonnante !

Le visage d'Ylil s'éclaira quand elle vit le sourire attendri qui s'était dessiné sur les lèvres de son ancien maître : sa fille avait été entre de bonnes mains en son absence.

– Vous me connaissez Ylil. J'en ai instruit des princesses et des jeunes filles de bonnes familles aux nombreux talents.

Le vieil ensorceleur posa un regard appuyé sur sa protégée qui, d'un signe de tête, lui retourna le compliment.

– Mais je dois avouer que je n'avais jamais vu une princesse comme celle-ci.

Le vieil homme fit une pause, en pensant à la première fois qu'il avait rencontré Hannah alors qu'elle ne devait pas avoir plus de treize ans.

– Continuez, Maître Rion.

– Elle est très intelligente, bien sûr, elle tient ça de vous. Et c'est aussi la gamine la plus têtue que je connaisse, en ça elle a hérité de son père.

Ylil sourit en entendant la description du vieil ensorceleur.

– Mais surtout, elle a cette force en elle. Rendez-vous compte : trouver les fleurs d'immortelle, fabriquer l'élixir de vie, libérer la reine Cnalb ! Tout ça sans aucune aide, au nez et à la barbe de son père, sans quasiment avoir jamais appris à réaliser d'*Imagami* ! Je dois vous avouer que je l'avais sous-estimée. Nous l'avions tous sous-estimée !

Le château Cnalb apparut soudain devant leurs yeux, libérant Ylil de ses tristes pensées. Il était là, devant elle, d'un blanc immaculé, grimpant jusqu'aux nuages. Elle se souvint avec nostalgie des balades en *Bullosphère* qu'elle faisait avec Ève à travers ces mêmes nuages, quand soudain la jeune femme sentit sur son cou le froid acéré d'une lame.

Elle tourna la tête et vit qu'un chevalier Cnalb s'était emparé de Maître Rion.

– Ne bougez plus !

Ylil reconnut la voix de Nomis qui vint se placer devant elle.

– Comment oses-tu revenir ici ?

La colère habitait sa voix. Il était évident qu'il la tenait pour responsable de la disparition de la reine, le jour où il l'avait lui-même accompagnée au château Rion. Il ne lui avait jamais pardonné de l'avoir empêché de protéger Ève comme il aurait dû le faire. Ylil dévisagea le chevalier qui tenait toujours fermement Maître Rion. Il ressemblait beaucoup à Nomis, il s'agissait sans doute de son fils aîné, Salocin.

– Nomis, je dois voir Ève.

– C'est hors de question !

Soudain, une voix ferme se fit entendre depuis le château.

– Relâchez-les !

La reine Cnalb, majestueuse dans son manteau blanc, s'avança vers eux de sa démarche altière.

– Majesté, je ne...

– Nomis !

Sans un mot de plus de la part de la reine, le chevalier s'exécuta. Voyant son père relâcher Ylil, Salocin fit de même avec Maître Rion. La reine vint prendre les mains de sa sœur de lait dans les siennes.

– Comment va-t-elle ?

Ylil plongea dans les yeux verts de son ancienne amie, peinant à retenir ses larmes.

– Elle est au plus mal, Ève.

Sa voix s'était étranglée, autant de culpabilité que d'angoisse. Maître Rion, à qui la reine n'avait pas accordé un seul regard depuis qu'elle était arrivée, s'avança vers elle.

– Nous devons voir madame Zenitram, Majesté.

Ève considéra enfin le vieux précepteur qui l'avait trahie il y avait des années, permettant au roi Rion de se lancer dans la recherche de sa maudite ceinture. Puis, sans rien dire, elle se tourna vers la jeune fille qui se trouvait derrière elle.

– Newlon, peux-tu prier ta mère, s'il te plaît, de nous retrouver dans la grande salle ?

Elle se tourna ensuite vers Ylil et Maître Rion.

– Venez !

Le vieux maître et la mère d'Hannah la suivirent, silencieux, à travers les couloirs du château. Ces murs rappelaient à Ylil son enfance. Tous ces souvenirs la submergeaient alors qu'elle s'efforçait de garder son calme. Arrivée dans la grande salle, la reine Cnalb s'installa sur le trône et madame Zenitram arriva peu après, escortée par sa fille. La mère de Newlon ne masqua pas son étonnement de voir la femme du roi Rion et l'ancien professeur déchu de la reine devant elle.

– Eh bien Maître Rion, reprit la reine. Vous vouliez voir madame Zenitram.

– Merci Majesté.

Maître Rion regarda Ylil qui lui fit signe de continuer.

– Majesté, je pense que vous savez que seuls les *Invini* ont la capacité de *transfiler* leurs énergies.

Ève jeta un regard toujours aussi froid au vieil ensorceleur.

– Oui, je sais cela.

– Et vous savez aussi sans doute qu'ils sont les seuls à pouvoir le faire car ils sont tous faits de la même âme.

– Je sais cela aussi, merci mais j'imagine que vous n'avez pas fait tout ce chemin pour me faire un cours sur les *Inivini,* Maître Rion. Je crois que nous avons largement dépassé ce stade !

Maître Rion acquiesça en baissant le regard. Son ancienne élève avait toutes les raisons du monde de le détester, bien sûr. Il avait choisi de servir le camp adverse, brisé par la folie meurtrière du roi. Et peut-être quelque part aussi, parce qu'il n'avait pas voulu abandonner sa chère Ylil face à ce monstre. Au final, il l'avait choisie elle.

– Oui, vous avez raison. Et bien, j'en suis arrivé à la conclusion que la princesse a pu *transfiler* son énergie au prince pour le sauver car ils voient les mêmes *Invini.* Ceci pour la bonne et simple raison qu'ils ont également la mêm...

La reine se leva soudainement et interrompit Maître Rion d'un geste de la main. Sans même le regarder, elle alla se poster à la fenêtre comme elle le faisait toujours lorsque quelque chose la contrariait. Elle ne voulait pas entendre ce qu'il avait à dire. Et pourtant, comment nier l'évidence à présent ? Celle-là même qui avait sauvé Natan, une seconde fois.

– Supposons que vous ayez raison Maître Rion, reprit-elle toujours sans se retourner, en quoi madame Zenitram pourrait-elle bien vous aider ?

– Elle peut tout d'abord nous dire comment les *Invini* cessent leur transfilage.

Tous les regards se tournèrent vers madame Zenitram qui se retrouva soudain le centre de l'attention.

– Eh bien, ils se révèlent.

Newlon vit que, mis à part pour Maître Rion, l'explication de sa mère n'était claire pour personne.

– Maman, tu peux peut-être nous expliquer ce qui se passe quand un *Inivini* se révèle.

La mère de Newlon dévisagea sa fille comme si ce qu'elle lui demandait était l'évidence même. Elle s'occupait des *Invini* depuis des années et était toujours surprise de la méconnaissance des habitants de Yamay à leur sujet. Elle reprit tout de même ses explications d'un ton le plus didactique possible.

– Quand un *Inivini* se révèle, il se rend visible pendant quelques secondes pour tout le monde. Même pour les personnes qui ne le voient pas habituellement. Il se nimbe en général d'un halo de lumière ce qui le distingue de son état habituel. Cela se produit quand l'*Inivini* qui reçoit le *transfilage* a emmagasiné assez d'énergie. Il se révèle pour arrêter le transfert d'énergie et éviter que l'autre *Inivini* ne...

Madame Zenitram s'arrêta soudain de parler. La reine se tourna vers elle se demandant ce qui avait provoqué cet arrêt brutal.

– Continuez Madame Zenitram, je vous en prie.

La mère de Newlon jeta un regard furtif vers Ylil. Même si elle ne l'avait jamais aimée, elle ne pouvait s'empêcher de penser à sa fille qui avait seize ans comme la sienne.

– Pour éviter que l'autre *Inivini*... ne meure à force de donner toute son énergie.

Un silence s'installa dans la grande salle du trône. Hannah était-elle condamnée à mourir car ils ne savaient pas comment arrêter le *transfilage* qu'elle avait elle-même provoqué pour sauver Natan ? La reine fut la première à prendre la parole.

– Et bien, Maître Rion, que proposez-vous ? Que Natan se « révèle » ? C'est tout simplement impossible !

– En effet, Majesté. Il n'y a que les *Inivini* qui peuvent le faire, mais il y a peut-être une autre solution.

La reine n'osa même pas demander quelle était cette solution, persuadée de savoir ce qu'ils avaient en tête. Elle se tourna vers son amie.

– Ylil, je te promets que je veux tout autant que toi sauver Hannah, mais Natan ne doit pas la revoir ici.

– Je le sais très bien Ève. Et je te rassure, je n'ai pas plus envie que toi que cela arrive mais ce n'est pas ça que nous sommes venus te demander.

Intriguée, la mère de Natan pivota vers Maître Rion qui confirma les dires d'Ylil.

– Tant que le *transfilage* n'a pas été stoppé, Hannah va continuer de céder son énergie à Natan. S'il la revoyait, il risquerait sans même le vouloir de lui prendre d'un seul coup le peu d'énergie qui lui reste. Au moins pour l'instant, elle ne se transfère que goutte par goutte.

– Je ne comprends pas, qu'êtes-vous venus me demander alors ?

Maître Rion se rapprocha de la reine.

– Majesté, Natan voit bien des chats argentés comme *Inivini* n'est-ce pas ?

La reine acquiesça, à regret.

– Tout comme Hannah.

Madame Zenitram se permit d'intervenir.

– Majesté, c'est impossible. Personne ne peut voir les mêmes *Inivini.*

La reine se tourna de nouveau vers la fenêtre et lança son regard dans le vide.

– Malheureusement si, madame Zenitram.

Salocin écoutait depuis tout à l'heure religieusement cette conversation étrange. Natan et Hannah voyaient les mêmes *Invini.* Apparemment, ce n'était pas une bonne nouvelle.

– Majesté, reprit Maître Rion, Natan ne peut pas se *révéler* mais je pense que s'il *révèle* un *Invini* et que nous l'emmenons au chevet d'Hannah, il pourra stopper à sa place le *transfilage* qui continue de la vider au moment même où nous parlons.

– Mais Natan est encore si faible, il ne sera pas en capacité de faire une *Imagami* de révélation avant au moins des semaines et d'ici là…

La reine se tut, la gorge trop serrée pour continuer. Son cœur de mère savait la douleur endurée par Ylil. C'était ce qu'elle venait elle-même de vivre ces dernières semaines et c'était pire que tout.

Maître Rion reprit, plus doucement, voyant le trouble qui avait envahi la reine.

– Ce n'est pas nécessaire qu'il *révèle* un nouvel *Invini*, Majesté. Je pense d'ailleurs que l'arrêt pourra être encore plus efficace s'il s'agissait du premier *Inivini* que Natan ait révélé, celui de l'*Imagamiade*.

La reine se tourna vers madame Zenitram qui comprenait mieux maintenant pourquoi on l'avait fait venir. Traditionnellement, les *Invini* qui participaient aux *Imagamiades* étaient considérés comme à la retraite. Ils n'avaient plus l'obligation ni de travailler ni de vivre au château. En général, ils allaient habiter dans des familles du royaume passionnées d'*Imagamiades* qui leur attribuaient un statut de stars.

– Madame Zenitram, savez-vous où est l'*Inivini* qu'a fait apparaître Natan à l'*Imagamiade* ?

Bien sûr que madame Zenitram savait où était l'*Inivini* de Natan. Après la note spectaculaire et jamais égalée que le jeune homme avait obtenue à son examen, le petit chat argenté s'était vu offrir des ponts d'or pour venir habiter chez les plus grands seigneurs du royaume. Comble du ridicule, la plupart ne voyaient même pas les *Inivini* qui travaillaient dans leurs propres maisons !

– Oui, je le sais très bien ! Comme pour tous les *Inivini* qui ont un jour participé à une *Imagamiade*.

– C'est-à-dire... essaya d'arracher la reine Cnalb à son intendante.

– Il est parti vivre chez le seigneur Yllitnesed. Sa fille lui a fait préparer, paraît-il, un appartement rien que pour lui !

Ylil et Maître Rion se regardèrent. Ils touchaient presque au but. Dès qu'ils l'auraient récupéré et ramené au château, ils pourraient sauver Hannah.

– Nomis, accompagnez Ylil et Maître Rion chez le seigneur Yllitnesed et transmettez lui l'ordre de leur remettre l'*Inivini*.

À peine avait-elle prononcé ces mots qu'elle eut envie de se raviser. Elle avait déjà expérimenté dans sa jeunesse combien un *Inivini* affranchi par une *Imagamiade* pouvait être têtu et insolent.

– Non, attendez ! Je vais les accompagner moi-même.

Nomis fit une nouvelle grimace pendant que la reine sortait de son *Sauv'Imagami* sa *Bullosphère* et l'agrandissait pour permettre à Maître Rion et à Ylil de s'y installer.

Chapitre 25

Sa petite chute avait valu à Natan quelques points de suture sur le crâne, les remontrances des médecins et la surveillance étroite des infirmières du service, qui avaient même déplacé pour l'occasion un de leurs bureaux devant sa porte pour l'avoir toujours à l'œil. Le jeune homme se redressa légèrement et vit que le dragon qui venait de prendre son tour de garde ne décollait pas de son poste. C'était illusoire de tenter de se lever de son lit et encore moins de sortir. Trois brancardiers seraient venus le plaquer au sol avant qu'il ait pu atteindre l'ascenseur. Ce n'était pas un hôpital ici, c'était une prison.

Nolwen était repassée le voir, comme promis et, ce qu'elle lui avait raconté n'avait fait qu'accroître son angoisse. Hannah avait sombré dans l'inconscience depuis qu'elle était venue lui rendre visite cette fameuse nuit. Un médecin venait la voir tous les jours, mais son état ne semblait pas s'améliorer. La jeune fille avait bien vu à sa mine que Natan échafaudait des plans pour voler au secours d'Hannah. Elle n'avait réussi à le calmer qu'en l'assurant que l'amie de sa mère lui avait promis de la faire entrer ce soir chez les Eralced, alors que le père d'Hannah serait sorti. Depuis, Natan rongeait son frein en comptant les minutes qui le séparaient de la visite de Nolwen.

On frappa à sa porte. Cela ne pouvait pas déjà être Nolwen, elle était partie il y avait à peine cinq minutes. N'osant pas entrer, sa gouaille habituelle remplacée par un regard penaud, Nicolas se tenait sur le pas de la porte. Natan lui lança un regard plein de reproches.

– Ta petite copine l'infirmière n'est pas de garde aujourd'hui. Tu perds ton temps.

– Ce n'est pas elle que je suis venu voir.

– Ah oui ? Peut-être que ma mère t'a encore demandé de me mentir alors ?

Nicolas baissa la tête. Il ne pouvait pas en vouloir à son ami d'être fâché contre lui, même s'il restait persuadé qu'il avait bien fait de lui cacher la vérité.

– Tiens, je t'ai apporté des Fizz Blizz Têtes de feu, les rouges, tes préférées.

Natan observa son ami s'avancer vers lui, avec une mine de chien battu, les bonbons de la paix entre les mains. Nicolas était un garçon à qui il était dur de faire la tête très longtemps. Natan se saisit des Fizz Blizz Têtes de feu et en enfourna un dans sa bouche. La nourriture était tellement infecte ici qu'il était content d'avoir quelque chose pour divertir un peu ses papilles.

– Elle prend sa garde dans une heure.

Nicolas releva la tête se demandant de quoi parlait Natan.

– Ta petite copine, la jolie infirmière.

– Ah !

Un sourire apparut sur le visage de Nicolas.

– Ça tombe bien. Je n'avais rien de prévu ce soir.

Les deux amis restèrent un moment sans parler à se goinfrer des bonbons gélatineux qui leur explosaient dans la bouche. Au bout de quelque temps, Nicolas commença à fixer sa montre.

– Je pensais que Nolwen viendrait. On s'était dit qu'on se retrouvait ici. Elle n'en fait vraiment qu'à sa tête cette fille !

Natan se rendit compte qu'il n'avait pas même pas raconté à Nicolas sa discussion avec la jeune fille.

– Elle est venue, mais elle est déjà repartie.

– Ah bon ? Qu'est-ce qu'elle avait à faire d'aussi urgent ?

– Sa mère est amie avec la femme de ménage qui travaille chez Hannah. Elle va tenter de la faire entrer ce soir pendant que son père sera sorti.

Nicolas se figea et pâlit.

– La faire entrer… où ? interrogea-t-il espérant que la réponse ne serait pas celle qu'il avait déjà devinée.

Natan vit le changement qui venait de s'opérer chez son ami et sentit qu'une tempête était proche. Nicolas était loin de s'inquiéter pour Hannah, comme Nolwen et lui mais il ne pouvait décemment pas lui reprocher d'essayer de savoir comment elle allait.

– Chez… Hannah.

La pâleur de Nicolas avait viré au rouge écarlate et il fusillait maintenant Natan du regard.

– Tu as envoyé Nolwen toute seule chez le roi Rion !

Natan allait se défendre quand il réalisa ce que cela impliquait. Qu'avait-il fait ? Nicolas se leva, emporté par sa colère.

– Tu te rends compte de ce que tu as fait ? Comment as-tu pu la laisser y aller toute seule ? Tu es tellement obsédé par ton Hannah que tu ne penses qu'à toi-même !

– En principe, il sera sorti !

– Et s'il était tout de même chez lui ? Et s'il lui arrivait quelque chose ?

Penaud à son tour, Natan regarda Nicolas enfiler rageusement son manteau. Son ami avait raison. Il n'avait pensé qu'à lui-même, envoyant la jeune fille vers le danger sans même s'en rendre compte. Trop obnubilé par Hannah. Comment avait-il pu faire à Nicolas exactement ce qu'il lui reprochait encore quelques heures plus tôt ?

– Je vais essayer de la rattraper ! Avec un peu de chance, je pourrai l'arrêter avant, s'exclama le jeune homme, maintenant au bord de la panique.

Natan vit son ami disparaître en moins de deux secondes et resta, une fois de plus, avec pour seuls compagnons, ses remords et sa culpabilité.

Nicolas courut à perdre haleine jusque chez Hannah. Il avait l'impression que ses poumons allaient éclater. L'hôpital n'était pas très loin mais Nolwen avait de l'avance. Pourvu qu'il n'arrive pas trop tard ! Bientôt, apparut au bout de la rue la belle demeure de Candice que jouxtait la maison lugubre d'Hannah. Il aperçut Nolwen qui se tenait sur le perron, prête à frapper à la porte. Nicolas cria son nom mais sa voix fut emportée par le vent. La jeune fille ne se retourna même pas.

Elle s'apprêtait à soulever le heurtoir quand soudain, elle sentit une main puissante lui saisir le bras et l'entraîner.

– Eh ! Mais qu'est-ce que...

La peur de la jeune fille se mua en surprise quand elle se rendit compte que c'était Nicolas qui l'emportait ainsi vers le côté de la maison.

– Mais ça ne va pas la tête ! Tu es fou ? Tu m'as fait peur !

Nicolas l'avait traînée vers le mur latéral de la maison juste à côté de la palissade qui délimitait la pelouse joliment entretenue par les jardiniers de la famille Sentilly. Le visage du jeune homme était en feu et il peinait à reprendre son souffle. Malgré ça, il bloquait toujours la jeune fille, ses deux bras appuyés sur le mur pour qu'elle ne puisse pas lui échapper. Nolwen n'osait plus bouger.

– C'est... moi... qui suis... fou ? C'est plutôt... toi... qui es... folle... de vouloir entrer là-dedans... toute seule !

Nolwen se sentit perdue par la colère inquiète qu'elle lut dans les yeux de son ami. Était-ce bien le Nicolas qu'elle connaissait ? Celui qui bougonnait dès qu'il la voyait arriver et qui passait son temps à lui chercher des noises ?

– Nicolas... il faut qu'on sache ce qui se passe dans cette maison !

Le garçon la dévisagea. Il la connaissait assez bien désormais pour savoir qu'il n'arriverait pas à la faire changer d'avis.

– Je le sais bien, tête de mule ! Mais c'est hors de question que tu y ailles toute seule. C'est trop dangereux, je viens avec toi !

Nolwen sourit, tâchant de dissimuler sa joie.

– Merci... je t'avoue que j'avais promis à Natan mais je n'étais pas très rassurée !

La jeune fille, retrouvant sa mine espiègle, se hissa sur la pointe des pieds et, sans que Nicolas la voie venir, l'embrassa sur la joue. Surpris, il se dégagea aussitôt ce qui arracha un sourire supplémentaire à Nolwen.

– Allez viens ! Si on traîne, on n'aura pas assez de temps avant le retour du père d'Hannah.

Elle se faufila et Nicolas n'eut que le temps de la suivre afin d'éviter qu'elle ne lui fausse une nouvelle fois compagnie. Sur le perron, les deux adolescents frappèrent avec le heurtoir, inquiets. Heureusement, ce fut la gouvernante qui vint leur ouvrir, comme prévu. Ils la saluèrent poliment mais le regard de la femme se porta aussitôt sur Nicolas qui n'était apparemment pas le bienvenu.

– Je pensais que tu serais seule, Nolwen.

– Oui, c'est un de mes amis. Et un des amis d'Hannah. Il était soucieux tout comme moi. Alors on s'est dit qu'on pourrait venir la voir ensemble.

La femme sembla hésiter. C'était une chose de faire entrer la fille de son amie, c'en était une autre de faire pénétrer un jeune homme qu'elle ne connaissait pas. Et si son patron venait à rentrer plus tôt que prévu ? Devant le regard suppliant de Nolwen, elle finit par céder et leur ouvrit la porte.

Nolwen et Nicolas furent saisis par l'obscurité qui régnait dans la demeure. Tout semblait gris, terne, sans vie. Et dire que c'était ici que vivait Hannah depuis trois ans, ici qu'elle revenait chaque soir après les cours. Les deux jeunes gens se dévisagèrent gravement, conscients qu'ils pensaient la même chose au même moment.

La femme leur fit signe de la suivre et ils s'engouffrèrent dans l'escalier qui devait monter aux chambres. Nolwen tenait toujours serrée contre elle la boîte à musique donnée par Natan. Elle s'était dit que cela crédibiliserait un peu leur équipée d'apporter un cadeau à leur amie malade. Allaient-ils réussir à voir Hannah ? Pourraient-ils le lui donner ? La gouvernante leur fit longer un couloir qui semblait sans fin et ils arrivèrent enfin au niveau d'une porte devant laquelle la femme s'arrêta.

– Quelques minutes seulement, les prévint-elle, avant de les laisser seuls devant la chambre.

Les deux adolescents promirent et elle ouvrit la porte. La pièce dans laquelle ils pénétrèrent était en comparaison du reste, baignée de lumière. Dans le lit situé au centre de la pièce,

Hannah était allongée, inconsciente, ou du moins endormie. Nolwen se précipita à son chevet et lui prit la main.

– Oh, Hannah, ma pauvre Hannah !

Nicolas contempla la jeune fille qui semblait attendre que son prince vienne la secourir. Il avait peut-être eu tort d'écouter aussi facilement la mère de Natan. C'est vrai qu'elle avait l'air mal en point. Il ramassa le paquet que Nolwen avait fait tomber dans sa précipitation et le posa sur la table de nuit. Cet endroit était tellement étrange. Pour rajouter à l'insolite, Nicolas vit qu'un chat gris argenté était pelotonné aux pieds d'Hannah. L'animal les observait avec un air bizarre, comme s'il allait leur parler d'un instant à l'autre.

– Nolwen... regarde !

Mais la jeune fille était bien trop inquiète pour son amie dont elle caressait le front pour se préoccuper de la bestiole qui les fixait toujours. Nicolas allait arracher Nolwen à ses bons soins pour la forcer à regarder le chat quand ils eurent tous les deux l'impression que la fenêtre venait de s'ouvrir. Pourtant, elle était bien fermée. Avant qu'ils n'aient eu le temps de comprendre ce qui leur arrivait, une voix glaciale les surprit.

– Deux chevaliers Cnalb, chez moi ! Vraiment, il ne fallait pas vous donner cette peine !

Au niveau de la porte, se tenait le père d'Hannah.

Instinctivement, Nicolas fit barrage de son corps et se plaça devant Nolwen. De son côté, la jeune fille lui saisit la main.

– Comme c'est mignon ! ironisa Nesen qui dévisageait toujours les deux adolescents de son air menaçant.

Nolwen se leva, ne voulant pas se laisser dominer par la peur et s'avouer vaincue devant le geôlier de son amie.

– Vous n'avez pas le droit de la garder ici. Hannah est malade, il faut l'emmener à l'hôpital !

Le roi Rion sourit devant le courage de cette gamine et s'avança vers les deux jeunes gens qui ne purent s'empêcher de reculer. Peu de personnes, hormis Ylil et Hannah, osaient lui parler ainsi.

– Détrompe-toi jeune fille ! Ma fille est simplement endormie. Notre médecin a fait des miracles. Il faudra que je remercie ma chère Ève d'ailleurs qui nous a également bien aidés.

Les deux adolescents se regardèrent sans comprendre. La reine Cnalb avait aidé le roi Rion ? De quoi parlait-il ? Nicolas serra la main de Nolwen un peu plus fort et entreprit de contourner le roi Rion pour sortir de la chambre. Mais ce dernier leur barra aussitôt le passage, un sourire de plus en plus sournois aux lèvres.

– Ne partez pas si vite voyons ! Nous avons à peine eu le temps de discuter.

Ils étaient coincés. Nicolas n'aurait jamais dû accepter qu'ils pénètrent dans cette maison. Soudain, une nouvelle voix, douce mais ferme, se fit entendre à l'entrée de la chambre.

– Laisse-les partir, Nesen !

Le père d'Hannah se retourna, visiblement contrarié d'être ainsi dérangé. Nicolas reconnut tout de suite la femme qui venait de parler : il s'agissait de la mère d'Hannah. Celle qu'il avait vue il y a plus de trois ans au centre Canac, enfermée dans son corps et qui n'avait ni parlé ni bougé depuis toutes ces années. Apparemment, elle s'était réveillée et bizarrement, cela ne semblait pas l'étonner.

– Lilith ma chérie, je n'en ai pas très envie à vrai dire. Ils seraient tellement parfaits pour donner vie à ta *Luminis*.

Nicolas n'avait aucune idée de ce qu'était une *Luminis* et de comment on lui donnait vie mais il n'avait aucune envie de le savoir.

– Nesen, s'il te plaît.

– Très bien, tu sais bien que je ne peux rien te refuser mon amour !

Il s'écarta avec le même air déçu qu'un chat à qui on aurait demandé de cracher la souris qu'il venait d'avaler.

Nicolas ne demanda pas son reste et quitta la chambre rapidement, entraînant Nolwen dans son sillage.

Chapitre 26

Quand Hannah revint enfin à elle, elle n'avait aucune idée de l'endroit où elle se trouvait. Était-elle encore à l'hôpital avec Natan ? Était-elle revenue dans sa chambre ? Était-elle à Yamay ? La jeune fille referma les yeux et respira longuement. Elle se sentait étonnement bien. Évacué ce poids sur sa poitrine qui l'empêchait de respirer, envolée cette fatigue qui lui serrait le cœur et retenait son esprit prisonnier.

– Princesse ! s'exclama une voix qui la plaça immédiatement au château Rion.

Maître Rion, un large sourire aux lèvres, s'avança vers elle.

– Et bien, on peut dire que vous nous avez fait peur ! L'*Inivini* a arrêté le *transfilage* comme je le pensais mais je ne m'attendais pas à ce que vous mettiez autant de temps à revenir à vous ! Cela fait des semaines que je vous veille jour et nuit ! J'imagine que tous ces *reviver* dans lesquels vous aviez pris l'habitude de vous perdre n'ont pas aidé à vous ramener parmi nous !

L'*Inivini* ? Le *transfilage* ? De quoi Maître Rion voulait-il parler ? Quel jour était-on ? Hannah n'avait plus aucune notion du temps. Mais surtout, comment allait Natan ? Est-ce que sa visite à l'hôpital avait pu le sauver ? Faire coïncider leurs marques avait-il servi à quelque chose ?

– Est-ce que... Natan ?

– Ton prince va très bien ma chérie.

Hannah vit son père se rapprocher du pied de son lit.

Elle jeta un regard à Maître Rion qui confirma d'un léger hochement de tête que le roi disait la vérité. Elle se sentit soulagée. Natan allait bien, c'était le principal. Le roi Rion souriait toujours en contemplant sa fille revenue à la vie.

– Nous t'attendions avec impatience ma chérie. Je crois que quelqu'un a besoin de ton aide pour l'aider à tenir sa promesse.

Sur ces mots, le roi sortit de la chambre de sa fille sans que celle-ci ne comprenne un mot de ce qu'il venait de dire. Elle s'apprêtait à demander à Maître Rion quelle idée mauvaise son père avait encore en tête quand elle aperçut un petit chat argenté élégamment habillé, qui s'avançait vers elle, campé sur ses deux pattes arrière. Qu'est-ce qu'un *Invini* faisait au château Rion ? C'était la première fois qu'elle en voyait un ici. Était-ce celui dont avait parlé tout à l'heure Maître Rion ? À son grand étonnement, le petit chat sauta sur ses genoux et colla son oreille sur sa poitrine. La jeune fille, surprise, eut un léger mouvement de recul ce qui donna une raison de plus à la bête de râler.

– Arrrrêtez de bouger, prrrincesse !

La boule de poils argentée roulait les « r » comme si elle ronronnait à chaque phrase. Hannah avait déjà entendu des *Invini* parler au château Cnalb mais c'était il y a plus de trois ans et ils ne s'étaient jamais adressé à elle d'aussi... près ! Hannah arrêta néanmoins de bouger, laissant le chat finir ce qui semblait être une auscultation. Maître Rion le regardait comme si c'était parfaitement normal qu'un chat écoute son cœur. Ses vérifications terminées, la petite bête monta sur les épaules d'Hannah qui, une fois de plus, ne put cacher sa surprise.

– Calmez-vous, Prrrincesse !

Maître Rion fit signe à Hannah d'obéir et la jeune fille ferma les yeux pour essayer de se concentrer. Elle sentit la patte du félin se glisser dans son cou et eut du mal à ne pas rire. La patte continua sa progression et vint toucher sa tache de naissance. Instantanément, elle se sentit mieux, bien mieux encore que tout à l'heure. C'était magique !

Son travail achevé, le chat sauta sur le lit et vint se pelotonner dans les couvertures. Hannah n'en revenait pas de ce qui venait de se passer.

– Merci... merci beaucoup, balbutia-t-elle sans savoir exactement pourquoi elle le remerciait.

Il lui sembla que le chat souriait dans ses moustaches. Elle jeta au vieil ensorceleur un regard rempli d'interrogations. Maître Rion devina son trouble et entreprit de lui expliquer ce qui s'était passé ces dernières semaines.

– Je vous présente Chatahc, princesse, c'est un *Inivini*. Mais, comme vous le voyez, pas n'importe lequel, c'est un *Inivini* qui a été *révélé*.

La jeune princesse observa à nouveau le chat qui semblait maintenant endormi à ses pieds.

– Un *Inivini révélé* ? reprit-elle. Cela veut dire que vous aussi vous voyez un petit chat argenté ?

– Oui, moi aussi. Et n'importe qui. C'est possible quand un *Inivini* est *révélé* par une *Imagami Potionis*.

Hannah allait interroger Maître Rion sur ce que le chat venait de faire à sa tache de naissance quand une pensée beaucoup plus importante vint soudain frapper son esprit. Il n'y avait qu'une seule autre personne qui voyait également des chats argentés.

Maître Rion scruta le brusque changement qui venait de s'opérer dans les yeux de sa protégée.

– Oui, princesse.

Hannah dévisagea Maître Rion qui semblait lire dans ses pensées.

– C'est Natan qui a révélé cet *Inivini*, lors de l'*Imagamiade* où il a passé son examen final.

La jeune fille observa à nouveau le chat qui ronronnait en s'étirant de temps à autre.

– Et que fait-il ici ?

– Il est venu pour vous sauver pardi ! Nous avons eu assez de mal à le ramener.

Maître Rion baissa d'un ton pour être certain que le petit chat ne pouvait pas entendre.

– Ecidnac l'engraissait à longueur de journée. Vous ne le croiriez pas mais il était devenu gros et gras comme un cochon. Alors, forcément, nous avons eu un peu de mal à le convaincre de venir vous retrouver ici.

Ecidnac ? Mais que venait faire cette peste dans l'histoire ? Maître Rion vit qu'il était en train de perdre la princesse et décida de reprendre son récit par le commencement.

– Princesse, vous souvenez-vous de ce qui s'est passé quand vous êtes allée retrouver Natan à l'hôpital ?

Hannah essaya de rassembler ses esprits. Oui, elle s'en souvenait très bien. Ils avaient échangé un long baiser et elle avait eu l'impression de revivre mais ce n'était sûrement pas ce qui intéressait Maître Rion.

– J'ai... j'ai fait coïncider nos marques, celles que nous avons dans le dos. Et j'ai senti des étoiles tomber sur nous.

– C'est tout ?

– Je me suis sentie fatiguée, de plus en plus fatiguée. Et je me suis évanouie, je crois.

– Cette impression de vide que vous avez ressentie princesse, c'était le *transfilage*.

– Le quoi ?

Hannah se rappelait avoir déjà entendu Maître Rion en parler plus tôt.

– Le *transfilage* ! C'est ce que vous avez fait pour sauver Natan, vous lui avez transféré l'énergie de votre fil de vie.

Hannah n'avait pas eu conscience qu'elle avait transféré son énergie à Natan. Tout ce qu'elle avait su sur le moment, c'était qu'il s'agissait du seul moyen de le sauver, peu importaient les conséquences. Que s'était-il passé d'autre pendant tout ce temps où elle était restée inconsciente ?

– Heureusement, reprit Maître Rion, grâce à Chatahc, nous

avons pu arrêter le *transfilage* qui ne finissait plus entre vous. Enfin, pas complètement, c'est vrai, mais assez pour vous remettre sur pied.

Hannah examina encore une fois le fameux Chatahc comprenant mieux le rôle qu'il avait joué. Elle aurait préféré revoir Natan plutôt qu'un chat qui semblait assez bougon, engraissé par Ecidnac de surcroît, mais grâce à lui, elle était en vie : elle ne pouvait pas trop se plaindre. Quelque chose dans ce que venait de dire Maître Rion la chiffonnait pourtant.

– Que voulez-vous dire par « pas complètement » ?

Maître Rion baissa la tête. La princesse avait toujours le chic pour poser la question qui fâche. Mais de toute façon, il allait bien falloir lui dire à un moment ou à un autre.

– Chatahc a pu arrêter le *transfilage* immatériel qui se produisait entre vous mais pas le *transfilage* matériel. Pour cela, je cherche encore un moyen mais... pour le moment, je ne l'ai pas encore trouvé.

Hannah dévisagea Maître Rion. Elle ne savait pas ce qu'était un « *transfilage* matériel » mais cela ne devait pas être bien grave puisqu'elle se sentait beaucoup mieux. Voyant bien que la princesse n'avait pas saisi ce qu'il venait de lui dire, le vieil ensorceleur entreprit d'être plus explicite.

– Vous pourrez vous trouver dans la même pièce que Natan princesse, vous ne lui passerez plus d'énergie et vous ne ressentirez plus le vide vous gagner comme quand vous avez fait coïncider vos marques.

Hannah acquiesça. Pourquoi Maître Rion insistait-il autant ?

– Mais... reprit le vieil homme qui cherchait visiblement ses mots, vous ne pourrez plus vous toucher. Interdiction d'avoir le moindre contact physique avec le prince, ici comme de l'autre côté. Cela pourrait vous être fatal car vous *transfileriez* à nouveau votre énergie vers lui sans même vous en rendre compte.

Hannah considéra ce que Maître Rion venait de lui dire. Plus le moindre contact physique avec Natan. Est-ce que cela voulait dire que le baiser qu'elle lui avait donné à l'hôpital serait leur dernier ? Qu'il ne pourrait plus jamais la prendre dans ses bras, qu'ils ne danseraient plus jamais ensemble. Elle venait de le sauver pour, au final, ne plus pouvoir l'approcher. La princesse détourna la tête et lutta pour stopper les larmes qui lui montaient aux yeux. Elle ne voulait pas les montrer à Maître Rion. Le vieil ensorceleur ne fut pas dupe de la tempête intérieure qui habitait la jeune fille. Au bout de quelques instants, elle tenta de poursuivre pour détourner son esprit du *transfilage* matériel dont elle venait enfin de saisir toutes les conséquences.

– Et son fil de vie ? s'enquit-elle.

– Il a été réparé quand vous l'avez sauvé, mais il reste ensorcelé.

Oui, bien sûr. Comme son père le lui avait promis. Même à présent qu'il avait mis sa menace à exécution sans succès, Hannah restait sa prisonnière. Semblant toujours lire dans les pensées de sa protégée, Maître Rion ajouta tout bas :

– Princesse, ne faites plus de folie s'il vous plaît maintenant ! Il sera toujours plus fort que vous.

Elle allait répondre à Maître Rion quand deux petites boules de lumière noire qui jouaient à faire la course vinrent tournoyer autour d'elle. L'une d'elle était Lumul et fit la fête à sa maîtresse, ravie de voir que la princesse était enfin réveillée, l'autre, légèrement plus petite, se posta devant la jeune fille comme si elle en attendait quelque chose. Soudain, Hannah entendit la voix de celle qu'elle cherchait depuis tout à l'heure sans oser poser la question à Maître Rion.

– Hannah ! Oh, ma chérie, tu es enfin réveillée !

Ylil se tenait à la porte de la chambre à côté du roi Rion. La jeune femme s'élança vers sa fille et la serra dans ses bras. Hannah s'abandonna à cette étreinte qui lui avait tant manqué ces dernières années et dut se retenir pour ne pas laisser ses pleurs prendre le dessus. Elle avait tellement *revorové* ces derniers temps qu'elle ne pouvait s'empêcher de se demander encore une fois si sa mère était réellement là ou si ce n'était qu'une projection de son esprit. Ylil prit le visage de sa fille entre ses mains.

– Comment te sens-tu, ma chérie ?

– Bien, vraiment bien.

– Tu nous as fait tellement peur.

Et elle la serra encore une fois dans ses bras. Apparemment, elle aussi avait du mal à croire qu'elle était vraiment là, avec sa fille. Le roi Rion se posta comme à son habitude au bout du lit.

– Quelle scène de retrouvaille touchante !

Ylil évita volontairement de se retourner vers son mari mais Hannah ne put s'empêcher de dévisager son père se demandant ce qu'il avait encore derrière la tête.

– Ylil, je crois que tu m'as fait une promesse.

Hannah essaya de se souvenir de ce fameux soir où son père l'avait autorisée à rejoindre Natan. Sa mère avait dû lui promettre de le conduire jusqu'au troisième fragment de la ceinture. Elle tenta de se souvenir des fragments du poème que Maître Rion avait réussi à reconstituer avant que son père ne coupe le fil de Natan. Les vers n'étaient pas complets alors et elle croyait se souvenir qu'il parlait d'une petite fille qui tuait les enfants, une certaine Irehca.

Sa mère finit par se retourner vers son mari et lui jeta un regard dur.

– J'ai produit la *Luminis* que tu voulais Nesen.

– Ne fais pas l'idiote ! Tu sais très bien que cette *Luminis* ne me sera d'aucune utilité si tu ne lui donnes pas vie.

Hannah fixa la petite boule de lumière noire qui attendait toujours sagement, juste à côté d'elle. Était-ce la *Luminis* dont il parlait ? Elle lui paraissait bien vivante, qu'est-ce que son père attendait de plus ?

– Je ne lui donnerai pas vie Nesen, c'est hors de question !

Le roi ne dit rien, même s'il était visiblement piqué au vif que sa femme refuse de lui obéir.

– Hannah, ma chérie, j'ai l'impression que la *Luminis* de ta mère t'aime beaucoup !

Ylil se leva et écarta d'un geste vif la *Luminis* de sa fille, la forçant à se poster plus en hauteur.

– Nesen, je t'interdis de mêler Hannah à tout ça !

– C'est toi qui m'obliges à le faire mon amour.

Le roi Rion commença à sortir de la pièce.

– Je te conseille d'y réfléchir Ylil, j'aimerais autant de pas être obligé de te forcer la main, par un moyen ou par un autre.

Hannah regarda son père les quitter, un mauvais pressentiment au ventre. Quand il fut parti, sa mère vint se positionner près d'elle.

– Qu'est-ce qu'une *Luminis* maman ? Et pourquoi veut-il que vous lui donniez vie ?

– Ne t'inquiète pas pour ça ma chérie ! Tu dois te reposer, c'est le plus important pour le moment.

Hannah vit bien que sa mère ne voulait simplement pas lui répondre.

– J'ai vu Natan, c'est un très joli garçon.

La diversion d'Ylil fonctionna à merveille. Hannah rougit fortement et entendit son cœur cogner dans sa poitrine. Sa mère et la mère de Natan les avaient sans doute vus s'embrasser à l'hôpital. Sur le coup, Natan aux portes de la mort, cela avait été le dernier de ses soucis mais maintenant, elle se sentait gênée que sa mère ait assisté à cette scène. Ylil se félicita que le trouble de sa fille ait détourné son attention de la *Luminis* et poursuivit.

– Tu as été extrêmement courageuse, ma chérie. Sauver Natan comme tu l'as fait, sauver Ève l'année dernière aussi. Mais il faut que tu penses à toi maintenant, que tu arrêtes de te mettre en danger.

Hannah repensa au *transfilage* matériel qu'elle s'efforçait de chasser de son esprit depuis tout à l'heure mais sans succès. C'était sans doute le sens des propos de sa mère.

– Promets-le-moi ma chérie, s'il te plaît !

Hannah y consentit sans trop y croire. Ylil prit la main de sa fille. Elle se doutait combien la situation devait être difficile pour elle.

– Il ne faut pas... il ne faut pas que tu t'approches de Natan, ma chérie, ce serait trop dangereux.

Ylil fixait sa fille qui ne disait rien, les yeux perdus dans la contemplation du petit chat argenté qui continuait de dormir à ses pieds.

Chapitre 27

Natan laissait le silence planer dans la voiture qui le conduisait au lycée ce matin. C'était la rentrée des vacances de Pâques et il revenait au collège Saint-Benoît après plus de trois mois d'absence.

Sa mère avait insisté pour l'y conduire en voiture, ce qui était ridicule car le lycée était à moins de cinq cents mètres de chez eux. Le jeune homme pouvait sentir l'angoisse voler dans l'habitacle sans qu'elle ne dise rien.

– Tu es sûr que tu te sens mieux Natan ? On peut très bien reporter ta rentrée à la semaine prochaine, tu sais.

Oh non, par pitié ! Cela faisait déjà plusieurs mois qu'il avait l'impression de vivre en prison, que ce soit à l'hôpital ou chez lui ces dernières semaines. C'était bien simple, il ne pouvait pas faire un geste sans être épié par ses parents, par monsieur William ou par madame Ecirruon.

– Ça va très bien Maman !

Natan savait bien que ce qui inquiétait réellement sa mère, ce n'était pas son niveau de fatigue, c'était de ne plus pouvoir maîtriser ses allées et venues.

Grâce à l'escapade de Nicolas et de Nolwen, Natan avait appris qu'Hannah allait effectivement mieux. Leur aventure dans l'antre du roi Rion leur avait fichu une sacrée frousse et Nicolas avait mis un moment à lui pardonner d'avoir fait prendre des risques inconsidérés à Nolwen. Natan ne pouvait pas vraiment lui en vouloir. Ses amis lui avaient raconté avec force détails la scène qui s'était déroulée dans la sinistre maison : le chat étrange, le père d'Hannah qui leur avait raconté qu'Ève l'avait aidé à sauver sa fille, la mère d'Hannah qui était apparue in extremis pour les protéger de l'emprise du roi. Suite à cet épisode, Natan avait bien sûr tenté de parler à sa mère mais tout ce qu'il avait réussi à lui extirper c'était qu'Hannah allait bien et qu'il devait se concentrer sur sa propre santé. Savoir qu'Hannah allait mieux l'avait aidé à ronger son frein mais il comptait les jours avant de pouvoir la revoir. La voiture s'arrêta devant la porte principale du collège et le jeune homme s'empressa de sortir.

– À quelle heure finis-tu déjà ?

Cela faisait trois fois que sa mère lui posait la question.

– Dix-sept heures.

– Ah oui, c'est vrai ! Tu rentres avant si tu ne te sens pas bien d'accord ?

– Oui, maman !

Était-ce possible d'être plus materné par sa mère à seize ans ? Le jeune homme fit semblant de rentrer dans la cour du collège et guetta derrière la porte le départ de la voiture. Après avoir cuisiné Nicolas, il avait appris que ce dernier était chargé de faire à sa mère un compte-rendu circonstancié de ses déplacements. En prévision, il avait donc préparé et remis hier au jeune homme la « version officielle » de sa journée. Mais Natan n'avait aucune intention d'aller en cours aujourd'hui. Il n'avait qu'un seul objectif dont il n'avait même pas parlé à Nicolas et Nolwen.

Natan slaloma à travers les petites rues, évitant les grands axes où il aurait pu croiser du monde. Il était quasiment arrivé, quand il entendit une voix qui le hélait depuis le trottoir d'en face.

Il se retourna vers la voix et reconnut Maître Rion. Son allure ici était beaucoup plus sage. Il était vêtu d'un complet bleu, sa barbe était bien peignée et il portait sa sacoche de médecin de ville serrée contre lui. Natan repensa à ce que lui avait dit Nolwen sur le docteur qui venait tous les jours voir la jeune fille. C'était

Maître Rion, bien sûr ! D'ailleurs, il revenait sûrement de chez elle.

– Jeune homme, nous ne nous connaissons pas, je suis le docteur Einèg, je suis le médecin de...

– Comment va-t-elle ? lui demanda à brûle pourpoint Natan sans même lui laisser le temps de finir sa phrase.

Le médecin fut surpris mais ne laissa rien paraître.

– Bien, très bien. Elle se remet doucement.

Natan jeta un coup d'œil en direction de la maison qui apparaissait au bout de la rue et le médecin suivit son regard.

– Est-ce que je peux savoir ce que vous comptez faire exactement jeune homme ? s'inquiéta le vieil homme en voyant Natan qui fixait clairement la chambre d'Hannah.

– Je vais la sortir de cette maison.

Le médecin ferma les yeux devant une telle obstination mêlée à tant de naïveté.

– Venez plutôt avec moi jeune homme, il faut que nous parlions.

Et il entraîna Natan de force dans un café sans même lui laisser le choix.

– Je n'ai pas le temps pour ça, essaya le garçon de se défendre sans succès.

Le vieil homme le força à s'asseoir à une petite table et il commanda à la serveuse deux chocolats chauds avec beaucoup de crème.

– Le roi Rion est déjà assez énervé par ce qu'il a été obligé de faire sans que vous en rajoutiez une couche, Natan !

– Je me fiche de...

Le médecin décida de couper toute discussion. Ce garçon était tellement têtu, il valait mieux en venir tout de suite au cœur du sujet.

– Si vous la touchez, elle mourra, Natan.

Le jeune homme s'arrêta net, anéanti par ce que le docteur Einèg venait de dire.

– Elle vous a *transfilé* son énergie ce soir-là à l'hôpital, poursuivit le docteur. Elle a risqué sa vie pour vous sauver. Heureusement, nous avons pu arrêter l'essentiel du transfert mais pas les *transfilages* matériels.

Le docteur regardait Natan devenir de plus en plus pâle.

– Si vous la touchez Natan, le *transfilage* reprendra sans qu'aucun de vous deux ne puisse plus l'arrêter. Donc, l'embrasser, lui tenir la main, la serrer dans vos bras, ou tout autre chose que vous aviez imaginée, vous oubliez jeune homme ! Un amour purement platonique et surtout à bonne distance !

Natan essayait de digérer ce que venait de lui dire Einèg. Il resta un long moment immobile, sonné par ce qu'il venait d'apprendre. N'était-ce pas une ruse de plus pour l'empêcher de voir Hannah ? En même temps, il se souvenait bien avoir ressenti ce soir-là une immense vague d'énergie le submerger.

– Buvez votre chocolat, Natan, il va refroidir.

L'intervention du docteur eut pour effet de sortir Natan de sa léthargie.

– Cela ne change rien, reprit-il. Il faut que je la sorte de là-bas quand même !

Et il se leva mais le docteur le fit se rasseoir aussitôt. Décidément, ce garçon était encore plus obstiné qu'il ne l'avait imaginé !

– Arrêtez de dire des sottises, voyons ! Comment vous y prendriez-vous une fois dans la maison si vous ne pouvez même pas la porter dans vos bras ?

– Je pourrais... je pourrais lui donner une partie de ma *secoces* peut-être, tenta de répondre Natan. J'ai lu dans un des livres de Maître Rusanrev que c'était possible de partager sa *secoces* avec quelqu'un pour lui venir en aide. Peut-être que cela pourrait arrêter le *transfilage*.

Maître Rion plongea ses yeux dans ceux du jeune homme.

– Non, Natan. Partager votre *secoces* ne résoudrait rien. Écoutez, retournez en cours, c'est la meilleure chose à faire. Hannah va de mieux en mieux, elle reviendra au lycée d'ici quelques jours. À ce moment-là, vous pourrez la voir. Mais vous m'avez compris, il faudra faire très attention et ne surtout pas la toucher.

Le jeune homme, désespéré, fixait sa tasse de chocolat comme s'il avait espéré pouvoir y noyer tous ses problèmes.

Il fit ce que le médecin lui demandait et retourna en cours, dépité de se sentir encore une fois aussi inutile. Il n'eut cependant pas trop de mal à occuper son esprit : manquer plus d'un trimestre de cours en pleine année scolaire, ce n'était pas l'idéal. Nolwen et Nicolas lui prêtèrent leurs notes et, à son plus grand bonheur, ses professeurs lui préparèrent un programme de devoirs sur table qu'il aurait à rattraper d'ici la fin du trimestre.

Natan gardait toujours sur lui le pendentif d'Hannah trouvé dans ses draps à l'hôpital. Il le conservait comme un talisman, le sortant régulièrement de sa poche pour le tenir dans sa main. Il tâchait d'être discret, ne voulant pas que Nolwen et Nicolas le prennent pour un fou à caresser le collier comme s'il s'agissait d'un doudou. Et puis, il y avait Alexandre et Jessi, toujours à rôder dans les parages. La jeune fille semblait s'être épanouie en l'absence d'Hannah. Alexandre, par contre, faisait pâle figure. Depuis que Natan était rentré, le jeune homme lui jetait de plus en plus souvent des regards haineux. Alexandre avait beaucoup de défauts mais son inquiétude pour la jeune fille n'était pas feinte. Et il était évident qu'il tenait Natan pour responsable de ce qui lui était arrivé.

Le garçon ressassait tous les évènements du matin pendant le cours de mathématiques au lieu d'écouter mademoiselle Lieversel.

– Monsieur de Clare !

Natan sursauta et se rendit compte que toute la classe le dévisageait.

– Monsieur de Clare, vous vous sentez bien ?

– Oui, mademoiselle.

– De quoi étions-nous en train de parler exactement ?

Il se risqua à plonger discrètement les yeux sur son cahier mais il se rendit compte que cela faisait au moins dix minutes qu'il n'avait plus rien noté. À côté de lui, Nicolas tenta de lui souffler quelque chose mais Natan ne comprit pas un mot et surtout, il n'était pas parfaitement convaincu de la justesse des suggestions de son ami. En général, Nicolas était plus intéressé pour noter la taille, la forme et la longueur de la jupe du jour de mademoiselle Lieversel, que par son cours.

– Très bien. Si vous passiez au tableau, monsieur de Clare plutôt que de contempler les petits oiseaux dehors, cela vous réveillera un peu !

Il ne manquait plus que ça ! Natan n'avait pas besoin en plus de se faire ridiculiser devant toute la classe alors qu'il venait à peine de revenir. Il se leva et se dirigea sans conviction vers l'estrade.

– Alors monsieur de Clare, pour votre information, nous étions en train de parler des problèmes se résolvant grâce à une équation. Je venais d'énoncer à vos camarades un exemple d'exercice mais, apparemment, il n'est pas arrivé jusqu'à vos oreilles.

L'intonation de la voix de mademoiselle Lieversel ne lui disait rien qui vaille.

– Laissez-moi le reformuler pour être sûre que vous y mettiez toute votre énergie cette fois. Un jeune homme, que nous appellerons par exemple Natan, a donné rendez-vous à sa nouvelle petite amie pour aller au cinéma qui se trouve à mi-chemin de leurs domiciles respectifs. Natan part de chez lui à 7 h 45 et marche à 4 km/h, sa petite amie part de chez elle en vélo à 7 h 55 et roule à 12 km/h. La question est...

– Comment s'appelle sa nouvelle petite amie ? lança une voix de garçon au fond de la classe.

Bien sûr, des rires fusèrent.

– Merci Cédric, mais je ne crois pas qu'une équation puisse répondre à cette question. Non, la question est : à quelle heure se rencontreront-ils ?

Natan se tourna vers le tableau noir pour ne plus voir les visages hilares et se saisit d'une craie blanche. La prochaine fois, il choisirait le cours de sport pour rêvasser, ce serait moins dangereux. Tentant tant bien que mal de se concentrer, le jeune homme posa ses équations au tableau. Mais il entendait toujours Cédric et sa bande ricaner au fond de la classe et il avait plus envie d'aller leur casser la figure que de finir le problème de mademoiselle Lieversel. Au bout d'un moment, il examina avec dépit ce qu'il avait noté au tableau. Il avait trouvé trois heures de l'après-midi, cela ne devait pas être la bonne réponse.

– Je pense que vous devez avoir une erreur dans votre calcul monsieur de Clare. Ou alors, vous avez décidé de remonter le temps !

Une nouvelle salve de rire résonna dans la classe et Natan étudia le tableau noir pour trouver où il s'était trompé afin de mettre un terme au plus vite à cette séance de torture. Mademoiselle Lieversel frappa dans ses mains pour faire revenir l'ordre mais l'attention des élèves venait de se porter sur tout autre chose.

Natan, profitant du silence revenu, ne vit pas tous les visages qui se tournaient vers la porte. Les mots de mademoiselle Lieversel le surprirent d'autant plus qu'à cet instant précis, il devait être le seul élève de la classe à se concentrer sur le tableau noir.

– Mademoiselle Eralced ! Quel plaisir de vous revoir !

Natan en eut le souffle coupé et mit quelques secondes à oser se tourner vers la porte. Là, juste à côté de l'estrade se trouvait Hannah, les cheveux joliment coiffés dans une tresse qui reposait sur son épaule. Elle regarda les autres élèves avant de croiser le regard de Natan. Mademoiselle Lieversel la bombarda de questions auxquelles elle répondit sagement sans quitter Natan des yeux.

– Tenez, avant de vous asseoir, rejoignez monsieur de Clare au tableau pour vous remettre dans le bain, il va vous expliquer le problème sur lequel nous travaillons et vous pourrez essayer de l'aider à le résoudre !

Natan déglutit et se colla, sans même s'en rendre compte, contre le tableau noir, repensant à ce que le docteur Einèg lui avait dit. Il ne devait surtout pas toucher la jeune fille. Mais Hannah se tint à bonne distance, sûrement très au fait aussi du risque qu'elle prenait. Natan expliqua tant bien que mal le problème en s'attachant à ne parler que de « jeune homme » et « d'amie » mais en vain car les petits rigolos du dernier rang se rappelèrent tout de suite à son bon souvenir. Hannah ne dit rien et il lui en fut reconnaissant. La jeune fille contemplait le trois qu'il avait marqué mais Natan n'était maintenant plus du tout capable de se concentrer. Hannah plongea son regard dans ses yeux verts et, pour la première fois depuis des semaines, il entendit le son de sa voix :

– Est-ce que... je peux ?

Elle lui désignait sa main. C'était comme si elle lui demandait l'autorisation. Natan la regarda, complètement perdu. Non elle ne pouvait pas, elle ne devait pas le toucher ! Hannah se rendit compte du désarroi du jeune homme.

– La craie je veux dire... est-ce que je peux te prendre la craie ?

Natan réalisa alors qu'il n'y avait qu'une seule craie. Pouvait-il lui passer un objet qu'il avait touché ? Le docteur ne lui avait rien dit à ce propos. Il lui tendit le bâton blanc du bout des doigts.

Hannah s'en empara et, d'un trait assuré, compléta le trois pour le transformer en huit.

– 8 h ! C'est ça mademoiselle Eralced, je vois que vous n'avez pas perdu la main !

Mademoiselle Lieversel autorisa Hannah et Natan à aller s'asseoir avant d'expliquer la solution du problème. Natan ne pouvait détacher ses yeux de la jeune fille. Elle était revenue. Le docteur ne lui avait pas menti. Elle semblait aller bien. Elle était un peu pâle peut-être, mais si l'on considérait qu'elle venait de le sauver des griffes d'une tumeur, ce n'était pas si mal !

Il se tourna vers Nicolas qui contemplait toujours mademoiselle Lieversel avec un sourire béat comme si c'était la première fois qu'il la voyait. Il allait avoir besoin de son aide.

Hannah n'osait pas se retourner pour regarder Natan qui semblait complétement guéri. Son père avait échoué. Il avait tenté de le tuer mais il n'avait pas eu le dessus. Elle ferma les yeux. La sonnerie annonçant la fin du cours retentit et elle resta volontairement assise à sa place. Elle ne voulait pas risquer d'être prise dans la cohue des élèves pressés de sortir. Ce n'était pas la peine de tenter le diable et de cogner Natan par accident. En sortant de la classe, elle fut surprise de ne pas trouver son comité d'accueil à l'attendre. Elle ne doutait pas que son père avait demandé à Alexandre et Jessi de reprendre leur garde rapprochée. Elle commença à se diriger vers la bibliothèque car ils avaient une heure de libre et, avant de sortir, mademoiselle Lieversel lui avait donné le programme des examens à rattraper tout comme Natan.

Au moins, ce serait une occasion de le voir. Elle n'en aurait sans doute plus beaucoup maintenant.

Soudain, elle sentit quelqu'un la tirer par le bras dans un couloir mal éclairé. La peur l'étreignit jusqu'à ce qu'elle reconnaisse la montagne de cheveux roux qui la serrait contre elle.

– Ne t'avise jamais d'essayer de mourir encore une fois, tu m'as fichu la trouille de ma vie, espèce d'idiote !

Hannah considéra Nolwen dont le sourire montait jusqu'aux oreilles. Elle aussi était heureuse de retrouver son amie après tout ce temps passé loin du lycée.

– Toi aussi tu m'as manqué Nolwen.

– Tu ne nous refais jamais ça, compris ?

Hannah hocha la tête, peu convaincue elle-même par ce qu'elle promettait.

– Allez, suis-moi ! Y'a quelqu'un qui a encore plus envie de te voir que moi !

Et Nolwen entraîna Hannah dans le couloir et ouvrit la porte de la salle de cours qui était vide. Vide, hormis Natan qui se tordait les mains d'impatience.

– Monsieur le prince, votre princesse est arrivée !

Nolwen était contente de son entrée mais les deux intéressés se dévoraient trop des yeux pour être bon public.

– Bon, je vous laisse tous les deux mais soyez sages, hein ?

Hannah et Natan se retrouvèrent enfin seuls. Ils mourraient d'envie l'un et l'autre de se rapprocher mais ils savaient bien tous les deux que c'était désormais impossible.

– Je crois qu'il faut quand même que je te remercie de m'avoir sauvé la vie.

Hannah lui sourit, gênée.

– Comment as-tu su… qu'il fallait aligner nos deux marques ?

– Je ne sais pas trop. À partir du moment où mon père a coupé ton fil, je n'ai pas arrêté de *revorover* de lui. De Soroboruo je veux dire. Je crois que c'est lui qui me l'a fait savoir.

Natan commença à se rapprocher de la jeune fille dont le sourire se figea.

– Natan, non ! On ne peut pas.

– Se toucher… oui, je sais… le *transfilage* matériel. J'ai eu une discussion très intéressante à ce sujet avec ton médecin.

Hannah baissa les yeux. Il savait.

– Je voulais juste te rendre ça.

Natan venait de sortir de sa poche le pendentif vert. La jeune fille porta la main à son cou. Avec tout ce qui était arrivé, elle ne s'était même pas rendu compte qu'elle l'avait perdu.

– Il était tombé dans mes draps.

Hannah tendit la main pour récupérer son collier en faisant bien attention à ne pas le toucher.

– Merci.

Au lieu de s'éloigner, Natan se rapprocha un peu plus. Il commençait à être réellement proche.

– Natan...

La jeune fille s'arrêta comme si elle peinait à trouver ses mots. Tout ceci était difficile à exprimer pour elle.

– Ne t'inquiète pas, reprit Hannah sans oser le regarder. Tu ne me dois rien.

Le jeune homme fronça les sourcils, semblant ne pas comprendre.

– Parce que… parce que tu penses que cela change quelque chose ?

Hannah ne résista pas à plonger dans les yeux verts de Natan maintenant si proche.

– Je ne peux pas te toucher, d'accord. Et il ne faut mieux pas parler de ceinture, ni de ton père, ni de ma mère. Mais on peut parler d'un tas d'autres sujets. Tiens, par exemple, comment ton docteur Einèg arrive à autant emmêler sa barbe quand il se transforme en Maître Rion !

Hannah ne put s'empêcher de rire. Le garçon se sentit mieux comme s'il se nourrissait encore plus de son visage rieur que du *transfilage*.

– Et on peut faire des tas d'autres choses ! poursuivit-il se sentant pousser des ailes. Si on allait à la fête foraine samedi prochain tous les deux ?

Il sentait les barrières d'Hannah céder une à une. Elle allait lui répondre quand Alexandre pénétra en trombe dans la salle de classe. Natan recula aussitôt. Cela ne servait à rien que sous le coup de la colère il se fasse bousculer et qu'il touche Hannah.

– Non mais ça ne va pas la tête ! Ça ne t'a pas suffi de manquer de la tuer la première fois !

Alexandre était comme fou. Il vint s'interposer entre Natan et Hannah. Natan ne répondit rien. C'était déjà bien que Nicolas ait réussi à le retenir aussi longtemps. Le jeune homme lui lança un regard assassin et entraîna Hannah qui se laissa faire. Natan les observa partir, le cœur serré. Alexandre pouvait la toucher autant qu'il le voulait, lui, il ne risquait pas de la tuer.

Chapitre 28

Quand Natan se réveilla au palais, il était nettement de meilleure humeur. Hannah allait bien et il avait même pu lui parler. Tout le reste n'était qu'accessoire. Le jeune homme s'élança en direction des appartements de la reine. Il devait parler à sa mère, lui parler vraiment cette fois. Quand Natan arriva, il entendit des rires résonner à l'intérieur de la pièce. Sa mère était en grande discussion avec Sitèm.

Elles s'arrêtèrent en voyant Natan.

– Bonjour mon chéri, quel plaisir de te voir en si bonne forme !

Il les dévisagea sans rien ajouter. De quoi pouvaient-elles bien discuter ? Devant le silence de son fils, la reine prit les devants.

– Tu voulais me demander quelque chose, Natan ?

– Je voulais vous parler.

Il jeta un œil vers Sitèm qui n'avait pas bougé.

– Je vais vous laisser, dit tout de suite la jeune fille qui avait bien compris qu'elle était de trop.

Elle s'apprêtait à sortir quand madame Zenitram fit son apparition.

– Majesté, je suis là si vous souhaitez que nous procédions à la revue des *Invini*.

– Ah oui, c'est vrai, je vous avais complétement oubliée, madame Zenitram. Natan, je reviens tout de suite, ça ne prendra que quelques minutes.

La reine sortit en trombe avec madame Zenitram, laissant Natan quelque peu désemparé. Le jeune homme se reprit en s'apercevant que Sitèm n'était pas encore sortie de la pièce. Il n'oubliait pas ce qu'elle savait faire.

– Natan...

– Oui ?

Sitèm peinait à trouver ses mots. Cela ne lui ressemblait pas. Allait-elle lui parler d'Hannah ? Elle avait assisté comme tout le monde à son retour hier.

– Je voudrais te présenter des excuses.

Natan eut du mal à masquer son étonnement. Pourquoi voulait-elle s'excuser ?

– C'était moi, poursuivit Sitèm dont les mots apparemment lui coûtaient. C'était moi qui aurais dû te prévenir que l'*Imagamiade* était ton examen final d'*Imagami*...

Il resta sans voix. Maître Rusanrev avait chargé sa fille de le prévenir et Sitèm l'avait sciemment laissé dans l'ignorance. Le jeune homme repensa à l'angoisse qu'il avait ressentie quand sa mère lui avait appris qu'il allait passer son examen devant tout le peuple Cnalb et tout ça, à cause de Sitèm. La jeune fille poursuivit, cherchant à justifier sa bêtise.

– C'était juste après le cinéma, j'étais en colère après toi ! C'était idiot je sais, je suis vraiment désolée.

Le cinéma, c'est vrai qu'il ne l'avait pas volé en même temps ! Embrasser Métis en faisant exprès de penser à Hannah, sachant très bien qu'elle le saurait immédiatement. Tout ça pour se venger du mauvais tour que les filles avaient voulu lui jouer !

– Je crois que je n'ai pas été un saint non plus. Alors, on a qu'à dire qu'on est quitte !

Un sourire remplaça la mine inquiète affichée sur le visage de Sitèm.

– Merci.

Elle se rapprocha de lui et, avant même qu'il ait le temps de réaliser ce qui se passait, elle l'embrassa sur la joue.

– Nous sommes bons amis, alors ?

– Oui, bien sûr que oui, bredouilla Natan, gêné tandis que les grands yeux bleus de Sitèm pétillaient de malice.

La reine revint. Elle n'avait pas menti, la revue des *Inivini* ne lui avait pris que quelques minutes.

– Voilà, je suis toute à toi, mon fils !

Ève sourit de voir Sitèm et Natan côte à côte.

– Voulez-vous que je vous laisse un moment ?

– Non, pas du tout, s'empressa de répondre Natan, Sitèm était juste sur le point de partir.

La reine observa la jeune fille. Natan ne commenta pas son regard, il n'était pas venu pour ça. Il enchaîna avant que sa mère ne trouve une nouvelle tâche pour se soustraire à leur conversation.

– Je suis venu vous parler de la ceinture. Je veux vous aider dans la quête du troisième fragment. Je ne suis plus malade et j'ai réussi mon examen. J'en ai assez que vous me teniez à l'écart de tout !

La reine balaya le sol des yeux comme si elle cherchait une parade. Elle allait encore nier, Natan en était sûr ou changer de sujet et le traiter comme un enfant !

– Tu as raison, Natan.

Il avait déjà ouvert la bouche pour protester mais le mea culpa spontané de sa mère lui coupa l'herbe sous le pied. La reine se leva pour poursuivre.

– La vérité est que je me suis rendue compte l'année dernière que le roi Rion pouvait espionner tout ce que tu voyais, Natan, tout ce que tu vivais. J'imagine que c'est grâce à l'image ensorcelée de ton fil de vie qu'il y parvient. Quoi qu'il en soit, tout ce que tu aurais pu apprendre sur la ceinture, le roi Rion l'aurait su également. Voilà pourquoi j'ai décidé de te mettre à l'écart cette année, et je suis sincèrement désolée que cela t'ait fait souffrir.

Natan repensa à Hannah qui le fuyait sans cesse comme si quelqu'un les épiait en permanence, au roi Rion qui semblait si bien informé sur ses progrès en *Imagami*. Quel idiot, comment n'avait-il pas compris plus tôt !

– Et maintenant ? demanda Natan. Qu'est-ce qui a changé ?

– Ta guérison. Il semble qu'il se soit produit quelque chose qui l'empêche maintenant de te voir.

– Il n'a plus l'image de mon fil en sa possession ? s'enquérit le jeune homme qui voyait un espoir de lui arracher Hannah.

– Si, il l'a toujours, mais c'est un peu plus compliqué que ça maintenant.

– Qu'est-ce qui est plus compliqué ?

La reine ne répondit pas et se dirigea vers la fenêtre.

– Le troisième fragment de la ceinture est détenu par le fantôme d'une petite fille qui s'appelle Irehca.

Ce n'était pas la question qu'il lui avait posée mais c'était apparemment la seule réponse que sa mère souhaitait lui donner.

– Le fantôme d'une petite fille ? C'est étonnant que le cavalier noir lui ait confié le troisième fragment de la ceinture !

– Ne la sous-estime pas Natan, elle est extrêmement dangereuse. Elle a déjà fait beaucoup de mal par le passé, à la famille de ton ami Salocin notamment.

– À la famille de Salocin ? s'inquiéta Natan.

Le jeune homme repensa à Nicolas qui lui avait paru soucieux et distant ces derniers temps. Il avait pensé que c'était parce qu'il lui en voulait toujours d'avoir envoyé Nolwen chez Hannah, mais finalement peut-être pas uniquement.

– Oui, il y a très longtemps de cela. À l'époque où Nomis n'était qu'un enfant.

– Que s'est-il passé ?

– Nomis et sa petite sœur Eoz étaient en train de jouer quand Irehca les a trouvés. Nomis a essayé d'écarter sa sœur mais ce n'était qu'une enfant. Eoz a marché sur l'ombre d'Irehca et... elle est morte.

Natan déglutit avec difficulté. Cette petite fille lui semblait en effet bien moins sympathique que tout à l'heure.

– Et comment fait-on pour trouver cette Irehca ?

– Tu ne peux pas trouver pas Irehca. C'est Irehca qui te trouve.

La reine marqua une pause avant de poursuivre.

– À une exception près cependant.

Natan réfléchit quelques instants. Il repensa à son père qui passait beaucoup de temps en ce moment avec le chevalier Veilleur.

– Nomis ?

– Oui, Nomis. Seul quelqu'un qui a déjà été trouvé par Irehca peut la retrouver à son tour. Mais cela demande une grande concentration car le fantôme efface ses traces. Jusqu'à peu, Nomis ne se souvenait même pas que c'était elle qui avait tué Eoz.

– Et maintenant ? L'avez-vous trouvée ? Nomis l'a-t-il trouvée ?

– Pas encore mais il est en bonne voie.

– Que peut-on faire pour l'aider à se souvenir ?

– Lui rappeler Eoz mais c'est très douloureux. Ton père est à ses côtés pour l'aider.

C'était donc bien ça. Natan repensa à son père qui allait mieux ces dernières semaines. Était-ce le fait d'aider son ami à son tour ? La reine se tourna vers son fils. Elle semblait lui avoir livré tout ce qu'elle savait sur la ceinture.

– Comment s'est passée ta journée au lycée hier ? Tu as à peine dit trois mots pendant le dîner.

Natan fut surpris par le tour pris par la conversation. Sauf exception, sa mère excellait en règle générale pour séparer les deux mondes : parler à Yamay de Yamay, de la vie réelle dans la vie réelle. Mais pas aujourd'hui, c'était décidément une grande journée !

– Tout s'est bien passé.

– J'ai entendu dire... qu'Hannah était revenue.

Natan repensa à Sitèm qu'il avait surprise en train de discuter avec sa mère tout à l'heure. Cela lui paraissait tellement évident maintenant.

– Oui, elle est revenue hier.

– Et... tu lui as parlé ?

Il s'efforçait de garder son calme mais la moindre allusion de sa mère à Hannah lui mettait en règle générale les nerfs en pelote.

– On est passé au tableau en maths ensemble.

– Et... c'est tout ?

Il ferma les yeux et soupira. Elle osait vraiment lui poser cette question.

– Non, ce n'est pas tout. Je lui ai proposé d'aller à la fête foraine samedi prochain puisque vous voulez tout savoir.

Natan foudroyait sa mère du regard. Elle se tut pendant quelques secondes avant de reprendre tout bas.

– C'est de la folie, tu ne te rends pas compte, Natan !

– Si, au contraire ! Je me rends compte qu'elle a failli mourir pour me sauver même si vous refusez d'en parler !

Le visage de la reine se pinça et elle se tourna vers la fenêtre pour que Natan ne la voie plus. Aborder avec son fils ce qui s'était passé cette nuit-là, et pourquoi cela s'était passé, était en effet la dernière chose qu'elle souhaitait faire. Ils restèrent un moment silencieux puis la reine se retourna et le fixa de ses yeux verts, déterminée à lui faire entendre raison.

– Peux-tu me dire quel avenir vous avez ensemble ? Toujours à vous battre pour cette maudite ceinture !

– Elle ne fait ça que pour empêcher son père de...

– Sans jamais pouvoir vous toucher.

Natan sentit son cœur se serrer. Sa mère était au courant.

– Ça m'est égal, je m'en fiche complètement.

La reine ne le lâchait pas des yeux.

– Aujourd'hui peut-être oui... mais pas indéfiniment.

Natan baissa la tête sans répondre. Il essayait de chasser de sa tête cette voix qui lui disait que sa mère avait raison.

– Natan, c'est dangereux ! Tout ce que tu vas réussir à faire, c'est finir par la tuer !

La reine ne renonçait pas à les séparer, noyant son fils sous mille raisons. Le jeune homme gardait toujours la tête baissée, refusant de voir la vérité en face.

– Tu me reproches toujours de te traiter comme un enfant, reprit la reine. Et bien, c'est le moment de te comporter en homme, Natan ! Si tu l'aimes vraiment comme tu le dis, alors éloigne-toi d'elle ! C'est la seule chose que tu puisses faire pour la sauver à ton tour.

Cette fois, ce fut Natan qui botta en touche.

– Salocin m'attend, je dois y aller.

Le chevalier ne l'attendait pas du tout mais Natan ne pouvait plus continuer à l'écouter. Sa mère ne fut pas dupe mais n'ajouta rien. Toute reine qu'elle était, elle ne pouvait pas forcer son fils à être raisonnable contre sa volonté.

Le jeune homme déambula dans les couloirs sans but. Sans même l'avoir voulu, il sortit du palais et arriva devant la réserve royale de roses. Le jardin était fermé par une grille mais Natan, comme sa mère, avait la clé dont le fermoir représentait le signe de Yamay. Tout comme dans le jardin de roses où il aimait tant se réfugier le premier été où il était arrivé, Natan pénétra dans l'espace secret et s'assit devant les rangées de roses blanches au doux parfum. Il se sentait bien ou, du moins un peu moins mal. Pourquoi s'évertuaient-ils tous sans relâche à l'éloigner d'elle ? Sa mère passait son temps à lui demander de l'oublier comme si c'était aussi facile que de se désinscrire à un magazine !

– Est-ce que je peux me joindre à toi Natan ?

Le jeune homme se retourna vers la porte qu'il avait laissée entrouverte et aperçut son père qui l'observait.

– Oui, bien sûr.

Dnomso vint s'asseoir à côté de son fils. Natan constata encore une fois avec plaisir qu'il allait beaucoup mieux.

– Vous étiez avec Nomis ?

– En effet ! Je vois que ta mère t'a parlé d'Irehca.

– Oui, comment va-t-il ?

– Il est courageux. C'est extrêmement douloureux de se forcer à se souvenir, surtout quand vous avez tout fait pour oublier et je sais de quoi je parle.

– Le poème de Morwrom ?

– Entre autres, oui.

Natan scruta les traits impassibles de son père, intrigué. De quoi voulait-il parler ? Mais ce dernier poursuivit avant que son fils ait pu lui poser la question.

– Elle peut être maladroite mais tout ce qu'elle cherche à faire, c'est à te protéger, Natan.

Le garçon se leva et s'avança vers les roses, les mâchoires serrées par les derniers mots de son père.

– C'est elle qui vous envoie me parler ?

– Natan... je n'ai pas besoin de ma femme pour avoir envie de parler avec mon fils !

Natan se rendit compte à quel point sa remarque pouvait être blessante et vint se rasseoir à côté de son père, enfouissant sa tête entre ses mains.

– Pourquoi déteste-t-elle tant Hannah ? C'est elle qui l'a libérée du château Rion quand même !

– Elle ne déteste pas Hannah, Natan. Au contraire, même ! Elle a tout fait pour aider Ylil à arrêter le *transfilage*. Salocin et Newlon ont dû te le raconter.

Natan acquiesça.

– Ta mère est la reine Cnalb, Natan. Elle pense qu'elle peut faire plier le destin à sa volonté. C'est sa plus grande force et sa plus grande faiblesse à la fois.

Natan laissa le silence s'installer, tâchant de donner un sens aux paroles énigmatiques de son père.

– Et vous ? Que pensez-vous ?

– Moi ?

Dnomso soupira comme s'il avait à l'intérieur de sa poitrine un puit de chagrin sans fond.

– Moi, je pense qu'il faut mieux regarder en face l'inévitable plutôt que de chercher à changer à tout prix ce qui doit arriver.

Natan n'eut pas le temps de le questionner davantage car Dnomso se leva. Arrivé à la porte du jardin, il se retourna et dévisagea son fils de ses grands yeux tristes.

– Il ne faut pas fuir son destin, Natan. Même si c'est ce qu'il y a de plus dur.

Il observa son père s'éloigner. Cette conversation ne l'avait pas éclairée, bien au contraire. Que voulait-il dire ? Quel était son destin ? Était-ce de perdre Hannah ? De se sacrifier à son tour pour la sauver ? Natan ferma les yeux, espérant que le parfum des roses viendrait répondre à toutes les questions qui l'assaillaient.

Chapitre 29

Natan était assis dans la classe, dépliant et repliant le même bout de papier machinalement. Il était venu plus tôt au collège, espérant apercevoir Hannah sans ses deux gardes du corps mais cela avait été peine perdue. Ce n'était pas grave, tout ce qui comptait, c'était le « Oui » qu'elle avait tracé sur le petit rouleau de papier quadrillé qu'elle lui avait fait passer la veille. Oui, elle viendrait avec lui à la fête foraine samedi.

– Je peux m'installer à côté de toi ?

Il releva la tête. Perdu dans ses pensées, il ne s'était même pas aperçu que Métis venait de s'arrêter devant lui. Le jeune homme chercha Nicolas des yeux parmi les élèves qui commençaient à entrer en cours.

– Il est toujours dehors, avec Nolwen. Je crois qu'ils se disputent encore à propos de foot.

Natan baissa les yeux machinalement, espérant que ça limiterait la fuite de ses pensées. Il lui avait promis qu'ils seraient amis après tout et si cela pouvait aider Nicolas à se mettre à côté de Nolwen.

– Je t'en prie, installe-toi !

– Merci !

Ravie, la jeune fille s'assit et commença à sortir ses affaires de son sac. Quand Nicolas entra dans la classe, il jeta un regard surpris à Natan dont les épaules lui jetèrent avec lâcheté un « Je n'ai pas eu le choix ». Le cours de géographie de monsieur Idrapoeg se passa sans encombre. Depuis qu'il s'était rendu avec sa mère dans la boutique du docteur Geopardi, Natan ne pouvait s'empêcher de repenser à son jeune professeur dans son pyjama imprimé de petits lapins roses. Cela rendait la géographie beaucoup plus attrayante qu'auparavant. Nicolas, qui s'était installé quelques tables derrière avec Nolwen, non loin d'Hannah et de Jessi, tentait désespérément de recopier les notes de la jeune fille mais cette dernière ne faisait aucun effort pour l'aider.

– Tu ne veux pas pousser tes cheveux ? Y'en a partout ! Je ne vois rien de ce que tu as écrit.

– Et toi, tu ne veux pas te concentrer deux minutes ! Idrapoeg parle à deux à l'heure aujourd'hui, comment tu fais pour ne pas réussir à noter ce qu'il dit ?

– Tu laisses bien Natan recopier tes cours alors pourquoi pas moi ?

– Parce que lui, il a loupé trois mois de lycée ! Ça me parait être une raison suffisante, non ? Et puis, tu arrives très bien à te concentrer quand tu veux je te signale. Hier, en maths par exemple !

– Ça n'a rien à voir ! Je me sens beaucoup plus d'atomes crochus avec les maths qu'avec la géographie, ce n'est pas de ma faute quand même.

– Mais bien sûr !

Natan, qui venait de se retourner vers eux, soupira. Métis lui jeta un sourire de connivence.

– Ne t'inquiète pas, ils finiront bien par s'avouer leur inclinaison.

– Oui, s'ils pouvaient éviter de se tuer avant de s'avouer qu'ils s'aiment, ça m'arrangerait !

Métis rit de bon cœur et posa sa main sur son avant-bras. Le jeune homme se raidit et contempla ses doigts sur sa peau. Un contact si simple, si naturel ! Et il s'efforça de chasser les dernières paroles de sa mère. Cela n'avait aucune espèce d'importance.

Les pensées d'Hannah n'étaient pas optimistes quand elle traîna ses guêtres jusqu'au cours de danse de madame Hcavedop.

La journée lui avait laissé un goût amer qu'elle n'arrivait pas à dissiper. En cours de géographie, Jessi avait ricané dans ses oreilles comme une idiote, prenant un malin plaisir à lui désigner la table située juste devant eux. La jeune fille aux cheveux d'acier n'avait apparemment pas supporté que Nicolas les ait enfermés comme deux débutants dans un placard l'autre jour et, depuis, il semblait qu'elle se vengeait.

Hannah tenta de se concentrer sur ses jambes qui se battaient pour enfiler le collant rose imposé par madame Hcavedop. Elle avait espéré que ses mois d'absence et le retour de sa mère sonneraient le glas de cette heure de torture hebdomadaire exigée par son père mais malheureusement il n'en était rien. Sa mère avait au contraire trouvé qu'avec sa jambe restée un peu faible, c'était une très bonne idée ! Par chance, une ancienne élève de madame Hcavedop venait leur faire une démonstration aujourd'hui et Hannah allait être dispensée de son humiliation hebdomadaire.

La jeune fille se remémora la boutique d'Elatipac Rion dont la vitrine laissait entrevoir des centaines de petites poupées pendues transpercées d'aiguilles : « Les danseuses de madame Podevach ». Lors d'une de ses pérégrinations hors du château, du temps où elle avait encore le droit de sortir avec Maître Rion, un jour, elle avait découvert sur le pas de la porte madame Hcavedop, aussi droite et figée que si elle s'était tenue à sa barre ! La boutiquière était tellement décharnée qu'elle ressemblait à l'une de ses propres poupées à qui il ne serait plus resté que le fil de fer. Elle semblait inspecter les passants. Hannah n'avait pas eu besoin de demander à Maître Rion à quoi pouvaient servir les malheureuses figurines pendues dans la devanture. Elles ressemblaient trop aux poupées vaudous du monde réel pour qu'il y ait le moindre doute. La jeune fille s'était persuadée depuis qu'une de ces poupées devait porter son nom et recevoir une aiguille de plus à chaque nouveau cours de danse.

Aujourd'hui au moins, elle s'économiserait peut-être une aiguille ! En s'asseyant à côté de ses camarades, Hannah bénissait encore cette ancienne élève quand elle découvrit Métis, son corps fin moulé dans son justaucorps, sortir du vestiaire et venir embrasser leur professeur. L'ancienne élève, c'était elle ! Hannah se demanda si elle avait commis quelques mauvaises actions dans une vie antérieure pour mériter ça et se ratatina. Ce serait plutôt double ration d'aiguilles pour aujourd'hui…

Après un petit discours de madame Hcavedop aussi pompeux qu'inutile, Métis commença à danser. Ce n'était pas seulement qu'elle était une très bonne danseuse, c'était qu'elle dégageait une sorte de pouvoir hypnotique si bien qu'il était impossible d'en détacher son regard. Même Hannah, qui serrait les dents, ne parvenait plus à détacher ses yeux de la silhouette élancée qui se pliait comme un roseau.

L'heure se termina enfin et, alors que des groupies entouraient la danseuse vedette, Hannah tenta de se glisser le plus discrètement possible vers le vestiaire.

– Hannah, Hannah !

Hannah s'arrêta et se retourna, un sourire crispé aux lèvres. Métis s'avança vers elle la mine radieuse.

– Je ne savais pas que tu suivais ce cours ! Madame Hcavedop est un super professeur, tu dois l'adorer !

Ce n'est pas exactement ainsi qu'Hannah aurait défini le dragon fumant mais elle essaya de limiter les pensées négatives qui devaient s'échapper à l'instant même de son cerveau.

– Je n'ai pas suivi beaucoup de cours à vrai dire, je ne sais quasiment rien faire. Mais toi, bravo ! C'était magnifique, tu es vraiment impressionnante.

– Oh non, je n'ai aucun mérite, je danse depuis que je suis toute petite, tu sais !

Et en plus, la jeune fille était la modestie incarnée. Hannah avait du mal à faire disparaître son sourire coincé.

– Je ne dois pas traîner, je vais aller me changer.

– Je t'accompagne ! Moi aussi, il faut que je me dépêche.

Les deux jeunes filles se dirigèrent de concert vers les vestiaires pour le plus grand malheur d'Hannah qui ne rêvait que de la fuir.

– C'est toi qui es impressionnante plutôt, reprit Métis quand elles furent enfin seules.

Le regard étonné d'Hannah répondit pour elle.

– D'avoir sauvé comme ça Natan et de continuer à le voir… malgré tout.

Hannah dévisageait toujours Métis sans comprendre où elle voulait en venir.

– J'ai entendu dire que vous ne pouviez pas vous toucher.

Puis, comme pour se justifier, la jeune fille ajouta en enfonçant encore un peu plus profond le couteau dans la plaie :

– La reine l'a dit à Sitèm hier.

Hannah eut l'impression de recevoir une gifle. La mère de Natan était au courant. Qu'elle était bête, bien sûr qu'elle était au courant, c'était sûrement sa mère ou Maître Rion qui le lui avait dit ! Et elle en discutait avec Sitèm ! De quoi d'autre parlaient-elles toutes les deux ? Métis se délecta du trouble de Hannah.

– Tu es vraiment courageuse, je t'admire.

Hannah tentait tant bien que mal de se changer et de cacher ses sentiments à Métis, ce qui était loin d'être facile. Métis sentit que sa proie allait lui échapper.

– Personnellement, j'aurais eu peur qu'un garçon de seize ans attende… tu vois, autre chose. Mais toi, tu lui fais une telle confiance, je trouve ça beau.

Hannah termina enfin de lacer sa chaussure et bondit vers la sortie en lançant à peine un au revoir à Métis. Ses oreilles bourdonnaient. Elle avait tellement cherché à bloquer ses pensées en présence de la jeune fille qu'elle en avait presque oublié de respirer.

À l'air libre, traversant le parc qui la ramenait chez elle, elle reprit peu à peu une respiration normale. Elle ne s'en rendait compte que maintenant mais Métis était la pire de toutes. Si seulement, Lumul pouvait être là pour la défendre aussi dans le monde réel, pour l'entourer d'une bulle transparente *pare-peste* ou lui souffler ce qu'elle devrait dire pour la faire taire au lieu de s'écraser et de s'enfuir. Parfois, cela semblait plus simple à Hannah de tenir tête à son père que de se défendre au lycée. Elle repensa à ce que lui avait dit la jeune fille. Elle était jalouse, voilà tout ! Cela ne changeait rien pour Natan. C'était lui-même qui lui avait dit. Sinon, pourquoi l'aurait-il invitée à le rejoindre à cette fête foraine ? La gorge de la jeune fille se noua et ses vieux démons reprirent le dessus. Peut-être s'était-il senti obligé ? Parce qu'elle l'avait sauvé et qu'il se sentait redevable. Hannah fixa sa montre, il était presque dix-neuf heures, l'heure de son rendez-vous avec lui justement. Elle hésita. Non, c'était exactement ce que voulait Métis et elle ne lui ferait pas ce plaisir ! La jeune fille bifurqua et s'élança en direction de l'esplanade d'herbe où les forains avaient installé leurs manèges.

Natan regarda encore une fois sa montre. Une dixième fois en l'espace de quelques minutes. Elle était en retard. Avait-elle changé d'avis ? Peut-être que son père l'avait appris et qu'elle n'avait pas réussi à s'échapper. Ou sa mère avait trouvé cela trop dangereux et lui avait interdit de sortir. Cela n'aurait pas été très étonnant. Natan faisait les cent pas, tête baissée, piétinant une herbe qui ne repousserait pas quand il entendit enfin la voix qu'il guettait tant.

– Salut Natan.

Le jeune homme leva les yeux vers Hannah et eut enfin l'impression de respirer. Il ne rêvait pas, elle était bien là.

– Tu as réussi à venir !

Hannah vit le visage de Natan qui s'illuminait. Cela la rassura un peu. Le jeune homme souriait toujours bêtement, n'en revenant pas de ce moment volé. Il se força à revenir à la réalité. Hannah allait le prendre pour un idiot s'il continuait à la dévisager de cette façon !

– Euh... tu veux faire un tour de manège ?

Il s'arrêta brusquement, se rendant compte qu'il avait parlé sans réfléchir.

– Enfin non, ce n'est peut-être pas une bonne idée, on risquerait de se...

Le jeune homme déglutit avec difficulté. Leur rendez-vous venait de démarrer depuis à peine deux minutes et il enchaînait déjà gaffe sur gaffe. Hannah rit intérieurement devant son air penaud et décida de voler à son secours.

– On peut simplement se promener ?

– Parfait ! Se promener, j'adore ça, me promener.

Les deux jeunes gens se mirent à marcher côte à côte, à bonne distance pour ne prendre aucun risque. Trop d'idées se bousculaient dans la tête du jeune homme. Il y avait tant de choses qu'il voulait lui dire.

– Ton père… il ne peut plus nous entendre.

Hannah cessa de marcher. Natan vit que la nouvelle venait de provoquer un choc chez la jeune fille.

– C'est pour ça que tu me fuyais, n'est-ce pas ? Car il pouvait nous entendre ?

Hannah hocha la tête sans oser parler.

– C'est fini maintenant. Depuis que tu m'as sauvé, cette nuit-là.

La jeune fille se remit à avancer.

– Tu es sûr ? Est-ce qu'il ne peut vraiment rien entendre ?

– Ma mère avait l'air assez sûre d'elle hier.

Les pensées se bousculèrent à leur tour dans la tête d'Hannah. Cela changeait tellement de choses. Un poids énorme quittait sa poitrine.

– Natan, il faut que tu désensorcèles ton...

– Fil de vie. Oui, je sais, avec des fleurs d'immortelle comme tu l'as fait l'année dernière.

– Oui, mais il faut que tu le fasses sur ton vrai fil, celui qui est détenu par les *Seriom*. J'ai essayé de le faire sur l'image que mon père conserve mais ça n'a pas fonctionné.

Hannah se sentait tellement libérée de pouvoir parler enfin librement à Natan. Elle avait envie de se jeter dans ses bras mais c'était impossible. Une frustration en remplaçait une autre.

– C'est ce que je ferai, acquiesça Natan. Et quand mon fil sera désensorcelé, tu pourras enfin quitter le château Rion et venir habiter chez moi.

Hannah sourit et baissa la tête tout en se remettant à marcher.

– Je ne suis pas sûre que ta mère soit ravie que je vienne habiter chez vous.

– Pourquoi donc ? Tu l'as bien déjà fait quand ta mère s'est enfuie la première fois !

– Mais c'était il y a quinze ans. Les choses ont un peu changé depuis, tu ne crois pas ?

– C'est vrai. Maintenant, je ne peux plus te toucher. Mais ça, ça devrait plutôt plaire à nos mères non ?

Hannah ne dit rien et ils continuèrent à déambuler parmi les manèges à sensation, les vendeurs de barbe à papa et les stands de tombola. Ils finirent par arriver au bout de la fête foraine. Il n'y avait plus rien à part quelques couples qui se bécotaient dans la pénombre des bosquets.

– Tu veux une fleur ? lui proposa soudain Natan d'un ton guilleret.

– Pardon ?

Natan se concentra sur des pétales de roses qui jonchaient le sol et qui doucement s'élevèrent dans les airs. Les pétales reformèrent une corolle et des roses vinrent bientôt danser autour d'Hannah. La jeune fille rit tout en jetant des regards inquiets autour d'eux.

– Attention Natan, on pourrait te voir.

Natan observa les couples qui s'embrassaient et continua de faire danser ses roses.

– Ne t'inquiète pas, ils ont bien mieux à faire.

Hannah jeta un œil aux amoureux autour d'eux et son cœur se serra. Le jeune homme, de son côté, s'amusait toujours autant avec ses roses et un vrai jardin flottant dansait maintenant autour d'eux.

– Est-ce que tes anciens petits amis savaient faire ça ? crâna-t-il en souriant toujours autant.

Hannah considéra Natan. Elle était rassurée d'entendre qu'il se considérait comme son petit ami malgré ces circonstances bizarres.

– Mes anciens petits amis ?

– Oui... enfin... est-ce qu'Alexandre sait faire ça ?

Hannah sourit en observant Natan exhiber fièrement ce qu'il savait faire comme s'ils étaient à l'*Imagamiade*.

– Alexandre n'a jamais été mon petit ami.

Natan ne put s'empêcher de se rapprocher de la jeune fille. Il avait tellement envie de ne l'avoir rien que pour lui à cet instant précis.

– Tu l'as embrassé pourtant trois fois si ma mémoire est exacte !

– Des baisers volés ! Ça ne compte pas. Je ne suis sortie vraiment qu'avec... toi au final.

Hannah voyait bien que Natan se rapprochait un peu trop mais elle n'arrivait pas à lui dire de s'éloigner. Elle aussi en avait terriblement envie.

– Alors oui, reprit la jeune fille espérant le stopper dans son avancée, tu es plus fort que Natan, treize ans, que Natan, quatorze ans et que Natan, quinze ans.

Les deux adolescents ne se quittaient pas des yeux, sachant bien qu'ils étaient condamnés à ce terrible supplice sans espoir de rémission, quand soudain, le bruit d'une moto lancée à toute allure les sortit de leur rêverie. Le conducteur avait à l'évidence trop bu et, dans la pénombre qui régnait en marge de la fête, il était en train de leur foncer dessus sans même s'en rendre compte.

– Hannah, attention !

Mais la jeune fille était coincée et Natan n'eut d'autre choix que de l'attirer à lui pour qu'elle ne finisse pas sous les roues du chauffard. Dès que Natan la toucha, Hannah s'effondra dans ses bras. Le jeune homme regarda, paniqué, ce qu'il venait de faire alors que la moto s'éloignait dans la nuit.

– Oh... Hannah, non... je t'en prie !

Il serrait la jeune fille dans ses bras, priant pour qu'elle ne soit pas morte, quand soudain le docteur Einèg surgit de nulle part.

Natan le regarda comme son sauveur.

– La moto, elle est arrivée sur nous, je n'ai pas pu...

Le jeune homme était en larmes, serrant toujours Hannah contre lui, mais le docteur ne sembla même pas s'intéresser à ce qu'il disait.

– Allongez-la par terre, vite !

Il s'exécuta et le docteur Einèg sortit une seringue démesurément longue de sa veste qu'il planta d'un coup sec dans le cœur d'Hannah.

L'adolescente se réveilla brutalement mais retomba aussitôt dans les bras du docteur. Natan fut soulagé de la voir respirer à nouveau, même si c'était faiblement.

– Allez chercher les pompiers, Natan !

Encore une fois, le jeune homme ne demanda pas son reste et courut jusqu'au poste de secours mobile situé un peu plus haut. Il revint avec deux pompiers aussi grands que musclés qui prirent en charge Hannah. Il les regarda l'installer sur une civière, emmitouflée dans une couverture de survie pendant que lui-même sentait dans son corps un regain d'énergie s'emparer de lui. C'était l'énergie vitale d'Hannah qu'il venait de lui prendre sans même le vouloir. Laissant la jeune fille aux bons soins des pompiers, le docteur Einèg vint trouver Natan, les yeux pleins de reproches.

– Vous avez eu de la chance ! Je n'étais même pas sûr que ça fonctionne. Encore heureux que Lily m'ait envoyé vous chaperonner tous les deux !

Natan se demanda depuis combien de temps il les observait ainsi. Depuis le début sans doute.

– Merci.

– Ne me remerciez pas, Natan ! Ne la mettez plus en danger, c'est tout ce que je vous demande ! Encore une fois et elle ne se réveillera pas, je ne plaisante pas !

Natan fixait le sol, tentant de contrôler le désespoir qui l'envahissait. Bien sûr qu'il avait raison, comme sa mère, comme Alexandre. Le médecin se dirigea vers les pompiers et resta un moment près d'Hannah qui semblait s'être réveillée. Natan n'osait pas approcher. Il avait fait assez de mal comme ça pour ce soir. Le vieux barbu revint vers lui d'un air irrité.

– Elle insiste pour vous parler mais je vous en prie, Natan, faites très attention !

Le jeune homme hocha la tête docilement et s'avança vers elle en gardant bien ses distances cette fois. Quand elle le vit arriver, la jeune fille sourit mais il vit bien qu'elle faisait des efforts démesurés pour y parvenir.

– Ne fais pas... cette tête Natan... je ne vais pas... si mal que ça.

– Il t'a quand même planté une aiguille de cinq centimètres de long dans le cœur.

– Tu ne m'aurais pas... tirée... je serais... morte... tu m'as sauvée !

Le moindre mot semblait lui demander un effort héroïque. Natan ne devait pas la fatiguer davantage. Il hocha la tête et lui fit signe de se reposer.

– On fera... plus attention... la prochaine fois.

Natan acquiesça tout en se mordant l'intérieur de la bouche pour ne pas pleurer devant elle. Il avait bien failli la perdre. Et pourquoi ? Par pure folie, parce qu'il avait cru que tout pouvait être comme avant alors que tout était différent.

Chapitre 30

Natan se promenait dans la serre du château qu'il affectionnait tout comme le jardin de roses blanches. À chaque visite, il découvrait de nouvelles plantes. Il y avait les *dompte-venin* qui pouvaient contrer le pouvoir néfaste des fleurs captureur du roi Rion, *les amarantes queue-de-renard* qui vous caressaient de leur douce fourrure, les *euphorbes réveille-matins* sur lesquelles on pouvait régler l'heure avant d'aller se coucher. Mais, la préférée du prince était de loin le *panic pied-de-coq*. Cette plante était peut-être la plus affreuse de toutes : des pieds de poulets plantés sur de longues tiges blanches. Mais, au moindre mouvement, les *pied de coq* se mettaient à courir de façon désespérée comme s'ils devaient fuir devant un danger pourtant imaginaire.

Cependant, aujourd'hui, même les *panic pied-de-coq* n'arrivaient pas à faire sourire Natan. Cela faisait plus d'une semaine qu'Hannah s'était évanouie à la fête foraine et il n'y avait pas un instant où il ne repensait pas à ce qui aurait pu arriver par sa faute. Cela faisait aussi une semaine qu'il fuyait délibérément sa mère et son père, tout comme Salocin et Newlon. Il n'avait pas besoin qu'on lui rappelle en permanence qu'il avait agi comme un idiot. Hannah était revenue au lycée la veille. Son absence avait été heureusement de courte durée cette fois. Mais Natan n'arrivait pas à faire taire l'angoisse qui criait dans sa poitrine depuis l'accident.

Sa déambulation l'amena jusqu'au bosquet de fleurs qui avaient rejoint il y a peu de temps la serre du château. Il savait désormais qu'il s'agissait des immortelles que sa mère avait fait planter pour désensorceler son fil de vie. Les fleurs avaient du mal à s'épanouir et ça faisait plusieurs mois que les tiges poussaient sans promesse de fleurs mais aujourd'hui, un des boutons venait d'éclore. Natan le regardait comme s'il s'était agi du Saint-Graal quand une voix s'éleva derrière lui.

– La première est toujours la plus longue à fleurir.

Natan se retourna vers sa mère, plus majestueuse que jamais.

– Il faut que nous allions chercher mon fil de vie.

Elle ne répondit rien et Natan sut tout de suite que quelque chose n'allait pas.

– C'est bien ce que nous allons faire n'est-ce pas ? Préparer les larmes d'immortelle pour désensorceler mon fil de vie ?

– Ce n'est pas aussi simple qu'il y paraît, Natan.

– Que voulez-vous dire ? Qu'est-ce qui n'est pas aussi simple ? C'est très simple au contraire. On désensorcelle mon fils et on libère Hannah. Je ne vois pas ce qui est compliqué !

Natan se rendit compte que le ton de sa voix devenait agressif et il se tut pour se calmer. Rien ne servait de s'en prendre à sa mère. Ce n'était pas de sa faute si Hannah avait encore une fois frôlé la mort. La reine contourna son fils comme s'il ne s'était rien passé et fit signe aux gardes qui l'accompagnaient de mettre sous cloche les fleurs en train d'éclore. Puis, elle se tourna vers lui.

– Tu as vraiment bonne mine. Je suis contente que tu te rétablisses aussi vite.

Il serra les poings. Sa mère savait très bien ce qui était arrivé à Hannah, ce qui faisait qu'il avait si bonne mine. Comment pouvait-elle remuer ainsi le couteau dans la plaie ! La reine reprit comme si elle ne voyait pas la tempête intérieure qui habitait son fils.

– Je te cherchais, à vrai dire. Nomis vient de retrouver l'endroit où se cache Irehca. Nous partons demain.

Alors les dés étaient jetés. Ils partiraient chercher le troisième fragment de la ceinture plutôt que son fil de vie. La reine vit le regard perdu de son fils qui s'accrochait aux immortelles sous leurs dômes de verre.

– Il faudra plusieurs semaines pour qu'elles soient toutes en fleurs, Natan.

Le jeune homme acquiesça sans rien dire. Sa mère avait raison, comme toujours.

Au château du roi Rion, Hannah scrutait le château Cnalb qui brillait dans l'obscurité, imaginant Natan dans ses appartements. Que faisait-il en ce moment même ? Sûrement en train de chercher l'emplacement du troisième fragment avec Salocin et Newlon. Il avait gardé ses distances la veille quand elle était revenue au lycée. Ce n'était pas étonnant après ce qui s'était passé. Cela avait dû être terriblement impressionnant pour lui, alors qu'il n'y était pour rien, le pauvre.

Elle espérait que ça ne durerait pas. Ils n'avaient pas eu de chance mais, en faisant plus attention, il n'y avait pas de raison que ça se reproduise. Chatahc était recroquevillé comme à son habitude sur le lit de la princesse. À part ses habits et son chapeau, il n'était pas très différent des autres chats : il dormait tout le temps. Hannah allait beaucoup mieux. Bien que Maître Rion ait été terriblement inquiet par ce qui s'était produit, la jeune fille ne se sentait pas si mal que ça. Elle avait même retrouvé assez vite ses forces. Chatahc y était pour beaucoup d'ailleurs. Même s'il ne pouvait pas empêcher les *transfilages* matériels, rien que le fait d'être dans la même pièce que lui la faisait se sentir mieux.

– Prrrincesse ? Voudrrriez-vous bien me grrratter le ventrrre ?

Elle se tourna vers l'*Inivini* qui avait pris des goûts de luxe chez Ecidnac. C'était à se demander parfois qui devait servir qui. La jeune fille se plia cependant de bonne grâce à sa demande. Elle lui devait bien ça.

Elle était toujours en train de câliner Chatach, perdue dans ses pensées, quand Maître Rion entra dans sa chambre.

– Alors princesse, comment vous sentez-vous aujourd'hui ?

Le vieil ensorceleur ramenait une potion écœurante à faire boire à sa protégée. Son accident l'avait tellement alarmé que la jeune fille se forçait à les boire sans résister.

– Je me sens très bien Maître Rion. Grâce à Chatahc, je ne suis plus du tout fatiguée.

Elle s'évertuait comme à chaque fois à rassurer le vieux maître mais celui-ci la fixait toujours avec le même air bougon, semblant lui dire qu'elle en faisait un peu trop pour que ça soit crédible.

– Tenez, buvez ça plutôt, au lieu de faire la maligne !

Hannah se boucha le nez et avala d'une traite le milkshake gluant qui avait aujourd'hui le goût de chenilles écrasées.

– Je vous promets que la prochaine fois, je ferai plus attention.

Cette dernière phrase finit de mettre le vieil ensorceleur en rogne.

– La prochaine fois ? Mais il n'y aura pas de prochaine fois, jeune fille ! Je vous interdis de vous approcher de ce garçon à moins de cinq mètres dorénavant, suis-je assez clair ?

– Mais il est dans ma classe, je ne peux pas l'éviter indéfiniment quand même !

– Eh bien, trouvez un moyen si vous ne voulez pas que je demande à votre père de vous retirer du lycée !

Maître Rion semblait très sérieux et Hannah se dit qu'il fallait mieux ne pas l'énerver plus qu'il ne l'était déjà. Heureusement, Erdnaxela arriva à ce moment-là, la libérant du courroux du vieux maître. Le jeune chevalier ne semblait pas dans son assiette. Il était pâle et agité.

– Princesse, votre père demande à vous voir. Maître Rion, vous aussi d'ailleurs.

Elle allait se lever pour le suivre quand le vieil ensorceleur lui fit signe de se rasseoir sur son lit.

– Erdnaxela, allez dire à votre maître que sa fille doit se reposer. N'y a-t-il que moi pour s'inquiéter de la santé de cette enfant dans ce château ?

Hannah se sentait tout à fait capable d'aller voir son père mais ce n'était pas le moment d'énerver Maître Rion.

– Très bien, c'est vous qui voyez princesse, reprit Erdnaxela. Mais je ne suis pas sûr que votre mère tienne très longtemps...

La dernière phrase du chevalier provoqua l'effet escompté chez Hannah qui se redressa immédiatement.

– Ma mère ? Mais que se passe-t-il avec ma mère ?

– Ils ont comme qui dirait... un léger différend avec votre père.

Elle ne laissa pas le temps au chevalier de développer ses explications et sortit en courant de sa chambre. Maître Rion ne se risqua pas cette fois à la retenir. Il ne redoutait que trop le différend qui pouvait opposer Ylil à son mari.

Quand Hannah arriva dans la salle du trône, elle découvrit une scène si étrange qu'elle comprit la pâleur qu'elle avait perçue sur le visage d'Erdnaxela. Tous les chevaliers du roi étaient disposés contre le mur du fond, leurs fils de vie respectifs disposés dans une coupelle devant eux se tortillant dans le liquide bleuté comme des poissons sortis de leur aquarium en manque d'oxygène. Issej faisait également partie du lot, ce qui expliquait pourquoi elle n'accompagnait pas Erdnaxela tout à l'heure. Hannah vit sa mère à terre devant le trône de son père et se précipita vers elle. Un léger filet de sang coulait au coin de sa bouche. Que lui avait-il fait ?

– Maman !

Ylil regarda sa fille, terrifiée de la découvrir en ce lieu.

– Hannah, je vais bien, ne t'inquiète pas ! Retourne dans tes appartements, s'il te plaît !

Mais il était hors de question qu'Hannah abandonne sa mère. La voix du roi résonna dans son dos.

– Ah ma chérie, tu as pu nous rejoindre, c'est parfait !

Il se tenait devant ses trois *Seiprah* qui semblaient prendre beaucoup de plaisir à voir Ylil à terre. Hannah se retourna. Son sang bouillait dans ses veines. Comment avait-il osé la toucher ? Dans un élan aussi idiot qu'héroïque, elle s'élança vers lui.

– Que lui avez-vous fait ? s'exclama-t-elle en essayant vainement de le frapper.

Son père l'arrêta d'une *Imagami* avant même qu'elle ne l'atteigne et l'immobilisa au sol.

– Calme-toi ma chérie, je vois que tu as retrouvé toutes tes forces et cela me ravit mais ne gaspille pas ton énergie pour rien !

Il dépassa Hannah et vint surplomber Ylil de toute sa hauteur.

– Ta *Luminis* commence à s'impatienter mon amour, et moi aussi !

Ylil ne prit même pas la peine de relever la tête.

– Je ne tuerai pas pour toi Nesen.

Hannah regarda, horrifiée, la jumelle de Lumul qui attendait au-dessus de sa mère. Alors c'était ça que son père attendait de sa mère. Qu'elle tue quelqu'un pour donner vie à sa lumière. Mais dans quel but ?

– Très bien, reprit le roi. Puisque c'est comme ça, nous allons jouer à un petit jeu.

Le roi Rion revint vers sa fille et d'une nouvelle *Imagami*, la libéra.

– Nesen, je t'interdis de la mêler à ça ! Laisse-la retourner dans sa chambre !

– C'est toi qui as choisi de la mêler à ça Ylil, pas moi.

Le roi tira Hannah et vint la placer devant les chevaliers qui attendaient toujours, tremblants devant leurs fils de vie. Le roi la dévisagea de son sourire sournois.

– J'espère que tu as apprécié ta soirée à la fête foraine, ma chérie.

Allait-il lui faire payer son rendez-vous avec Natan ?

– Je suis vraiment désolé qu'elle se soit si mal terminée, reprit son père. Pourtant, vois-tu, pour une fois je n'y suis pour rien.

Hannah ne savait pas encore ce que son père lui réservait mais elle n'aimait pas ça du tout. Les chevaliers devant elle suaient la peur. À quoi tout ceci rimait ? Quel était le rapport entre ce qui s'était passé à la fête et la *Luminis* de sa mère ?

– C'est étonnant cette moto qui vous a foncé dessus, tu ne trouves pas ? Forçant ton prince à se jeter sur toi. Apparemment, tu as énervé quelqu'un ici au point qu'il veuille te tuer ma chère.

Hannah considéra d'un nouvel œil la rangée de chevaliers. L'un d'eux leur avait volontairement foncé dessus ? Mais pourquoi ? Soudain, la jeune fille se rappela d'un détail qui était resté jusqu'ici enfoui dans un recoin de son cerveau. La couleur de la moto : jaune. À cet instant précis, elle sut que son père avait raison. Le roi Rion l'observait toujours avec le même sourire, avançant les pièces de son plan machiavélique sur son échiquier géant.

– Sais-tu ce qu'est une *Luminis*, ma fille ?

Hannah avait du mal à se concentrer. La révélation qu'il venait de lui faire l'avait complétement perturbée. Elle se forçait à ne pas regarder le chevalier qu'elle voyait trembler à l'extrémité de la rangée.

– Une *Luminis* est une *Imagami* très puissante que seuls quelques initiés à Yamay sont capables de produire. Comme tu l'auras compris, ta mère fait partie de ces privilégiés.

Tout en parlant, le roi continuait de remonter la rangée de ses chevaliers qui tremblaient de plus belle quand il passait devant eux.

– Celui qui tue pour donner vie à une *Luminis* a le pouvoir de retrouver la personne qu'il veut.

Hannah dévisagea son père et comprit enfin où il voulait en venir depuis le début.

– La petite fille, Irehca.

Le roi sourit.

– Tu comprends vite Hannah, c'est ce que j'aime avec toi. Mais ta mère, malheureusement, s'évertue à ne pas comprendre, elle.

La jeune fille jeta un coup d'œil à sa mère qui paraissait de plus en plus faible. Maître Rion l'avait rejointe.

– Nesen, arrête, je t'en supplie !

Le roi ne tourna même pas la tête vers sa femme.

– Laissez-la partir, supplia à son tour Hannah qui voyait bien que sa mère n'avait même plus la force de se relever.

– Cela ne dépend que de toi ma chérie. Vois-tu, normalement seul celui qui a créé la *Luminis* peut lui donner vie mais, dans notre cas, il semble que tu partages avec ta mère son pouvoir.

Hannah leva les yeux et vit que la *Luminis* était venue se positionner au-dessus de sa tête comme la première fois dans sa chambre.

– Je te donne une occasion unique de remplir la promesse de ta mère et de te venger en même temps. N'est-ce pas un merveilleux cadeau ?

Le ton guilleret du roi laissait presque penser qu'il croyait vraiment à ce qu'il disait. Voilà le plan qu'il avait en tête alors. Qu'Hannah tue l'un de ses chevaliers pour donner vie à la *Luminis* de sa mère qui les guiderait vers Irehca. Quel beau cadeau en effet !

– Il portait un casque, je n'ai rien vu, tenta de se défendre Hannah.

Son père s'arrêta devant l'homme qui avait déposé Jessi l'autre jour au lycée et commença à jouer avec son fil de vie. Tout ceci n'était qu'une vaste mascarade, pour l'amuser sans doute. Il savait parfaitement ce qui s'était passé mais, sentir leur peur, leurs tremblements, cela le distrayait, le nourrissait même.

– Je pense qu'avec un peu d'imagination, il doit être possible de s'arranger.

Hannah s'efforça de jeter un coup d'œil discret à Issej qui n'en menait pas large non plus à quelques mètres de l'homme à la moto. Son père savait sans doute parfaitement que ce dernier avait essayé de les renverser sur son ordre.

Le roi se dirigea vers sa fille et sortit un poignard qu'il lui colla dans la main.

– Tue-le !

Hannah se retrouva face à l'homme qui pleurait d'angoisse et la suppliait de l'épargner. Elle ne pouvait pas faire ça ! Même s'il avait tenté de la tuer.

Le roi connaissait bien sa fille et sans même espérer qu'elle se venge froidement sur le chevalier, il se dirigea vers Maître Rion et se saisit du vieil homme.

– Nesen, non !

Ylil tenta de s'accrocher à la robe de Maître Rion mais elle était bien trop faible pour lutter contre lui.

– Voilà le petit jeu que je te propose Hannah : une vie contre une vie !

Jetant Maître Rion devant lui, le roi sortit les ciseaux de Soporta et le fil de vie de l'ensorceleur. Le vieux maître était tellement sonné qu'il ne se releva même pas.

– Tu m'as empêché de le couper tellement de fois que je t'avoue que maintenant, cela me démange !

Paniquée, Hannah observa son père placer le fil entre les deux lames tranchantes des ciseaux. Elle avait l'impression de revivre la scène où il avait tranché le fil de Natan. Elle en était sûre, il allait le couper. Mais Maître Rion, lui, ne survivrait pas.

– Ne faites pas ça, non, je vous en prie !

Le roi Rion commença à refermer les ciseaux. Le fil tentait de s'échapper mais il le tenait fermement.

– Non ! cria de nouveau la jeune fille. Je vais le faire, arrêtez ça !

Le roi suspendit son geste. Des larmes remplirent les yeux d'Hannah qui, contrainte et forcée, se rapprocha de la coupelle. Elle devait sauver Maître Rion. Elle ne s'en sortirait pas par une pirouette cette fois. La jeune fille se saisit du fil de l'homme et plaça la lame du poignard dessous. Sa main tremblait. Elle avait envie de vomir. Elle essayait de ne pas regarder le chevalier qui la fixait toujours de ses yeux suppliants. Alors qu'elle tenait toujours le fil dans ses paumes tremblantes, prête à s'exécuter, une main lui arracha le poignard et la poussa à terre. Ylil avait trouvé la force de se relever et se tenait maintenant devant le chevalier. Elle ne pouvait pas laisser sa fille ôter une vie. D'un coup sec, Ylil trancha le fil et l'homme se transforma en ombre noire. Ollea, Etépyco et Onèlèc se mirent à gratter le sol de leurs griffes mais le roi leur ordonna de ne pas bouger. Cette âme n'était pas pour elles. Une mince vapeur s'éleva du fil et la *Luminis* l'aspira entièrement tout comme l'ombre du chevalier, se remplissant de noirceur avant de se mettre à battre comme si elle avait un cœur. Le roi, satisfait, s'approcha d'elle.

– *Luminis*, montre-moi Irehca !

La lumière s'effondra sur elle-même avant de reprendre sa forme normale. Une petite fille squelettique dansait à l'intérieur. Le roi, fasciné, ne décollait pas ses yeux de la lumière magique. Hannah, qui n'avait que faire de la *Luminis*, courut au chevet de Maître Rion toujours inconscient. Elle prit le vieil ensorceleur dans ses bras ce qui le ranima un peu.

– Ylil, murmura simplement le vieil homme.

Hannah se tourna vers sa mère qui n'avait pas bougé. Immobile, elle regardait toujours la coupelle où le fil coupé gisait sans vie, par sa faute. La princesse alla chercher sa mère pour la ramener à côté de Maître Rion.

– Maman, venez, ça ne sert à rien de rester là.

Sans décoller ses yeux de la lumière, le roi interpella sa fille.

– Où crois-tu aller comme ça, Hannah ?

La jeune fille dévisagea son père, effrayée. N'en avait-il pas fini avec eux ?

– Ils doivent se reposer, tous les deux !

– Non, ils doivent partir chercher Irehca avec toi. *Luminis* est prête, elle vous guidera.

Le roi Rion libéra Issej de la rangée de chevaliers. Erdnaxela aida le vieil homme à se relever et l'entraîna en dehors de la salle du trône pendant que la jeune fille aux cheveux d'acier, qui ne semblait même pas affectée par la mort de l'homme à la moto, poussait brutalement Hannah et sa mère.

Chapitre 31

Il régnait un joyeux bazar dans la station-service où le car avait fait halte. Les garçons riaient bêtement devant des magazines tandis que les filles comparaient les apports caloriques de différents paquets de gâteaux afin de choisir le meilleur rapport calorie-prix. Natan était resté dans le car. Hannah était sortie parmi les premiers et il la voyait discuter avec Nolwen, à l'écart des autres. Les deux jeunes filles semblaient s'être de nouveau rapprochées depuis qu'Hannah était revenue en cours. Tant mieux. Il était content qu'elle soit un peu moins seule. Cette semaine allait être dure. Il avait terriblement envie de la revoir et, en même temps, il était hors de question de la mettre une nouvelle fois en danger. Mais cela promettait d'être difficile de l'éviter en la voyant vingt-quatre heures sur vingt-quatre pendant toute une semaine. Il soupira et se décida finalement à descendre du bus. Il ne pouvait pas rester caché plus longtemps car monsieur Fißerped viendrait le chercher et lui demanderait ce qu'il était en train de trafiquer. Il s'apprêtait à descendre quand il se retrouva coincé par Alexandre, l'air mauvais, qui lui bloquait la sortie.

– Laisse-moi passer, Alexandre !

– Ne compte même pas sur le voyage pour te retrouver seul avec elle, je te préviens !

S'il y avait bien une chose dont Natan n'avait pas besoin en ce moment c'est qu'après sa mère et le docteur Einèg, ce soit Alexandre qui lui fasse la morale.

– Laisse-moi passer, je te dis !

Il chercha à forcer le passage mais Alexandre lui barra à nouveau le chemin.

– Si tu veux la tuer, tu es sur le bon chemin. Encore une fois et elle ne se réveillera pas, je te signale !

– Je n'ai pas besoin de tes leçons, pousse-toi !

Et Natan lui donna un vigoureux coup d'épaule et réussit à se dégager.

– Je pensais que tu l'aimais, de Clare ! Mais apparemment, tu préfères te servir d'elle pour te remettre sur pied plutôt que de la protéger.

Ces mots stoppèrent Natan dans son élan avec la même force qu'une *Imagami* l'aurait transformé en pierre. Puis, il se força à s'éloigner tâchant tant bien que mal de cacher au monde et surtout à lui-même le trouble qui s'emparait de son cœur.

Les jours passèrent et Hannah n'avait jamais ressenti avec autant d'acuité l'ennui que cette semaine-là. Elle voyait bien que Natan cherchait à l'éviter depuis l'accident de la fête foraine, et encore plus peut-être, depuis le début du voyage. Elle n'avait même pas pu lui dire que la moto leur avait délibérément foncé dessus. Elle aurait surtout voulu lui parler de ce qui s'était passé avec sa mère. Le chevalier qu'elle avait... tué. La jeune fille se repassait la scène en boucle. Elle avait besoin d'en parler à quelqu'un, et elle avait l'impression que seul Natan pourrait la comprendre. Elle observa le jeune homme qui se trouvait en tête du groupe, une angoisse sourde tapie au fond de son ventre. Et si Natan ne l'évitait pas à cause de ce qui s'était passé ? Non, ils s'amusaient bien juste avant que la moto arrive. Il fallait juste lui laisser un peu de temps pour s'habituer à la situation.

Elle jeta un œil vers l'avant du groupe qui écoutait sagement la conférencière leur commenter un vitrail. Natan était entouré de ses deux fidèles compagnons et semblait concentré sur les explications du guide. Elle le vit chuchoter quelque chose dans l'oreille de Nolwen qui lui poussa la tête de la main pour lui signifier sans doute qu'il était idiot. Hannah aurait bien aimé partager leur complicité. Même Nolwen pouvait lui passer la main dans les cheveux alors qu'elle-même ne pouvait pas se trouver à moins d'un mètre de lui, c'était vraiment injuste ! La troupe des élèves se bouscula pour rentrer dans le bus et Natan en profita pour se mettre à côté de la jeune fille rousse.

– Si c'est encore pour me sortir la même bêtise que tout à l'heure à propos du bracelet de Nicolas, tu peux aller t'asseoir à côté de lui, tu sais !

Nicolas avait lu dans le livre que lui avait prêté Métis il y avait quelques semaines qu'un bracelet rouge pouvait protéger d'Acheri. Comme il était trop fier pour en offrir un à Nolwen, il lui en avait noué un la veille au poignet en prétextant qu'il s'agissait d'un bracelet anti-moustique distribué par monsieur Fiβerped aux premiers arrivés. Natan s'était bien sûr moqué de la jeune fille toute la journée.

– Promis, je ne t'embêterai plus avec ça. Je voulais juste savoir comment allait Hannah. J'ai vu que tu discutais avec elle tout à l'heure.

– Elle est un peu perdue. Elle voit bien que tu l'évites. Il faut que tu lui parles, Natan.

Le jeune homme acquiesça. Il y avait réfléchi toute la semaine et il ne voyait qu'une seule solution.

– Tu pourrais lui dire que je lui parlerai demain, à la fête ? Dis-lui vingt heures, derrière le grand bâtiment.

– Ok, si tu veux.

Nolwen n'aimait pas trop jouer les intermédiaires mais elle ne pouvait pas lui refuser son aide.

Quand ils furent rentrés à l'hôtel, la jeune fille s'éclipsa de la chambre qu'elle partageait avec Mimi pour aller voir Hannah. Elle aurait bien aimé être dans la même chambre que la jeune fille mais eu égard à son état de santé, Hannah bénéficiait d'un traitement de faveur et avait sa propre chambre. Nolwen ne se plaignait pas trop, Mimi était plongée dans son livre de maths jusqu'à une heure du matin et elle, au moins, elle ne lisait pas dans les pensées comme l'autre folle de Métis ! Nolwen frappa à la porte d'Hannah et entendit la jeune fille lui dire de patienter. Quand elle lui ouvrit, Nolwen vit bien sur son visage qu'elle était un peu déçue. Elle espérait sans doute voir Natan.

– Ça va Hannah ? Je peux entrer ?

– Oui, bien sûr, je t'en prie, excuse-moi, c'est un peu le foutoir !

« Un peu le foutoir » était faible. Les affaires d'Hannah étaient éparpillées partout dans la chambre et des restes de nourriture jonchaient le sol. Nolwen se souvenait de la chambre d'Hannah quand elles étaient petites et elle avait toujours été plutôt ordonnée. Soit la jeune fille avait radicalement changé de caractère depuis qu'elle était la princesse Rion, soit elle organisait une fête tous les soirs. Hannah tenta tant bien que mal de dégager une place sur son lit pour que son amie puisse s'asseoir.

– Je suis désolée. C'est un peu compliqué en ce moment.

Nolwen dévisagea son amie qui ne semblait décidément pas dans son assiette.

– C'est joli ton bracelet rouge, enchaîna Hannah pour meubler le silence qui s'installait entre elles.

– Oh, tu ne vas pas t'y mettre, toi aussi ! C'est déjà suffisant d'avoir Natan toute la journée sur le dos avec ça !

C'était donc à propos du bracelet que Natan se moquait d'elle tout à l'heure. Devant le regard curieux de son amie, Nolwen s'expliqua.

– C'est Nicolas qui me l'a offert, c'est soi-disant pour protéger de...

La jeune fille s'arrêta ne sachant pas si elle pouvait continuer. Hannah était toujours la princesse Rion tout de même.

– D'Irehca, c'est ça ?

Nolwen acquiesça, soulagée. Elle n'avait pas commis d'impair. Soudain, un bruit sourd se fit entendre depuis la salle de bain. Hannah s'empressa de tousser pour tenter de couvrir le bruit mais ce fut peine perdue.

– Je te dérange ? Tu es avec quelqu'un ?

– Non, personne. Enfin si, c'est quelqu'un mais ce n'est pas vraiment une personne. Enfin pas une vraie personne comme ce que tu crois.

Nolwen ne comprenait rien au charabia d'Hannah et commençait à se demander si son amie allait bien. Un nouveau bruit sourd se fit entendre et fit sursauter les deux jeunes filles.

– Je crois que ta personne qui n'est pas une vraie personne a très envie de sortir de la salle de bain !

La poignée se tourna toute seule et la porte s'entrouvrit. Un petit chat argenté sortit de la salle de bain. C'était le même chat que Nolwen avait vu sur le lit d'Hannah quand, avec Nicolas, elle lui avait rendu visite. Le félin se dirigea vers Hannah et la fixa d'un air de défi pour lui signifier que cela ne servait à rien de l'enfermer. Puis, il regarda dans la direction de Nolwen et s'assit sur ses pattes arrière comme s'il attendait qu'on lui serve une bonne tasse de thé.

– Je te présente... Chatahc, bafouilla Hannah qui aurait vraiment préféré que l'*Invini* ne sorte pas de sa cachette.

– Tu viens en voyage de fin d'année avec ton chat ?

Le chat toisa Nolwen de plus belle.

– Oui... enfin... c'est un peu plus qu'un chat.

Soudain, les yeux de la jeune fille s'écarquillèrent comme si elle venait de comprendre quelque chose.

– C'est un *Inivini* ! Génial ! Depuis le temps que j'ai envie d'en rencontrer un en vrai ! Newlon ne voit pas des chats mais quand même !

Hannah retrouvait bien là son amie. N'importe qui d'autre l'aurait prise pour une folle mais pas Nolwen. La jeune fille rousse s'approcha de Chatach et poursuivit, un sourire aux lèvres.

– Natan s'est remis en une nuit d'une tumeur au cerveau et toi, tu transportes un *Inivini* dans tes bagages ! Décidément, on ne s'ennuie jamais avec vous deux !

Hannah rit de bon cœur. Cela leur faisait du bien à toutes les deux de se retrouver un peu.

– Désolée, j'aurais dû te prévenir mais Maître Rion a tellement insisté pour que personne ne le voie.

Chatahc se tourna et poussa un miaulement qu'Hannah fut la seule à comprendre.

– Prrrincesse, pourrrrquoi reçoit-on la jeune fille qui a été si méchante avec mon Ecidnac ?

Hannah leva les yeux au ciel. Cet *Inivini* commençait vraiment à lui taper sur le système.

– Qu'est-ce qu'il vient de dire ? demanda tout de suite Nolwen, fascinée par la petite bête.

– Qu'il est ravi de te voir !

Chatach haussa les épaules et se dirigea vers la porte de la chambre. Hannah se leva tout de suite pour s'interposer entre le chat et la sortie.

– N'y pense pas même pas Chatach ! Maître Rion a été très clair à ce sujet !

Le chat commença à sauter sur le lit de sa maîtresse et Nolwen comprit qu'il était responsable du bazar qui régnait dans la chambre.

– Chatach, non, reviens ici !

Nolwen essaya d'aider Hannah à attraper l'*Inivini* mais le chat félon était trop rapide pour elles. En trois bonds, il avait atteint la fenêtre et, non sans avoir d'abord lancé un regard fanfaron aux deux jeunes filles, il s'échappa par l'ouverture qui donnait sur le jardin de l'hôtel.

– Oh non ! s'exclama Hannah, paniquée. Il ne manquait plus que ça !

– Ne t'inquiète pas, je vais t'aider à le retrouver, il ne doit pas être parti bien loin !

– Je suis désolée, tu n'avais sûrement pas que ça à faire.

Nolwen se souvint à cet instant de la mission qui lui avait été confiée.

– Ah, au fait, j'étais venue te dire que Natan voudrait te retrouver demain soir pendant la fête, à vingt heures, derrière le grand bâtiment.

Hannah eut soudain du mal à respirer. Elle ne savait pas si elle devait se réjouir ou avoir peur de ce rendez-vous organisé.

– Je... j'y serai, balbutia-t-elle en essayant de reprendre comme si de rien n'était sa respiration.

– Allez viens, on va chercher ton chat !

Hannah remercia intérieurement son amie d'être encore là pour elle malgré tout et les deux adolescentes sortirent en direction du jardin à la recherche du rebelle.

De son côté, Natan était installé avec Nicolas dans les gros fauteuils clubs du bar de l'hôtel. À côté d'eux, un groupe de garçons jouait au baby-foot comme tous les soirs pendant qu'un autre commentait l'évènement sportif du jour à la télévision. Monsieur Fiβerped buvait une bière au comptoir pour récupérer de sa journée en enfer tout en contrôlant qu'aucun de ses élèves ne tente d'en faire autant. Des groupes de filles riaient sur leurs téléphones. Comme toujours, Natan était perdu dans ses pensées et Nicolas finit par rejoindre le groupe des garçons qui regardait le match à la télévision.

Natan entendit soudain un groupe de filles rire de l'autre côté du bar et vit qu'un attroupement s'était formé autour de Candice. Les filles poussaient des « Oh » et des « Ah » attendris comme si elles étaient en train de donner le biberon à un bébé phoque. Il décida de s'approcher de plus près comme la plupart des garçons. Sur les genoux de Candice se trouvait un petit chat argenté qui ronronnait en profitant des caresses de la belle blonde.

– Oh, regardez comme il est trop mignon ! Où l'as-tu trouvé Candice ?

– C'est lui qui est venu à moi ! Il voulait absolument que je le prenne dans les bras. C'est comme avec les garçons, j'ai un truc avec les animaux, ils m'adorent !

Natan ne pouvait décoller ses yeux du petit animal. Il ressemblait étrangement à l'*Inivini* qu'il avait *révélé* lors de l'*Imagamiade*. Non, c'était ridicule, ce n'était qu'un chat lambda qui, tout au plus, avait le pelage un peu brillant. Soudain, le chat releva la tête et plongea ses yeux dans ceux de Natan, avec comme un sourire aux lèvres.

Natan fronça les sourcils. Ce chat venait-il délibérément de lui sourire ? Non, encore une fois, c'était idiot. Il n'y avait pas d'*Inivini* dans le monde réel.

Il avait besoin de prendre l'air. Il se dirigea vers le jardin, le regard encore accroché à l'étrange chat brillant quand soudain, un cri l'arracha à ses pensées.

– Natan, attention !

Il s'arrêta net en entendant Nolwen crier. Il n'avait pas vu qu'il était en train de foncer droit devant sur Nolwen et Hannah qui arrivaient de l'extérieur. Heureusement, Nolwen s'était interposée entre eux et il n'avait pas touché Hannah mais le simple fait d'avoir manqué de le faire, le mit dans un état second. Son visage se décomposa et, sans même adresser la parole aux deux jeunes filles, il les contourna et se dépêcha de s'enfuir dans le jardin. Encore une fois, Hannah avait frôlé la mort par sa seule faute. Il fallait que ça cesse.

Arriva le lendemain soir. À vingt heures, alors que la fête de fin d'année battait son plein dans le restaurant de l'hôtel, Natan faisait les cent pas derrière le grand bâtiment, se répétant ce qu'il allait dire à Hannah. Une silhouette blanche apparut devant lui et le jeune homme releva la tête, le cœur serré. C'était Hannah. La jeune fille le regardait, sans rien oser dire.

– Tu es magnifique, lui lança Natan qui ne parvenait pas à dissimuler les regrets dans sa voix.

– Merci, c'est la couleur, ça me change un peu.

Natan sourit tristement. Ce n'était pas la couleur, ce n'était pas la robe. C'était juste elle, et elle ne le voyait même pas.

– Tu ne m'aurais pas touchée hier, je t'avais vu arriver.

– Mais pas moi.

Il fixait ses pieds. Hannah voyait bien qu'il était extrêmement mal à l'aise mais elle ne savait pas quoi dire pour l'apaiser.

– La moto, elle nous a délibérément foncé dessus. C'était un chevalier de mon père.

Cette fois, Natan releva la tête vers la jeune fille.

– Il voulait me tuer, reprit Hannah. Tu m'as sauvé la vie, Natan.

– Le docteur Einèg t'a sauvé la vie. Moi, je t'ai juste... pris ton énergie.

– Mais je vais beaucoup mieux maintenant ! Quand Chatahc ne se fait pas câliner par Candice, il m'aide... vraiment.

Il avait donc raison. Il s'agissait bien de l'*Invini* qu'il avait *révélé*. Mais cette bestiole pouvait bien arrêter tous les *transfilages* qu'il voulait et Hannah continuer de lui mentir en lui promettant qu'elle se sentait parfaitement bien, elle risquerait toujours de mourir à ses côtés. Sa gorge se serra encore un peu plus, mais il n'avait pas le choix. Il prit son courage à deux mains et se força à prononcer ces mots qu'il aurait pourtant tellement voulu pouvoir enterrer sous la terre.

– Il ne faut plus qu'on se voie Hannah.

La jeune fille accusa le coup. Ne plus voir Natan, non, c'était trop dur. Alors qu'il avait failli mourir, alors qu'elle pouvait enfin lui parler librement après toutes ces années. Ce n'était pas possible, ils devaient trouver une solution.

– Natan, on peut très bien faire attention. Il faut juste établir quelques règles et...

– Il y aura toujours des risques.

Elle sentait que l'air dans ses poumons avait du mal à circuler. Mais elle ne pouvait pas renoncer à le voir.

– Maître Rion fait des recherches. Je suis sûre qu'il réussira bientôt à trouver comment arrêter ces *transfilages* matériels et tout redeviendra comme avant.

– Cela peut prendre des mois, des années, tu n'en sais rien.

Natan luttait pour ne pas aller dans le sens de la jeune fille, mais c'était tellement dur. Il connaissait Hannah mieux que personne. Il savait bien qu'elle était aussi têtue que lui et qu'il n'arriverait pas à la convaincre aussi facilement. C'était le moment qu'il avait le plus redouté, les mots qu'il répugnait le plus à prononcer, mais il savait bien qu'il n'y avait que cette solution.

– Natan, il faut juste que...

– Hannah, je ne veux plus qu'on se voie.

La jeune fille resta muette devant la dureté de sa voix. Le passage de la nécessité à la volonté ne lui échappa pas et sa gorge se noua. Sa difficulté à respirer se transforma bientôt en une impression de noyade. Natan gardait la tête baissée, n'osant même pas la regarder en face.

– Je t'ai dit que ça ne changeait rien mais… ce n'est pas vrai. Je… je me suis trompé. Si je ne peux même pas t'embrasser, si je ne peux même pas te toucher alors… ça ne sert à rien !

Hannah avait l'impression de vivre un cauchemar. Ce n'était pas le jeune homme qu'elle connaissait qui prononçait ces mots. C'était quelqu'un d'autre.

– Natan, non, tu dis ça, mais...

Il releva la tête et planta ses yeux dans ceux de la jeune fille qui s'embuaient déjà. Il devait aller jusqu'au bout s'il voulait la protéger vraiment.

– Arrête ! J'ai envie d'autre chose Hannah, tu comprends ce que je veux dire ! asséna-t-il d'un ton qu'il s'évertua à rendre le plus cassant possible.

La jeune fille baissa les yeux à son tour, ses lèvres tremblantes ne cherchant même plus à argumenter. Sa tête était sur le point d'exploser et ses yeux débordaient de larmes. Elle tourna les talons et s'enfuit vers l'hôtel. Natan la regarda s'éloigner dans l'obscurité et il eut l'impression que son cœur explosait en mille morceaux. Il se détestait pour ce qu'il venait de faire. Elle ne lui pardonnerait sans doute jamais.

Chapitre 32

Hannah chevauchait en silence mais, dans sa tête, les mêmes pensées tournaient encore et encore dans un tourbillon de regrets. Elle ressassait toujours la scène qui s'était déroulée il y a quelques jours comme si elle s'était gravée, indélébile, sur le fond de sa rétine. Les paroles humiliantes de Natan, son regard glacial, sa voix exaspérée. Comment avait-elle pu croire qu'il était différent des autres garçons ? Comment avait-elle pu s'imaginer que cela ne ferait aucune différence pour lui ! C'était Métis qui avait eu raison depuis le début. Et dire qu'elle avait failli mourir pour lui, pour ça. Hannah inspira afin de calmer la douleur qui s'était muée en colère.

– Est-ce que ça va, princesse ?

Maître Rion l'avait rejointe et chevauchait maintenant à côté d'elle. Hannah hocha la tête mais le vieux maître voyait bien que quelque chose la tracassait alors que d'un point de vue purement « santé », elle semblait aller bien mieux.

– Vous avez meilleure mine, princesse.

– Oui, ça va mieux.

– Chatahc ne vous a pas causé de nouveaux soucis j'espère ?

– Non, il ne fait que dormir depuis que nous sommes rentrés à la maison.

– Parfait !

Le vieux Maître hésita. Il ne voulait pas donner de faux espoirs à la princesse et, en même temps, si ça pouvait lui remonter un peu le moral.

– Princesse, j'ai trouvé des choses très intéressantes dans un de mes vieux grimoires. Je ne voulais pas vous en parler mais, ce que je peux vous dire déjà, c'est que c'est encourageant.

Hannah considéra le vieil homme sans oser lui dire que maintenant, ça n'avait plus aucune importance.

– C'est vraiment fantastique, merci beaucoup Maître Rion.

L'ensorceleur ne fut pas dupe du ton faussement enjoué de la jeune fille qui changea de sujet avant qu'il ne pose plus de questions.

– Si cette ceinture est si importante pour mon père, pourquoi ne prend-t-il jamais la peine de nous accompagner ?

– Beaucoup de légendes entourent la ceinture de Soroboruo princesse, mais il y en a une à laquelle votre père croit par-dessus tout.

Hannah étudia, intriguée, le visage du vieux maître.

– C'est que vous êtes la seule à pouvoir la trouver et l'assembler. Et il est persuadé, c'est ce que je crois, que plus il s'immiscera dans la recherche, plus longtemps la ceinture lui échappera.

La princesse réfléchit à ce que venait de dire Maître Rion. Vue l'énergie que son père dépensait pour trouver cette affreuse ceinture, cette précaution lui paraissait complètement ridicule.

– De toute façon, peu importe qu'il fasse partie du voyage, il apparaît toujours où et quand bon lui semble.

– « Quand » oui, mais pas tout à fait « où » princesse. Il n'y a que la *Eihtyp* à Yamay qui peut apparaître où elle veut.

Encore une fois, Hannah le dévisagea, étonnée.

– Il est pourtant bien apparu il y a deux ans dans le lit de la rivière du diable et l'année dernière dans le nid de Gromis.

– Il n'est pas apparu princesse, il s'est *mirabymé*, ce n'est pas la même chose.

La jeune fille repensa au *reviver* qu'elle avait fait en début d'année. Son père avait rejoint sa mère en haut de l'école d'*incantapotions* en se *mirabymant* dans les vitres qui se reflétaient l'une dans l'autre

– Mais il lui aurait fallu deux miroirs l'un en face de l'autre pour cela Maître Rion.

– Un *mirabymeur,* tout à fait.

– Mais nous n'en av...

Hannah s'arrêta net. Elle venait de penser aux deux miroirs de Mimi qu'elle gardait en permanence dans sa poche. Ceux où se reflétait la phrase à double sens qu'elle avait lue tant de fois pour se convaincre qu'elle faisait le bon choix. « Ton cœur le sauvera Hannah ». Comme cette phrase lui paraissait ridicule maintenant avec ce qui venait de se passer. La jeune fille sortit les deux miroirs de sa poche. Elle avait été bête de les garder tout ce temps. C'est ce qui avait permis à son père de se matérialiser à sa guise à ses côtés sans même qu'elle le réalise ! Voilà pourquoi il apparaissait toujours si proche d'elle. Comme si cela lui permettait d'évacuer un peu la rage qui l'habitait, Hannah lança le *mirabymeur* dans la montagne désertique qu'ils étaient en train de traverser. Maître Rion la regarda faire sans se formaliser davantage.

– Connaissant votre père, Hannah, il a dû cacher au moins un autre *mirabymeur* au sein de notre équipée.

La jeune fille se jura de fouiller tous leurs bagages à la prochaine halte, y compris ceux d'Erdnaxela et d'Issej. La princesse observa Maître Rion dont le regard inquiet ne quittait pas Ylil qui ouvrait la marche juste derrière la *Luminis* qui les guidait.

– Elle ne va pas mieux, n'est-ce pas ?

Il secoua la tête. Hannah voyait bien qu'il aimait sa mère comme sa propre fille et que de la voir ainsi le faisait souffrir.

– C'est terrible princesse, ce que votre père l'a forcée à faire.

– C'est de ma faute, je n'aurais pas dû hésiter.

– Ne soyez pas ridicule princesse ! Heureusement que votre mère vous a épargné ça. Cela vous aurait détruite. Vous avez déjà bien assez de fardeaux à porter sur vos petites épaules, ma chère.

Hannah regarda encore une fois sa mère.

– Elle n'arrive toujours pas à refaire d'*Imagami* ?

– Non, ôter la vie détruit le potentiel imaginatif, sauf dans le cas de votre père, bien sûr.

Nomis chevauchait en tête de l'expédition Cnalb, entouré de la reine et de Dnomso. Venait ensuite Salocin qui faisait tout ce qui était en son pouvoir pour soulager son père, lui apportant de l'eau, de la nourriture ou tout simplement des nouvelles. Ce retour dans le passé était éprouvant pour le chevalier Veilleur et la reine avait été très claire : elle ne souhaitait pas le mettre en danger. Maître Rusanrev et Métis venaient ensuite tandis que Newlon et le prince fermaient la marche quelques pas en arrière.

Natan n'avait quasiment pas dit un mot depuis plusieurs jours. Seule son épée rompait le silence en cognant contre sa selle. Il ressassait la même pensée obsédante. La douleur qu'il avait vue naître dans les yeux d'Hannah quand il avait prononcé les mots qui la tiendraient à l'écart. Où était-elle en ce moment même ? Avait-elle déjà trouvé Irehca ? Allait-il la revoir devant la pierre en forme de balance ? Et à quoi pensait-elle à cet instant précis ? Ce qui était sûr, c'est qu'elle devait le détester. Natan se crut revenu en arrière, quand il avait découvert qu'Hannah était la princesse Rion et qu'il avait cru qu'elle l'avait trahi alors qu'elle ne cherchait qu'à le sauver. Sauf que cette fois, ironie du sort, les rôles étaient inversés.

Newlon arrêta son cheval pour attendre le prince. Il s'était muré dans un tel mutisme ces derniers jours que la jeune fille ne savait plus comment l'aborder.

– Ça va, Natan ?

– Ça va.

Tout allait bien. Comme d'habitude. C'en était trop pour Newlon. Cette fois, il fallait qu'elle sache.

– Natan, que s'est-il passé avec Hannah ? Elle était toute retournée quand Nolwen l'a retrouvée après la fête et toi, tu n'as pas décroché un mot depuis.

Natan regarda son amie. Cela n'aurait pas été étonnant qu'Hannah se soit confiée à elle.

– Qu'est-ce qu'elle a dit à Nolwen exactement ?

– Rien ! Elle n'a rien voulu lui dire. Mais elle a passé toute la nuit à pleurer dans sa chambre alors, j'imagine que ça ne s'est pas très bien passé entre vous.

Natan baissa les yeux vers son cheval, encore plus abattu. Newlon attendait qu'il lui fournisse une explication mais c'était hors de question. Les bras de la jeune fille lui donnèrent une parfaite diversion.

– Dis donc, c'est une vraie collection ! Bientôt tu n'auras plus un centimètre de peau disponible !

Il faisait référence aux nombreux bracelets rouges qui ornaient maintenant les poignets de la jeune fille. Newlon soupira d'agacement.

– Oh, tu ne vas pas recommencer avec ça ! Je ne lui dis plus rien mais, si tu veux mon avis, c'est limite obsessionnel ! Hier, il m'a appelée Eoz et il ne s'en est même pas rendu compte !

– Ne les retire pas surtout, ça te va très bien.

Newlon attrapa une paire de bracelets et les envoya à la tête de Natan pour le faire taire au moment même où Salocin revenait sur ses pas.

– Mon père vient de me dire que nous approchions... Eh, pourquoi tu retires tes bracelets ?

– Je ne les retire pas, j'en ai donné quelques-uns à Natan, se justifia Newlon d'un ton fautif. Il faut bien le protéger lui aussi !

– Oui, c'est quand même moi qui suis censé me battre contre Irehca, non ?

– C'est vrai, concéda Salocin. Mais tu n'avais qu'à me demander au lieu de dépouiller Newlon !

Dès que le chevalier eut le dos tourné, la jeune fille fit signe à Natan que c'était bien la preuve que Salocin devenait complètement fou. Mais le prince trouva au contraire que son ami commençait enfin à retrouver la raison. L'expédition fit halte et Natan vit apparaître devant lui la pierre en forme de balance qui marquait l'entrée de la grotte d'Irehca : ils étaient enfin arrivés. Derrière la pierre, juste à l'entrée de la grotte, un grand feu brûlait au centre d'un cercle rouge. Natan ne put s'empêcher de se demander s'il était peint avec le sang des victimes de la petite fille.

Nomis s'était assis, ne pouvant plus avancer. Il tremblait comme une feuille et Dnomso le serrait dans ses bras. Un bruit se fit entendre et les tremblements du chevalier redoublèrent d'intensité. Tous s'attendaient à voir apparaître le fantôme mais, à la place, une lumière volante fit irruption. Elle venait de l'autre côté de la montagne sur le deuxième plateau de la balance.

Derrière la lumière, apparut Ylil. Natan comprit immédiatement qu'ils étaient face à l'expédition Rion. Il allait devoir se battre contre Hannah. Pour le conforter dans son opinion, Erdnaxela, Issej et Maître Rion apparurent à leur tour, et enfin la princesse. Natan n'arrivait pas décoller ses yeux de la jeune fille qui, elle, regardait volontairement ailleurs. La reine de son côté était obnubilée par la lumière noire dans laquelle apparaissait Irehca. Elle posa des yeux pleins de compassion sur sa sœur de lait.

– Oh mon Dieu Ylil, que t'a-t-il obligée à faire ?

La mère d'Hannah s'était jusqu'ici efforcée de se retenir devant sa fille mais les mots d'Ève la firent complètement chavirer. Elle s'effondra et la reine Cnalb se précipita pour la prendre dans ses bras, avant qu'Hannah ait le temps de le faire. La situation était assez étonnante. Ève et Ylil dans les bras l'une de l'autre, Natan et Hannah se regardant à peine. Des grelots vinrent rompre le silence qui régnait devant la grotte et tous se tournèrent vers le feu qui brûlait au centre du cercle rouge. Un petit être squelettique venait d'apparaître et projetait son ombre morbide autour d'elle.

Irehca n'avait plus rien d'une petite fille. Son corps était décharné et ses yeux noirs sans pupille les fixaient bizarrement. Ses cheveux noirs, mal peignés, voletaient dans la brise légère qui faisait tinter les grelots qu'elle portait à sa ceinture. Au niveau de son cœur, une blessure causée sans doute par un poignard attestait de sa mort violente. C'était dur de ne pas se demander dans quelle circonstance horrible la fillette avait péri.

Ève fut la première à se ressaisir. Elle se leva, abandonnant les bras d'Ylil et commença à se diriger vers le cercle rouge mais Irehca brandit sa lance pour l'arrêter. D'une voix lugubre, la petite fille cria des paroles que personne ne comprit mais dont tous saisirent le sens. Elle invitait le prince et la princesse à la rejoindre.

Natan regarda Hannah mais la jeune fille ne lui accorda pas plus d'attention que tout à l'heure et se dirigea vers le cercle.

– Attention, Natan ! Ne touche surtout pas son ombre !

Le prince acquiesça et pénétra à son tour dans le cercle. C'était surtout Hannah qu'il allait essayer de ne pas toucher ! Une bulle translucide se referma aussitôt sur eux.

– Une bulle anti-*Imagami*, commenta Maître Rusanrev. Ils sont seuls désormais. Nous ne pourrons rien faire pour les aider.

Ève et Ylil contemplèrent leurs enfants, enfermés sous la bulle avec ce monstre qui pouvait les tuer à tout instant et retinrent leur souffle. Irehca se mit à danser devant le feu pour les accueillir. En se rapprochant, Natan et Hannah virent que le fantôme portait le troisième fragment de la ceinture accroché à sa taille et se demandèrent bien comment ils étaient censés le décrocher sans se faire toucher par sa silhouette macabre. Irehca dansait toujours quand Natan se risqua le premier à produire une *Imagami Mouvementis* en direction de la petite fille. La ceinture ne bougea pas. Apparemment, Irehca était immunisée contre les *Imagami*. Le fantôme ne resta malgré tout pas sans réagir et envoya sa lance sur Natan en guise de représailles. Hannah s'arrêta de respirer tandis que Natan l'évitait de justesse. Cela finit de convaincre la jeune fille que la force ne serait pas la bonne méthode pour s'attaquer à la fillette. Ni l'épée Cnalb, ni l'épée Rion ne pourrait les aider dans ce combat. Hannah observait l'ombre de la petite fille grandir à mesure qu'elle dansait tout en se forçant à ne pas jeter de nouveaux coups d'œil vers Natan. Elle avait bien vu que le jeune homme la fixait tout à l'heure, il voulait sans doute voir si elle était toujours affectée par leur petite discussion de l'autre soir. Quel plaisir malsain ! Soudain, Irehca accentua son rythme et son ombre grandit encore comme si le feu redoublait d'intensité. Les deux adolescents durent se déplacer plus vite dans le cercle pour éviter qu'elle ne les touche. Ce petit jeu amusait beaucoup la fillette qui dansait de plus belle. Natan suivait les pas du fantôme s'efforçant d'anticiper ses prochains mouvements quand soudain, il se retrouva coincé. Soit il se déplaçait vers Hannah qui elle-même ne pouvait plus bouger, soit il se faisait toucher par l'ombre d'Irehca. La petite fille riait rapprochant de plus en plus son ombre du pied de Natan qui n'osait toujours pas se déplacer.

– Natan, saute, je t'en prie ! cria Ève à son fils sans rien pouvoir faire d'autre.

À l'instant où l'ombre d'Irehca allait recouvrir Natan, ce dernier décolla subitement dans les airs. Il regarda, étonné, autour de lui. Il n'avait rien fait pour ça et, de l'autre côté de la bulle, les autres semblaient tout aussi étonnés que lui. Son regard se porta sur Hannah. La jeune fille le soulevait grâce à une *Imagami*. C'était donc bien possible d'*imagamier* sous la bulle, simplement pas en direction d'Irehca ! Le fantôme s'éloigna de Natan en riant de plus belle et son ombre maléfique s'écarta de lui. Hannah arrêta son *Imagami* et Natan tomba brutalement sur le sol. La jeune fille ne fit aucun effort pour amortir sa chute et Natan se demanda même si elle ne l'avait pas volontairement accentuée.

– Merci.

– De rien.

Hannah lui avait répondu d'un ton glacial sans même le regarder. Irehca était revenue près du feu et riait toujours. Le vol plané du prince l'avait, semble-t-il, beaucoup amusée. C'était si étrange. Son rire était à la fois lugubre et enfantin. Au fond, ce n'était qu'une petite fille qui n'avait pas eu de chance, se dit Hannah et soudain, cela lui donna une idée. Natan se massait toujours le dos là où il était tombé quand la princesse le fit de nouveau s'envoler dans les airs. Le jeune homme ne s'y attendait pas du tout et bascula la tête la première en bas.

– Mais... mais qu'est-ce que tu fais ?

Irehca releva la tête et, avec l'innocence d'une enfant de six ans, se mit avec bonheur à essayer d'attraper le prince comme le pompon d'un manège. Hannah tenait Natan assez haut pour qu'il ne soit jamais à la portée du fantôme et le faisait monter et descendre pour la plus grande joie de la petite fille. Le prince tenta de faire une contre *Imagami* pour redescendre mais les pouvoirs d'Hannah étaient plus forts. Il avait beau avoir eu 99,5 sur 100 à son examen, la princesse Rion le dominait toujours dans ce domaine.

– Hannah, arrête, fais-moi redescendre !

– Profite de la vue, ça te changera !

Hannah profita quant à elle qu'Irehca ne danse plus pour se glisser dans son dos à un endroit où son ombre ne se projetait pas. Se calant sur ses sauts, elle attendit patiemment le moment où la petite fille reprenait son souffle entre deux bonds. Quand le moment se présenta enfin, elle lui arracha d'un coup sec la ceinture attachée à sa taille.

D'une nouvelle *Imagami*, elle sortit Natan de la bulle avant qu'Irehca ne se rende compte de ce qui venait de se passer. Le jeune homme tomba de nouveau durement sur le sol et Sitèm s'empressa de voler à son secours. Hannah n'était pas inquiète, hors de la bulle il était en sécurité et son infirmière préférée pourvoirait à toutes ses « envies ». Irehca se rendit compte soudain avec un déplaisir manifeste qu'elle venait de perdre à la fois son prince volant et le troisième fragment de la ceinture. Elle se tourna vers la princesse toujours dans la bulle, coincée sans espoir de sortie et ses yeux sans pupilles se remplirent d'une colère qui ne présageait rien de bon.

Hannah pria pour que le plan qu'elle avait imaginé fonctionne. Elle ferma les yeux, se concentra et produisit l'*Imagami* qui, elle l'espérait, la protégerait du courroux d'Irehca. Après tout, qu'est-ce qui pouvait faire plus plaisir à une enfant de six ans si ce n'était...

– Un chiot ! Regardez ! s'exclama Newlon. Irehca joue avec un chiot qu'Hannah vient d'*imagamier* !

La princesse ouvrit les yeux. Elle avait réussi ! Devant la petite bête adorable qui lui léchait la joue, la petite fille avait complétement oublié qu'elle venait de se faire voler la ceinture sur laquelle elle veillait depuis de si nombreux siècles. Après tout, le pauvre fantôme avait simplement besoin d'un peu de compagnie. Hannah se dépêcha de sortir de la bulle pendant qu'Irehca ne la regardait pas. Elle était fière de son stratagème. Elle n'avait peut-être pas obtenu 99,5 sur 100 à son examen d'*Imagami* mais elle avait réussi à amadouer Irehca et à gagner le troisième fragment de la ceinture au nez et à la barbe de Natan et ce sans aucune aide ! Cependant, sa félicité fut de courte durée : à peine la jeune fille eut-elle franchi la paroi transparente, qu'elle fut projetée à son tour dans les airs et plaquée contre la pierre en forme de balance. Surprise par la force de l'*Imagami* qui l'immobilisa, Hannah se retrouva complétement sonnée.

– Je suis désolée Hannah, je ne peux pas laisser ton père s'emparer de la ceinture.

À ces mots, Hannah comprit que c'était la reine Cnalb qui venait de la plaquer ainsi contre la pierre de l'entrée.

– Natan, s'il te plaît...

Natan regarda alternativement la pauvre Hannah immobilisée contre la pierre et sa mère, incrédule devant ce qu'elle lui demandait de faire. Il ne pouvait pas lui prendre les fragments de la ceinture, c'était trop dangereux.

– Tu n'as pas besoin de la toucher Natan, le rassura sa mère comme si elle lisait en lui comme dans un livre ouvert. Il te suffit d'approcher ta main et les deux fragments te suivront tous seuls.

Natan s'avança fébrilement vers Hannah qui tentait vainement de se débattre. Ce n'était pas tellement qu'elle voulait conserver la ceinture pour son père, au contraire. Mais laisser le plaisir à Natan d'approcher ainsi d'elle alors qu'elle ne pouvait pas bouger lui était insupportable. Il fut bientôt assez proche pour voir les deux fragments frétiller à la taille de la jeune fille. Hannah se débattit de plus belle et cria à l'attention du jeune homme, espérant stopper sa course.

– N'approche pas Natan !

Le jeune homme plongea ses yeux dans le regard rempli de rancœur de Hannah. Il avança encore, tendant la main vers la ceinture quand la jeune fille lui cracha au visage.

– Je t'interdis de me toucher ! lui cria inutilement Hannah, le visage inondé de larmes.

Natan s'essuya calmement la joue du revers de la main. Si seulement, elle savait tout ce qu'il souffrait lui-même. Le prince avança encore et les deux fragments commencèrent à le rejoindre quand soudain, il fut à son tour projeté violemment en arrière. Une voix tout aussi lugubre que celle d'Irehca résonna dans la caverne et émergea du nuage de fumée noire qui venait de s'interposer entre Hannah et Natan.

– J'ai l'impression que j'arrive juste à temps !

Hannah vit son père qui venait d'apparaître devant elle. Pour une fois, elle fut presque contente de le voir. Pourtant, elle n'avait trouvé aucun autre *mirabymeur* dans leurs bagages. Comment avait-il fait cette fois pour les rejoindre ? Et de nouveau aussi proche d'elle, de surcroît.

Son père faisait face à la reine Cnalb, pour la première fois à Yamay depuis qu'elle avait été libérée. Et Natan se trouvait entre eux deux, sans doute encore étourdi par sa chute.

– Nesen, je te préviens que si tu touches encore une fois à mon fils...

– Dixit celle qui vient de projeter ma fille violemment contre une pierre !

À ce moment-là, Hannah sentit qu'elle pouvait bouger. Son père venait apparemment de la libérer. La reine en profita de son côté pour protéger Natan.

Le roi Rion et la reine Cnalb se firent enfin face, sans personne entre eux pour les empêcher de se battre. Un silence de mort régna quelques secondes dans la grotte. Seul le feu qui crépitait et les jappements du nouvel ami d'Irehca se faisaient entendre. Tous se demandaient ce qui allait se passer. La reine fut la première à attaquer envoyant une volée de flèches dans la direction du roi. Le père d'Hannah les écrasa sans difficulté et sourit avec dédain à son adversaire.

– C'est tout ce que tu sais faire Ève ? Tu m'avais habitué à mieux par le passé ! Mais c'est vrai que quinze années coincée dans une fiole, ça doit laisser des traces !

Le roi Rion envoya à son tour des boules d'huile en feu que la reine éteignit tout aussi facilement qu'il avait écrasé ses flèches. C'était comme si chacun s'échauffait, sans qu'aucun des deux ne semble avoir vraiment envie de se battre. Peut-être qu'avoir failli perdre leur unique enfant cette année les dissuadait maintenant de se lancer dans un combat sans merci dont ils ne connaissaient que trop tous les deux l'issue fatale.

– Tu ne t'es jamais demandé, Ève, pourquoi je n'avais pas autorisé mes chers oiseaux à en finir avec toi durant toutes ces années ? Après tout, j'aurais régné sur Yamay en maître !

La reine ne répondit rien. Elle n'en avait pas besoin. Elle le savait parfaitement.

– Non, continua le roi presque plus pour lui-même, car tu n'as jamais compris la beauté de la ceinture de Soroboruo. Voilà pourquoi tu n'arriveras pas à la réunir !

– Je ne suis pas avide de pouvoir comme toi Nesen ! Contrairement à toi, j'ai compris qu'elle nous détruirait tous.

– Il n'y a que les faibles qui raisonnent ainsi ! Mais à vrai dire, je ne m'attendais pas à une autre réponse de ta part.

Pendant qu'il parlait, le roi Rion avait répandu au sol une fumée noire et opaque qui vint lécher les pieds d'Ylil et du reste de l'expédition Rion. Natan regarda le nuage noir qui les évitait consciencieusement et se demanda ce qui allait se produire. La reine ne bougeait pas, sachant très bien ce que Nesen s'apprêtait à faire. Il fallait qu'elle l'en empêche. Elle ne pouvait pas le laisser repartir avec le troisième fragment de la ceinture. Mais comment l'attaquer sans mettre en danger Ylil, sans mettre en danger Hannah qui se trouvait si proche de lui. Le roi Rion se saisit soudain de sa fille et, envoyant de son autre main un éclair dans la fumée qu'il venait de créer, disparut dans un bruit de tonnerre *myrabimant* avec lui tous ceux que le nuage avait touchés. Encore une fois, le roi Rion avait disparu emportant avec lui sa fille et sa précieuse ceinture.

Chapitre 33

Les cours étaient terminés depuis plus d'une semaine sauf pour deux malheureux élèves. Ayant tous les deux manqué plus d'un trimestre, Natan et Hannah avaient droit à un programme d'examens de rattrapage sur mesure. Les résultats détermineraient la spécialité qu'ils pourraient choisir l'année scolaire suivante.

Alors qu'il faisait si beau dehors, les deux adolescents passaient toutes leurs journées enfermés dans une salle de classe. Pas une seule fois, ils ne s'étaient regardés ou adressés la parole. Enfin, ce n'était pas tout à fait vrai, car Natan, lui, n'avait pas quitté Hannah des yeux, bénissant cette semaine de promiscuité forcée. Se plaçant systématiquement derrière elle, il avait eu tout le loisir de contempler ses boucles rebelles sur sa nuque fragile. Et cela sans qu'elle ne tente encore de lui cracher au visage. Natan savait bien qu'il se faisait plus de mal qu'autre chose à la contempler ainsi mais il n'arrivait tout simplement pas à faire autrement.

Hannah de son côté vivait cette semaine comme une véritable torture. Devoir affronter Natan pour le troisième fragment de la ceinture devant Irehca avait déjà été une épreuve. Supporter son regard sur elle, ne pas montrer son angoisse quand le fantôme avait failli le toucher, se sentir à sa merci, vulnérable, humiliée. Et maintenant, elle devait se retrouver tous les jours avec lui sans perdre ses moyens pour réussir des examens qui allaient décider de son avenir ! Elle se plaçait systématiquement au premier rang et se répétait qu'il n'était pas là, mais cela ne marchait pas vraiment. Entre deux devoirs, Hannah griffonnait sur ses feuilles la nouvelle suite de lettres incompréhensible qu'elle avait trouvée derrière le fragment de la ceinture : O-T-N-O-S-I-B-A-R-E-O-U-Q-T. Comme la première fois, ça ne voulait rien dire. Elle nota à côté la première suite qui se trouvait derrière l'autre fragment pour voir si ça l'aidait. O-C-Ô-N-O-S-I-R, ça ne l'éclairait pas plus. Peut-être que le second fragment, celui qu'avait Natan en sa possession comportait également une suite de lettres. S'ils les mettaient en commun, tout ceci aurait peut-être finalement un sens ? Mais cela impliquait qu'elle lui parle. Ce qui était tout bonnement hors de question.

La semaine s'écoula et, le dernier jour, les deux adolescents furent convoqués dans le bureau du directeur de Saint-Benoît.

Toujours sans un mot ni un regard, Hannah et Natan s'installèrent dans les deux fauteuils qui faisaient face au grand bureau. La pièce était l'archétype de ce que l'on pouvait imaginer pour l'antre du proviseur d'une école aussi prestigieuse que Saint-Benoît. Une grande bibliothèque en bois occupait tout le mur du fond et encadrait une cheminée monumentale. Un gigantesque bureau ornait la pièce et Natan se fit la réflexion que le proviseur ne devait même pas en utiliser un tiers. Sans doute cela présentait-il au moins l'avantage d'impressionner les parents qu'il recevait quand ils devaient régler les frais de scolarité tout aussi imposants que le bureau.

– Je tenais à vous recevoir pour vous annoncer moi-même la bonne nouvelle. Vos professeurs ont corrigé vos copies et vous avez obtenu tous les deux d'excellents résultats ! Je vous félicite !

Le directeur s'attendait à des marques de joie communicative mais il dut se contenter d'un léger sourire de la part de ses deux élèves.

– Bon, voilà ! Je voulais que vous le sachiez afin que vous profitiez pleinement de votre été. Il va sans dire que vous passez tous les deux en première S. Et bien, je pense que vous pouvez y aller.

Natan et Hannah se levèrent en faisant bien attention comme d'habitude à ne pas se croiser.

– Ah, monsieur de Clare, une chose tout de même. Nous n'aurons qu'une première S l'année prochaine dans l'établissement, nos critères sont très sélectifs, comme vous le savez. Je ne pourrai donc pas répondre favorablement à la demande que vous m'avez faite.

Hannah ne put s'empêcher de foudroyer Natan du regard. La demande qu'il lui avait faite. Est-ce qu'elle se méprenait ou lui avait-il demandé de le mettre dans une classe différente de la sienne ? C'était à ce point difficile de devoir supporter sa présence ! Natan vit bien qu'Hannah le fixait mais il ne tourna pas la tête vers elle pour autant.

– Est-ce que je peux passer en première ES ?

Le directeur dévisagea Natan comme s'il venait d'une autre planète.

– Pardon ? Non, ce n'est pas possible, les classes sont déjà faites et puis...

– En première L, alors ?

Le directeur en tomba d'incompréhension sur sa chaise.

– Monsieur de Clare, cela ne me paraît pas être une raison suffisante pour changer une orientation qui déterminera vos études supérieures et derrière, toute votre vie professionnelle !

Tout en parlant, le directeur avait jeté un regard appuyé à Hannah qui attendait toujours à côté de son siège. La jeune fille bouillait intérieurement de ce qui était en train de se passer. Sans se préoccuper du directeur, elle ressortit tout le ressentiment qui l'animait depuis le fameux soir.

– Ne te fatigue pas Natan, j'ai bien compris le message. Ce n'est pas la peine de changer de classe, je ne t'embêterai pas l'année prochaine !

Natan se tourna enfin vers elle et croisa son regard pour la première fois depuis leur combat dans la grotte. Les joues de la jeune fille étaient en feu et ses yeux pleins de larmes. C'était horrible. Plus il essayait de la protéger, plus elle le détestait. Hannah fuit son regard et se tourna à nouveau vers le directeur, tentant de se ressaisir.

– Est-ce que je peux sortir, monsieur ?

Voyant qu'il avait face à lui un volcan prêt à exploser, le directeur lui fit signe qu'elle pouvait y aller. Natan ne bougea pas, attendant quelques secondes qu'elle soit bien sortie. Le directeur vit le désarroi du jeune homme et s'efforça de plaisanter pour détendre un peu cette atmosphère bien trop chargée pour une veille de départ en grandes vacances.

– Ah, les jeunes filles, c'est compliqué n'est-ce pas ! Je suis désolé de vous le dire monsieur de Clare mais ça ne s'arrange guère ensuite !

Natan sourit poliment au directeur. Si seulement c'était aussi simple que ça ! Il sortit à son tour du bureau et, déjà loin dans la cour du collège, il vit Hannah qui s'éloignait à vive allure.

L'auteur
Elisa Villebrun

Petite, elle se racontait des histoires pour réussir à s'endormir. Un peu plus grande, elle les a sorties de sa tête pour faire rêver ses enfants et tous les grands qui avaient envie de l'écouter.

Elle aime courir ou marcher, la tête en l'air en écoutant de la musique qui donne envie de s'envoler. Par-dessus tout, elle aime se coucher tard et manger des bonbons.

À la demande, elle fabrique des costumes de pirate ou de princesse en y ajoutant les histoires qui vont avec.

L'illustratrice
Victorine Schwebach

Depuis toujours, elle est tiraillée entre ses deux plus grandes passions : les animaux et le dessin. Toute petite, elle rêvait de devenir vétérinaire mais c'est en écoutant les histoires qu'on lui contait avant d'aller se coucher, qu'elle a pris goût au dessin.

Dessiner, tout d'abord pour s'évader puis, en grandissant, pour partager, raconter une histoire à son tour.

C'est donc tout naturellement qu'elle a choisi de faire des études en rapport avec le dessin. Maintenant, elle a un bon prétexte pour dessiner tout le temps, tasse de thé à proximité, sous le regard bienveillant de ses amis à quatre pattes : Néon et Zion

DANS LA MÊME COLLECTION

*Collection
Du coq à l'âme*

• À la recherche du vénérable bonheur,
Lilas ROSEAU, sur une idée de Grâce HADDAD
Illustrations Jean-Paul DEMANGEL
• Nuit de panique rue d'Armancour,
Geneviève TURLAIS, illustrations Amandine PHILIPPE
• Au pays des Tezrains, Bab et Bled,
Fatima FDAL, illustrations Edouard STEEGMANN
• Six enquêtes de Scot Lechat,
Patrick BOUSQUET, illustrations Isabelle LINTIGNAT
• 2 contes de Noël, la barbe du père Noël, le bon sapin,
Patrick BOUSQUET, illustrations : Julie STEIN
• 6 histoires abracadabrantes du roi Bouledegomme,
Patrick BOUSQUET, illustrations : Isabelle LINTIGNAT
• 2 contes de Noël • le maudit portrait, les roi mages partent à l'aventure
Murielle HUBERTY, illustrations Julie STEIN
• 24 Histoires à dormir debout,
Sybil DE LIGNY, illustrations Philippe DELESTRE
• Contes de joyeux Noël,
Patrick BOUSQUET, illustrations Julie STEIN
• Timo et la petite musique de vie,
Sylvain DIAMAND, illustrations Sarah DENIAUD
• La valise qui ne voulait pas parler,
Carole PRIEUR, illustrations Antonin MALCHIODI et Valentin MIROUF
• Un dimanche en Chine,
Geoffray RIONDE, illustrations Laurence SCHLUTH
• Le pinceau de Picasso,
Serge SCOTTO et Eric STOFFEL, illustrations Jude LEPPO
• 24 histoires de pourquoi,
Sibyl DE LIGNY, illustrations Jude LEPPO et Julie STEIN
• Le monastère caché
Pierre STOLZE, illustrations antoine DENAIN
• La voiture du président
Hélène GLORIA, illustrations Laurence SCHLUTH
• Né sous x
Valérie LACROIX, illustrations Laurence SCHLUTH
• Mémoires d'outre-salon ou les noces d'étain
Le Verger des Hespérides
• Sardinette et Souricette / Souricette et Sardinette
Michel BONNEFOI, illustrations Katia HUMBERT
• La petite cueilleuse de perles
Hélène GLORIA, illustrations Victorine Schwebach
• La petite sorcière qui semait des contes
Jean-Christophe GARY, illustrations Giulia ECCHILI

DANS LA MÊME COLLECTION

Collection
Du coq à l'âme

• Rififi sous la tente, un ours peut en cacher un autre
Jean-Louis JOUANNEAUD, illustrations Katia HUMBERT
Les aventures de Léonie la petite crocodile •
• Léonie, la petite boîte rouge
• Léonie, la pierre de courage
• Léonie, la grande aventure
• Léonie, un drôle d'anniversaire
• Léonie, la balle blanche
• Léonie, la petite sœur
Céline ROZANSKI, illustrations Lucy WATTS
• Gare aux douze coups de pleine lune !
Marido VIALE, illustrations Katia HUMBERT
• C'est le boxon in the box, heu... dans la mallette
Ginou JUSELLE, illustrations Katia HUMBERT

• Yamay tome 1, le monde des reflets
Elisa VILLEBRUN, illustrations Victorine SCHWEBACH
• Yamay tome 2, le cavalier de l'Apocalypse
Elisa VILLEBRUN, illustrations Victorine SCHWEBACH
• Yamay tome 3, la révélation du phénix
Elisa VILLEBRUN, illustrations Victorine SCHWEBACH

DÉCOUVREZ NOS AUTRES COLLECTIONS

collection Humanistes en verve !

Aventures à remonter le temps

collection Patrimoine oral

conte bilingue

sur notre site internet

www.editionslevergerdeshesperides.com

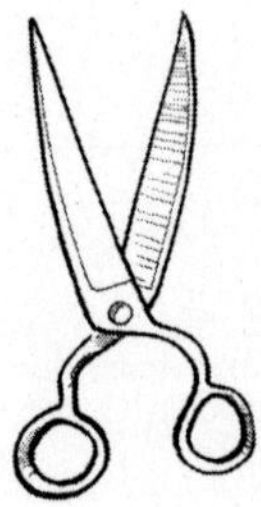

Composition graphique :
Mylène Goeppner - www.1000ng.fr

Relecture : Véronique Lagny-Delatour

ISBN 978-2-36587-434-2

Dépôt légal : Février 2022

Imprimé par Booksfactory, Pologne